Amok

oder

Die Schatten der Diva

ARRIVAL Verlag, Eberswalde
Homepage: www.arrivalverlag.de
Email: mail@arrivalverlag.de
Verlagsnummer: 3-936997

1. Auflage Februar 2004, Auflagenhöhe: 0 - 2000

Autor: Norbert Gisder

Umschlaggestaltung: Cover & Co. Eberswalde
Exklusivgemälde für den Umschlag: Künstler Dyne
Druckerei: Schembs GmbH Nürnberg

ISBN 3-936997-50-0

Amok

oder

Die Schatten der Diva

Norbert Gisder

Für meine Kinder Christine, Rainer und Norbert,
für ihre Mutter, meine geliebte Frau,
für Leon, Max, Mamajane, Sebastian;
und natürlich für mich selbst

Du erkennst dich wieder?

Du denkst, deine Schatten hätte ich gemalt?

Du irrst.

Die dunklen Seiten deiner Seele kennst nicht einmal

du selbst!

Wie, glaubst du, könnte ich sie beschreiben?

(Nein, verzeih:

Jede Ähnlichkeit mit dir und den Deinen

ist rein zufällig – auch wenn dem Zufall mitunter

Hintersinn anhaftet.

Der Humor des Lebens.)

Inhalt

Prolog

Am 6. Juni des Jahres 2003 wurde ein dreijähriges Mädchen von einem Spielplatz in Güterfelde bei Berlin vor den Augen der Mutter entführt. Die Polizei fand das Kind nie wieder. Erpresser hatten die Tat nicht begangen: Es wurde zu keinem Zeitpunkt Kontakt mit den Eltern oder der Polizei aufgenommen.

In den folgenden Jahren ereilte mehr als 30 Kinder aus dem Süden Berlins dasselbe Schicksal. Zwischen Zehlendorf und Königs-Wusterhausen, Potsdam, Staaken und Wilmersdorf, Steglitz, Tempelhof und Neukölln wurden Mädchen und Jungen, oft im Kinderwagen nur sekundenkurz abgestellt, entführt. Nie wieder hörte jemand etwas von den Opfern. Für die Polizei blieb das Treiben ein Jahrzehnt lang ein Rätsel.

Erst eine „Sonderkommission Sekten" sowie der konzertierte Einsatz von Psychologie, Psychiatrie, Kriminalistik und Verstand löste das Geheimnis dieser teuflischen Serie, offenbarte die dramatische Zuspitzung eines dahinter liegenden Falles und setzte dem Treiben einer geheimen Bruderschaft der Satanisten im Süden Berlins ein Ende...

Das war im Herbst des Jahres 2013.

Die Ursprünge wurzeln früher. Als nach der deutschen Wiedervereinigung Psycho-Sekten ihre Gurus in den Osten schickten, die Unerfahrenheit der Menschen mit dem Okkulten, der Magie, der Alchimie und den Drogen auszunutzen, die bis ins Dunkle des Unbewussten hineinwirken und dadurch das Bewusstsein lenken, erlebte vor allem das Zentrum der Republik ein Jahrzehnt der Verführungen: Im Land im Seelentaumel stand dem „Go West" Tausender das „Go East" der Seelenfänger gegenüber.

Die Mystiker aus dem Westen blieben im Osten nicht ohne Unterstützung: Propagandisten und Manipulatoren, die absurden Ideen Geltung verschafften, hatten auch die Staaten des Ostblocks in großer Zahl produziert. Ihre Fähigkeiten, Methoden der geistigen Verführer aus dem Westen, das wachsende Potential sich in die Seelen der Menschen hineinzuhandeln, dazu die ständig verfeinerte Wirkung bewusstseinsverändernder Drogen, der Psychopharmaka, Neuroleptika, all der nett anzuschauenden Heilmittel und Allheilmittel der Märkte gesät auf die fruchtbare seelische Schieflage einer halben, enttäuschten Nation zwischen Elbe und Oder, überlagert durch Versprechen und Versprecher der politischen und Wirtschafts-Gurus des Westens, mischten einen gefährlichen Cocktail.

Dessen Wirkung bis in fast jede Familie, in fast jede Beziehung, ja, bis in jeden mit sich im Zweifel befindlichen Kopf war bald nicht mehr auf Regionen, nicht mehr auf Ost oder West beschränkt.

Gestritten werden sollte nun um die Frage, was an den Grenzerfahrungen des Individuums symptomatisch für die Schieflage des Ganzen werden kann: Ist die Strahlkraft der Erfahrungen des Einzelnen auf andere schon Grundlage für ein Phänomen der Gesellschaft insgesamt?

Menschen geraten mitunter in eine Situation, die die Psychiatrie als schizophren bezeichnet, als pathologisch, als eine Krankheit der Seele. Wenn etwa Kinder ihren Eltern deren Zorn - und damit eine Form der Feindseligkeit - vorhalten, leugnet der Elternteil das sofort. Mehr noch: Er besteht darauf, dass das Kind es auch zurücknimmt. Es darf nicht als „Zorn" empfunden haben, was es aber doch so erleidet.

Die Frage bleibt: Soll das Kind nun der Anordnung der Eltern oder der eigenen Wahrnehmung trauen? Traut es seinem eigenen Realitätssinn, ist die Beziehung zu den Eltern gefährdet. Hält es die Beziehung aufrecht, muss es seine Wahrnehmung leugnen. Das Kind verliert die Fähigkeit, die Realität zu bewerten.

Die Psychologie nennt diesen Druck der Eltern auf die Kinder sowie vergleichbare Techniken, den anderen verrückt zu machen, übrigens: Gehirnwäsche! Die Schizophrenie einer gesellschaftlichen Situation ist es, die Gurus nutzen, wenn sie Widerstandsschwache ködern: Sie versprechen Antworten und die Aussicht, das Unbewusste, welches das Bewusstsein lenkt, bewusst zu machen. Sie versprechen dem „Kind" gebliebenen Erwachsenen, eigene Sinneswahrnehmungen wiederzufinden, die durch elterliche „Anweisungen zur Liebe" verschüttet worden sind; sie versprechen, dass die „Kind-Eltern-Beziehung" nicht trotzdem, sondern gerade deswegen wieder intakt wird und es dann bleibt. Das Geheimnis heißt: Dem Menschen in der vielfach schizophrenen - gespaltenen - Situation seines Ich neue, ganz andere Möglichkeiten zu suggerieren, etwa höhere Grade der Erkenntnis und des Selbstseins zu erlangen.

Dass der Hintersinn und das eigentliche Interesse aller ausschließlich dem Geld der Opfer gilt, muss an dieser Stelle nur einmal ausdrücklich gesagt werden.

Zur Geschichte von Amok!

Die Fiktion eines erkennenden, quasi-gnostisch die Zeit verkörpernden Teufelsanbeters und sein Weg vom gescheiterten Propagandisten einer vergangenen Partei zum Priester einer obskuren Bruderschaft von Satansanbetern, mag Skeptikern als unwahrscheinlich gelten. Doch was an dem, was ist, schien den Menschen wahrscheinlich, bevor es war? Was allein wirklich ist, ist der Wille vieler, dem Satan zu huldigen. Ein Auftrag an die Suchmaschinen im Internet muss auch die letzten Skeptiker überzeugen. Vor Antworten auf die Frage nach dem Warum und vor notwendigen Konsequenzen sollten wir nicht die Augen verschließen.

Viviane Schneider, Akademikerin aus gutem Haus, ist der Manipulation verfallen. Die geschiedene Mutter eines Kindes wird angreifbar. Sie ist nicht unvermögend und genau darum von Interesse für die Macht des Bösen. Sie ist irgendwie symptomatisch fürs Ganze und für die Traumwelten einer Gesellschaft im Umbruch.

I. Teil: Letzte Reflexe

Spätsommer 2013

„Vielleicht könnte es anders sein. Aber ändert das etwas daran, dass es tatsächlich das Koma ist, das unser Leben prägt?"
Als erbitte sie mit der Bestätigung zugleich die Entschuldigung für ihr Tun und ihre Existenz, schaut die Frau zu dem Mann, der ihr schräg gegenüber vor dem Fenster sitzt, gedankenverloren hinausblickt in den Park, dessen Bäume im Herbstwind ihr buntes Laub hinabschicken.
„Mag sein, aber welche Bedeutung hat für Sie Amok?"
„Amok? Nun, als ich erkannte, dass sich auch mein Leben kaum noch von dem der Patienten einer Krankenhausstation für neurologische Rehabilitation unterschied, dieser armen Figuren, die onanierend in der Nase bohren und sich nicht mehr erinnern, wie es war, als ihr Wille noch Wünsche hatte und nicht nur Trieb war, wollte ich es ändern."
„Aber so?"
„Ja."
Plötzlich sieht sie sie wieder, diese Schatten, die sie schon verjagt glaubte. Das kleine Mädchen wimmert nur noch leise, ihr Körper - ein Bündel Schmerz. Sie fängt an zu zittern, während die Schatten die andere Ecke des Zimmers füllen. Schreie, das Blitzen des Metalls, ein Schrei, der alles übertönt, das Blut.
„Ja. So."
„Wenn aber Amok der Ausbruch aus dem Koma ist, so ist es doch kein Weg. Welchen Weg wollen Sie gehen?"
Wenn der Mann an all die Stunden, die Tage, die er seit Wochen und Monaten mit der Frau verbrachte, denkt, fühlt er die Ohnmacht seiner Einsichten. Helfen. Für ihn hat dieses Wort eine andere Bedeutung als für sie. Und Lust auch. Trotzdem ist da dieses Verlangen, immer wenn er bei ihr ist. Immer, wenn sie spricht.
„Schauen Sie sich die Paare an: Schon beim Jawort komatös verfolgen sie den, von dem sie behaupten ihn zu lieben, bis in den Tod mit Gleichgültigkeit. Ich sah die Sackgasse sehr spät. Aber ich sah sie und wusste, dass mich nur ein Sturm ins Leben zurückreißen konnte: Alles zerstören, was mich seit meiner Kindheit nicht losgelassen hatte. Nichts bestehen lassen. Kaputt machen! Vor allem den Glauben an Hoffnung und Zukunft und

Chancen und Glück und die Träume. Erst der Tod würde mich entlassen in ein neues Leben. Sein Tod. Ihr Tod."

„Und nun sind Sie am Ziel?"

„Wird sich zeigen." Sie lächelt. Wenn sie lächelt, hat sie immer noch etwas von der Schönheit, die sie früher sehr attraktiv gemacht haben muss. Der Mann sinniert.

„Was ist Ihr Plan?"

„Vielleicht Sie?" Verspielt, fast schnippisch lächelt sie ihn an.

„Wie würde es aussehen, wenn Sie sich heute mit dem Wissen all dessen, was geschehen ist, neu verwirklichen könnten?"

„Das kann ich erst sagen, wenn es soweit ist. Heute weiß ich nur so viel: Ich konnte dem Koma nicht anders entkommen als in der Forderung seiner Hingabe an meinen Lebenswillen bis zum Tod."

„Erzählen Sie."

„Es war ein Rausch. Ich schlug auf ihn ein, er konnte mir nicht entkommen. Ich schlug immer wieder zu. Zum ersten Mal hatten die Schatten einen Namen und ein Gesicht, und ich, ihr Finder, konnte es beherrschen, vertreiben oder zerstören, wie mir gerade war."

„Und es machte Ihnen Freude?!"

„Es war mein Weg. Ich hätte ihn auch quälen können, aber das wäre falsch gewesen. Er war meinesgleichen. Er war der Anker, der mich hinabzuziehen drohte, aber ich war aus ihm geboren. Er schrie, er schrie... es half nichts. Dann war ich frei."

Sie atmet schwer. In ihrer Erregung hat sie sich blutige Male auf die Haut am Hals gekratzt.

„Sie vertrauen mir nicht."

Der Mann sieht hinaus in die sterbende Pracht der Natur. Warum soll sie ihm auch vertrauen? Vertrauten ihm die gelben Blätter an den Kastanien, wenn er ihnen sagte, sie sollten nicht abfallen, dann würden sie auch nicht sterben? Außerdem wäre es nicht wahr, selbst wenn er es sagte.

Wenn es Winter wird und die Stürme fegen durch die Kronen, gehen die Blätter ihren Weg. Und wenn es dunkel wird in den Seelen der Menschen, stirbt Gefühl, wenngleich die Sehnsucht wächst. Wenig bleibt. Vielleicht Verzweiflung. Suche. Sehnsucht. Gier.

„Ich komme morgen wieder."

„Warum?", fragt Viviane Fischer.

„Ich will, dass Sie sich irgendwann einmal selbst verwirklichen. Sie können vielleicht neu beginnen."

„Und ich müsste Ihnen dankbar sein, meinen Sie. Sie haben Appetit auf Menschenfleisch. Ja, das kenne ich. Sie nennen mich verrückt. Aber es ist mir nicht entgangen."

„Vielleicht."

Der Mann spürt Erregung. Es könnte doch sein, dass... Kurze Zeit später erinnert er sich an das Versprechen, das sie ihm abgenommen hat. Er nimmt den Telefonhörer und wählt eine Nummer.

„Hallo, ist Max Schneider zu sprechen?"

„Am Apparat."

Der junge Mann am anderen Ende ist dem Stimmbruch noch nicht entwachsen. Der Tonfall seiner Worte klingt freundlich und erweckt Vertrauen. Der Mann stellt sich vor und fragt, ob er am Nachmittag vorbeikommen dürfe.

„Gern. Ich erwarte Sie allerdings nicht vor achtzehn Uhr. Ich stehe mitten in den Trainingsvorbereitungen für eine Regatta."

Es ist ein Abend Mitte September.

Es ist das Jahr 2013.

Was war geschehen?

Jahre zuvor. Sebastian Fischer überlegt. Passiert es nicht jeden Tag, dass jemand jemanden verlässt? Und wünscht sich der oder die Gehörnte nicht oft genug aufzuräumen mit der Vergangenheit - durch Amok? Alle umbringen, die mit dem Verlassensein zu tun haben?

Ja!

Die Ambulanz ist sofort zur Stelle. Und so wird Sebastian Fischer, nach dem Aufprall ohnmächtig, innerhalb von Sekunden künstlich beatmet.

Weil er aus seiner Bewusstlosigkeit nicht gleich aufwacht, kommt er in eine Abteilung für neurologische Diagnostik. Der Krankenwagenfahrer sagt, dass er gesehen habe, wie einer auf die Straße rannte. Dann der Aufprall; der Körper, der über zwei Autos geschleudert wird und auf die Straße schlägt. Der Notarzt, der den Transport eines Herzinfarktpatienten in die Klinik begleitet, bestätigt, dass zwischen dem Unfall und der sofortigen künstlichen Beatmung des ohnmächtigen Opfers auf keinen Fall mehr als sechzig Sekunden vergangen sind. Es gibt Hoffnung für den Patienten. Trotz mehrerer Knochenbrüche scheint der Kopf unverletzt.

Juni 1997, die Anzeige

Viviane Schneider und Sebastian Fischer lernen sich über eine Anzeige kennen. Nichts Besonderes. Am 25. Juni 1997 treffen sie sich zum ersten Mal. Sie heiraten nach vier Monaten und fünf Tagen. Passiert.
Fünf Tage vor dem fünften Ehemonat sagt sie ihm, dass sie ihn verlassen wird. Sebastian versteht nicht. Aber das ist wohl immer so. Sie sagt, entweder sei sie beim Jawort *verrückt* gewesen oder sie sei es nun. Jedenfalls habe sie das Eheversprechen auf einer falschen Basis gegeben. Natürlich versucht er zu kämpfen. Seine Natur. Was zunächst wie eine Love-Story unter erschwerten Umständen aussieht, entwickelt sich zu einem Ränkespiel; zu einem Ränkespiel voll Planung, Hinterlist, Hass und Intrigen.
Plötzlich ist Lieselotte Pater tot, die Mutter von Christoph Pater, dessen uneheliches Kind Max Viviane mit in die Ehe mit Sebastian Fischer gebracht hat. Wegen der Umstände schiebt man ihm das Unglück in die Schuhe.
Es sterben noch mehr Menschen.
Dann ist Ruhe.
Alles geht - so unglaublich es klingt - einen fast zwangsläufigen, man kann sagen gesetzmäßigen Gang. Was hingegen nicht im Geringsten normal ist, ist der Grund, weshalb Viviane Sebastian verlässt und zum Vater ihres Kindes Max, Christoph Pater, zurückkehrt. Wenn der erzählt ist, werden alle ihren Weg gegangen sein. Ja.

Das einzig Gerechte am Leben ist, dass es auch für die Bösen mit dem Tod endet, mögen sie selbst sich auch für gut halten und die anderen böse nennen. Trotzdem ist die Art Wahrnehmungen zu verdrehen, das Leben durch Auslegung so zu verrenken, dass die Wahrheit nicht mehr auffindbar ist, immer zu verurteilen. Denn sie entmündigt die Menschen.
Der mündige Mensch ist das Credo von Sebastian, der die Gurus hasst, vielleicht weil er selbst gern einer wäre, dazu aber zu viel Liebe und Gefühl, zu wenig Skrupellosigkeit und Willen zur Macht unter allen Umständen mitbringt. Darum sagt er Christoph Pater und dessen Dogmen den Kampf an. Nur eine Frage der Eifersucht?
Das Besondere und zugleich Alltägliche bei der Analyse der Psyche ist wohl: Alle Schatten tanzen weiter. Was immer man herausfindet. Jeder Fall ist anders. Und doch in jedem Fall jedem ähnlich. Oder nicht? Vielleicht!

16

Also achte man auf die Anfänge, die Anknüpfungen und den Übergang in die Zwangsläufigkeit des Geschehens: das langsame Sterben bis zum Tod. „Es ist mehr als das Koma der eigenen Unentschlossenheit, was uns lenkt. Es ist mehr als das Wissen um den Ausweg: Amok als Lebensstil ist zugleich Hintertür und Haupteingang; eine Drohung, die wie ein Stigma über allem liegt - und zugleich die Aussicht auf eine glanzvolle, neue Freiheit, eine Unabhängigkeit von allem und jedem."
Das ist Vivianes Credo. Und - heimlich! - Sebastians.

Das Tagebuch des Sebastian Fischer

„Es ist der 26. März 1998. Das Tagebuch liegt in einer schwer einsehbaren Ecke des Regals und wird sofort mein Freund. Es ist unbeschrieben. Viel Platz für eine Geschichte, die am Ende eine unbeschreibliche Hoffnung atomisieren könnte - das Leben selbst. Aber wer hat schon eine Ahnung davon, was passiert, wenn man tut, was erst die Zukunft uns tun lässt - und was das bedeutet? Wer will ermessen, welchen Spielraum ′es′ vor uns versteckt?"
Sebastian hat das Schwerste geschafft. Den Anfang. Am Vortag waren es neun Monate, dass Viviane und er sich das erste Mal gesehen haben. Nun will Sebastian die ganze Geschichte aufschreiben. Denn er hat sich entschlossen, um seine Frau zu kämpfen. Er beginnt zu erzählen:
„...von dem Mittwoch gestern, dem 25. März 1998, einem Mittwoch wie damals. Es war eine mildkühle Frühsommernacht, jener 25. Juni des Jahres 1997. In der Bar an der Pariser Straße in Wilmersdorf sah ich sie zum ersten Mal. Gestern sagte mir Viviane, entweder sei sie an jenem Abend verrückt gewesen oder als wir geheiratet haben oder sie sei es heute. Sie sagte, mich treffe keine Schuld, sie habe mir nichts vorzuwerfen - es spiele sich in ihr ab. Da sei etwas, das sie suche und unbedingt finden müsse. Sie sprach von dunklen Seiten, von Schatten und einem Erlebnis. Und: Sie habe deren Einfluss nicht erkannt und mir darum auf einer falschen Grundlage das Eheversprechen gegeben. Es war 20.10 Uhr. Wir haben beide lange gearbeitet. So saßen wir nun sprachlos und erschöpft in diesem Restaurant. Und mehr war aus ihr nicht herauszuholen. Ihr Gesicht war wie eine Maske aus Stein, die sich in sich verschob, wenn sie den Kopf in die Hände grub. Um 23 Uhr legte ich mich ins Bett und weinte.

Irgendwann, als ich hochschreckte, durch und durch verschwitzt, lag sie neben mir. Sie schnarchte. Ich legte meine Hand auf ihre Schultern. Schlafend stieß sie mich zurück. Heute früh wollte ich wissen: Was wird? Keine Antwort. Ich fuhr ins Büro. Die Bezirks- und Verwaltungsreform in Berlin wurde durch Zusammenlegung von dreiundzwanzig zu zwölf größeren Bezirken vorangetrieben, der Wasserkopf der Verwaltung und die Bürokratie damit abgebaut, lobten die Politiker im Abgeordnetenhaus der Stadt sich selbst. Spätnachmittags rief Viviane an, ich war nicht am Platz. Als ich zurückrief, war sie nicht unverbindlich. Aber auch ihre Stimme kam wie aus dem erdigen Teint einer Maske. Sie fährt zu Petra. Abends darf ich kommen. Ob sie das will, fragte ich. Sie sagte, wir müssten wohl reden. Geredet haben wir, aber ob es auch etwas zu sagen gibt, wollte ich wissen. Dann sollte sie mich noch einmal anrufen. Das tat sie kurz vor acht Uhr abends. Ob sie mich wirklich sprechen will, war ihr nicht zu entlocken. Sie möchte das Wochenende allein sein. Nachdenken. Nachdenken über die Situation, in der sie sich seit dem Vortage für sie selbst überraschend befindet. Dass sie mich sehen will, sagte sie nicht. Also fuhr ich in unser kleines Appartement am Ludwigkirchplatz, eine Wohnung, die wir für Gäste bereithalten. Sie soll mich anrufen, wenn sie mich sprechen wolle, weil es etwas zu sprechen gibt, sagte ich. Täuschte ich mich? Sie schien erleichtert."

Heimliche Beobachtungen

Seit jener Nacht vor neun Monaten minus drei Tagen bewohnt Sebastian Fischer das Appartement am Ludwigkirchplatz nicht mehr. Als er gegen 21.30 Uhr hineingeht, ist er allein.
„In fünf Tagen sind wir seit fünf Monaten verheiratet", murmelt er zu sich, „und ich bin allein in einer Wohnung, die ich nie wieder bewohnen wollte, weil ich dort immer allein war."
Max, das uneheliche Kind, das seine Frau Viviane zwanzig Monate vor der Heirat empfangen hat, ist beim leiblichen Vater untergebracht, Christoph Pater, Sozialarbeiter, Familienberater.
Sebastian Fischers Phantasie schlägt Kapriolen. Er kramt sein Tagebuch aus der Jacke, schreibt:

„Wir erleben viel. Täglich vierundzwanzig Stunden. Aber das alles notieren? Darum geht es hier: Um eine Beziehung, die bedroht ist, obwohl sie auf der normalen Einmaligkeit einer ungewöhnlichen Liebe baut. Es schmerzt. Warum? Fühlt Viviane sich bedroht? Kolonisiert? Überlagert? Bedrohe ich sie, wenn ich ihr unsere Liebe vor Augen halte, die uns bindet? Vielleicht sollte ich bei Christoph Pater vorbeifahren, wo Max ist. Nur von außen auf die schwarzen Fensterhöhlen schauen, hinter denen Vivianes und mein Sohn bei einem Mann ist, der meine Frau einst befruchtete...Vielleicht sollte ich bei Viviane vorbeifahren, meiner Frau, die allein zu Hause ist. Ja, auf..."

Johanneskirchplatz, Lichterfelde. Die Kastanien haben zu knospen begonnen. So kann der Mann, den seine Frau verlassen will, ganz gut hochschauen in die zweite Etage der Villa, hinauf zu dem Fenster zum Garten, hinter dem das Ehepaar das Wohnzimmer eingerichtet hat. Ihr Auto steht vor der Tür. Das Zimmer von Max und sein Arbeitszimmer, der Erker, sind dunkel. Das Schlafzimmer auch. Ist sie allein?
Die Hauptstraße, die den Platz quert, ist die Ringstraße; viel befahren und, weil mit Kopfsteinpflaster belegt, verkehrsberuhigt. Gaslaternen, Bäume, so alt wie die Villen aus dem vorigen Jahrhundert, als das Land nördlich der Bäke erschlossen wurde.
Lichterfelde ist Berlins letzte, unzerstörte Gartenstadt alten Typs. Mit viel Platz und schönen Grünanlagen um die Villen, Platz, der noch nicht durch Büroklötze und optimierte Verwendung durch Baulöwen verschandelt worden ist.
Gedankenversunken sitzt er da und schaut hinauf. So ist ihm nicht aufgefallen, wie die beiden Personen in den dunkelblauen Peugeot 205 gestiegen sind, den er vor dem Haus noch nie gesehen hat. Der Wagen fährt los, er hinterher.
„Viviane, nein, bitte, sei da nicht drin." Drake- Ecke Gardeschützenweg holt er das Pärchen ein - sie knapp dreißig, lange, braune Locken. Aufatmen. „Und gleich weiter - zu Christoph Pater", murmelt er zu sich selbst. Kampfgeist kommt auf.
Gegenüber vom S-Bahnhof Botanischer Garten steht das Haus. Da schläft Max. Bei Papa.
„Dem traut meine Frau", schreibt er in sein Tagebuch, und weiter: „Hat sie mich als 'Papa` unseres Sohnes je akzeptiert?"

19

Sein Funktelefon klingelt. Viviane. Sie macht sich Sorgen um ihn, sagt sie. Außerdem starrt sie Löcher in ihren Aschenbecher, raucht zu viel. Ihm dreht sich der Magen um. „Soll ich kommen?"

„Hm. Ja."

Dann lügt er: „Es dauert ein Weilchen. Ich bin ganz im Norden - bei einem Freund."

Er braucht Zeit... für sein Tagebuch... die Notizen.

Drei Ehen

Sebastian schreibt: „Die Ehe mit Viviane ist meine dritte. Eigentlich wollte ich nach der ersten nie wieder heiraten. Ich war fünfundzwanzig, Catherine achtzehn, wir hatten uns an der Universität kennen gelernt. Ich war ihr treu gewesen und sie mir. Sie war Halbindianerin, im Nordwesten der Provinz Quebec in Kanada aufgewachsen, in Montreal zur Schule gegangen, dieser Stadt, die das Paris Nordamerikas genannt wird, weil den Vermarktern nichts Besseres eingefallen ist. Tatsächlich ist Montreal viel lebenswerter als Paris. Nicht so wuchtig, nicht so voll Protz, dafür von einem besonderen Charme. Eine Stadt ist halt mehr als die Vitalität der Straßen und ihres Lebens, mehr auch als die architektonischen und gärtnerischen Schönheiten ihrer Villenviertel, mehr als das Tosen in den Geschäfts- und Amüsierzentren. Eine Stadt, das ist vor allem ein gewisser Geruch. Und die Summe aller Worte und Erinnerungen ihrer Menschen. Der Ausdruck 'Paris Nordamerikas' soll phantasieunbegabten Europäern vielleicht einige Assoziationen ins Gehirn brennen.

Catherine verließ mich, weil sie zurück nach Montreal wollte, wo auch ihre Familie lebte. Diese Sehnsucht... meine erste Frau hatte Berlin einfach nicht länger ausgehalten. Irgendwann vorher hatte sie einer Freundin eines Freundes, einer Fotografin, die wir als Gast bei uns aufgenommen hatten, von ihren Fluchtplänen erzählt. Die Freundin aber revanchierte sich für das Vertrauen, indem sie Catherine vorlog, ich würde ihr lüstern hinterherschauen. Später setzte sie was drauf und log, ich hätte auch versucht, sie 'anzugraben'. Warum erzählen Menschen solche Lügen? Catherines Sehnsucht nach dem weiten Land und der Familie auf der anderen Seite des Atlantiks wurde unendlich und jeder Vorwand wühlte sie auf. So gingen wir auseinander. Vor zehn Jahren wurde ich das erste Mal geschieden. Irgendwann stand Vera hinter mir. Als ich mich umdrehte, ihre leuchtend grünen Augen sah, war ich verloren. Wir gingen in die Deutsche Staatsoper, ins Bett, drei Monate später vor den Traualtar, elf Monate danach auseinander. Morgens hatte Vera mich mit einem Kuss verabschiedet, gesagt: ´Bis heute Abend, Schatz, ich hab da eine Überraschung für dich!` Abends war die Wohnung ausgeräumt. Der Möbelwagen muss schon um die Ecke gestanden haben. Vera ging zu dem Mann zurück, von dem sie sich vor mir schon viermal getrennt hatte und der sie aus der Ehe mit mir herausgezogen hatte. Ich vermute, er wollte sich selbst die Überlegenheit seiner Libido über meine beweisen. Das war der 1. Dezember 1994. Am 18. Mai 1996 wurde ich zum zweiten Mal geschieden. Wieder zog ich durch die Viertel, allein und voll Sehnsucht. Beruflich hatte ich viele Ziele erreicht. Ich war Marketingleiter einer Firma mit Niederlassungen in vier Kontinenten und einem Büro in Berlin. Vom Straßenbau bis zur Kabelproduktion oder zur Streichung der sogar vom Gesetz vorgesehenen Sozialunterstützung - für alles war eine Notwendigkeit zu begründen, wenn ein Auftraggeber dafür nur genug ausgab. Das machte ich. Ich war ein rechter Bösewicht, und als solcher galt ich als Spezialist, der allerdings im Glauben lebte sich von dem Geld, das der miese Job erwirtschaftete, den Ruf des Ehrenmannes allemal kaufen zu können. Und so spendete ich hier ein bisschen, lächelte dort auf einer Gala in die Kamera, blasierte mich beim Geschwätz über Politik und andere Dinge, von denen auch meine Gegenüber nichts verstanden, und stellte mich gern so recht in den Mittelpunkt des Lebens. Marketing ist immer auch Self-Marketing... Kaum kriegten die Menschen mit, dass Vera, Reporterin beim Fernsehen, mich verlassen hatte, das Traumpaar auseinander war, flatterten Einladungen in mein Brieffach: Dinner hier, Party dort, ein Empfang, ein Geburtstag auf dem Bauernhof... dabei lernte ich Maria kennen. Es folgten Susanne, noch einmal Maria, Karin, Heike - meine Sekretärin zog bei manchem Namen die Brauen hoch und auch ihre Röcke wurden immer kürzer. Nicht, was man denken könnte. Ich sehe mich als durchaus durchschnittlichen Mann. 1,85 Meter groß, leider zu dick, schon mit Anfang vierzig viel zu viele Haare verloren, zu wenig körperliche Disziplin und somit für jede Form von Fitness ungeeignet. Da wir nun aber in einer Gesellschaft des Scheins und der Scheine leben, schauen alle Frauen - anfangs - charmant darüber hinweg. Sie loben geistige Beweglichkeit, Toleranz, Ausdruck der Sprache (Ach, diese Rhetorik!) und verlieren ihre Blicke schon mal verträumt im Juwelierschaufenster vor den stillosen Tabletts mit den noch stilloseren Bandringen.

Ich nahm alles und alle mit. Aber in mir war etwas, was das alles ganz furchtbar fand. Beruflich habe ich alles. Finanziell stehe ich besser da als viele. Privat habe ich nur Ruinen hinterlassen. Sehnsucht: Ich will eine, nur eine, und der alles schenken, vielleicht sogar mein Leben ändern. Ich will eine Familie, ein Kind mit einer Frau, der ich vertrauen kann, wie sie mir. Ich schaltete eine Anzeige - und las eine Anzeige: Von Jeans und Abendkleid, von Sex und Gier, von dem Besonderen, das tatsächlich das Einfache ist, von der Furchtlosigkeit gegenüber Vorurteilen, Chiffre. Am 25. Juni des vergangenen Jahres trafen wir uns das erste Mal.

Von dieser Bar an der Pariser Straße zogen wir durch das nächtliche Berlin. Ich spürte, dass Viviane etwas Besonderes ist. Ihre Augen leben. Sie hat einen wachen Geist, viele Enttäuschungen hinter sich, sehr genaue Erwartungen für ihre Zukunft, eine große Bereitschaft, sich auch auf Wagnisse einzulassen. Ich nahm mir vor, sehr sorgsam mit ihr umzugehen."

Seine Augen schmerzen vom Fertigen der Notizen im Licht einer Gaslaterne am Gardeschützenweg. Außerdem ist die Zeit um, die man vom Norden nach Lichterfelde benötigt. Also auf, zu Viviane. Er fährt zum Johanneskirchplatz.

Die Mühen des Alltags

„Ja, verrückt", denkt es in ihm. Von allen Seiten stürzen die Anforderungen auf ihn herein. Ein Kollege hat unter dem Siegel der Verschwiegenheit von der bevorstehenden Prostataoperation und seiner Angst vor der Impotenz erzählt, die Firma plant Entlassungen, wird seit wenigen Tagen kolportiert. Er muss Aktennotizen für die Zentrale in Atlanta schreiben und die angelaufenen Kampagnen der neuen Kollegin werden auch nach Abschluss ihrer Probezeit leider nie besser als seine Kontrolle darüber. Außerdem muss er in sechs Wochen eine Reise durch den Osten Kanadas und dabei mehr als zwei Dutzend Arbeitsgespräche abhaken, das Konzept für ein neues Buch zum Thema „Strategien und Außendarstellung des Industrie-Marketing in den USA und Kanada" muss bis Reiseantritt fertig werden. Er darf die Steuer nicht länger aufschieben. Und seine Frau sagt, dass sie weg will. Viviane.

Er will den Schlüssel ins Schloss stecken, als die Tür aufgeht. Viviane sagt, er soll sich einen Wein eingießen, sie geht schnell mit dem Hund. Aus dem Fenster beobachtet er, wie die beiden die Nachbarin treffen, die ebenfalls mit dem Hund unterwegs ist. Die Tiere amüsieren sich, die Damen auch. Es dauert. Von Zeit zu Zeit dringt glockenhelles Lachen zu ihm hinauf, der wie gebannt hinter der Scheibe in dem dunklen Erkerzimmer steht, als suche er nach etwas, das er um Gottes willen bloß nicht zu finden hoffe, das ihn aber dennoch umtreibt.

Endlich kommt sie. Lacht, fragt, ob er schon betrunken sei, krault ihn mit ihren langen, schlanken Fingern und den unauffällig lackierten Fingernägeln im Nacken. „Muss mein Mann mal auf seine Frau warten."

Wie sie sich so in den Lederlehnsessel setzt, entspannt in die Kissen gelümmelt, mit ihren 1,80 Metern, den Kopf auf die Seite gelehnt, rechtes Bein im halben Schneidersitz, linkes lang gestreckt, mit der Linken an der Zigarette spielend, als wär's ein Phallus, den man nur genug streicheln müsse, um ihn immer schön steif zu halten, packt ihn die Lust. Sie vielleicht auch, denn sie ist in jeder Sekunde ihres Seins ein Bündel Lust. Nie hat er erlebt, dass sie nicht wollte. Da war schon eher er gelegentlich erschöpft aus dem Büro gekommen. Nur in den vergangenen Wochen... er müsste das mal in Zeiten benennen.

Nun vertun sie die Zeit mit einem Schwatz über Tagespolitik und die Visionen der Firma in Berlin. Die Hoffnungen einer Stadt, die ihre Baustelle im Zentrum die größte in Europa nennt, für alles andere auch immer die passenden Superlative hat und sich eigentlich niemals damit bescheiden will, ihren Menschen einfach ein lebenswertes Leben zu bieten. Viviane fragt, Sebastian entwickelt seine Gedanken. Als wäre es ein Spiel. Kurz nach Mitternacht legen sie sich schlafen. Sie streichelt ihm mit ihren Fingerkuppen den Rücken. Er wird das Gefühl nicht los, dass sie nicht bei der Sache ist. Sie schlafen nebeneinander ein, irgendwann nachts nimmt er seine Lust in die eigene Hand.

Der Traum

Es ist fast physisch: Die Blicke der Kollegen sprechen von Häme. Der Chef, unverzichtbar im Job, privat ein Looser. Zum dritten Mal gescheitert.

Durchschwitzt wacht er auf, wälzt sich schwer, fällt erneut in Tiefschlaf, der ihn vielleicht nur zehntelsekundenkurz, aber nachhaltig quält. Vivianes Vater, dessen zweite Frau, die Mutter, der Bruder. Die staunenden Augen des Vaters tauchen auf, sich bewegende Lippen, hochgezogene Augenbrauen, als er erzählt, dass sie die Wohnung kaufen werden, in der sie wohnen. Das Lächeln der zweiten Frau des Vaters, Zähne von Ohr zu Ohr, der Bruder, der nie herzlich ist. Er fühlt, er ist verraten. Tage schon. Wochen? Alles ist geplant und nun gelaufen. Und alles ist an ihm vorbeigelaufen, der er immer nur mit Blick auf Job und Chancen die Familie als natürliche Rückgratstütze missbraucht hat. Alle haben sich orientiert. Und Viviane weg von ihm. Alle haben alles gewusst. Nur er hat wieder einmal nichts gemerkt.

Beziehungskrüppel. Bindungsunfähiger Love-Alien, verständnislos wie einer von einem anderen Stern, wenn es um die Sprache der Gemeinsamkeiten geht. Nun kriegt er seine Quittung - es musste einfach passieren: Die Nachricht von dem Unfall des silbergrauen Mercedes auf der Avus, der über die Leitplanken in den Gegenverkehr hineinkatapultiert worden ist, nachdem sich der Fahrer bei fast 200 km/h mit einer Pistole eine Kugel in den Kopf geschossen hat, läuft abends in derselben Sendung wie die von dem Einfamilienhaus in Zehlendorf, das nach einer Gasexplosion völlig ausbrannte. Wie durch ein Wunder dort keine Toten. Für Kripo und Polizeireporter gibt es keine Zusammenhänge. Scheißtraum!

Erste Annäherungen

Am Morgen gibt ihm Viviane einen Kuss. Er sagt, er komme nicht so spät. Zwei Stunden danach ruft sie an.
„Wann?"
„Wann was?"
„Wann kommst du?"
„Zwischen 18 und 19 Uhr, o.k.?"

„Du kannst auch anrufen, wenn du aus dem Büro kommst, dann treffen wir uns irgendwo."

„Wo ist Max?"

„Bei Christoph."

„Muss das sein? Kannst du ihn nicht bei uns lassen und wir treffen uns dort?"

„Nein!"

Das kommt hammerhart. Er fühlt, er soll Max nicht sehen. Nicht in der Atmosphäre einer Auseinandersetzung.

„Wir müssen sprechen."

Auch das hart. Er weiß, er hat nichts Gutes zu erwarten. Der Kuss von heute früh ändert daran nichts. Auch nicht ihre überraschte Gegenfrage, als er wissen will, ob es ihr und Max gefallen würde, wenn sie am Wochenende in den Spreepark gingen und danach zum Picknick an einen See. Sein Blick verliert sich über Breitscheidplatz und Tauentzien, den er von seinem Büro gut überblickt. Freitagnachmittagsverkehr verstopft die Straßen. Die Menschen, wo immer man hinkommt viel zu viele, freuen sich aufs Wochenende. Liebespaare am Wasserklops vor Mövenpick. Er freut sich nicht. Worauf auch?

Vivianes Sicht vom Anfang der Dinge

Zu Beginn ihrer Beziehung führten Viviane und Sebastian ein gemeinsames Tagebuch. Darin hat sie ihre Sicht notiert: „Eine Woche? Ein Leben? Ich weiß es nicht. Du bist mir vertrauter, als ich es mir nach so kurzer Zeit vorstellen kann, wenn ich darüber nachdenke. Also doch ein Leben? Es war ein Mittwoch. Du kamst da in diese Bar, was ich wusste, war, die rote Jacke gehört zu dir. Du hast mich angeschaut, ich habe dich angeschaut und ich musste mich zwingen, nicht wie ein Schulmädchen weg- oder zu Boden zu gucken. Unsicher. Verlegen. Ich weiß nicht, was es war, das mich verunsichert hat. Ich weiß nur, dass es von dem ersten Augenblick an da war. Wir redeten, bis du irgendwann und dann doch sehr schnell meine Finger gestreichelt hast. Du hast mich berührt. Nicht nur meine Finger. Da hat etwas ganz tief in mir empfunden. Nach außen blieb ich zurückhaltend. Innen war schon ein Wollen, mehr Wollen. Das kann doch nicht sein, du kennst den doch gar nicht, wie kannst du den wollen?

Du weißt fast nichts von dem, sagte ich mir und dachte: Man kann zwar tun, was man will, aber man kann nicht wollen, was man will. Wir gingen mit Croquette, deinem Hund spazieren. Weißt du noch, du locktest mich in deine Wohnung, die ich sowieso um jeden Preis der Welt sehen wollte - nach diesem Abend. Ich stand kaum im Eingang, als du schon spötteltest: ´Na, du hast ja Mut, kennst den Kerl kaum und gehst mit in dessen Wohnung!` Ja, Geliebter. An dem Abend, dem allerersten. In der Minute wäre ich mit dir sonst wohin gegangen. Ich wollte dir alles geben. Ich wollte mit dir schlafen, weißt du... Stattdessen setzten wir uns auf eine Bank am Ludwigkirchplatz. Der Kirchturm und seine Kupferspitze schimmerten matt im Licht der Stadt. Ich lehnte mich an dich, vertraute dir, wollte dich. Komisch war es schon, als du sagtest, dass du willst, dass ich dich will. Dass ich kommen soll, weil ich dich will. Ja, komisch war es - fast kosmisch! Ich wollte dich. Schon an diesem ersten Mittwoch, dem 25. Juni 1997. Nicht nur in meinem Bett. Aber auch das. Und eben nicht nur das. Ich wollte dich. Ohne dich zu kennen, ohne Rücksicht darauf, was passieren könnte, wenn ich mich tun ließe, wie ich wollte. Heute bin ich froh, dass du so vorsichtig warst, dass du den Abstand gehalten hast, ein Stück Verantwortung ungefragt für mich übernommen hast. Ich hätte mir vielleicht zu viel zugetraut, hätte vielleicht flüchten müssen. Nicht vor dir, sondern vor meinen eigenen Gefühlen."

Sebastians Blicke verlieren sich, wandern zurück zum Tagebuch, auf dessen ersten Seiten Viviane diese Worte geschrieben hat, als sie wenige Wochen zusammen waren. Damals wuchs, was nun quälend langsam zerreißt: Vertrauen.
Sebastian schreibt: „Dreimal hatten wir Streit, hat Viviane gesagt. Ich versuche, mich zu erinnern. An der Müritz, keine Ahnung warum, während der Flitterwochen. Und vor etwa zwei bis drei Wochen, weil ich Max geärgert habe. Seitdem habe ich sie immer wieder gefragt. Zuletzt wenige Tage bevor sie mir eröffnete, dass sie sich trennen will: Was ist los? Wir schlafen nicht mehr miteinander. Warum? Ich habe wahrscheinlich zu viel gearbeitet. Jetzt fällt mir auf, dass sie auf meine Fragen maskenhaft versteinerte. Einmal wollte ich wissen, ob sie, wie Vera, einfach gehen würde, wenn in unserer Ehe eine Krise ausbreche, jemand einbreche, sonst etwas geschehe, was uns gefährde. ´Unsinn, niemals`, lautete die Antwort. Selbst dieses Versprechen: kompromisslos hart. Wie ihr Weggehen. Was ist an der Müritz passiert? Ich suche im Tagebuch. Es waren unsere Flitterwochen. Ich muss im Tagebuch suchen. Wieder diese Kapriolen der

Phantasie: Der Globus ist die eine Sache. Viel weiter als alle Flugzeuge über den Erdball aber tragen unsere Gedanken, der eigentliche Kosmos steckt in uns, und das meiste darin ist uns selbst unbekannt - wie Gott, der Teufel, alle Gegensätze und Wünsche, alle Sehnsucht nach Harmonie und Frieden, wie die Worte, die nicht wirklich sagen, was wir damit meinen. Wir sind reich, wenn wir bescheiden sind, und drehen durch, wenn wir mehr können, als man uns zutraut und zeigen lässt. Habe ich Viviane zu viel zugemutet und zu wenig für uns tun lassen? Oder hatte ich sie einfach nicht so genommen, wie ich genommen werden will: so, wie ich bin, statt so, wie man mich sieht?"

Die Depression und die Angst

Vor Sebastian hatte Viviane, damals noch Schneider, vier Partner. Den ersten begleitete sie sieben Jahre lang. Es folgten zwei weitere, mit denen sie eine Wohnung bezog - und die sie trotzdem schnell wieder verließ. Ihr letzter war zugleich auch der Vater ihres Kindes, Christoph Pater. Das Erste, was Sebastian über Christoph Pater hörte, war, dass Viviane Angst hatte, ihm Max anzuvertrauen, nachdem sie die gemeinsame Wohnung verlassen und die Etage in der Villa am Johanneskirchplatz bezogen hat. Zugleich hatte Viviane aber auch Angst, Christoph Pater, dem Mann, dem sie nicht vertraute, ihren Sohn Max vorzuenthalten.
„Ich glaube, er ist verrückt", sagte sie über Christoph. Und: „Ich hätte Angst, dass er Max etwas zufügt, wenn ich ihm den Kontakt verbiete. Schließlich kann ich nicht immer auf den Zwerg aufpassen - wie könnte ich es verhindern, dass er ihn eines Tages vom Spielplatz entführt..."
Psychisch ist Christoph Pater extrem labil, depressiv, und sie wisse nicht, wie gewaltbereit er wirklich sei, sagte sie.
„Manchmal hat er tagelang nur vor dem Fernseher gesessen, vor sich dahergebrütet und kein Wort mit mir gesprochen. Vor allem als er arbeitslos geworden ist, war es unerträglich. Er hat mir alles geneidet, jedes Gespräch, das ich mit Verwandten führte, jeden Kontakt mit Freunden. Er selbst wollte nicht mal mehr seine Tochter aus der ersten Ehe sehen. Vielleicht war ich schuld daran; möglicherweise war ich unfähig, auf die Besonderheiten seiner Persönlichkeit in einer so schwierigen Situation einzugehen."

Lisa heißt seine Tochter, vierzehn Jahre alt, erstes Kind von Christoph Pater und Utta Kleist, die wieder verheiratet ist und auch in Steglitz wohnt.

„Lisa und ich machten manchmal Witze über Christoph, ganz leise, damit er es nicht hörte, weil auch Lisa Angst hat, er könnte sie sonst in einem Anfall von Jähzorn totschlagen. Wir lachten, aber es war furchtbar. Utta sagte: ´Seht euch bloß vor, man weiß nie, was der denkt, und erst recht nicht, was er tut. Wenn er etwas will, was er nicht kriegt, und dann jähzornig wie ein Kind wird, er ist unberechenbar!`"

In den ersten Wochen des Zusammenlebens von Sebastian und Viviane hatten die Männer keinen Kontakt zueinander.

„Wir haben nichts mehr gemein. Das ist eine gelebte Episode." Viviane sagte das so sicher, dass Sebastian ihr glaubte. Mitunter lagen Briefe von Christoph an Viviane auf ihrem Schreibtisch offen herum, in denen Pater ihr Vorhaltungen machte oder sie seiner Liebe versicherte. Viviane sagte zu Sebastian, er dürfe die Briefe lesen, er dürfe sie behalten, so wenig würden sie ihr bedeuten.

Ein einziges Mal hatte Sebastian selbst ein langes Gespräch mit dem leiblichen Vater ´seines` Kindes; kurz vor der Hochzeit. Bis dahin hatte Pater es offensichtlich nicht für notwendig gehalten, den Mann der Mutter seines Sohnes zur Kenntnis zu nehmen - und in dem Gespräch mit Fischer sagte Pater auch warum: „Ich habe es nicht für möglich gehalten, dass sich Viviane jemals wirklich vom Vater ihres Kindes lösen könnte."

Und dann, beschwörend: „Nun aber, wo es so scheint, dass wir irgendwie doch eine Liaison à trois leben müssen, ist es wichtig, dass wir alle akzeptieren, dass wir irgendwie - ich nenne es mystisch - miteinander verbunden sind. Da kommt keiner raus, wie viel Zeit auch vergeht. Ich bin nun einmal der Erzeuger von Max."

Sebastian wollte nie einen gefallenen Mann treten und darum mochte er Christoph Pater nicht verletzen. Also sagte er, das sei nun nicht mehr ganz richtig.

„Viviane und ich sind die Familie, in der Max aufwachsen wird, aber ich werde nicht versuchen, dich Viviane zu entfremden. Wenn sie es für richtig hält, Max in einem von ihr bestimmten Rahmen mit dir, dem leiblichen Vater, Kontakt haben zu lassen, werde ich das akzeptieren."

In Gesprächen mit Viviane betonte er, dass es ihm wichtig ist, dass sie ihm nicht eines Tages vorwirft, er hätte dem Kind aus Eifersucht oder anderen Gründen seinen Erzeuger entfremdet.

„Die Art müsst ihr festlegen. Wenn du willst, werde ich intervenieren."

Anfangs war das immer wieder nötig. Als beispielsweise der Vater, der Max jeweils mittwochs nachmittags von der Tagesmutter abholte, ihn dann bei sich behielt und donnerstags früh wieder hinbrachte, ferner jedes zweite Wochenende von Sonnabendfrüh bis Montagmorgen Max hatte, forderte, er möchte den Jungen schon Freitagabend haben, schaltete sich Sebastian ein. Pater begründete sein Begehren geschickt. „So ist Kontinuität gegeben und Max bringt in seinem Kopf weniger durcheinander. Er weiß, dass die Erde rund ist und wer in der Familie wer ist."

Fischer lehnte ab.

Viviane wäre dem Einfluss von Christoph unterlegen geblieben. Stundenlang brütete sie über Für und Wider der Pater´schen Argumentation. Sie fragte Sebastian nochmal und nochmal. Als auch sie schließlich ablehnte, tat sie das so brüsk, dass Sebastian sie bat zu respektieren, dass der Verlierer im Kampf um Viviane seine Wunden leckte. Das sei verständlich.

Viviane erzählte Sebastian über Christophs Mutter: „Sie wäre gern fein, ist aber nur dumm. Mischt sich überall ein und dominiert ihr Söhnchen, ohne dass der sich dessen bewusst wird. Sie ist furchtbar primitiv."

Insgesamt hatte Fischer nie den Eindruck, dass die Familie Pater es lohnte, sich mit ihr zu beschäftigen. Vivianes und Christophs Geschichte war eine Geschichte zweimaligen Scheiterns, zerbrochen an offensichtlicher und auch Viviane offensichtlich gewordener Intoleranz, depressiver Introvertiertheit des Mannes, Lieblosigkeit bis zur Rücksichtslosigkeit und labildebiler Depression von Christoph Pater. Jede Hinwendung zu ihm konnte nur eine Hinwendung zu einer gescheiterten Vergangenheit ohne Chancen auf Zukunft bedeuten, sagte sich Sebastian, dem das Umfeld eher Leid tat. In gewisser Weise fand er es rührend, dass Viviane den Kindsvater nicht völlig von ihrem Sohn trennte, der bald auch sein legitimer Sohn sein würde.

Hoffnung versus Selbstzweifel

Am Sonntag, dem 10. Mai 1998, vier Tage vor seiner Reise nach Kanada, schreibt Sebastian: „Die Sonne brennt die Luft auf dreißig Grad Celsius. Blauer Himmel, es ist kurz nach Mittag. Was könnte das für ein Wochenende sein! Aber so: Vor zwei Tagen, am 8. Mai, das Buchkonzept war von der Konzernleitung in Atlanta abgenickt, ruft Viviane im Büro an. ´Sebastian, wir müssen sprechen.` Seit nun fünf Wochen haben wir nicht mehr über unsere Krise gesprochen, die am 25. März so abrupt in unser Leben hagelte. Viviane wollte das offensichtlich auch nicht, ich mochte sie nicht drängen. Nur Vivianes Großmutter, Mutter ihres Vaters, fast einhundert Jahre alt und noch bei klarerem Geist als die meisten mit fünfzig, von einer nicht zu übertreffenden Sicht und Menschenkenntnis, hat mir meine Sorgen angesehen. Bei meinem letzten Besuch sagte sie: ´Es ist schwierig. Wie soll es auch anders sein bei zwei Menschen, die gewohnt sind, dass ihre Wünsche von ihrer Umgebung wie Anweisungen befolgt werden. Viviane ist wie du. Auch sie will bestimmen. Und bisher hatte sie nur Waschlappen, die das brauchten.` Dabei schaute sie mich mit ihren wasserblauen Augen und einem schalkhaften Lachen an, klapperte mit dem Gebiss, hob den dürren Zeigefinger, über den sich ihre schon welke, fast einhundert Jahre alte Haut faltete. ´Also musst du aufpassen, dass du ihr nicht Dinge zumutest, die du selbst nicht magst. Ihr müsst zusammenhalten. Dann schafft ihr es!` Mit Blick auf die haushohen Kiefern vor ihrem Fenster sprach sie die letzten Worte fast beschwörend und wie zu sich selbst.

Ich liebte diese Frau und wünschte ihr ewiges Leben. Sicher kann ein Mensch in so hohem Alter fast täglich sterben. Aber gerade weil diese Gefahr seit Jahren, bei Vivianes Oma seit Jahrzehnten bestand, ergibt sich doch irgendwann die Sicherheit, es werde ja nicht morgen oder übermorgen passieren. Und so wachsen alte Menschen fast schon in eine gewisse Unsterblichkeit hinein - bevor sie uns dann doch mit ihrem Tod überraschen. Vivianes Oma starb kurz nach diesem Diskurs.

´Ihr werdet es schaffen!`

Fast wie das Vermächtnis der alten Frau klingen mir die Worte in den Ohren. ´Ihr werdet es schaffen!` Wie oft würde ich mich mit dieser Formel noch beschwören, mir selbst die Kraft einreden, die mich durchhalten lässt, egal, was kommt...

Auch Vivianes Vater, Wilhelm, und dessen zweite Frau, zu der Viviane ums Verrecken nicht Mutter sagen will und die sie auch nicht als ihre Mutter sieht, hat mir Mut gemacht: ´Du musst dafür sorgen, dass Max nicht zu oft weggegeben wird. Du musst so viel wie möglich mit dem Jungen unternehmen, er darf vor allem nur so selten wie möglich bei Christoph sein. Du wirst sehen, im Laufe der Jahre wirst du als derjenige, in dessen Familie er aufwächst, immer wichtiger.`

Viviane selbst sagte: ´Du darfst nicht auf mich hören, wenn ich sage, ich will weg.` Sie sagte das mehrfach. Auch noch nach dem 25. März. Wie lange steht ihr Plan, sich von mir zu verabschieden?

Wir kamen uns wieder näher. Ich habe mich entschuldigt für Fehler, die sie mir nie vorgeworfen hat. Für Fehler, die ich aber gemacht haben muss, denn - so sagt mir der Instinkt eines Gefühls, eines Suchens, mit dem ich mich selbst bis in die dunkelsten Ecken meiner Seele auszuleuchten versuche - sonst würde sie so nicht reagieren. Ohne Ursachen gibt es keine Wirkung. Ich sehe die Fehler in meinem Umgang mit Max. Der Kleine, denke ich - und entschuldige mich zugleich mit meiner Unkenntnis des Verhaltens von Kleinkindern - terrorisiert Viviane derart, dass ich mich frage, wieso sie oft mit solcher Affenliebe reagiert. Und je verständnisloser ich mich zeigte, umso mehr entzog sie ihn mir. Natürlich liebe ich den Jungen, aber in meinem Verständnis fehlt offensichtlich fast alles, was zur Erziehung eines so kleinen Menschleins gehört. Viviane andererseits, das muss ich ihr vorwerfen, könnte viel mehr dafür tun, dass Max mich auch dann liebt und mit mir spielt, wenn ich zwar konsequent und erwachsen, aber doch immerhin sein Vater bin, der auch mal Grenzen setzt und dem Kind trotzdem die Wahl eines eigenen Weges lässt. Wenn ich heute daran denke...

Viviane hat mir gesagt - nie vorgeworfen, aber irgendwie war es eben doch ein Vorwurf - ich bin zu hart mit dem Kind. Hätte sie es mal dargelegt! Mir hätte das die Chance einer Änderung meines Verhaltens gegeben. Weil sie sich aber darauf beschränkte, das als Tatsache festzustellen, ohne dass ich eine Gelegenheit nahm, den Nicht-Vorwurf zu untersuchen, muss ich in ihr elementare Ängste berührt haben. Ich wurde mir darüber natürlich nicht klar. Und sie ging davon aus, mir so grundlegende Sachen wie Mutterliebe nicht erklären zu müssen. Ich habe sie zweifellos verletzt. Auch damit, dass ich viel zu viel Zeit in der Firma zerschlagen und ihr zu wenig gegeben habe. Nachts dann, wenn unser Junge, etwa weil er krank war, was in jenen Wochen mehrmals geschah, in unserem Bett mitschlief und sein Köpfchen an mich kuschelte, sein kleines Händchen unter meine Hand schob, unterlag ich dem Irrtum, wir würden wieder eine Familie sein. 'Ihr werdet es schaffen!`, hörte ich die Alte.“

Abends bittet er Viviane, ihm noch eine Chance zu geben.
„Mal sehen“, sagt sie.

Blindheit versus Zukunft

Sebastian fühlt trotzdem, wie ihm die Sicht auf die Dinge verloren geht. Der Ungeist Pater ist - in Sebastians Phantasien - viel zu oft zwischen ihm und Viviane, je mehr Zeit vergeht. Er versteht die Wandlung nicht, die sich vollzieht. Aber im Lauf der Zeit, ohne dass einer das anspricht, stellt sich so eine Art Eifersucht ein, Abneigung, noch nicht Hass. Aber je mehr sich die Strukturen unausgesprochen und doch fühlbar ausprägen, umso seltener fragt er nach Christoph, umso demonstrativer versucht er, ihn durch Nichterwähnen aus der Familie Fischer herauszuhalten.

Die Worte von Vivianes Stiefmutter haben seine Abneigung bestärkt: „Die kommenden Jahre werden immer wichtiger. Sei einfach da - dann wirst du der Vater."

Aber auch ohne sie hätte Sebastian den leiblichen Vater seines Jungen weniger und weniger akzeptiert. Viviane schaut ihn dieser Tage oft nachdenklich an. Sicher kann sie seine Gedanken lesen, denkt er. Sie fühlt sein Leiden und sagt, dass sie ihn liebt. Er leitet daraus nicht ab, dass seine Abneigung, die stärker und stärker in Eifersucht umschlägt, ihn mehr und mehr lähmen wird, ihr zu geben, was sie sucht: einen Familien-Pol, einen Vater für Max, der Max` Vater ersetzen kann. Sie empfindet das - und es scheint ihr möglicherweise als bedrohlich. Deshalb will sie nicht, dass Sebastian von ihrem Gefühl von Ambivalenz erfährt. Beide nehmen sich wechselseitig die Chance, im jeweils anderen den Psychotherapeuten des eigenen Neulands zu entdecken und zu nutzen.

Manchmal sieht Sebastian Fischer seinen Konkurrenten ganz anders. Er sagt sich, damals, als sie angefangen haben, hätte er ihr nicht so stichhaltig nachweisen sollen, dass und vor allem wie unglaublich zäh und zerstörerisch sich dieser Christoph Pater in ihre Beziehung schon vor der Ehe eingemischt hat.

Aber war sie es nicht gewesen, die ihn dazu ermunterte, indem sie die Erziehungsthesen dieses Mannes immer wieder gelobt, Sebastians Ideen hingegen mit Ablehnung quittiert hat, nachdem sie feststellte, dass Christoph Max nicht gleich an den ersten Wochenenden aus dem Fenster geworfen oder in der Mikrowelle gegrillt hatte?

Vivianes Großmutter ist tot. Die Urnenfeier auf dem Waldfriedhof in Zehlendorf war das letzte Familientreffen mit wenigstens einem Anschein heiler Ehewelt. Viviane hat der alten Dame zu einem leichten und schmerzfreien Tod in den Armen ihres Sohnes, Vivianes Vater Wilhelm verholfen, indem sie dem Hausarzt klar machte, dass die Verschreibung von Morphium im Fall einer fast hundertjährigen Frau wohl kaum noch zu einer lang anhaltenden Abhängigkeit führen kann. Und obwohl Viviane als gelernte Krankenpflegerin und Studentin der Literatur selbst fast täglich mit dem Tod konfrontiert wird, hat es ihn erschreckt, wie viel Leid wirklich aus ihr sprach, wenn sie den Tod ihrer Oma beinahe als glücklich beschrieb. 'Der Tod ist keine Droge, Vivi`, denkt Sebastian. Er traut sich nicht, mit ihr darüber zu sprechen.

„Der Anschein von Euphorie, den sie bei den Schilderungen des Glücks, die Familienpatronin tot zu wissen, auf ihrem Gesicht trug, scheint mir lächerlich." Nur seinem Tagebuch erzählt er das und auch: „Mir stand in den Tagen immer wieder das Wasser in den Augen. Aber ich war deswegen nicht blind. Ich fühle mich als Opfer - allein. Viviane gibt Max viel zu oft zu Christoph und macht mir klar, dass ich keine Alternative als Vater darstelle, weil ich zu viel arbeite, aber auch weil... – eben."

Familienberater Christoph Pater hingegen scheint anders. Christoph Pater ist einfach immer im Zimmer. Wenn Viviane spricht, hat Sebastian Fischer - mittlerweile ist sein Selbstbewusstsein Auflösungserscheinungen ausgesetzt - den Eindruck, sie sei fremdgesteuert. Er will Erklärungen, die er nicht erhält, weil sie sie nicht hat. Sie folgt einer ihr selbst unbegreiflichen Wirkung fremder Einflüsse auf ihr Gemüt.

Sebastian schreibt: „Perfekt programmiert, auf jedes Argument zugleich entschuldigend und Deckung suchend den Kopf zwischen die Schultern ziehend, gibt sie mir seit Tagen und Wochen das Gefühl, dass Christoph Pater es ist, der mit mir diskutiert - Christoph Pater in der Person von Viviane Fischer."

Tatsächlich ist Viviane Fischer Christoph Pater längst ausgeliefert. Deswegen gibt sie ihrem eigenen Mann, Sebastian Fischer, nicht die geringste Chance mehr hineinzuleuchten in das, was sie in ihrem Unbewussten bewegt und was sie zulässt an Lenkung ihrer Sinne durch Christoph Pater. Viviane Fischer hat den Magier gewechselt. Des neuen, alten Mannes geschicktester Zug war es, sich ihr gegenüber und in ihr zunächst zwar zu verbeißen, sich gleichzeitig aber nach außen verborgen zu halten.

Sebastian leidet unterdessen unter Selbstzweifeln, die ihn nur umso mehr von seinem und ihrem bewussten Ich entfremden: „Ich habe sie zu sehr unter Druck gesetzt. Sie ist zu ihrem Ex, dem Vater von Max zurückgekehrt - im Geiste schon psychisch; physisch dann, wenn ich aufgegeben habe."

„Das werde ich nie dürfen", sagt er sich immer wieder. Die Kraft der Beschwörung der Formel der alten Frau wirkt in seinem Unbewussten nach und nährt seine spätere Heilung. „Ihr werdet es schaffen!", hört er die tote Großmutter, selbst wie ein Blinder nach der Basis der eigenen Sicherheit tastend und suchend.

Flucht in die Isolation

Sebastian meidet seine Freunde und jeden Kontakt. Nur seinem Tagebuch erzählt er, was sich ihm offenbart; er hofft, durch Vernetzung des Bewussten zu entdecken, was da sonst noch in seiner Seele ist. Am 10. Mai schreibt er: „Viviane will in Omas Wohnung ziehen. ´Erst einmal`, sagte sie gestern. ´Du hast es mir seit Wochen prophezeit und mir die Augen erst geöffnet: Ich bin mit Christoph Pater noch nicht fertig. Ja, es stimmt, ich war nicht frei, als ich dich geheiratet habe. Und ich war nicht in der Lage, es mir selbst einzugestehen. `Es muss wie ein Häuflein Mist ausgesehen haben, was ich dazu an Figur und Gesicht gezeigt habe. Jedenfalls klang es unehrlich und so, als wolle sie mich lediglich trösten, als sie hinzufügte: ´Das heißt nicht, dass ich jetzt wieder mit ihm zusammenziehe. Aber als du gesagt hast, ich hätte mit Christoph noch eine Rechnung offen, hast du etwas gesehen, was ich nicht sehen konnte, weil ich eben nicht frei war, ja, gerade weil es stimmte, weil ich diese Rechnung noch offen habe.` So waren deine Worte, Vivi.
Irgendwann an diesem Samstagabend waren wir beide wie ausgetrocknet. Ich wollte ins Bett, du wolltest weg. ´Ich gehe nicht zu einem anderen Mann, ich gehe zu Petra`, sagtest du. Ich antwortete nicht, aber auch die Rolle der besten Freundin sollte nicht sein, Eheleute zu trennen. Warum hat Petra eigentlich niemals mit mir über die Gespräche gesprochen, die ihr führt? Ich an ihrer Stelle hätte, dachte es in mir. Aber ich schwieg.
Beim Spaziergang mit dem Hund merkte ich, wie auch er die Traurigkeit der Situation fühlte und litt. Samstagmittag fuhr ich zu der Party im Hafen, zu der ich schon zugesagt hatte, als ich dich noch an meiner Seite glaubte. Am frühen Abend waren die meisten betrunken - da war ich bereits auf dem Heimweg. Ich hätte Max gern gesehen. Du kamst mir mit dem Hund entgegen - Max hattest du bei Christoph deponiert.
Du nahmst mich an diesem Abend in den Arm. Du gabst mir einen Kuss. Du schautest mich immer wieder an und sagtest irgendwann: ´Mann, was habe ich da angerichtet!`

War das eine Regung von Liebe, von Mitleid, von beidem, vielleicht ein Zwischending? Barmherzigkeit? Oder hattest du einfach Lust, mich auf deine Weise mit der Nase in den von mir gemachten Mist zu stoßen, damit ich verstünde? Wolltest du etwas sagen, ohne etwas zu sagen?
Als du wieder wegstrebtest, wieder zu Petra, schien mir dieser Gedanke völlig absurd. In wenigen Tagen müsste ich zu einer wichtigen Dienstreise und fand keine Sekunde, mich darauf vorzubereiten. Ich muss endlich aktiv werden, schoss es mir durch den Kopf. Reinschiff machen. Warum nicht?
Ich hatte wohl Unmengen getrunken. Als ich wieder bei Sinnen war, lag ich in unserem City-Appartement. Keine Ahnung, wie ich dort hingeraten war. Ich fror wie ein Schneider.

Heute geht es mir besser. Ich bin bei Sonnenaufgang spazieren gegangen und habe mich auf einer Wiese an einem See im Schatten eines Kirschbaums ausgeschlafen. Jetzt ist es fast Mittag. Es scheint so, als würden sich einige Nebel in meinem Kopf lichten.
Viviane, meine Frau, diese Kraft - keine Einmischung wird uns trennen. Vielleicht ... aber ... nein, jetzt noch nicht."
Er fühlt die Verzweiflung. Warum ist sie nicht bei ihm?

Seiltanz ohne Netz

Sebastian ist ein stolzer Mann. Stolz auf vieles; stolz, dass er seinen Weg allein gefunden hat. Aber was ist das für ein Weg, fragt er sich in der Krise.
Der Stolz ist ein Seiltänzer ohne Netz. Verliert er die Kontrolle und stürzt, fällt er hart. Stolz darf nicht fehltreten.
Sebastian hat Angst. Er sieht das Seil nicht mehr - und bewegt sich in allzu großer Höhe. In der Angst vor dem Sturz und der Unfähigkeit, den Weg zu sehen, den einzigen, dieses dünne, schwankende Seil, wünscht sich auch der Stolz ein Netz. Sebastian will nicht hart fallen. Die Suche nach einem Netz ist für ihn die Suche nach einem Freund. Er geht zu Reiner.
„Seltsam", sagt er sich, „immer in Zeiten der Krise kommen wir uns näher. Ich brauche jemanden, mit dem ich sprechen kann, ohne zu überlegen, ob das, was ich sage, gerade angemessen oder unangemessen ist.

Jemanden, der mir sagt, was richtig ist, was ich übersehen habe, was mir zu meiner Sicherheit zurückverhilft."

Mit Reiner geht das, denkt er. Reiner ist ein Lehrer, Sportler, Freund; kennt Viviane, Max, die Eltern und mich. Reiner rät Sebastian energisch ab, Christoph Pater zur Rede zu stellen oder auch nur zu kontaktieren.

„Ich habe überlegt, dem Vater von Max seine Grenzen zu zeigen und ihm mal richtig eine aufs Maul zu hauen", erzählt Sebastian seinem Freund. „Damit machst du alles noch kaputter", sagt Reiner. Auch mit den Eltern soll er um Gottes willen nicht über Viviane sprechen. „Du bist mit Viviane verheiratet, keinen anderen geht euer Streit etwas an. Schreib einen Brief, ja, das ist etwas Schönes. Man kann ganz ehrlich sein und der andere kann sich Zeit nehmen, über jedes Wort nachzudenken."

Das wird er tun. Ganz ehrlich sein. Wenn ein Wort zu streichen ist, dann so, dass Viviane es lesen kann, dass sie um seine Unsicherheit weiß, genau das in Sprache zu fassen, was in ihm in Widerstreit liegt. Er will bedacht auf Nähe und Ehrlichkeit sein und so zugleich mitteilen und erfahren, was ist.

„Wenn ich wissen will, wie wir in diesen Konflikt geraten sind, muss ich zunächst etwas geben in der Hoffnung, dann zu erfahren, was an meinem Verhalten oder an meinen Worten Viviane von mir entfernt", schreibt er nach dem Gespräch in sein Tagebuch.

Zu Hause angelangt, kommt ihm sein kleiner Hund mit hängenden Ohren entgegen. Seit dem Vorabend hat er das Tier sehr vernachlässigt, hat Croquette einfach zurückgelassen. Die kleine Mischlings-Hündin, die er im Januar 1984 auf der Straße gefunden und bei sich aufgezogen hat, merkt jede Störung und leidet furchtbar. Nun ist der kleinen Pelzdame anzusehen, dass sie am liebsten unter dem Teppich verschwinden möchte, so dicht hält sie die Nase über dem Boden: Auf keinen Fall Oberwolf ärgern! Nur dabei sein, Herrchen, und vielleicht ein ganz klein wenig hinter den Ohren kraulen ... na, nicht gleich wieder aufhören, sagt sie ihm auf ihre Weise. Sie ist sehr anschmiegsam. Und wieder ein Stups mit der kalten, nassen Nase. Wirst du wohl weiterkraulen...

Die beiden gehen eine große Runde spazieren. Der Hund trifft viele verspielte Kumpels. An nichts hatte Sebastian zuvor Freude. Nun tröstet ihn die kleine Hündin. Seit vierzehneinhalb Jahren ist sie seine treueste Freundin.

Wieder in der Wohnung, läuft Sebastian rastlos von Zimmer zu Zimmer, von Ecke zu Ecke. Überlegt, was er beim ersten Mal in dieser Wohnung gedacht, was er gefühlt hat... wie er das erste Bild platzierte, einen Fliederstrauß in Öl auf Karton, von einem russischen Expressionisten gemalt. Wie sie ihn aufgenommen, aufgesogen und nicht mehr weggelassen hat.

„Warum brauchen wir zwei Wohnungen? In meiner ist aller Platz der Welt", sagte sie ihm nach nicht einmal einer Woche. Also verließ er seine und zog in Vivianes Wohnung.

Seine Gedanken sind bei dem Brief, den er schreiben will: „Du willst meine Nähe. So viel, wie du brauchst, hat dir noch nie ein Mann geben können, sagtest du. Mir geht das genauso. Und so schreckte es mich nicht. ´Warte mal ab, wie das ist`, sagtest du spöttisch, deine Mundwinkel spielten auf und nieder, wie das ist, wenn dir der Schalk im Nacken sitzt. ´Warte ab, wenn ich auch in zehn Jahren noch die maximale Distanz von einem Millimeter zwischen uns zulasse`..."

Sebastian überlegt und verwirft Überlegungen. Stundenlang, tagelang geht das. Immer wieder hatte sie ihm und er ihr Briefe und Zettel geschrieben.

Einmal stand auf einem Blatt: „Dinge, um die man sich nicht bemühen muss, sind oft nichts wert. Wo fängt Bemühung an? Ich muss mich um dich bemühen. Das ist auch gut so. Ich möchte aber kein Spiel daraus machen. Ich möchte mich auch nicht zurückziehen, um deine Annäherung zu erreichen oder um dir das Gefühl zu geben, dass du dich um mich bemühen musst, um meine Zuwendung zu bekommen. Ich möchte das leben, was ich fühle, ohne Theater, ohne Schauspiel, auch wenn du das Gefühl hast, du müsstest nichts dafür tun, dass ich dich mag. Eher, damit du das Gefühl haben kannst, dass ich dich will um dessentwillen, was du für mich bist, nicht um dessentwillen, was du für mich tust."

Die Drohung

Einmal sagt Sebastian zu Viviane: „Am besten, Christoph wäre im Knast. Oder tot."

In dem Moment, als er die Worte gesprochen hat, merkt er: Fehler! Aber er stand zwischen ihnen. Von diesem Tag an ist dieser Fehler wie ein Hindernis auf dem Weg zu einem ehemals gemeinsamen Ziel.

Also: Aus dem Weg räumen - entweder den Fehler oder wirklich ihn, den Mystiker, der mit der unergründlichen Kraft der Antimaterie, mit dem Sog eines schwarzen Lochs ihre Sinne von ihm wegzieht, für sich vereinnahmt und in sich hineinsaugt!

Und doch ist er der leibliche Vater von Max. „Unser Sohn liebt seinen Vater, was immer der auch für ein Mensch sein mag", sagt sie und wirft ihm vor: „Einem Kind einen geliebten Menschen wegzunehmen, ist nicht richtig."

„War nur ein Reflex", entschuldigt er sich.

„Drohst du mir?", will sie in den Tagen vor seiner Reise nach Kanada wissen.

Er schaut in ihre betonharte Maske, zu der ein Gesicht nur in der Verteidigung oder im Hass versteinert. Ihres versteinert, wann immer sie ihn ansieht.

Er denkt an die ehemals spöttischen Mundwinkel, wenn sie früher miteinander gescherzt haben. In Gedanken schreibt er ihr das: „Ich fühle, dass es einen Grund gibt für diese Leblosigkeit deines Mienenspiels, einen Grund, den du mir aber nicht sagst, selbst jetzt nicht, wo ich mich mit den verschiedensten Vermutungen schon so zerfleischt habe, dass mir meine eigene Körperlichkeit so fremd wird wie das Dunkel, das mich umgibt, wenn ich an dich und an uns denke. So heftig habe ich mich aller Delikte gegen uns beschuldigt, dass ich mich frage, wofür man mich überhaupt lieben kann. Also bitte, befreie mich aus meiner Lähmung! Du kannst es. Und sei es dadurch, dass du mir diese eine, die furchtbarste aller Klarheiten gibst: Dass ich keine Chance mehr habe, du mich verlässt, mit Christoph leben willst - und mich endlich zu hassen beginnst."

Es sind so Gedanken. Reflexe. Wie auch diese:

„Geliebte, wenn es heißt, dass ich dich nicht allein lassen muss, dass wir zusammenbleiben können, wenn ich dich nur mit Drohungen ans Leben erinnern könnte, dich erreichen und aus deiner Maskenhaftigkeit herausreißen, dann will ich jener anderen, der grauen, unbeweglichen, der durch die Christoph Pater'schen Pfeile der Einmischung vergifteten Seite in dir tatsächlich drohen. Dein Leiden mit ihm wird mich zu einer Feindschaft reifen lassen. Und da ich es spüre, was niemand ausspricht, dass es ihm egal ist, was aus mir wird, werde ich diesbezüglich durchaus alttestamentarisch reagieren."

Einmal sagt sie, und ihm kommt es wie eine Antwort auf nie geschriebene Zeilen vor:

„Du kannst mich nicht verschrecken mit dem, was du sagst und tust. Und du kannst mir auch nicht drohen. Verschrecken kannst du mich eher mit Dingen, die du nicht sagst als mit Dingen, die du aussprichst."
„Dann müsst ihr sehr wachsam sein, Christoph und du", antwortet er, „und ausdauernd. Ich frage mich: Werdet ihr auch in zehn, in fünfzehn Jahren noch wachsam sein? Müsst ihr aber. Mich werdet ihr nicht los! Das ist so sicher, wie ich Max erzählen werde, was seine Mutter für eine Frau war, wenn er mal soweit ist, dass er es versteht. Oder wie ich ihn zum Segeln mitnehme. Sein Freund werde."
Tatsächlich scheint ihm gar nichts sicher. Er sagt es nur so. Es ist ein Reflex. Wie die folgenden Worte, die er in sein Tagebuch schreibt:
„Gedanken, härter als deine Maske, härter als Beton. Du wirst mir die Welt nicht verdrehen, weil Christoph Pater sie dir verdreht hat. Du wirst meine Liebe nicht wegschieben, ablegen wie ein altes Hemd. Sie wird bleiben - was dir als Drohung scheint, weil es deine Feigheit, dein Weglaufen ohne Auseinandersetzung, ohne die von dir selbst geforderte Mühe schwer macht. ´Furchtbar` nennst du das, was ich dir erzähle, dass ich manchmal nur noch im Gedanken an Amok Trost finde. Aber es spielt ein Zug Leben um deine Mundwinkel, wenn ich so tue, als wäre ich ein harter Mann. Manchmal zeigst du mir danach sogar Liebe."
Einmal liest er in einer Zeitschrift von einem jungen Pärchen auf Urlaubsreise in Brasilien. Am alten Fischerhafen von Belem im Nordosten des Landes, vor der wunderschönen Kulisse der blau und weiß und rot lackierten Holzboote an den Kais, der Menschenmassen auf dem Markt, der Marktschreier unter ihren stroh- und plastikgedeckten Ständen, auf einer Holzbank sitzend, einen frischen Fisch mit Salat auf dem Teller, das Kolorit im Blick, sticht ihn eine Wespe in den Nacken. Der Mann fällt um und ist sofort tot. Er stirbt im Paradies. Fällt einfach um.
Das verwirrt Sebastian - und dass sie ihn verlassen will und dass sie fordert, dass er bedingungslos akzeptiert.
„Nein, nie!", sagt er sich. Auch das ein Reflex.
Etwas schlägt zurück; etwas in ihm wehrt den Angriff selbst auf die Hoffnungen ab, die schon zerstört scheinen. Etwas kämpft…
Für sie ist das wie eine Drohung.

Der Himmel über den Wolken

„Es ist der 14. Mai 1998, ein Donnerstag. 13.000 Meter über dem Atlantik sehen die Schäfchenwolken wie Federkissen aus", schreibt er. „Endlich unterwegs. Endlich weg von dort, wo die Angst vor der Entfernung größer ist als hier, über den Wolken und trotzdem unter dem Himmel. An Bord der Boeing 747 von Air Canada nach Dorval ist so viel Platz, dass Max mit seinem Dreirad noch im Kreis vor dem Liegesitz umherfahren könnte. Vier-Sterne-Essen. Australischer Rotwein. Filet, serviert auf Porzellan. Das einfache Bauernleben in der ersten Klasse. Ich habe Sitz 3 a.
Die Touristen hinten scheuern sich die Wangen an den Kniescheiben wund, so eng sind die Sitzreihen gestellt. Geschäftsreisende werden verwöhnt.
Der englische Kanal und Schottland liegen hinter uns. Um 12.30 Uhr MESZ haben wir Labrador vor uns. Die Uhr sechs Stunden zurückstellen, dann zeigt sie die Zeit in Montreal. Was könnte das für eine Zeit werden, wenn Viviane und Max dabei wären."
Sebastian freut sich auf die Distanz zu allem und will sie auskosten. Er sucht die Erinnerung an die Sehnsucht nach Nähe und will auch die auskosten. In einem der gemeinsamen Tagebücher, die Viviane und er geführt haben, liest er, was sie ihm einmal geschrieben hatte:
„Gerade bist du gegangen und ich spüre immer noch deine Hände auf meinem Körper. Ich fühle schon jetzt, dass ich dich in der eigentlich kurzen Zeit, die wir uns nicht sehen, vermissen werde. Ich werde Sehnsucht haben, es wird mir etwas fehlen, was zu dem Leben von mir gehört, in dem ich begonnen habe, im WIR zu denken und damit UNS zu meinen."
7. Juli 1997 steht darunter.
Er schaut auf die Eis- und Felswüste von Labrador. Gigantische Gletscherströme, gefrorene Flüsse. Ein unwirtliches Leben. Er notiert: „In zweieinviertel Stunden landen wir auf dem Stadtflughafen von Montreal, Dorval. Ich nehme einen Schluck von dem Champagner zu den Cashew-Kernen. Ich liebe den Luxus, den ich lebe, wenn ich ihn genießen kann, und wünschte doch lieber, dass es das Flugzeug zerreißt und wie einen Stein in die unwirtliche Welt da unter uns stürzen und zerschellen lässt, wenn ich tatsächlich denken müsste, alles sei aus. Ich hoffe auf dich. Du wirst dich selbst finden und deinen Weg zu mir neu bestimmen. Oder mir sagen, wenn ich es bin oder mein Verhalten, das sich zwischen uns schiebt, so dass ich das ändern kann. Du wirst mich nicht länger in dieser

Ungewissheit, in dieser unwirtlichen, felsigen Kälte lassen. Irgendwann wirst du das auch so sehen.

In meinem Tagebuch liegt ein Zettel von dir! ´Zwischendurch ist alles so unwirklich, dass ich befürchte, gleich aus einem schönen Traum aufzuwachen. Dann quakt Max nach seinem Tee, und während ich ihm einen in seine Tasse fülle, fällt mein Blick auf deinen Ring. Und das fordernde, ausgesprochen reale ´Teeee` meines Söhnchens ist völlig unvereinbar mit der Existenz eines Traumes. Eines wirklichen Traumes. Denn traumhaft ist es, was mich Tag für Tag mehr verwandelt.`

Zwei Wochen, nachdem wir uns kennen gelernt haben, hast du mir diese Worte geschrieben. Am 8. Juli 1997, einen Tag vor einer kurzen Dienstreise.

Heute frage ich mich, ob du dich bedroht fühlen würdest, wenn ich *nicht* versuchen würde, dir die Maske auszureden, die du dir in der verdrehten Wahrnehmung der Welt von Christoph Pater, dem Spitzenrhetoriker, aufsetzen lässt? Würdest du es normal finden, dass ein Mann, nur weil er leiblicher Vater eines mit dir gemeinsam gezeugten Kindes ist, sich in eine Beziehung einmischen darf, die du sogar zur Ehe ausgebaut hast?

Er hat dir die Wahrnehmung verdreht. Du seiest mit ihm noch nicht fertig und hättest noch eine Rechnung offen. Zugleich sei da auch noch so etwas wie Liebe? War es das, was du zusammengefasst hast? Nein, Vivi, Letzteres glaube ich dir nicht. Schon möglich, dass du noch eine Rechnung mit Christoph Pater offen hast. Ich auch. Aber Liebe haben wir beide nicht für diesen Strolch.

Verdrehte Wahrnehmung - seine miese Gesellschaft wird auch unseren Jungen zerstören. Könnte es sich nicht erweisen, dass dein Fehler gewesen sein wird, dass du einmal als Mutter dastehst, die ihr Kind gerade deswegen verloren hat, weil sie dem Irrtum unterlegen blieb, der Junge könnte nicht ohne seinen leiblichen, wohl aber ohne seinen tatsächlichen Vater, deinen Mann, ohne mich sein?

Christoph Pater ist gefährlich. Das hast du selbst über ihn gesagt, als er dich unter Druck setzte, als er Einfluss nahm, Max öfter zu sehen und selbst unseren Kontakt zu unserem Kind nach seinen Vorstellungen zu gestalten. Er hat damit nie nachgelassen, bloß die Methoden geändert.

Der Mann ist gefährlich, denn er ist doktrinär. Er benutzt die Kenntnisse der Verhaltensmuster der soziologischen Wissenschaft zur Zerstörung der anderen Willen, so dass er seinen eigenen durch die Ruinen reiten kann. Er ist wirklich gefährlich!

Du hast dich aber trotzdem geirrt - und eben wieder nicht: Als dir klar wurde, dass Christoph nicht zu den klassischen Verbrechern gehört, zu jenen, die Kinder aus Fenstern werfen, ehe sie sie hergeben, oder entführen, hast du dich beruhigt. Zu Unrecht, wie sich erweisen wird: Denn die Gefahren von Menschen seines Schlages rühren aus der Skrupellosigkeit, mit der sie in die Seelen anderer dringen und als Propagandisten der Destruktion die Wahrnehmungen verdrehen.

Weil Menschen seelisch keine Einzeller sind - höchstens manchmal, was den Verstand betrifft, scheint mir - finden sich die Spuren der Manipulation an der geistigen Welt meist erst, wenn es zu spät ist. Außerdem: Zurückverfolgen auf den Schuldigen lassen sie sich auch nicht. Christoph, der das weiß, weil er die Phänomene zerstörter Menschen als Familienberater täglich vor sich hat und beruflich gut ist, wie du mir zugegeben hast, kann also ungestört die Wahrnehmungen verdrehen und Wahnnehmungen erzeugen: Deine. Mäxchens. Meine nicht. Ich sehe, erkenne. Ich beobachte. Aber das sollte dir, gerade dir, meiner Frau, keine Bedrohung sein.

Ich kämpfe um dich. Ich kämpfe nicht gegen dich, wenn ich diejenigen bedrohe, die dich zerstören.

Es ist deine Chance, Viviane. Nimm sie wahr! Max zuliebe, dir selbst und mir zuliebe. Der Familie zuliebe. Und überlass Christoph Pater mir!

Bitte verstehe endlich, dass er dich deswegen gegen mich aufbringt, weil wir ihm im Guten niemals beibringen werden, dass wir ihm seinen leiblichen Sohn nicht abtrünnig gemacht hätten. Also versucht er und wird es immer versuchen, alles zu zerstören. Denn nur in eine zerstörte Familie hinein wird er den Einfluss ausüben können, der es ihm sichert, dass er der alleinige Herr über die Sicht ist, von der er will, dass sie auch zur Sicht seines Sohns wird. Du hast hier auch eine Verantwortung für die zu erziehende Mündigkeit von Max, die durch Christoph gefährdet ist.

Nur einfach auf den Verdacht hin, dass ein Junge ohne seinen Papa kein anständiger Mensch wird, unsere Ehe zu zerschlagen, ist nicht der Weg. Darin sehe ich - mangels anderer Erklärungen deinerseits und weil du selbst sagtest, du seiest mit Christoph noch nicht fertig - den tatsächlichen Grund für unsere Krise. Ich werde dagegen tun, was ich tun kann. Überlass CP mir. Bitte! Oder sage mir, was ich sonst tun könnte, um dich zurückzugewinnen."

Sebastian Fischer sieht sein Tagebuch an. „Freundschaft?", fragt er wie zu sich selbst. „Bietest du mir Freundschaft? Oder werden mich die Worte zerstören, die ich notiere?"

Er ist über den Wolken. Aber er ist alles andere als im Himmel. Nein, der Himmel müsste weit darüber sein.

Der Trainer der Trampolinspringer

Christoph Pater bewohnt eine Hochparterre-Wohnung nahe dem S-Bahnhof Botanischer Garten in Lichterfelde. Unweit von Sebastian und Viviane Fischer, aber weniger repräsentativ.

Das Einzelkind, das in der Schule nie etwas teilen und das auch später nie etwas abgeben wollte, hat irgendwie dennoch eine mittelmäßige Karriere hingekriegt. Die Theorien vom westlichen Trampolinspringer und der Zwangsläufigkeit dessen Versagens hat er schon im Osten Deutschlands inhaliert.

Als Arbeiterkind in Gera geboren und aufgewachsen, zeigt sich sein offensichtliches Talent als eine von der Natur gegebene Gabe des Hineinfühlens und Hineinhorchens in sich selbst und die menschliche Seele im Allgemeinen im Studium der Soziologie, Philosophie und der Lehre des Marxismus-Leninismus. Dank seiner Leidenschaft für Psychologie und Psychiatrie lernt Pater schnell: Im Wettstreit der Intrigen, die nicht nur in einer zentralistischen Diktatur Machterhalt und Überleben des Mittelmaßes gewährleisten, kann immer nur einer gewinnen - alle anderen verlieren.

Als Propagandist des Staats- und Parteiapparats hilft dieses Wissen. Mehr noch helfen seine Studien über den Wahnsinn. Der Wahnsinnige als einer, den die Gesellschaft als gescheitert betrachtet, fasziniert Pater. Er spürt, dass im Wahnsinn mehr mitgeteilt, eine tiefere Wahrheit als die Lust, sich außerhalb zu stellen, enthalten ist. Ist Wahnsinn vielleicht nur eine Fassade, die Etikettierung einer herrschenden Mehrheitsauffassung, hinter der sich tatsächlich etwas ganz anderes versteckt?

Pater besorgt sich Michel Foucault und dessen Schriften über den Wahnsinn, in denen sich der Wahnsinn im Bund mit der Vernunft als deren Anderes darstellt. Er studiert das Tragische am Wahnsinn und seine Wahrheit. Er findet Antworten auf Neurose und Psychose im Bund mit ihrer Etikettierung als Wahnsinn: die Chance, nicht als Sünder, nicht als Gesetzesbrecher geächtet, sondern stattdessen als Wahnsinniger beiseite geschoben - in Ruhe gelassen - zu werden. Könnte das der geheime Weg durch einen für andere versteckten, dunklen Wald werden, in dem man

man selbst sein kann, während andere übers harte Pflaster marschieren müssen?

Pater leidet seit seinem allerersten Orgasmus unter einer geradezu vulkanösen, zwanghaft-triebhaften Libido und unter einer aus seiner verklemmten Erziehung resultierenden Angst, das sei etwas Böses.

Und so will er immer, und wenn er könnte, dann kann er eben doch nicht, weil seine Physis nicht mitspielt, wie er will, sobald er das Mitspiel eines anderen als eine Art des Kontrolliertseins empfindet.

Jede Frau ist für Pater wie die eigene Mutter: Jemand, der aufpasst, kontrolliert, dass der Junge nichts Böses tut, damit er sich seine Chancen nicht verbaut. Nur schwachen Frauen und Kindern gegenüber verliert sich das.

Die Kenntnisse des Vorhandenseins des Dunklen in der Seele erweitert seinen Aktionsradius trotz seiner Komplexe: Dank dieses Wissens lernt er frühzeitig, die Angst der Menschen für sich auszunutzen. Die Angst, das eigene Unbewusste fürchten zu müssen, weil man es nicht kennt, die Suche und die Hoffnung, jemanden zu finden, der es benennt, so dass man es kennen lernen und in Deckung mit dem Bewusstsein bringt, findet er gerade bei starken Menschen besonders ausgeprägt. Ja! Starke Menschen leiden mehr unter der Dualität von Gut und Böse in sich. Den Erfolg in der Gesellschaft garantiert ihnen ihr System einer wirksameren Kontrolle der Antipoden von Seele und Körper, von Geist und äußerem Trachten.

Pater verschafft sich die Schriften von Szasz, Basaglia, entwickelt seine Faszination für die frühe Form der Menschenopfer, deren neuzeitliche Ausprägung die Ausgrenzung der Wahnsinnigen darstellt.

So stößt er auf die Methoden der psychologischen Analyse und der Heilung seelischer Defekte: Das Menschenopfer der Frühzeit, das Gott gnädig stimmen und die Opfernden „heilen" sollte, hat sein Analogon im modernen „Heilmittel", der Medizin. Diese selbst empfindet Pater als Suggestion von Heilung, da sie nicht Wirkungen, sondern Symptome kuriert. Wenn aber die Heilung nur suggeriert wird, dann ist die Droge - das Gift für die Sinne, das ihre Täuschung ermöglicht, indem es die Sinne betäubt - der Weg der Macht, der demjenigen, der Macht über die Droge hat, Herrschaft gibt.

Da ist es: Macht! Pater will sie nicht erleiden. Er will sie ausüben!

Schon in diesem Stadium seiner Entwicklung sichert er sich zeitweise erhebliche Privilegien im Verhältnis zu seiner Umwelt. Das gefällt dem Mann natürlich.

Von hohem Wuchs, tiefem Tonfall in der Stimme, bärtig und unter dem Druck der vielen positiven Erwartungen, die auf ihm ruhen, empfindet er es als gerecht, selbst privilegiert zu sein - sei es auch auf Kosten aller. Das Leben ist schön, solange er von der Partei so sicher zwischen allen Unwägbarkeiten hindurchgelassen wird. Da bereitet ihm auch das Scheitern seiner ersten Ehe kein Kopfzerbrechen.

Aber mit der täglichen Belastung des Erfolgs und durch ihn hervorgerufener, weiterer Erwartungen setzt der Erosionsprozess ein.

Pater wird depressiv, wenn sich der Mittelpunkt der Aufmerksamkeit nicht mit seiner Person deckt. Dann macht er erste Fehler und gilt auch im Kreis seiner Protagonisten bald als Fehlinvestition.

Mit dem Fall der Mauer 1989 geht Pater als einer der Ersten in den Westen. Er entdeckt, dass das Individuum in der relativen Freiheit der nicht staatlich gelenkten Kontrolle über alles noch einsamer ist. Die Gesellschaft der Trampolinspringer wird für ihn zur Entdeckung schlechthin.

Pater begreift den Nutzwert der Theorie. Er erkennt, dass im System der Leistung immer nur einer die Macht haben kann - und das ist nicht derjenige, der etwas leistet. Nein, im Gegenteil: Derjenige, der die Anerkennung besitzt, andere mit einem Etikett zu versehen, das diese akzeptieren, also Definitionen aufzustellen, hat die Macht. Nur der Trainer der Trampolinspringer ist wirklich frei!

Alle anderen sind Manövriermasse, willenlose Menschen, deren Scheitern an irgendeinem Punkt ihres Erfolges sicher ist. Sie sind die Trampolinspringer.

Der Trainer nimmt sie sich vor, sagt ihnen, wie sie hoch und höher kommen, und definiert, was das heißt. Er lobt sie für gute Figuren, versucht, ihre Leistungen zu steigern, denn er weiß, je besser sie werden, umso größer sein Ruhm als Trainer - umso mehr und tiefer schmettert es sie später nieder.

„Höher! Höher! Noch höher! Sehr schön! Oh, das müssen wir aber noch üben. Höher! Noch höher! Sehr gut - und nun: Oben bleiben!"

Gerade indem sich der Trainer über die Zwangsläufigkeit erhebt, an irgendeinem Punkt des Gipfels zu scheitern, weil er selbst nämlich unten bleibt, zieht er die Sehnsucht derjenigen, die sich im Sprung eben nicht auf der Spitze ihrer nur vermeintlichen Überwindung der Schwerkraft halten können, auf sich: Sie wollen nicht nur ihn als Person, deren Kraft, sie zu beurteilen, zu etikettieren, sie anerkannt haben. Sie wollen vor allem von ihm lernen, wie man das sieht, was er sieht. Sie wollen sein Urteil. Obwohl immer unten, siegt der Trainer ausschließlich kraft seiner

Kraft, anderen die eigene Vorstellung aufzudrücken. Die Menschen wollen sein Etikett.

Pater hat seinen Platz gefunden. Nun muss er noch an dem Weg arbeiten, dorthin zu gelangen. Nicht einfach für einen, der qua Herkunft, Besitz und Erscheinung - mittlerweile hat er Bauch angesetzt, die kraftlosen Ärmchen sind noch weicher geworden - eher in den unteren Bereich der durchschnittlichen Attraktivitätsskala gehört.

Viviane Schneiders Ansehen, vor allem aber ihr Vermögen könnten das ändern.

Pater lernt sie bei einem sozialmedizinischen Diskurs 1993 kennen und erkennt sofort ihre Schwäche: bei ausgeprägtem Intellekt mit der Fähigkeit des blitzschnellen Denkens, einer guten Allgemeinbildung in einer vermögenden Familie ohne Leitplanken aufgewachsen.

In ihren Augen sieht er noch mehr: ein misshandeltes Kind. Er erkennt ihre Suche nach Dogmen. Viviane scheint zum Opfer geboren. Neugierig, vertrauensvoll, ohne Orientierung, wenig gereist, kaum Sprachkenntnisse, von der Phantasiebildung her auf einen einzigen Kulturraum, den deutschen, und dort auch nur auf dessen westlich geprägte Entwicklung ausgerichtet.

Christoph Pater hat sie nach wenigen Wochen im Bett; inszeniert den für den Eigentumsübertrag der Seelen fremder Personen nötigen Trennungsakt unter bestimmten Bedingungen, hat Beobachtungsgabe und Geduld genug, den rechten Zeitpunkt abzuwarten und die Versöhnung nach seinem Weltbild zu gestalten.

Erst danach kann sie ihm als das dienen, was sie ist: eine Gebärmaschine. Das Kind würde zur Blut gewordenen Ideologie seiner magischen Fähigkeiten, Verknüpfungen des Lebens nach seinem Plan zu organisieren. Er sagt sich, er könne sie ausnehmen wie eine Mastgans. Damit wäre sein Weg in die Gesellschaft bereitet. Viviane würde nicht entkommen.

Die zweite Trennung der Mutter seines Kindes und der Auszug aus der gemeinsamen Wohnung stören den Mann nicht mehr, der sich allein durch die Existenz von Max in einer geistig derart verarmten Welt der Reichen eine tiefe Pfahlwurzel in den Schoß der Gesellschaft gesichert hat. Der Kontakt und die schnelle Ehe mit Sebastian Fischer bergen nur kurzzeitig eine Gefahr: Wer ist dieser Mann? Besitzt er die Kraft, ihn zu ersetzen? Hat er die Kenntnisse, seine Wirkung auf sie zu unterbinden - den Faden zu zerreißen? Könnte er die Pfahlwurzel aus eben jener Gesellschaft wieder herausreißen? Das muss Pater erfahren.

Einfache Sprache, hämmert es in seinem Kopf, einfache Sprache, Bescheidenheit, die Zwangsläufigkeiten der Motivationstheorie ausnutzen und ihre Vorteile auf seine Seite bringen. Das ist die Anforderung der Gegenwart.

Nach einem ersten Gespräch mit Fischer weiß Pater, dass er in diesem Fall auf Zeit spielen muss, langen Atem braucht, die Skrupellosigkeit eines Mörders, der seinem Opfer Luft in die Vene spritzt, damit die Ursache des Herzstillstands auf alle Fälle nur von Pathologen mit einem ausgeprägten, eben darauf gerichteten Verdacht und der entsprechenden Untersuchungsmethode festgestellt werden kann. Der perfekte Mord ist der Mord, der gar nicht als solcher erkannt wird, den niemand untersucht, sagt sich Pater.

Fischer ist ein Romantiker und Idealist - für jemanden mit Ziel und Vision, mit Herkunft und Brutalität, für jemanden wie Pater keine Gefahr.

Pater ist trotzdem nicht ganz sicher, was seinen Hass auf Viviane mehr steigert, was seine Bereitschaft, sie gerade deshalb nicht gehen zu lassen, betoniert. Da gibt es noch etwas. Es ist ein Gefühl, das unmittelbar aus seiner Libido spricht. Diese selbst wird aus einem ihm unbekannten Fleck seines finstersten Unbewussten gesteuert - dort regiert ein Wollen: Es richtet sich auf das Fleisch und die Exzesse, die ihm seine verklemmte Erziehung als böse definiert hat. Er will die Definition umkehren. Ihm ist das Böse das Gute. Er will es!

Das Feine muss also ersetzt werden. Die Subversion der Aktion weichen. Auch das hasst Pater, wenn es mit dem Risiko behaftet ist, den Weg der Magie zu verlassen. Es muss sein. Er würde es schaffen.

Pater arbeitet einen Plan aus, kalkuliert Risiken und Chancen, markiert die Hindernisse und überlegt genau, wie er welche Hürde zu welchem Zeitpunkt überwinden kann. Dann erst ist er wirklich gewappnet.

Am 15. Mai 1998 um 23.30 fliegt ein Pflasterstein durch das Fenster im Hochparterre der Pater´schen Wohnung, zerschlägt das Küchenfenster, räumt eine Etage des Gewürzregals leer, landet in einer Glasvitrine. Der Krach weckt die gesamte Nachbarschaft in dieser ruhigen Straße. Ein Zeuge beschreibt später, er habe einen „großen Kerl mit schwarzer Mütze überm Kopf wegrennen sehen".

Als ein Nachbar bei Pater klingelt, passiert minutenlang nichts, obwohl er drinnen ein Kleinkind schreien hört. Als Pater öffnet, wirkt er gelassen. Ja, er habe den Schaden gesehen und die Polizei schon gerufen. Die Beamten nehmen ein Protokoll auf.

Sebastian Fischer ist zu der Zeit in Kanada. Alles, was in Berlin passiert, wird sie als von ihm inszeniert vermuten, weiß Pater. Er will sein Bestes tun, sie in dieser Vermutung zu unterstützen.

Pater grinst sich im Spiegel an. Selbst wenn Sebastian ihren Verdacht entkräften und auf ihn umlenken könnte, würde Viviane denken: So ist Christoph nicht. Sie wird an die Macht ihres Mannes Sebastian Fischer und an seinen Einfluss glauben, die Kontakte zu kaufen, die notwendig sind zu tun, was getan worden ist.

Sebastian hat einmal den Fehler gemacht, ihm den Tod zu wünschen. Aus diesem Netz wird er seinen Rivalen nicht mehr entweichen lassen.

Catherine

Im Tagebuch notiert Sebastian Fischer: „Es ist der 14. Mai 1998, mittags, die Sonne steht fast im Zenit. Unter mir elf Kilometer nichts. Noch fünfhundert Kilometer bis Montreal, fünfunddreißig Minuten Flug, minus achtundfünfzig Grad Celsius Außentemperatur an der Flugzeughaut. Lichte Wolken liegen über dem grünen Land der Ost-Kantone der Provinz Québec. Um 11.45 Uhr landet LH 6856 AC 875 auf dem Montrealer Flughafen Dorval.

Irgendwann kommt für jeden die große, schwarze Welle, die ihn von Bord reißt, in die Tiefen zieht. Dann hilft keine Rettungsweste mehr. Aber solange müssen wir kämpfen…"

Rauschgifthunde schnuppern an den Koffern der aus Europa landenden Maschine, die fast vierhundert Menschen aus ihrem Bauch spuckt. Es ist eine so traurige Geschichte mit diesen schönen Hunden. In Dorval bewundert Sebastian vor allem einen pechschwarzen Labrador mit glattem, glänzendem Fell und einem freundlichen Gesicht. Aber auch er - drogensüchtig.

Als kleine Hunde werden sie mit genau berechneten Dosen verschiedener Drogen süchtig gemacht. Erst diese Sucht macht sie später - nach einer Zusatzausbildung - zu den Drogenexperten, denen kein Gramm Haschisch entgeht, das in einem Aluminiumkoffer steckt, und sei es auch noch so gut verpackt. Die Montrealer Drogen-Grenzkontrolle gilt als nahezu perfekt.

„Ich werde die Zeit nutzen."

Sebastian schmeckt immer noch diesen schönen, weichen, innigen Kuss, mit dem Viviane ihn in Tegel verabschiedet hat. Er denkt an sein Versprechen: „Ja, ich werde die Zeit nutzen und versuchen zu erfahren, wo uns der richtige Kurs hinführen könnte und mit welchem Aufwand wir ihn wiederfinden."

Tatsächlich ist er nicht der Mensch, der sich durch unnötig hart am Wind gesteuerten Kurs freiwillig in diese große, schwarze Welle stürzt. Max, dem Jungen, den er als sein Kind empfindet, will er alles beibringen, alles erzählen. „Irgendwann machst du dir dein eigenes Bild", murmelt er.

Catherine, seine erste Frau, umarmt ihn. „Herzlich willkommen in Kanada!" Sie hat immer noch diesen niedlichen Akzent. Catherine ist sehr lieb zu Sebastian. Sie nimmt ihm eine Tasche ab und plappert ohne Pause, während sie ihm Montreal zeigt. Eine Stadtrundfahrt, Spaziergänge, Cafés - er hat fast vergessen, wie weitläufig die Stadt ist, wie viel Platz sie bietet, wie viel Leben sie beherbergt, wie wunderschön sie ist. Kein Vergleich mit Paris!

Montreal, Kanada

„Montreal. Warum ist diese Stadt für mich immer so etwas wie ein Bruch mit allem anderen?", schreibt er am nächsten Tag in sein Tagebuch und weiter: „Wer mit dem Ziel eines Abschieds geht, kann trotzdem eine Weile bleiben. Auch immer?

Ich sitze am Boulevard St. Laurent, ein Musiker spielt leise auf seiner Gitarre, Oefs québecoises, drei Spiegeleier, Ananas, Mango, Melone, Bohnen, Speck, zwei scharf gegrillte Würstchen, süßer Kuchen, frittierte Kartoffelstückchen. Darüber wird Ahornsirup geträufelt. Köstlich! Québecoises eben.

Draußen zwanzig Grad Celsius, Sonne, leichter Wind streichelt durchs Fenster. Die schönsten Frauen der Welt flanieren den Boulevard entlang. Die Röckchen so kurz, dass im Gehen weiße und rosa Slips, mal mit Spitze, mal in Seide, blitzen. Temperamente. Formen. Mode. Multikulturalismus. Interesse. Offenheit. Man will an jeder Ecke eine Freundschaft knüpfen.

Mit meiner Sehnsucht bin ich bei meiner Familie. Eben habe ich Vivi einen wahrscheinlich dummen Spruch auf den Anrufbeantworter gesprochen. Was soll einem auch Intelligentes einfallen, wenn für den anderen sowieso alles falsch ist, jedes Wort im Sinn verdreht wird.

Vielleicht sollte ich hier bleiben. Hier, auf der anderen Seite des Atlantiks, getrennt durch ein Meer, könnte ich eine Trennung verarbeiten. Zurzeit bin ich auf Durchreise. Furchtbar, weil voll Fernweh! Meine Ex-Frau kümmert sich wie eine Schwester um mich. Gestern hat sie mich mit zu ihrer Familie mitgenommen. Jean und Michel schwärmten von den Geschäften, Immobilien, die sich verkaufen wie warme Brötchen. 'Es wird wieder gut nach den Jahren der Rezession.' Ja, Kanada ist das erste der Länder der G7 mit einem ausgeglichenen Haushalt. Schon zu Zeiten höherer Arbeitslosigkeit und Verschuldung war das Lebensgefühl in diesem zweitgrößten Flächenstaat der Erde mit seinen schier unendlichen Möglichkeiten ungleich vielfältiger als das auf Ansehen, Geld und Prestigeobjekte gerichtete Streben in der alten Welt Europa. Wir haben Hummer gegessen in einem Landgasthaus. Zwei Stück für elf Dollar.

Es ist Samstag, der 16. Mai 1998. In Berlin früher Abend. Montreal ist um sechs Stunden hinter der mitteleuropäischen Sommerzeit zurück. Die Sonne brennt von ihrem Scheitelpunkt auf das Zentrum der nordamerikanischen Frankophonie. Was werde ich heute tun? Was würden wir in Berlin unternehmen? Würden wir zusammen sein?

Viviane, du hast mir alles genommen. Was bleibt, ist ein sinnleeres Wochenende. Nicht sicher? Stimmt. Aber woher soll ich die Energie nehmen, um den Tagen ihren Sinn zu geben? Seit achtundvierzig Stunden bin ich hier, seit zweiundfünfzig weg von dir - ich weiß es nicht.

Nachmittag. 15.30 Uhr. Ich war spazieren, habe mir im Kaufhaus La Baie im Zentrum Montreals an der Rue Sainte Catherine Shorts gekauft, für Max eine ganz niedliche Bibermütze mit Zähnen auf dem Schirm und einem kleinen Biberkopf auf dem Stoff gedruckt, bin durch Eaton gebummelt, die Rue Sainte Catherine aus dem armen Westen durch die Amüsiermeile in den geschäftigeren Osten. Reichtum und Sprachenvielfalt - einen Großteil der Sprachen kann ich nicht einmal identifizieren. Erschreckend, wie dick viele der jungen Menschen sind, wie viele auch hässlich und unästhetisch. Oder stechen sie gegen die Schönen nur besonders hervor?

1454, Rue Peel, Le Grand Café Parisien Alexandre ist sofort mein Lieblingscafé geworden. Zwischen Rue Sainte Catherine und Rue Maisonneuve, in der Nachbarschaft schöner Boutiquen und feiner Ateliers für Mode, Kunst, Schmuck gelegen, vermitteln die Caféhaustische und Korbstühle Flair. Die Bedienung ist unübertroffen. Sicher fallen auf jeden Berliner mehr Haupttreffer im Lotto als auf ganz Deutschland Restauranthilfen, die so freundlich sind! Am Vortag hat mich Catherine hierher geführt.

Jetzt denke ich an meine kleine Ex-Frau, die mir nach zehn Jahren Scheidung wie eine Schwester geworden ist.

Ich trinke Eistee, schaue den Flaneuren hinterher. Montreal ist die schönste Stadt der Welt. Ich finde überall Spuren der Erinnerung - an die Zeiten, als Catherine und ich noch kein Paar waren, als ich hier studierte, in der Zweieinhalb-Millionen-Stadt am St.-Lorenz-Strom, die mehr Cafés und Gasthäuser, mehr gute Restaurants und Diskotheken, mehr Striptease mit weniger Animation und einer ungleich angenehmeren Atmosphäre bietet, als ihre große Schwester Paris.

Neben mir sitzt eine glückliche Familie: Papa und Mama um die fünfunddreißig, Tochter fünfzehn, Tochter fünf. Alle lieben sich. Es ist schön anzusehen. Die Kleine trinkt einen rosaroten, die Größere einen quietschgrünen Juice. Papa und Mama je ein Bier. Es gibt Salat und Pommes frites. Vivi, das könnten wir sein!

'Le Regime Suharto tremble sur ses bases` lautet der Titel der besten frankokanadischen Tageszeitung 'Le Devoir`.

Ob es stimmt, das mit Christoph Pater - Unzucht mit Kindern in der DDR? Ich hätte ihm fast alles zugetraut. Das nicht. Aber angeblich ist die Information verbürgt. Ich werde auf weitere Erkenntnisse warten.

3515 Boulevard St. Laurent. Ich habe ins Shed-Café gewechselt. Zwischen der Rue Sherbrooke, an der mein Hotel Paris liegt, und der Rue Prince Arthur, der Restaurantmeile schlechthin, ist der Boulevard mindestens so voll wie die Moskauer Metro nach Büroschluss. Es ist nachmittags. Wie schon gestern Abend, bedient eine Armee schöner Frauen, eine freundlicher als die andere. In Berlin undenkbar! Das Café ist voll. Szenetypen. Ich werde über Prince Arthur und Rue St. Denis heimlaufen, auf dem Place St. Louis die Füße im Brunnen kühlen. Ich habe eine Blase am rechten Zeh.

Viviane würde hier Furore machen mit ihrer Größe, ihrer Figur, ihrem schönen, ausdrucksstarken Gesicht... und wir drei erst; Max, Vivi und ich. Mein Junge, eines Tages zeige ich dir die Stadt.

Daphné bringt zwei riesige Burger an den Nachbartisch. Rachel schenkt Gin-Tonic aus. Ich zahle meinen Kaffee bei Sophie.

An der Place St. Louis sitzt Jane und planscht mit den Füßen im Wasser. Sie kommt aus Connecticut, ist aber vor wenigen Wochen nach Kalifornien umgezogen, wie sie nach kurzer Zeit erzählt. Jedes Jahr im Mai oder Juni kommt sie hierher, sitzt unter den Ahornbäumen, die den Platz mit Schatten flecken. Für Jane ist Montreal die schönste Stadt Nordamerikas.

Es sei wie Paris, sagt sie, nur nicht so weit. Ihr Mann Bill nickt, während sich die Tochter mit anderen Kindern im knieflachen Wasser des ausgedehnten Brunnenbeckens amüsiert. Man kommt schnell ins Gespräch auf Prince Arthur, zwischen St. Denis und Boulevard St. Laurent.

Abends: neuer Versuch. Ich höre das Klingeln des Telefons am anderen Ende der Leitung. Vivi ist nicht da. Oder sie hebt nicht ab. Ich erzähle dem Anrufbeantworter von meinem Tag. Kuss für Max, Klaps für den Hund. Tschüss, Schatz!

Kanada im Mai - Hummerzeit. Ich habe Hunger. Also hin, wo die Ernte der Fischer besonders gut und preiswert ist."

Das Fest der Hummer

Casa Greque, 200 Prince Arthur Est. Das Lokal gibt es seit 1980, wie der Chef unter seinen Namen schreiben ließ, um die Tradition zu verdeutlichen. In einem jungen Land, in einer jungen Stadt, in Montreal heißt das etwas. Und die Casa Greque ist eine Legende. Wen auch immer man fragt, das Haus wird empfohlen. Es ist eines der touristischen, aber auch für die Menschen von hier regelmäßigen 'Musts` in Montreal.

Es ist 19.15 Uhr. Schlangen von Hungrigen auf der Straße vor der Casa Greque. Zwanzig, dreißig Männer, Frauen und Kinder, die auf einen der etwa achtzig Sitzplätze auf der Terrasse warten. Wie überall in Montreal, so ist auch an diesem Ort eine ganze Armee von Kellnern damit beschäftigt, Berge von Tellern, Unmengen von Gläsern und Tassen aufzutischen, abzuräumen, umzuordnen. Geregelt wird alles durch den Gerant, den Chef der Terrasse, der Sebastian ermuntert sich anzustellen. Wird nicht lange dauern, seine Einschätzung.

Sebastian geht hinein. Eine Warteschlange auch dort. Aber kürzer. Drei Sektionen hat das Erdgeschoss, insgesamt etwa einhundertfünfzig Plätze, zwei Sektionen gibt es im Obergeschoss, einhundert Plätze. Alles voll. Es dauert zehn Minuten, bis er einen Platz hat.

Ein Hummer für 12,95 Dollar. Zwei Hummer für 16.95 Dollar. Dazu jeweils Salat, Reis, Kartoffeln, der Hummer wird halbiert gegrillt und mit Käse überbacken, mit Kräutern gewürzt.

Es ist ein Festival. Es nennt sich „Festival d'Hommard", das Fest der Hummer. Mindestens tausend gehen allein in der Casa Greque an diesem Abend durch die Öfen und über die Tische.

Und das ist nur eines von einem Dutzend Restaurants in diesem Viertel der Stadt, nur eines von Hunderten in der Provinz, von Tausenden in den Atlantikprovinzen Kanadas und der USA, die zwischen New York, Maine, Maryland, Nova Scotia, Newfoundland, Neuschottland, Québec und Ontario täglich Hunderttausende Hummer grillen.

Als in Sainte Thérèse, einem kleinen Städtchen vierzig Meilen im Norden, dieser Tage ein Restaurant zwei Hummer zum Preis von einem anbot, pilgerten die Kanadier aus der ganzen Region zu Tausenden in die Laurentides, die blauen Berge im Norden der Millionenstadt, um an einer staubigen Straße unter einer strohgedeckten Restaurantterrasse auf großen Platten die Schalentiere - etwas kleiner als gewohnt - zu verzehren, als wären es Burger.

Es können mehr als zwanzigtausend Hummer gewesen sein, die allein in diesem Schnellrestaurant als Junk-Food an einem einzigen Wochenende ihr langsames, schmerzhaftes Sterben einem besonderen sozialen Instinkt verdankten: Am Meeresboden wandern sie in langen Schlangen, eine Schere am Schwanz des Vorhergehenden, in Richtung kanadische Küste, um dort für Nachwuchs zu sorgen. Die Fischer legen nun ihre Netze mit Ausläufern, weiten Mündungen gleich, auf den Meeresboden. Läuft eine dieser Hummer-Kolonnen gegen die Wand eines Netzes, so folgt der Leithummer dieser, nicht wissend, dass das einzige Loch im Trichter nicht in die Freiheit, sondern genau in eine Hummerreuse führt.

Der Erste tappt hinein, alle folgen, bis die Reuse so voll ist, dass sich die Tiere fast erdrücken. Der Fischer muss das Fanggerät nur noch hochziehen und hat seine Ernte.

Es ist 20 Uhr. Sebastians Hummer liegt auf dem Tisch. Direkt vom Atlantiksand wurde er auf ein Schiff geladen, aus einem Hafen irgendwo an der Felsküste der Atlantikregion gekühlt, aber lebend im Lkw nach Montreal und weiter vom Fischmarkt hierher gefahren. Vielleicht hat das Krustentier den gestrigen Tag noch in Freiheit verbracht.

Er erinnert sich an das Pfeifen und an die Blasen, die aufstiegen, Schreie wie von einem Baby, als er einmal bei Freunden eingeladen gewesen ist, die Hummer selbst gekocht haben. Bei lebendigem Leib werden diese geselligen Krebse in kochendes Wasser gesteckt, in dem sie dann ihr Leben quälend langsam auspfeifen. Bis zu zwei Minuten dauert es, bis das Eiweiß geronnen, der Hummer tot ist, damit sich die Gourmets gut und gesund ernähren.

Der Hummer, der vor Sebastian auf dem Teller liegt, wurde gegrillt. Lebendig auf die Flammen, bis der Tod eingetreten ist.

In Deutschland ist es 4 Uhr morgens. In den nordamerikanischen Atlantik-regionen verzehren die Feinschmecker die letzten und von Jahr zu Jahr kleiner werdenden Hummergründe, während Europa schläft. Die Menschen feiern ein Festival. Bloß für die Tiere, die für die große Party ihr Fleisch hergeben müssen, ist es alles andere als ein „Festival d´Hommard". Sebastian nimmt sich vor, dass es sein letzter Hummer gewesen ist.

Nach dem Essen will er richtiges Fleisch! Die Rotlichtviertel in Montreal sind die verführerischsten in Nordamerika, gerade weil es Animation fast gar nicht gibt. Er geht auf die Suche. Den Boulevard entlang - zunächst nach Norden. „Swimming" leuchtet unter roter Reklame. 3643 Boulevard Saint Laurent. Nichts wie hoch, erste Etage, es ist - eine Billardhalle.

Und wieder ein Superlativ des Amüsements: Eine Videowand, groß wie ein Einfamilienhaus, auf der Sport und Werbung laufen. Sieben Fernseh-schirme über der daneben in den Raum hineingebauten, von zwei Seiten besetzten Bar, auf jedem ein anderes Programm. Der hintere Teil ist dem Sport überlassen: vierzehn in zwei Reihen angeordnete Pool-Tische mit ausreichend Platz drum herum, um ein Motorradrennen zu veranstalten. Im vorderen Teil sind Tische vor einer Theaterbühne gruppiert. Bistroat-mosphäre mit offener Terrassenfront zum brodelnden Boulevard hinaus.

Siddharta, eine karibische Band, und natürlich wieder die obligate Schar von Mädchen, die bedienen, eine schöner als die andere, eine freundlicher als die andere. Regie führt der Barmann - eine Art Stadtneurotiker, der jeden mit einem Witz begrüßt und verabschiedet. „Solange wir das Leben nicht mit dem Tod bezahlen, können wir doch wenigstens pünktlich und reichlich Steuern blechen, für unser gutes Bier zum Beispiel - eines vom Fass?", begrüßt er Sebastian, der einen kalifornischen Rotwein bestellt. Zwei Stunden Milieustudien - dann zieht es ihn weiter.

Eine solche Halle in Berlin würde Millionen einspielen, wird es aber nie geben - weil die Gewerbemieten selbst im Überangebot der Hauptstadt für diese Dimensionen noch zu hoch sind.

Schließlich findet er, was er sucht: „L´Axe" steht überm Eingang, 1755 Rue St. Denis. Show, Nackttanz, Bier doppelt so teuer als anderswo, sieben Dollar die Flasche, dafür gibt es gleich zwei... und statt des Eintritts erwartet ein Gorilla am Eingang eine „Spende für die Schönheit der Mädchen", wie er sagt. Sebastian gibt fünf Dollar, was als großzügig gilt und den Gorilla veranlasst, ihm einen der guten Tische direkt an der Tanzflä-che frei zu machen.

Hier hat Sebastian Fischer schon einmal gesessen. Mit Sergeij. Er überlegt: Ob die Arbeit angelaufen ist?

Berlin, Viviane, Max, die Familie Pater, die Familie Schneider, die Agentur...

Eine halbindianische Schönheit mit kastanienbraunem Haar bis herab aufs Gesäß räkelt sich auf dem spiegelnden Holzparkett. Den Strip hat sie hinter sich, sie zeigt ihre Reize ohne.

Ein muskulöser Körper hängt sich mal mit den Kniekehlen über eine Stahlstange in etwa zwei Meter Höhe direkt über der ersten Zuschauerreihe, mal windet sie sich an oder um eine von zwei Stahlstangen an den Eckpunkten der Striptanzfläche. Die Zuschauer grölen und feuern sie an, viele kennen die Namen der Damen, viele der Damen kennen die Namen der Betrunkenen, die den Saal füllen.

Wenn ein Gast eine Frau bei sich haben will, kostet jeder Tanz sechs Dollar extra. Ein Tisch mit einer Fläche von etwa dreißig mal dreißig Zentimetern wird vor dem Gast auf den Boden gestellt - und die Lady zeigt ihre Verrenkungen ganz individuell und in eine Richtung. An Sebastians Nachbartisch wird ein Tanz nach dem anderen bestellt. Er schaut, ohne zu bezahlen, staunt, wie direkt alles ist. Hier wird keine Maske aufgezogen.

Es geht um das eine und jeder weiß es und alle sind scharf - die einen auf die Dollar, die anderen auf das Fleisch, das zuckt und schwingt, die intimsten Körperteile unter die Nasen der Meute hält, die alles darf - nur nicht anfassen.

Um zwei Uhr morgens geht er ins Bett. Sergeij - was mag der Mann machen?

Anruf aus Berlin

Es ist der 17. Mai, Sonntag. Gleich 13 Uhr. Die Maschinerie ist angelaufen - in seinem Magen wühlt tiefe Unruhe. Er spürt, dass es kein Zurück gibt, und was das Vorwärts bringt, ist so ungewiss wie nie zuvor eine Situation in seinem Leben. Er hadert. Könnte er - vorausgesetzt, er würde die Reise abbrechen - den Prozess stoppen, wenigstens irgendetwas retten? Sebastian hat sein Tagebuch dabei und schreibt:

„Das Bistro Paris gehört zum Hotel, und dort gibt es einen phantastischen Obstsalat. Da ich bis heute immer noch nicht weiß, was der wirkliche Grund ist, für den mich Vivi verlassen will, schließe ich auch meine Figur nicht aus. Sicher, ich kann mich nicht jünger machen, als ich mit meinen einundvierzig Jahren nun einmal bin. Aber ich kann doch dafür sorgen, dass mir vor Fett nicht die Augen zuwachsen. Also habe ich beschlossen, die Nahrungsmittelzufuhr zu halbieren, die Qualität zu verbessern, alles, was ich meinem Körper für die zum Leben nötigen Oxydationsprozesse gebe, sorgfältiger zu wählen und bewusster zu genießen. Der Obstsalat ist phantastisch!

Über der Stadt liegen dicke, weißgraue Wolkenberge, durch die zwar immer wieder die Sonne scheint, die aber die Stadt doch etwas abgekühlt haben. Es wird wohl Regen geben. Es ist auch nicht mehr ganz so heiß, was sehr angenehm ist.

Trotz der aufputschenden Wirkung des Kaffees bin ich müde, gehe also nach dem Frühstück wieder in mein Zimmer, wo ich feststelle, dass ich zum Schlafen zu aufgeregt bin. Der Lärm der Straße tönt herauf zur Chambre 39, ich kann die Stadt plötzlich nicht mehr ertragen. Die Straßen sind viel zu voll mit Autos, in den Cafés sind viel zu viele lachende, schwatzende, amüsiersüchtige Menschen.

Viviane, mein Leben, ist mein Tod. Ich spüre den Prozess. Das Sterben geht langsam - und anders, als man glaubt, solange man noch mehr im Diesseits steckt.

Viviane nutzt die Zeit. Professionell?

Heute früh um 5.45 Uhr hat sie mich angerufen. Es war fast Mittag in Berlin. Ihre Stimme klang hart und ihr Interesse für mein Befinden war wenig ausgeprägt, als sie sagte, sie sei am Räumen, Umräumen, Ausräumen - der Auszug der Königin...

Ich war so schlaftrunken, dass ich erst im Nachhinein realisierte, was das für uns bedeuten wird. Wenn es noch etwas zu bedeuten haben kann.

Viviane zieht nach Schlachtensee. Mir hat sie versprochen zu warten. Jetzt hilft ihr Petra.

´Christoph auch?`, wollte ich wissen.

´Für wie geschmacklos hältst du mich?`, sagte sie.

Ich weiß es nicht mehr, Viviane.

Max ist mit Christoph Fahrrad fahren. Die Familie der Vergangenheit, ohne Chancen auf eine Zukunft, sucht ebendiese dennoch.

Viviane. Eine Trennung auf Zeit hätte ich selbst vorgeschlagen - wenn auch nicht aus Überzeugung, dass dies eine Lösung sei, sondern aus der Hilflosigkeit, was immer ich tue, falsch getan zu haben - seit du mir am 25. März, vor sieben Wochen, die Eröffnung gemacht hast, dass unsere Ehegrundlage deiner Auffassung nach nicht haltbar ist für ein Leben.

Eben sagst du, du würdest die Kraft nicht haben auszuziehen, wenn ich da bin. Meine Hilfe anzubieten hältst du für eine Unverschämtheit. Schon wieder mache ich alles falsch. Du sagst, wenn ich bei dir bin, ist alles plötzlich so schön, so harmonisch, du aber könntest nicht aus deiner Haut, bliebest launisch und ablehnend und könntest dich selbst kaum ertragen in der Art, wie du mich zurückstößt. Glückwunsch - es ist der phantasievollste Grund, den ich jemals gehört habe für eine Trennung! Hat dir dein Guru die Worte geliehen? Ich wünsche dir Erfolg."

Andere suchen den Weg in die Galerien der Stadt, zu den Boutiquen. Sebastian geht nach dem Frühstück schlafen.

Der vermutete Hilferuf

Da liegt er in seinem halb verdunkelten Zimmer über der City der schönsten Stadt der Welt und denkt, wie schön es wäre, woanders zu sein. Er kann einfach nicht schlafen. Der Griff zum Tagebuch ist wie ein Zwang. Sebastian schreibt auf, was er ihr viel lieber sagen würde. Aber es ist besser zu schreiben, als zu weinen und sich in dem Gestrüpp der Ereignisse, die bald kein Mensch mehr den richtigen Tagen zuordnen kann, zu verirren, denkt er...
„ ´Viviane, bitte gib Max einen Kuss. Sag ihm, der kommt von mir.`
´Ja.`
Er wird sie zurückstoßen wie sie mich. Sie hat die Wahl für einen Papa getroffen. Ich bin weg. Muss ich die Ehe abbrechen, bevor sie mich mit ihrer Trennung zerstückelt? Oder muss ich bleiben? Durchziehen? Muss ich erfolgreich sein? Wie weit ist Sergeij?
Meine Welt, meine Gedanken: Vivi wirft mir vor, dass darin alles so klar sei, so geordnet, dass ich wisse, was ich wolle und meinen Weg gehe, ohne nach rechts oder links zu schauen, immer Erfolg habe und im Grunde niemanden brauche. Wenn Viviane wüsste...
Sie wird am 6. Juni zweiunddreißig Jahre alt.
Sie sagt, sie hat kein Gefühl mehr, wofür sie steht. Aber meine Klarheit sei ihr unerträglich. Und sie will mich auf Distanz halten, um sich ihrem Chaos zuzuwenden.

Viviane und ich haben ein Kind, dessen leiblicher Vater mehr Rechte hat als ich, weil Viviane ihm diese gibt und weil sie mir die Verantwortung nicht zutraut, die aus einer Vaterschaft resultiert.

Ja, Viviane und ich lernten uns über eine Anzeige kennen. Am 25. Juni des vergangenen Jahres trafen wir uns zum ersten Mal. In einer Bar an der Pariser Straße in Wilmersdorf verliebten wir uns sofort ineinander. Später sagte sie mir, sie habe gleich gewusst, dass wir ein Paar würden. Und sie hätte gewollt, dass ich sie am ersten Abend verführe, was ich aber nicht getan habe. Ich wollte sie nicht verschrecken.

Viviane lachte über Vera, meine zweite Frau, die mich nach elf Monaten Ehe mit ihrem Ex-Freund betrogen und verlassen hatte. So etwas sei bei ihr nicht möglich. Am 25. März sagte sie etwas von einer falschen Basis, von einer verdrehten Wahrnehmung. Die hat ihr Christoph Pater eingeredet, das hat sie zugegeben. Trotzdem sei sie mit ihm noch nicht fertig. Er wäre für sie unersetzlich - während ich nur ein angeheirateter, gar nicht richtiger Vater für ihr und Christophs Kind sei. Immer wieder hat sie mich spüren lassen, dass ich in der Rangfolge bedeutender Bekannter nur Platz zwei einnehme.

Heute allerdings sagte sie etwas von Krankheit! Zysten in der Gebärmutter, die aufgebrochen wären und zu bluten begonnen hätten. Ein Hilferuf? Ich muss es wissen. Vielleicht werde ich Kanada abbrechen.

Ob sie ihre Fotoalben schon in Schlachtensee hat? Und ob ich sie wohl noch einmal zu sehen kriege? Ich darf nicht vergessen, sie zu bitten, mir unser rotes Tagebuch zurückzugeben - das werde ich bestimmt brauchen.

19.45 Uhr Berliner Zeit - wieder nur der Anrufbeantworter. Ich spreche meine Sorgen auf Band und biete Viviane an, sofort zurückzukommen, wenn sie das für richtig hält.

(Mein Gott, warum lässt Sergeij nichts von sich hören - ich müsste wissen, was er macht...)"

Das Gedicht: „Allein ..."

Nachmittags kanadischer Zeit erhält Sebastian die Nachricht: „Votre femme a rappellée", sagt der dicke Monsieur am Hotelempfang.

Sein Bauch flattert. Er war im Rotlichtviertel unterwegs, hatte die ersten Fotos von Montreal abgeholt, Pizza gegessen, Limo und Kaffee getrunken. Eigentlich könnte er seine Arbeit in Kanada beginnen. Aber Freude würde sie ihm nicht machen. Überall flanieren die Menschen, sitzen in den Parks, den Cafés, an den Brunnen, auf den Wiesen. Ein wunderschöner Sonntag und durch den starken Wind auch sehr angenehm. Wolken, Wind, Sonne,... die Mädchen werden immer schöner, die Röcke immer kürzer.

„Vivi, ich rufe später zurück", denkt er.

Es ist das erste Mal, dass ihn diese gewisse Wehmut packt, die zugleich Sehnsucht ist und doch ein Stück Genuss am sinnlichen Erleben zulässt.

Auf einen Zettel schreibt er einen Gedanken:

„Ich bin
allein –
irgendwie schön,
so allein.
Tage des Nichtstuns,
allein
mit meinen Gedanken:
Schmerz, Trauer, Wut
und mehr.
Ein Loch.
Morgen noch?
Keine Termine.
Ungewohnt.
Kein Buch, kein Film, keine Zeitung
Stören meine Langeweile…
Einfach Zeit vergeht.
Leben besteht eben aus Leben,
kommt von Erleben,
aus dem die Hoffnung erwächst.
Tage wie diese –
nein,
müssen nicht sein.
Denn trotz aller Reife,
ich bin halt wirklich
nicht gern –
allein."

Er denkt an Vivianes Großmutter. „Ihr werdet das schon schaffen!"
Irgendwoher weht ihn ein Hauch von Sicherheit an, dass es so kommen
wird. Zugleich ein Hauch von Unsicherheit, Wehmut eben. Auch Wehmut
ist ein Reflex.

Erstes und zweites Treffen mit Sergeij

„Alles unrealistisch, denke ich. Ich glaube mir selbst nicht mehr. Wie soll
ich eigentlich arbeiten? Ich liege wieder auf meinem Bett im Zimmer 39
des Hotel de Paris, 901 Sherbrooke Est. Die Gedanken – Sergeij, Sergeij..."
Sebastian zweifelt an sich selbst. Was hat er angerichtet? Ist es schon
passiert?
Warum Sergeij nicht längst tot ist wie sein kleiner Bruder, seine beiden
Schwestern, seine Mutter, kann kein Mensch sagen. Sergeij und sein Vater, der damals schon alt war, haben als Einzige der Familie den atomaren
Fallout überlebt, als 1986 die Stromfabriken der Ukraine bei Tschernobyl
explodierten und selbst in den Pilzgründen von Augsburg, Tausende Kilometer entfernt, bis zu 8000 Becquerel pro Kilogramm Freilandernte
gemessen wurden. Das Wort wurde zum Unwort des Jahres. Vorher hat
kein normaler Mensch gewusst, mit welchem Terminus die Techniker des
Todes die Strahlenbelastung in Sachen, Lebensmitteln und Menschen
bezeichnen.
Die Kinder, die Sergeij sterben sah, in dem kleinen Dorf in Sichtweite der
Atommeiler, die Leiden, mit denen er auf der Flucht zu tun hatte, als er
zum ersten Mal merkte, dass es Umstände gibt, unter denen keine
Menschlichkeit und Hilfsbereitschaft mehr etwas erreichen können, was
das Leben erträglicher macht - es sei denn der Tod, der das Leiden beendet - all das schmiedete in dem Jungen mit den braunen Augen und dem
Interesse an allem, was technisch zu erklären war, eine Unsicherheit, die
kein Mitleiden mehr zuließ. Hart war er geworden.
Sergeij selbst spürte die Veränderungen, die die Mediziner nicht messen
konnten. Er galt als Wunder von Tschernobyl, weil seine Organe trotz der
tödlichen Strahlendosis weiter funktionierten.
Sergeij hatte Hunderte sterben sehen. Alte, seine Mutter, Kinder, seine
jüngste Schwester war noch nicht einmal in der Schule. Brutal war er
geworden.

Sebastian Fischer hatte den Ukrainer bei seiner vorletzten Kanada-Reise kennen gelernt, in Montreal. Es war das zehnte Jahr nach dem Tag X, den Sergeij nicht mehr feierte, weil er das Leben, das ihm ein Zynismus der Natur noch gewährte, nicht mehr liebte, obwohl er es doch lebte.

Es war der 16. Mai 1996 auf der Rue Saint Denis. Beide hatten sich auf dieselbe Treppe vor einem dieser schönen Feldsteinhäuser im Herzen der turbulentesten Straße der City gesetzt, die so typisch für das Leben der Menschen im Zentrum der Wirtschaftsmetropole Québecs ist.

Das bunte Treiben der dem letzten Eis entkommenen und dem nächsten Eis vorbestimmten Menschen dieser Stadt der Gegensätze, mit vierzigstöckigen Hochhäusern neben zweistöckigen Feldsteinvillen aus dem vergangenen Jahrhundert, stellt ein Schauspiel mit sich niemals wiederholendem Programm dar. Nach Temperaturen von bis zu minus vierundfünfzig Grad Celsius noch im Februar, stand eine vorsommerliche Hitzewelle an: Schon maßen die Meteorologen mit achtundzwanzig Grad Celsius die für Mitte Mai höchsten Werte seit Beginn der Beobachtungen.

„Du willst eine Frau?"

Die Sonne stand tief im Westen. Irgendwo dort gab sie den endlosen Kornfeldern der Prärieprovinzen die Kraft, Nahrung aus der Erde zu ziehen, Millionen Doppelzentner Weizen reifen zu lassen: Manitoba, Saskatchewan, Alberta, British Columbia, der Pazifik, die 9,2 Millionen Quadratkilometer des zweitgrößten Flächenstaates der Erde teilen sich von Atlantik- zu Pazifikküste in sechs Zeitzonen. Ist es etwa in Montreal 19.00 Uhr, in Berlin folglich sechs Stunden weiter, also 1.00 Uhr nachts, so hat die Sonne in Vancouver gerade mal ihren Scheitel überschritten und ist erst weitere sechs Stunden später soweit, dass sie dort so tief steht wie in Montreal um 19.00 Uhr - und dann bereits in Japan aufgeht.

„Wer will nicht eine Frau?", hatte Sebastian zurückgefragt.

„Ich. Mich interessieren Menschen nur noch, wenn sie mir erklären können, warum und wofür sie leben."

Sebastian war schockiert von der Nähe, von den Worten, die er nicht vergessen hatte.

Die beiden Männer schauten sich an. Sergeij muss gemerkt haben, dass es eine geistige Nähe gibt, als sie sich ins „Napoli", ein italienisches Restaurant gegenüber von Le Saint Sulpice, einem Jugendtreff, setzten, Wein tranken und den Mädchen zuschauten, die das Schönste zeigten, was Leben zu bieten hat: Jugend.

Sergeij und Sebastian - sie waren eine seltsame, von Heiterkeit und Lebenslust unterfütterte Mischung aus Wehmut, Nachdenken und Suche der Sinnesfreuden; es war mehr als Selbstbestätigung, diese Mischung, die die Depression aussperrte, weil der Egoismus die gegen das eigene Leben gerichtete Destruktion des Depressiven nicht zuließ.

Sergeij erzählte, wie es ihn nach dem Supergau nach Deutschland verschlagen hatte, wo er in den Labors herumgereicht wurde. Das kalte Interesse der Spezialisten hatte jede Form von Empathie, also alles, was man die Fähigkeit zum Mitfühlen, erst recht zum Mitleiden nennt, absterben lassen.

Manchmal wünschte sich Sergeij, einen dieser Techniker des Am-Leben-Erhaltens unter ein Skalpell zu bekommen. Wie würde er ihn untersuchen? Was würde er abtrennen, um zu sehen, wie die Muskeln zucken, das Fleisch sich windet, die Tränen fließen? Wann kann der Mensch weinen? Wie lange fließen Tränen?

Die Fragen konnte ihm kein Arzt beantworten. Sergeijs Seelenleben interessierte sie nicht. Wie jemand, der im Fallout ohne Schutz radioaktiv verseucht worden ist, radioaktives Material in seinen Organen verarbeiten kann, den radioaktiven Staub noch nach Monaten in seinem als Sondermüll entsorgten Stuhl in so hohen Dosen absondert, dass die Geigerzähler ticken, und der überlebt, ohne dass die Organe versagen - das allein wollten die Götter der Ignoranz wissen.

„Gefühle? Unwichtig. Und wenn ich heute Vater würde, dann würden Frau und Kind an der radioaktiven Masse sterben, die ich absondere, ohne dass sie mich umbringt."

Es war, als spräche er über die nächste Bestellung zum Nachtisch, dabei waren sie längst bei einem ganz anderen Thema: der Liebe und ihrer Zwangsläufigkeit, dem Tod und seiner gemächlichen, grausamen Gültigkeit und Gleichgültigkeit in allen Situationen.

„Interessiert es das Meer, wenn du in ihm ertrinkst? Den Berg, wenn du von seinen Klippen in den Tod stürzt?"

Sergeij schaute in die Unendlichkeit. „Ich habe beschlossen, mich zum Meer zu erklären. Zum Berg. Ich bin Natur. Es interessiert mich nicht, ob einer in mir ertrinkt und wer es ist, der in den Tod stürzt. Meine Hand ist Schicksal geworden."

Sebastian hatte kein Schaudern empfunden. Es sprach eine Gültigkeit der Gesetze des Seins aus dem, was Sergeij sagte und wie er es sagte.

Der Gleichmut, mit dem Sterne gehen und vergehen, die wir untersuchen, ohne zu wissen, wer und was darauf jemals gewesen ist, wird die sterbenden Kulturen des Erdballs untersuchen, wenn sich einst andere Intelligenzen unserer annehmen - oder unser Planet den Gang aller Planeten weitergeht, aber ohne uns...

„Die Ukraine hatte den Technokraten und Zynikern aller Länder das denkbar größte Freilandlabor für zugelassene Experimente am Menschen geliefert. Das haben alle ausgebeutet - ob im Namen der Humanität, ob gegen sie oder im Namen der Wissenschaften oder des Profits."

Mit düsterer Miene griff Sergeij nach den Zigaretten. Den Satz hätte Sebastian sprechen können. Sie waren sich sehr nah.

„Je länger es warm bleibt, desto kürzer werden die Röcke. Sogar die Anpassung an den Sommer muss geübt werden. Ist dir das schon mal aufgefallen?"

„Ja."

„Meine Schwestern könnten da draußen jetzt herumlaufen. Natascha war fünf, als sie von innen verbrannte. Sie wäre jetzt dreizehn und würde mit ihren Freundinnen eine Party feiern oder meine alte Mutter pflegen."

„Ja."

Der tiefe Klang einer Harley Davidson unterbrach Sergeij. Und wieder Minis, die ihn diesmal schmunzeln ließen.

„Marija hätte niemals Miniröcke getragen. Sie hat sich immer für ihre langen, dünnen Beine geschämt und am liebsten meine unten umgeschlagenen Männerhosen getragen. Marija wäre vierundzwanzig. Sie wäre hier sicher die schönste aller Frauen. Silberblond war sie, während wir anderen doch alle braunes Haar haben. Ganz schlank und silberblond."

Schweigen. „Nachher gehen wir ins Axe."

Wieder dieses Schmunzeln.

Vielleicht war es das, was Sebastian nun doch einen Schauer über den Rücken jagte. Sergeij schmunzelte im Angesicht des Todes seiner Schwester, die er geliebt hat. So wie Viviane sogar mit einer gewissen Euphorie vom Tod ihrer fast hundertjährigen Oma sprach. Nur dass Marija noch ein Kind gewesen ist, als ihr Körper - der Geigerzähler hätte vielleicht 100.000 Becquerel gemessen - den Kampf ums Leben aufzugeben gezwungen wurde.

Eine bildschöne Brünettblonde lief vorbei, sah Sergeij, gab ihm bisou, bisou, Küsschen, Küsschen, grüßte auch Sebastian wie einen alten Bekannten, ebenfalls mit Küsschen, Küsschen - und ging.

„Mireille, du wirst sie später sehen und, wenn du willst, haben. Sie ist eine Nutte wie viele, die du hier siehst. Ich bin ihr Pim, ihr Zuhälter. Aber wenn du eher auf Waffen stehst oder lieber Drogen haben willst - die kann ich dir auch besorgen."

Sebastian war nicht klar, wieso sie überhaupt über derartige Dinge sprachen. Aber irgendwie war damit doch so eine Art Freundschaft besiegelt. Es sollte ein Pakt mit Folgen werden.

Im Jahr darauf besuchte Sergeij das erste Mal Sebastian in Berlin.

„Bin nur auf Durchreise und überlege, vielleicht einen Import-Export an der Kantstraße zu kaufen; habe da so ein windiges Angebot, in dem viel Musik steckt ..."

Weiter wollte er sich nicht auslassen. Sie waren durch die sommerliche Stadt gezogen und Sebastian hatte ihm einige Bordelle und Animations-Etablissements gezeigt. Sie sprachen mit einigen Damen und Beschützern und amüsierten sich einen Abend in einem Pärchenclub in Charlottenburg. Das gefiel Sergeij ganz gut und er sagte, so etwas könnte er sich auch vorstellen.

Die SM-Szene und ein Gespräch mit einem Homosexuellen ließen ihn nachdenklich werden, und als Sebastian einhakte, sagte er, er hätte da vielleicht eine Idee.

Das war Sergeijs erster Besuch Anfang Juni 1997 in Berlin.

Der Geburtstag

Sergeijs und Sebastians drittes Treffen hat ebenfalls in Berlin stattgefunden: Familie Fischer feierte den vierzigsten Geburtstag eines Freundes, der aus dem Rheinland zu Besuch in Berlin war.

Es war der 11. August 1997.

Viviane hatte gebacken. Die Torte, mit vierzig Kerzen geschmückt, stand im Nachbarzimmer. Tom sollte sie nicht zu früh sehen. Ein halbes Dutzend Freunde aus alten Tagen schwätzten von ihren Erlebnissen in den vergangenen zwanzig Jahren, als das Telefon klingelte. Vivi nahm ab, reichte den Hörer Sebastian.

„Für dich."

„Wer?"

„Keine Ahnung, hat nur nach dir gefragt."

„Fischer."

„Ich hier, der Pim aus dem Axe. Oder der Mann, dem du vor zwei Monaten Berlin schmackhaft gemacht hast. Weißt du noch? Wir haben eine Verabredung. Ich fordere den Dienst, den du mir für Mireille schuldest!"

Mireille. Die braunblonde Teufelin aus Montreal, die ihn in diesem italienischen Café wie einen alten Bekannten begrüßt hatte. Die Verabredung. Sebastian hätte niemals gedacht, dass Sergeij die Schuld je einfordern würde.

„Bist du in Berlin?"

„Überrascht?"

„Weiß nicht. Vielleicht, ja schon. Und erfreut natürlich. Willst du herkommen? Ich bin umgezogen."

„Weiß ich. Oder was denkst du, wie ich sonst an deine Telefonnummer komme, die nirgendwo registriert ist, weil sie auf Viviane Schneider läuft?"

Er fühlte sich wie elektrisiert. Mireille. Viviane. Sergeij ... er spürte ein Zucken in seinen Lenden, wenn er an Mireille dachte.

„Willst du meine zukünftige Frau kennen lernen?"

„Ich kenne sie schon. Du meinst Frau Schneider. Wollt ihr heiraten?"

„Ja."

„Nein. Danke. Ich will dich sehen. Wann kannst du kommen?"

„Wohin?"

„Weißt du noch von dem Import-Export-Laden, den wir uns in der Kantstraße angeschaut haben? Er gehört mir. Komm einfach. Ich werde auf dich warten. Aber lass dir nicht zu viel Zeit. Mich drängt´s. Verstehst du?"

Sebastian verstand nicht.

„Ja. Bis dann." Ob Mireille auch in Berlin war?

Viviane schenkte Kaffee nach, die Kumpels schwatzten dummes Zeug, Tom freute sich über seine Torte.

In Sebastian war Mireille...

...Montreal ein Jahr und drei Monate zuvor: Die kleine Süße, die die beiden Männer im Restaurant an der Rue Saint Denis begrüßt hatte, war Stripperin im Axe - die Stripperin aller Stripperinnen. Eine Königin des Lendenschwungs mit perfekten Formen. Sie war besser als ein Retortenprodukt der Summe aller Männerphantasien.

Fast 1,80 groß, 61 Kilo. Schöne, halbrunde Brust mit Warzen, die beim Gehen aufrührerisch wippen. Die Taille so schmal, dass man glaubt, sie mit zwei Händen umfassen zu können - darunter der Körperschwung in Richtung Po, dem man ansah, dass der Muskel nur durch Sport, Talent und eine besondere Gnade der Natur so unfassbar makellos, glatt und wohlgeformt gehalten werden konnte.

Mireille hatte ihr Geschlecht rasiert, endlose Beine steckten in Schlangenleder-Stiefeln. Während sie nachmittags im Café noch das zwar hübsche, aber sittsame Mädchen aus der Nachbarschaft spielte, war sie abends im Club Vamp! Schwarze, lange Wimpern, blauschwarz getuscht, Lippen blauschwarz umrahmt, Fingernägel schwarz lackiert, die Stilettos - allein dafür müsste man in der freien Wildbahn ohne Waffenschein festgenommen werden!

Grölend hatten die Gäste im Axe die Tänzerin verabschiedet, die beim Abgang von der Bühne zur allgemeinen Freude auch noch gestolpert war. Dann konnte man einen Grashalm wachsen hören. Eine Frau kam aus dem Hintergrund, mit einem knöchellangen Leopardentuch um die Lenden, einer weiten, locker um die Schulter gelegten Schärpe aus weißem, federleichtem Zobel, der alles verdeckte und alles zeigte.

Wer ein Glas vor sich stehen hatte, traute sich nicht, danach zu greifen, wer eines in der Hand hielt, traute sich nicht, es abzustellen, als wenn das geringste Geräusch genügen würde, um die Weihe des Moments zu zerstören, der den Höhepunkt des Abends versprach.

Mireille. Jeden Einzelnen aus der Meute der zuvor grölenden Menge schaute sie an. Verschwitzte Kerle, dreiviertel zugetrunken mit Bier, dem billigsten, das man im Axe kaufen konnte für sieben Dollar für zwei Flaschen. Geschäftsleute, die ihren Tageserfolg feierten. Fremdgänger und Draufgänger. Solisten und Familienväter. Gäste inkognito und solche, die Konto und Kredit an der Bar hatten. Sie alle bewegten keine Wimper, die Musik war ausgeklungen, Mireille nahm die Bühne in Besitz.

Sergeij, der neben Sebastian an einem Tisch seitlich der Tanzfläche saß, musterte seinen neuen Freund, der das aus den Augenwinkeln bemerkte. Sebastian gab sich Mühe, cool zu bleiben. Fast desinteressiert wollte er wirken.

„Du kannst sie auch haben", hatte Sergeij beim Italiener gesagt.

Was heißt das – haben? Sebastian schwoll der Kamm bei dem Gedanken. Seine Lenden zuckten. Haben. Ja. Er wollte Mireille.

„Du wirst mir danach einen Gefallen schuldig sein", hatte der Pim hinzugefügt.

Klar. Er würde ihm jeden Gefallen der Welt erfüllen für eine solche Frau. Eine Nacht mit einer solchen Frau...

Indianische Rhythmen setzten ein.

„Musik eines PowHow, eines rituellen Tanzes von Indianern aus den Prärieprovinzen", flüsterte Sergeij, während Mireille mit einer Akrobatik begann, die so sanft wie zu jenem Punkt auch schon brutal anhob. „Die lässt diese Teufelin auflegen, wenn sie nachts jemanden auf den Grill schnallt. Das Opfer schaut sie sich selbst aus - es hat kaum noch eine Chance, ob Mann oder Frau."

„... Frau?"

„Mireille ist Sadistin. Die gnadenloseste, einfühlsamste und unbeugsamste Sadistin, die du dir vorstellen kannst. Und ihr ist das Fleisch egal, das sie quält. Sie nimmt Frauen, sie nimmt Alte, sie nimmt heute vielleicht dich. Und du wirst nichts dagegen tun wollen und dein Leben lang wirst du dich nach Mireille sehnen. Wenn du verheiratet wärst, würdest du deine Frau verlassen. Wenn du bereit bist, kannst du ihr verfallen - du wirst alles für sie tun, solange ihr lebt. Aber sie! Sie wird dir niemals mehr werden als eine Sadistin. Sie quält dein Fleisch. Ich habe nie in Erfahrung bekommen, ob sie dabei etwas fühlt, ob sie dich dabei überhaupt sieht. Sie tut es. Und so, wie nie sonst jemand dich nehmen kann, weiß sie, wo du ´Nein` schreist und ´Nein` meinst, wenn du schreist."

Selbst Sergeij, Pim der Mireille, schaute andächtig zur Bühne hoch, auf der sich die Frau ekstatisch hineintanzte in die Darstellung einer Hölle, dabei mehr und mehr Stoff ablegte und bei aller Eleganz und Deutlichkeit jeden Einzelnen hundertstelsekundenkurz musterte.

Sebastian hatte das Gefühl, auf ihm ruhten die Blicke ihrer wassergrünen Augen unter den blauschwarzen Lidern ein bisschen länger. Sergeij musterte ihn prüfend. Zugleich wollte er ihn hervorheben aus der Masse, ihn der Legende seiner Tänzerin präsentieren; so legte er, während er dem neuen Freund etwas ins Ohr flüsterte, seine Hand auf dessen Schulter.

„Ich wünsche sie dir."...

….„Kuss!" Viviane legte fordernd ihren Arm um Sebastians Schulter, hielt ihm ihren Mund hin. Sie küssten sich und er entschuldigte sich, dass er in seinen Gedanken eine Zeitreise angetreten hatte.

„He, nimm mich mit, wenn du verreist. Ich bin deine Frau und wir werden bald heiraten. Da lass ich dich nicht mehr allein weg!"

„Das würde dich nicht interessieren", sagte er. „Gibst du mir noch ein Stück Kuchen?"

Er war froh, als die Gäste fort waren und Vivi ihn in ihre schönen, langen, schlanken Arme nahm.

„Was soll die Frau meines zukünftigen Mannes nicht interessieren? He, Sebastian, pack aus! Wer hat da angerufen? Was habt ihr besprochen?"

Der Grill

Das war am 11. August 1997 gewesen. Zehn Wochen später haben Viviane und Sebastian geheiratet. In jener Nacht nach der Geburtstagsfeier hat er ihr alles über seine Liebschaften erzählt. Sie fragte immer weiter. Catherine. Vera. Sabine. Nadine. Noemi. Willie. Ann-Sophie. Susan. Daten, Zeitdauer, Erlebnisse, Eltern, Sex, Reisen, Wünsche, unerfüllte Geheimnisse, Gemeinheiten, Sehnsüchte... alles wollte Viviane wissen. Sie schaute ihn an, während er erzählte, von Zeit zu Zeit strich sie mit Zeige- und Mittelfinger ihrer rechten Hand, die sie mit der Zunge anfeuchtete, über seine Lippen oder sie reichte ihm das Glas mit dem Rotwein, das auf ihrer Seite des Bettrandes stand, oder sie steckte ihm eine Zigarette an, schwieg selbst, fragte nur gelegentlich nach, um weitere Einzelheiten zu erfahren.

„Ich liebte Vivi. Ich liebe sie noch heute", murmelt er zu sich selbst. Draußen auf der Rue Sherbrooke hört er den durchdringenden Alarm einer Polizeisirene, die ihn aus seinen Gedanken reißt.

Dann ist er wieder bei Viviane und Mireille, sucht nach seinem letzten verbliebenen Freund - dem Tagebuch, in das er schreibt:

„In jener Nacht fielen wir irgendwann im Morgengrauen in einen komaartigen Tiefschlaf, schwer alkoholisiert und voll gepumpt mit Nikotin aus ungezählten Schachteln Zigaretten, Vivi in meinen Armen, dicht an mich geschmiegt, ihren rechten Arm über meinen Bauch gelegt und die Hand auf meinem Geschlecht...

Ich erzählte alles, auch alles über den Grill, die Affäre der Nacht vom 16. auf den 17. Mai 1996, alles über Mireille. Unruhig suchend waren meine Blicke nach ihrem Tanz immer wieder über den hinteren Teil der Bar geglitten, wohin sie verschwunden war. Milliarden winzigkleiner Schweißperlen auf ihrer perfekten, perlmuttweißen Haut hatte sie mitgenommen. Mireille.

Ich war unruhig wie selten, ich war Sergeijs Worten kaum noch gefolgt. Plötzlich saß sie neben mir. Sie legte ihre Hand auf meine, sagte ´vient` und zog mich mit sich. Karohose, legere, weiße Bluse, neu geschminkt, alles schwarz, die kastanienbraunblonden, hüftlangen Haare hochgesteckt, so kam ihr langer, schlanker Hals zum Ausdruck. ´Eine Gazelle`, hatten die Kerle geflüstert. ´Einmal eine solche Gazelle haben`.

Dann war die nächste Stripperin aufgetreten und das Axe hatte wieder zu kochen begonnen.

Mireille führte mich auf die Straße hinaus, wir liefen in eine Seitengasse, stiegen in einem dieser schönen, alten Montrealer Häuser zwei Treppen hoch und landeten in einer kleinen, nur mit dem Nötigsten eingerichteten Wohnung. Helles Kiefernparkett, Sofa, Couchtisch und Sessel, bunte, freundliche Farben.

´Setz dich`, sagte Mireille, schob mich sanft, aber bestimmt auf das Sofa, vor das sie sich kniete und meine Beine öffnete. ´Heute Nacht gehörst du mir. Wie lange bleibst du in der Stadt?`

´Morgen Abend muss ich zurück.`

´Gut. Bis morgen Abend werde ich mir deinen Willen ausleihen. Den legen wir beiseite und ich werde dafür sorgen, dass du ihn rechtzeitig wieder in Besitz nehmen kannst. Samt Gepäck, das ich dir zum Flughafen schicke. Sergeij hat mir gesagt, du bist ein Künstler und ein genauso schlechter Mensch wie er selbst. Er sagt, es lohnt sich, dir zu zeigen, wo Himmel und Hölle einander begegnen.`

Ich verlor fast mein Bewusstsein vor Lust. Mireille nahm mich ganz sanft. Ich kam, sank erschöpft in mich zusammen.

Als ich mein Bewusstsein wiedererlangte, keine Ahnung, ob fünf Minuten oder fünf Stunden später, lag ich auf einem schwarz bezogenen Bett, an Händen, Füßen, Schenkeln, Unterleib, Oberkörper, Ober- und Unterarmen gefesselt. Der gesamte Raum war schwarz. Dunkelviolettes Licht beleuchtete eine gespenstische Szene: Da stand Mireille über mir, tanzte rhythmisch nach der Musik von Trommeln und Blechschlagzeug. Die Augenlider halb geschlossen, nahm sie sofort wahr, dass ich zu Bewusstsein gelangt war. Ihre Hand legte sich auf mein ermattetes Glied und sie begann…"

Sebastian wird erstens hungrig, zweitens müde. Weil er sich zugleich erinnert, in Montreal zu sein, legt er das Tagebuch beiseite und macht sich für ein Abenteuer frisch. Er will ins Axe.

Drittes Treffen mit Sergeij

Erst tief in der Nacht kehrt Sebastian zurück - zurück zu seinem Tagebuch, zurück zu den Gedanken über Viviane. Sein Schmerz müsste ihn normalerweise lähmen. Das Schreiben ist ihm Therapie. Erinnerungen. Immer wieder Erinnerungen. Was davon hat Bedeutung? Was würde seine Bedeutung behalten? Was würde sie erst erlangen, wenn die Fakten vernetzt wären? Sebastian schreibt, und schreibend erlebt er, was während des Erlebens wie unbewusst an ihm vorübergeglitten ist.

„'Du hast so tief geschlafen, da wollte ich dich nicht wecken.` Viviane gab mir einen Kuss, stellte einen dampfend heißen Kaffee ans Bett.

'Wie spät?`

'Ach, weißt du, es sollte uns nicht stören, dass andere schon zu Mittag gegessen und den Nachmittagskuchen gebacken haben. Du hast frei und wir gehen gleich noch einmal mit Max spazieren. Einverstanden?`

Wie froh ich war, hier und nicht dort zu sein, bei Viviane, nicht bei Mireille.

Max stürmte ins Zimmer, vier Kinderbücher unter den Ärmchen, reichte mir zwei und sagte: 'Da, nimm, Papa Sebastian!`

Abends suchte ich einen Vorwand, noch einmal ins Büro zu gehen. An der Kantstraße fand ich den Import-Export nicht sofort. Sergeij hatte die Fassade neu gestaltet. Da gähnte nun ein fast leeres Schaufenster, in dem unter dem Schriftzug 'Import-Export` nichts weiter als eine Weltkarte drapiert war, auf der Punkte in den Ländern der Welt kennzeichneten, wohin und woher die Geschäftsströme gingen und kamen.

Eine Glocke tönte tief und kurz. Ein kaum beleuchteter Geschäftsraum dahinter war bis auf einen zurzeit nicht besetzten Schreibtisch samt Stuhl davor und dahinter leer. Eine Tür in den hinteren Bereich war einen Spalt breit geöffnet. Ehe ich sie erreichte, hörte ich Sergeij von der Seite. Er saß an einem zweiten Schreibtisch in einer Nische im linken Teil des Vorraums, schwer einsehbar, unbeleuchtet.

'Du kommst spät, mein Freund, aber ich bin glücklich, dich zu sehen. Hast du die Adressen?`

Ich reichte ihm einen Umschlag. 'Es ist der Stand von eben. Normalerweise müsstest du alle darin Verzeichneten unter den genannten Telefonnummern und Adressen auch sofort erreichen, sofern sie nicht auf Reisen sind.`

'Danke. Wir gehen nach hinten.`

Sergeij nahm den Umschlag, holte einen der sechs Bögen heraus, las sorgsam, fast liebevoll den kurzen Text des Namens und der Adresse samt der Telefonnummer und einiger weniger Beschreibungen, steckte den Bogen weg, schloss die Tür zur Kantstraße und hängte ein Schild vor die Scheibe: Sie erreichen uns unter der Telefonnummer...

Die hintere Stube war genauso karg eingerichtet, nur dass dort zusätzlich ein Schrank und ein Bett standen. Außerdem ein Sofa, vor dem eine Tischbar gut sortiert eine feine Auswahl an Spirituosen enthielt.

´Rotwein?`

´Ja.`

Sergeij schenkte zwei Gläser halb voll. ´Lass die Finger von der Frau!`

´Was sagst du?`

´Lass die Finger von der Frau, von der du sagst, du würdest sie heiraten!`

´Was redest du da?`

´Du glaubst doch nicht, alter Freund, dass ich dich so einfach anrufe, von dir den Dienst einfordere, den du mir schuldest, ohne sicher zu sein, dass ich mich nach wie vor auf dich verlassen kann? Ich habe euch beobachtet. Sie hat ein Kind von einem anderen Mann.`

´Ja.`

´Mit dem wird sie niemals fertig sein. Der Mann ist mit dem Satan im Bunde: Ich habe sie zusammen gesehen. Es war ein geheimes Treffen.`

´Sergeij, was redest du? Du bist krank!`

´Denk, was du willst. Ja, ich bin krank. Aber ich sage dir, er ist ihre Hoffnung und ihr Stigma. Sie kann mit dir nicht über ihn sprechen, weil er zu stark ist und sie in seinem Bann steht. Wusstest du, dass Christoph Pater Kinder missbraucht hat?`

´Kinder?`

´Kinder. Aber das ist nur das eine. Das andere ist die Kraft seiner Suggestionen, dieses Okkulte, wenn er jemanden unter die Kuratel seiner Kontrolle stellt. Keiner kann sich entziehen. Sie wird ihm den Vorzug vor dir geben und sein Opfer bleiben, solange Max lebt. Oder bis er selbst tot ist. Danach wird sie zerfallen.`

´Woher weißt du das mit den Kindern?`

´Getestet. Mireille hat das übernommen.`

`Mireille ist in Berlin?`

´Jetzt wirst du unruhig, alter Freund. Ja, sie ist in Berlin. Aber Mireille steht niemandem mehr zur Verfügung, so sehr ich dir das Glück ihrer Phantasien wünsche. Mireille kümmert sich nur noch um mich - bis ich tot bin! Dir wird deine Frau Mireille. Sie wird noch schlimmer, denn sie ist nicht so fein. Viviane Schneider wird dir die gefährlichere Sadistin. Sie wird dich verlassen.´

´Du stirbst?´

´Ja, mein Freund. Die Techniker des Todes, die Erbauer der Atomfabriken in Tschernobyl und anderswo, die Analytiker des Todes im Westen, die uns, die Opfer, als menschliche Versuchstiere missbrauchten, als wir in ihre ärztliche Obhut gingen, die unseren Organismus weiter drangsalierten, um zu sehen, welcher Teil worauf wie reagiert, haben ihr Ziel erreicht - ich werde sterben. Vielleicht habe ich noch ein Jahr oder zwei. Aber der Tod ist sicher und er hat sich mir schon vorgestellt. Solange er mich lässt, lasse ich Mireille nur noch an mich. Vielleicht wird sie dir später einmal Lust geben und nehmen, aber auch sie hat sich verändert. Du würdest sie kaum wiedererkennen.´

Wenn ich nicht schon gesessen hätte, jetzt hätte ich mich setzen müssen. Christoph und Kinder. Mireille in Berlin. Sergeij todkrank.

Ich schaute den Mann an, der mir gegenübersaß, und bemerkte tatsächlich erst jetzt, dass seine Augenhöhlen tiefer, sein Haar dünner geworden war. Schon damals schmächtig, wirkte er nun fast zart.

´Ja, Freund. Jetzt hast du auch den Grund, weshalb ich mich aufgemacht habe, Deutschland zurückzuerobern. Es gibt noch offene Rechnungen. Und außerdem ist das Sterben in Deutschland leichter. Kanada ist gut für junge, starke und reiche Menschen. Nur reich zu sein ist noch nicht alles. Du wirst von mir hören - geh jetzt bitte! Ich muss mich ausruhen.´

Der tiefe Klang der Glocke verabschiedete mich, als ich den dunklen Vorraum verließ und Sergeij die Tür hinter mir verschloss. Lärm und Gestank der abendkühlen Kantstraße stießen mich ab. Jetzt erst merkte ich, dass ich davon in den Räumen nicht das Geringste gehört hatte. Wie alles perfekt, so hatte Sergeij auch sein Geschäft abgedichtet... Ich dachte über seine letzten Worte nach, die Christoph Pater betrafen: ´Wenn mal alles anders kommt, als du es erhofft hast, werde ich für dich eine Operation anlaufen lassen. Du kennst die malayische Tradition des Amoks? Es werden dann noch mehr Menschen sterben, als jetzt auf der Liste stehen, die du mir gegeben hast, mein Freund.´

Kurze Zeit später aber hatte ich das verdrängt.

Ich dachte an Viviane. Meine künftige Frau - eine Sadistin? Ich dachte an Mireille, an Sergeij. Natürlich hatte ich ihm kein Wort dessen geglaubt, was er über Vivi erzählt hatte. ´Mit Vivi ist alles anders´, sagte ich zu mir selbst.

Am Abend nach dem Telefonat Sergeijs und nachdem ich seinen Import-Export verlassen hatte, freute ich mich auf Viviane. Sie hatte Max bereits ins Bett gebracht und saß vor dem Fernseher. Tatort lief.
Es war der 12. August 1997.
Zehn Wochen später hat Vivi mir lebenslange Treue gelobt.
Vielleicht hätte ich besser auf Sergeij gehört. Dann müsste ich nun keine Angst vor dem haben, was er als ´Operation` angekündigt hatte, kurz bevor ich ging."
Ende des Tagbucheintrags. Sebastian überlegt, warum er eigentlich dem Hinweis mit der Sektenaktion, die Sergeij beobachtet haben wollte, nie nachgegangen war. Er weiß doch, dass Sergeij Kontakte und Einfluss hat. Genug, um zu solchen Treffen hinzugezogen zu werden, wenn er das will. Warum hat er den Mann nicht ernst genommen?

Erste Tote

Dieses Grübeln... Sebastian denkt nach. Ja, es war am 14. August 1997, zwei Tage nach seinem Besuch bei Sergeij. Die Nachrichten waren voll von dem Tod eines Chirurgen, der in Buttersäure aufgelöst in seiner Badewanne gefunden wurde. Die Reporter berichteten von ´mysteriösen Umständen`, unter denen die Polizei das vermutliche Verbrechen entdeckt hatte: Einbrecher waren dabei beobachtet worden, wie sie durch ein Kellerfenster in die Villa in Grunewald eingestiegen waren. Die Polizei konnte sie schon Minuten später dingfest machen; unmöglich, dass sie das Verbrechen begangen hatten. Ansonsten lebte der Chirurg, zweiundsiebzig Jahre alt, seit 1994 allein.
Drei weitere Tote fanden Polizeibeamte jeweils wieder unter seltsamen Umständen an verschiedenen Orten: Der Chefarzt einer Abteilung für Strahlenopfer an einer Hamburger Klinik wurde an seinen Daumen am Kronleuchter seines Appartements aufgehängt in einem Vorort gefunden.
Ein Zweiter war, wie die Polizei schrieb, „im Verlauf einer Gewaltsex-Orgie vermutlich seinem zu schwachen Herzen erlegen".
Der Dritte hatte einen Autounfall. Er erstickte nach einem Aufprall seiner Limousine - der Airbag hatte ihm die Luft genommen.
Viviane hasste solche Nachrichten, nahm sie aber zur Kenntnis. Sebastians Ahnung verdichtete sich zur Gewissheit: Sergeij steckte dahinter.

Alle Toten hatten auf der Liste gestanden. Ihm selbst war seine Familie wichtig. Er liebte seine Frau und seinen Jungen, wollte davon nichts mehr wissen, hoffte, den Mann, den er nicht mehr als Freund empfand, nicht wiederzusehen.

Hätte er die Ereignisse zum Anlass genommen zu prüfen, was dran wäre an dem, was Sergeij ihm damals gesagt hat, hätte er wenigstens einige der Details untersucht - in eine Welt voll Magie wäre er eingetaucht. Vielleicht hätte er sie geflohen? Oder er wäre besser gewappnet gewesen für das, was - Fluch seiner Ignoranz - nun unvorbereitet über ihn hereingebrochen war.

Ende August 1997 wurden die letzten Toten gemeldet. Allen war eines gemeinsam: Irgendwann nach Tschernobyl hatten sie Untersuchungen an einem jungen Mann vorgenommen, dessen Stuhl und Urin als strahlender Sondermüll entsorgt werden musste, während der Ukrainer völlig unbeschädigt zu sein schien ...“

Sergeijs Hochzeitsgeschenk

Zwei Anrufe und einen Brief von Sebastian ignorierte Sergeij danach. Auch zur Hochzeit war der schon vom Tod gezeichnete Mann nicht gekommen.

„Feierlichkeiten fallen mir schwer. Ich wünsche euch alles Gute. Bestell das Viviane. Ein letztes Geschenk mache ich dir - denk an das, was ich über Mireille und Viviane Schneider gesagt habe: Wenn über deinem Kopf doch einmal diese große, schwarze Welle zusammenschlägt, die dich mitreißen will in die Tiefe, wenn dir der Tod die einzige Hoffnung scheint, dann gib mir ein Zeichen. Was zu regeln ist, werde ich regeln. Sei sicher: Solange ich lebe, mache ich keine halben Sachen!“

Die Hochzeit fand am 30. Oktober 1997 statt. Es war eine großartige Feier, und abends gab es eine Party, von der viele Gäste noch lange sprachen. Viviane nahm den Namen Fischer an. Die Flitterwochen fanden an einem See in Mecklenburg-Vorpommern statt. Dort gab es auch schon ersten Streit: War es ein Fluch, der auf der Familie Fischer lag?

Sebastian liest mal hier, mal blättert er einige Seiten weiter und liest dort einige Passagen des Tagebuchs. Er fragt sich: Wer soll das jemals lesen? Wer verstehen?

Er weiß es nicht. Er weiß nicht einmal, ob er es nicht eines Tages wegwerfen wird. Aber wirft man einen Freund weg? Vielleicht, wenn sich zeigt, dass seine Freundschaft uns zersetzt wie eine Salzsäuredusche.

Ja, vielleicht sind alle Tagebücher dieser Welt Salzsäure. Aber was zersetzten sie? Die Wahrheit? Oder die Lüge? Das Leben? Oder die Entfremdung? Was kommt darunter hervor? Wessen Skelett widersteht der Säurelösung sofort notierter Ereignisse in einer Zukunft, deren Freude an dem Wert von Erinnerungen wir doch immerhin vermuten müssen?

Ist es nicht das Leben selbst?

Sebastian Fischer fällt in einen tiefen Schlaf. Montreal schläft nicht. Im Axe, wenige Minuten vom Hotel de Paris entfernt, strippen die Frauen. Und in der Casa Grecque gehen die Hummer durch die Öfen.

Ja, das Leben - es ist wie ein Fieber!

Der Verdacht

Am nächsten Abend - wieder liegt Sebastian auf dem gemachten Bett seines Zimmers an der Rue Sherbrooke in Montreal und überlegt, was er anstellen soll, als das Telefon klingelt. Viviane.

„Sebastian, Lieselotte ist tot!"

Er ist soeben aus dem Axe gekommen, das ohne Mireille nicht mehr sein Axe ist. Die Horden grölen noch immer. Allein, es fehlt die Frau, die allen den Atem nimmt.

„Lieselotte ist auf der Straße von einem Lkw überfahren worden, als sie mit Max spazieren ging. Um ein Haar wäre der Junge überrollt worden. Sebastian, weißt du etwas davon? Christoph hat alles mit angesehen und sagt, das habe so ausgesehen, als wenn der Lkw-Fahrer mit Absicht über die alte Frau gerollt ist und es auch auf Max abgesehen hat. Das hat er auch der Polizei erzählt, und die sagen, wir sollen überlegen, wer für eine solche Tat in Frage komme."

Viviane weint beim Sprechen und verschluckt die Hälfte ihrer Worte, sprudelt dabei über und vergisst, dass sie am anderen Ende der Leitung jemanden hat.

Sebastian fährt der Schreck durch alle Glieder. Sergeij! Er hat es gefürchtet, gewünscht, sich verflucht und dennoch auf Sergeij gezählt und gehofft, während er ihn zugleich zur Hölle wünschte, in sein verhasstes Heimatdorf in der Ukraine zu all den Toten, die dort strahlten.

Es klickt in der Leitung. Außerdem meint er, im Hintergrund Geräusche zu vernehmen. Da ist noch jemand im Zimmer.

„Vivi, mein Mädchen."

Er weiß, dass sie diese Ansprache hasst. Sie rutscht ihm aber immer wieder heraus. Er liebt sie.

„Wie könnte ich wissen, wer dahintersteckt? Bestell Christoph, wie Leid mir der Tod seiner Mutter tut. Soll ich nach Hause kommen?"

„Aber hast du mir nicht seit Wochen gedroht, gesagt, was du alles tun würdest, wenn ich dich verließe? Hast du nicht sogar gesagt, das Beste wäre, Max` Vater wäre tot? Sag mir, ob du etwas weißt!"

Sie reagiert auf seine Worte nicht. Sie ist einzig auf ihre Fragen fixiert. Und auf ihre Anschuldigungen.

„Vivi, dreh nicht durch. Bitte! Wir sind die Familie."

„Aber du hast mich seit Wochen bedroht. Du hast gesagt, du lässt dir deine Familie durch eine Trennung nicht zerstören. Was glaubst du eigentlich, wie ich mich unter dem Druck fühlte?"

„Schatz, bleib ruhig. Ich komme nach Hause."

„Nein, ja, ... kannst du denn so einfach weg? Du musst doch arbeiten."

„Bleib ruhig. Ich rufe dich später zurück und sage dir, mit welcher Maschine ich komme. Ich liebe dich!"

Keine Frage, die Operation ist angerollt. Sergeij hat irgendeinen Umstand als das Signal verstanden. Oder war es ein Unfall?

Sebastian hält es plötzlich in dem Hotelzimmer nicht mehr aus, das ihm zu klein, zu heiß, zu stickig vorkommt. Raus hier, rast es in seinem Hirn. Viviane denkt natürlich, er sei verantwortlich. Oft genug hat er gedroht - verständlich, dass sie in ihm den Verantwortlichen sieht, als den ihn Christoph Pater wohl auch denunziert.

Getrieben von etwas, das er weniger versteht als alles andere, sucht er einen Ort, an dem er sich betrinken könnte. Nicht, dass er sich betrinken will. Aber er sucht. Irgendetwas muss da sein. Etwas, was er bisher nicht gesehen, nicht bedacht hat. Er muss nachdenken.

Der Concierge grüßt, als Sebastian auf die Straße stürzt, aber dieser beachtet ihn nicht. Lieselotte Pater tot. Steckt Sergeij dahinter?

Aus der ersten Bar an der Rue Maisonneuve tönt die Musik eines Saxophons. Seine Atmosphäre.

Welchen Sinn kann die Arbeit haben, wenn seine Frau im Zweifel ist, ob er ein Killer wäre? Er muss hin. Er wird ihr erzählen. Er wird den Bastard aufhalten, wenn sich zeigen sollte, dass der den Lkw-Fahrer losgeschickt hat, unter dem Max fast zerquetscht worden wäre.

Noch ein Bier. Er stürzt es hinunter. Noch eines. Die Biere schienen immer kleiner. In den Gläsern ist kaum was drin. Der Saxophonist wird leiser, sein Instrument länger. Die blauen Lampen an der Wand wandern herum, bald nach rechts, bald nach links, dann bilden sie einen eng zusammenstehenden Kreis wie einen Strahlenkranz. Die Theke zieht sich zusammen und die Stimmen der Gäste dröhnen zu ihm herüber, wie der Motor eines Baggers.

„Viviane, ich komme nach Hause. Ich werde dir alles gestehen", hörte er sich selbst. „Pardon?" Sein Nebenan denkt, er beschwert sich, weil der ihn angestoßen hatte.

Etwas kracht um und als er nach hinten sieht, grinsen die Menschen. Der Barhocker, an den er lehnte, ist umgefallen. Er hält sich an der Theke fest. Noch ein Bier!

Die Nase des Saxophonisten wird lang wie sein Blech und der Ton der Menschen unerträglich laut. Es dröhnt in den Ohren. Er muss raus, legt einen Schein auf die Theke und dreht sich zum Eingang. Nur raus. So viel hat er doch gar nicht getrunken...

„Monsieur, votre Change..." Er hört die Worte nicht mehr, die in den Stimmen untergehen, steht schon an der Tür.

Warum grinsen die Menschen? Es ist ein Abschied auf Raten. Wir alle leben gerade so lange auf dieser Welt, bis wir uns von allen verabschiedet haben, die wir noch einmal sehen wollen. Ja, so muss es sein...

Die Ambulanz

„Das Flugzeug. Es bringt mich heim. Die Sirenen machen den Weg frei. Was für ein Glück. Viviane, ich komme!"

Die Laternen am Straßenrand erhalten Höfe und die Höfe werden größer und größer, verschmelzen zu einem hellen Scheinbrei. Es ist wie auf einem dieser Empfänge, wenn die Prominenz begrüßt wird. Er sieht sie schon, wie sie ihm in die Arme fällt, Viviane, Max. „Ich werde bei euch bleiben. Nie wieder werden wir uns trenn…"

Der Aufprall auf das Blech des Autos, das auf die linke Straßenseite hinüberschert, um den Notarztwagen vorbeizulassen, der mit fünfzig Meilen pro Stunde die sehr schmale Rue Maisonneuve westwärts rast, um einen Herzinfarktpatienten in die Intensivstation der Klinik zu bringen, katapultiert Sebastian Fischer über zwei auf der linken Straßenseite geparkte Wagen hinweg. Mehrmals überschlägt sich der Betrunkene. Später sagen Zeugen aus, Sebastian sei aus der Bar herausgestürmt und ohne auf den Verkehr zu achten auf die Straße gewankt.

Würde es im Ermessen von Ärzten liegen, nach Kenntnis aller Lebensumstände zu sagen, ob jemand Glück oder Pech hat zu überleben, hätte der Notarzt in der Ambulanz auf eine Wiederbelebung des ohnmächtigen Sebastian Fischer vielleicht verzichtet. So aber schaffte der Arzt in der Ambulanz das Kunststück, den schwer verletzten Betrunkenen am Straßenrand innerhalb von höchstens sechzig Sekunden nach dem Aufprall auf die Kühlerhaube des Autos künstlich zu beatmen.

Weitere zwei Minuten später sind alle anderen lebenserhaltenden Schritte eingeleitet, die Ambulanz rast - mit nun zwei Patienten - zur Notaufnahme des nächsten Krankenhauses in der Montrealer Innenstadt.

Sebastian Fischers wunderbare, blaue Welt.

Sebastian Fischer hat sofort das Bewusstsein verloren und taucht ein in eine wunderbare, blaue Welt, in der endlich alles gesagt werden darf, was gesagt werden muss, und in der alles gesagt wird, was bisher nicht gesagt worden ist...

„Wir sind zusammen. Viviane, ich habe es gewusst."

Viviane nimmt ihn in ihre Arme und sagt: „Ja, Sebastian, hier ist der Frieden, den du dir gewünscht hast. Jetzt werde ich dir erzählen, was du wissen wolltest. Weißt du noch, wie oft du mich gefragt hast, warum? Wir hatten uns gestritten. Du hast Max geärgert, der nicht mehr mit dir spielen wollte. Du sagtest, Max ist nicht mehr dein Kind. Ich weiß es wie heute, und wäre es nicht vorbei, ich würde es dir immer noch nicht zugestehen. Aber in dem Augenblick wurde ich, das Muttertier von Max, zum Fluchttier - mit unserem Sohn wollte ich weg, wegen unserem Sohn wollte ich weg. Ich konnte mit dir darüber nicht sprechen. Also schwieg ich und bereitete in mir die Gründe für eine Flucht vor. Die inszenierte ich so, dass sie mir selbst glaubhaft war. Ich sagte mir: Eine Lösung erwachsener Menschen kann es nicht sein, einen Konflikt an ein Kind weiterzugeben. Bloß weil wir auf den ersten Blick keine Lösung sehen, dürfen wir niemals ein Kind schuldig machen. Das hast du getan. Wie könnte ein Leben danach noch aussehen? Vielleicht so?

´Max will mit Papa Sebastian spielen.`

Papa: 'Nein, mit dir spiele ich nicht, deine Mutter will nicht, dass ich mit dir spiele.'
Ich (entweder nicht dabei oder entsetzt): 'Stimmt doch gar nicht. Du sollst den Jungen nur nicht ärgern!'
Und dann? Schuldig an dem, was käme, würde Max sich auf jeden Fall fühlen. Bliebe nur, solche Begegnungen zu vermeiden. Wie das gehen sollte, weiß ich nicht."
„Wieso haben wir nie darüber gesprochen, Geliebte?"
„Wir haben gesprochen und haben es wieder nicht getan, das stimmt. Und es war so, weil ich meine Gründe nicht nennen wollte, aber auch, weil ich die Ursachen für alles, was du getan hast, bei mir suchte und dich nicht schuldig sprechen wollte. Sicher hast du Fehler gemacht, sagte ich mir, aber der eigentliche Fehler, redete ich mir ein, war früher passiert. Den Grund für meinen Fluchttrieb wollte ich nicht in dir sehen, denn dann hätte ich mich mit dir auseinandersetzen müssen. Davor hatte ich Angst.
Also ließ ich mich auf einen leichteren Weg führen: Als Christoph, der Vater meines Kindes, in der Situation, in der ich dachte, du wolltest der Vater nicht werden, immer für Max da war, sprach ich mit ihm über meine Zweifel und fühlte mich seiner Auffassung nah. Er sagte, du könntest nichts dafür, denn objektiv seiest du halt nicht der Vater. Und es wäre allein meiner Ambivalenz zuzuschreiben, dass ich in dich hineindeute, was du nicht leisten könntest. Du würdest es nie lernen und nie werden können, sagte Christoph, und der Samen des Zweifels fiel in eine dunkle Stimmung in mir, die ihn aufnahm. Weil ich dich liebte, leuchtete es mir ein. Das Argument hatte den Vorteil, dass ich mich mit dir nicht streiten musste, denn du warst nicht schuld an dem drohenden Unheil. Also wollte ich es abwenden, ohne dir Gründe zu sagen. Ich hatte gesehen, dass du Max überforderst. Christoph wies mir einen Weg, mich dem Zwang zu entziehen, dein Korrektiv zu werden. Ich wollte nicht an dir herumdoktern. Dazu liebte ich dich zu sehr. Lieber wollte ich dich verlassen. Es schien die beste Lösung."
Das blaue Licht war klar und hell und alle Leiden vergessen. Viviane sah schöner aus als je zuvor. Sebastian nahm sie in seine Arme. Die zwei vereinigten sich und fühlten, dass sie es immer gewesen waren.
„Geliebte, nie wieder werden wir uns im Stich lassen. Wir werden immer wissen, was wir aneinander haben und füreinander empfinden", hauchte er ihr ins Ohr.
„Ich werde dir zeigen, was ein Kind will, und du wirst sein Vater sein und der Vater von so vielen Kindern, wie du willst, die ich dir schenken wer-

de", antwortete sie. „Weißt du, Geliebter, bevor ich meinen Sohn geboren habe, hatte ich ein flatterhaftes Leben. Ich machte alles und alles mit Links: Schule, Studium, Freunde, das Leben - aber nichts richtig. Erst Max änderte das. Auch wenn ich den Vater schon zum Zeitpunkt der Geburt nicht mehr liebte, ich wusste, er würde der Vater bleiben, und ich wollte ihm die Rechte darauf nicht wegnehmen. Als seine Destruktion meines Strebens zu dir wirkte, begann ich zu zweifeln: Du hast Fehler um Fehler ausgegraben, den du in unserer Ehe gemacht hast. Ich hatte sie dir nicht vorgeworfen. Aber genau das, jedes dieser nicht stattgefundenen Gespräche, sei eine verpasste Chance gewesen, sagtest du. Ich aber wollte mich mit dieser Wahrheit nicht auseinandersetzen. Ich wollte dir keine Chance geben, mit einem Kleinkind leben zu lernen. Denn mittlerweile war da wie ein Zauber die Hoffnung über allem, welche Christoph verhieß, ohne dass ich sie erklären konnte. Du machtest mir meine Fehler trotzdem klar. Natürlich fühlte ich mich dadurch bedroht. Christoph hingegen hat mich nicht angegriffen, obwohl es doch auch um sein Kind gegangen ist. Christoph sagte, kein Mensch - auch du nicht - könnte etwas dafür, dass ihn und mich das Blut des Wichtigsten binde, was wir zustande gebracht haben - das Blut von Max. So fühlte ich mich ihm nahe. Nur du hast mich immer wieder zurückgeworfen in die Welt deiner Argumente. Ich dachte, wieso kann ich nicht einfach leben? Es wäre doch richtiger. Zugleich fühlte ich mich aber auch in meinem neuen, von dir getrennten Leben nicht frei. Ich musste mich nicht mehr mit deinen Reaktionen beschäftigen, ich war aber nicht frei geworden. Trotzdem wollte ich den Weg ohne dich weitergehen. Für Max. Du hast erlebt, wie das Kind auf Streit reagiert. Wenn du wütend warst - Max hat es gefühlt. Er verstand die Welt nicht - das hat mich gehindert, dich zu kritisieren. Es stimmt, du hast Fehler gemacht. Auf meine Versuche, es dir zu sagen, bist du ausgewichen. Du bist geübter als ich in der Verteidigung absurder Ideen und Vorwürfe. Deshalb hielt ich die Kritik an dir zurück. Ich überlegte, wie ich die Stabilität für das Kind erhalten könnte."

„Viviane, Geliebte, ich habe auf deine Kritik gewartet. Ich habe darauf gewartet, dass du mich in meine Grenzen weist. Ich spürte meine Fehler, konnte sie nicht bestimmen und ich fragte mich, wo du bleibst, um mir zu helfen..."

„Ja, aber so kannte ich dich nicht. Ich wusste nicht, ob du mich ernst nehmen würdest. Christoph sagte, das könntest du gar nicht. Ich selbst hatte das Gefühl, überall gegen große Widerstände zu kämpfen. Das wollte ich te ich mir ersparen. Ich versuchte es, indem ich mich des Zwangs zur Suche nach Frieden mit dir entzog - durch Trennung. Ich zog aus.

Es gab da noch etwas anderes: Ich habe mich von dir bedroht gefühlt, denn du hast in Rätseln gesprochen. Du hast gesagt: 'Mach keine Fehler!' Für mich hieß das: 'Verlass mich nicht, sonst ist das ein Fehler, und für alles, was dann passiert, trägst du die Verantwortung.' Aber welche? Es ist dieses mich In-Unklarheit-Lassen, dieses Taktieren, mit dem du woanders vielleicht Erfolg hast - mich hast du zum Fluchttier gemacht.

Die Sicherheit, die du mir zu geben versprachst, ist es gewesen, in die ich mich verliebt habe, als wir uns kennen lernten. Von deiner anderen Seite wusste ich, aber ich habe unterschätzt, wie schwer es ist, mit der Taktiererei als Lebensform umzugehen. Ich habe sie nicht ertragen, mich aber auch nicht getraut - was hätte ich tun sollen? - dir das zu sagen. Ich wäre oft lieber ein Mäuschen mit einer Ecke Käse irgendwo im Schutz deiner Sicherheit gewesen."

Es war ein sanftes Streicheln ihrer Hand und ihrer Liebe, das er genoss. Es machte ihn glücklich. Er lächelte und er lächelte gern. Sebastian sah Viviane an, deren Wangen sich im Eifer ihrer Erklärungen gerötet hatten.

„Versteh richtig, Sebastian, es ist auch das Gefühl, dass ich in meinem Leben nicht hassen kann: Noch nie habe ich jemanden mit meinem Hass verfolgt. Ich wäre vielleicht erfolgreicher, aber um diesen Preis will ich es nicht sein. An dir habe ich die Fähigkeit gesehen und auch die Sicherheit, die mir deine Aggressivität gab. Ich habe mich aber falsch eingeschätzt. Ich konnte nicht trotz deiner Aggressivität sanft bleiben. Also konnte ich dich nicht mitnehmen auf die Reise meiner Gefühle. Uns wäre es beinahe zur Lebensfalle geworden…"

Die Ärzte machen ihre Untersuchungen und mancher schaut verwirrt auf den Patienten. Er scheint sehr glücklich.

„Niemand weiß, was in einem Menschen vorgeht, der im Koma schläft", sagt einer.

Wie wahr!

Sebastians schöne, blaue Welt hat alle Fragen beantwortet.

II. Teil: Die Schatten der Diva

Die Suche nach Gründen

„Was vermutest du: Welchen Sinn hat für deinen Mann die Taktik an sich? Warum die Spiele um Macht und um die Oberhand über Max und dich?" Petra schaute Viviane an.

„Ich weiß es nicht. Vielleicht keinen. Vielleicht ist er sich dessen nicht bewusst. Ich habe ihm nie wirklich zugehört."

„Aber du bist sicher, dass nach Sebastians Vorstellung deine Vorgeschichte nichts mit deinem Entschluss zu tun hat, dich von ihm zu trennen?"

„ER sagt ´Nein`. ER sagt, ich sei einem Einfluss unterlegen, den er nicht kennt, den er aber spürt. Und der hat dazu geführt, dass ich - nenn` es Flucht aus der Verantwortung, nenn` es Egotrip - mit ihm über seine Fehler nicht gesprochen habe. Stattdessen habe ich mir eingeredet bzw. einreden lassen, ich sei diffus, ambivalent, ohne wirkliches Bedürfnis nach ihm."

Viviane Fischer stützte den Kopf in die Hände, weinte.

„Wie kann er so sicher sein?", fragte die Freundin.

„Manchmal denke ich, er kann in mir lesen. Er fragt mich, warum ich unsicher bin, wenn ich ihm die gleiche Frage stelle wie du mir. Und dann denke ich an die Briefe von Christoph. Es ist doch so: Wenn einer mich beeinflussen will, ist das Christoph. Der hatte immer Angst, Sebastian würde ihm Max wegnehmen."

Viviane überlegte. Sie spürte die Knoten in sich, die sie nicht auflösen konnte. So wenig wie Sebastian die seinen bei der Suche nach seinen Fehlern.

„Das Verlangen, andere beherrschen zu wollen - auch darin sind wir uns ähnlich. Er im Beruf und im Privaten; aber auch ich im Beruf und im Umgang mit Christoph und Sebastian."

Petra nahm die Freundin in den Arm. „Lass uns abwarten. Vieles löst die Zeit. Und wenn es sein soll, habt ihr noch ein ganzes Leben vor euch, wenn du dich dafür entscheidest."

Beide Frauen wussten, dass das eine Lüge war. Beide Frauen kannten die Wahrheit, jede ihren Teil. Und beide Frauen wollten sich auf keinen Fall daran erinnern, was wirklich geschehen war.

Abends telefonierte Petra mit Christoph. Es wurde ein langes Gespräch.

Danach nahm sich Christoph vor, ein paar Dinge noch besser zu begründen. Er durfte sich keine Fehler leisten. Das war Max` Vater klar. Er wollte nicht der Verlierer sein.

Die Schatten der Diva

Viviane, geborene Schneider, verheiratete Fischer, war eine schlanke, hoch gewachsene Frau, der man den Stolz ansah. Wer nicht genau hinschaute, mochte sie für arrogant halten. Allein ihr stockgerader Gang und der aufrecht erhobene Kopf schienen dafür zu sprechen.
Wer sich mit ihr einließ, stellte fest, dass Viviane unreine Haut, eine zu lange Nase und unsaubere, etwas verwachsene Zähne hatte. Irgendwie wirkte das ungepflegt. Und der Stolz, mit dem sie sich darbot, konnte den Eindruck von Arroganz durchaus rechtfertigen. Aber arrogant war Viviane wirklich nicht. Eher gehemmt.

Für Vivianes leibliche Mutter, Elise, und für Wilhelm, den Vater, mehr noch aber für die Mutter, war die Familie immer das ein und alles gewesen. Sie zusammenzuhalten war oberstes Gebot der Eheleute Schneider.
Die Harmonie war das, was das Zuhause - die Villa am Schlachtensee - wie eine Burg gegen alle Anfeindungen von außen beschützte.
Seit der Geburt von Vivianes jüngerem Bruder schlief die Mutter vom Vater getrennt, denn sie wollte kein drittes Kind. Weil sie die künstliche Verhütung für eine Sünde hielt, hatte das Ehepaar Schneider keinen Geschlechtsverkehr mehr. Und so stürzte sich jede der Ehehälften in ihr eigenes Selbst: Wilhelm als Künstler und Musiker, Elise als Künstlerin in ihrer Töpferwerkstatt, zusammengehalten durch den Familiensinn, der unerschütterlich blieb und als oberstes Gebot postulierte: Was unter diesem Dach passiert, geht nur die Menschen unter diesem Dach etwas an.
Für die wenigen Freunde und die vielen, die bewundernd auf die Musterfamilie zeigten, bei den Partys und Empfängen der Schneiders teilhatten an diesem Glanz einer makellosen Fassade, galt genau dieses höchste Ideal, die Harmonie, als Ursache für das Glück, das sich allen zeigte, die die Villa am Schlachtensee besuchen durften.
Sicher, auch bei den Schneiders hing schon mal der Haussegen schief. Da hatte es einmal so ein Gerücht gegeben...
Aber wo läuft nicht gelegentlich etwas aus dem Ruder?

Viviane war daraufhin im Alter von vier Jahren in eine Therapie gesteckt worden. Wilhelm und Elise Schneider sagten dem Psychiater, das Kind sei plötzlich „ängstlich" geworden und dann kaum ansprechbar. „Es sieht Schatten, die gar nicht da sind." Mehr erfuhr der Arzt nicht. Die Mutter legte größten Wert auf Diskretion. Der alte Mann nickte. Er verstand. „Der Trotz der Kinder treibt Eltern schon mal zur Weißglut. Das kriegen wir wieder hin", versprach er.

Die Therapie dauerte ein halbes Jahr. Dann sagte der Arzt: „Viviane ist geheilt."

Die Eltern glaubten an den Erfolg. Die Ehre der Familie Schneider war wieder vorzeigbar. Das Kind behielt es für sich, wenn es die Schatten sah...

Mit siebenundzwanzig Jahren lernte Viviane Christoph kennen. Sie 1,78 Meter groß; er fast 1,90 Meter. Er wirkte sehr selbständig. Dabei hatte er etwas Geheimnisvolles. Viviane hatte das Gefühl, er könnte in sie hineinsehen. Und sie hatte viel mitzuteilen; viel, was ihr bewusst, noch mehr, was nicht einmal ihr bewusst war.

Er gebrauchte einfache Worte. Ihr gab das die Sicherheit, er könnte ihr erklären, was sie an sich selbst nicht verstand. Sie sagte Dinge, er vernetzte diese.

Bald hatte Christoph Pater ein Bild, kurz später ein Ziel und schon arbeitete er am Weg.

Das Einzige an Christoph, was Viviane verabscheute, war seine Mundart. Pater berlinerte, als sei er direkt der Gosse entsprungen.

„Berlinern ist kein Dialekt, sondern eine Frage der sozialen Herkunft", hatte sie gelernt. Andererseits gab ihr diese Schwäche von Christoph Pater auch etwas: das Gefühl, helfen zu können. Er ein armer Mann, sie eine reiche Frau - sie war einem Ausgleich nicht abgeneigt. Ihr Gewinn, das Finden und Verstehen ihres Unbewussten, war ihre Hoffnung. Er versprach, diese zu erfüllen.

Christoph Pater hatte dem Vater von Viviane sofort den Kinderschänder angesehen. Und der Mutter das Leiden. Und Viviane die Psychose, die der Arzt dem Kind vorenthalten hatte.

Pater hatte die Werke der französischen Psychoanalytiker gelesen, insbesondere die von Francoise Dolto. Familie Schneider entsprach präzise dem idealtypischen, auf sich selbst bezogenen, neurotischen Paar, das sich allein auf die materielle Versorgung der Kinder konzentriert.

Die Erziehung und die Arbeit füllten das Leben der Eltern, die Scham vor den eigenen Wünschen das Leben der Kinder. Die Sexualität, zu Hause unter den als „ideal" definierten Bedingungen stets verdrängt, ja, sogar als gefährlich und mit Strafe belegt dargestellt, bot keinen Raum der ungezwungenen Lust. Denn die Eltern hatten keine Sexualität. Was also sollten sie den Kindern vorleben? Mehr noch: Worauf sollten die Kinder stolz sein, als sie ihren Körper und ihre Gefühle entdeckten? Es gab keine Antwort. Also schämten sie sich - und auch das blieb in der Familie.

Pater wusste, dass die daraus resultierenden Traumen zu schweren Störungen der libidinösen Struktur führen mussten. Er kannte den Weg aus der Falle: Geschwister, Eltern und Großeltern - die eigentlichen Quellen der Neurosen, zumal dann, wenn alle drei Generationen im selben Haus leben - müssen mit dem psychotischen Patienten gemeinsam die Behandlung machen. Paters Suggestionen bereiteten das Klima. So wurde er als Außenseiter der Familie und ihrer heiligen Struktur des Zusammenhaltens doch eine Art Mitglied.

Elise fühlte die Hoffnung ihrer Tochter auf ein besseres Leben, als sie selbst, die Mutter, es gehabt hatte. Und so nahm sie Christoph in ihre Pläne der familiären Angelegenheiten auf. Ihm gegenüber - und nur ihm gegenüber - hoffte sie auch auf Entlastung ihres eigenen schlechten Gewissens: Sie erzählte ihm von den eigentlichen Gründen für die Therapie, in die Viviane als Kind gezwungen worden war.

Elise fühlte sich ihrem Kind gegenüber dafür verantwortlich, es einem Menschen anzuvertrauen, der alles, sie, Viviane und das Wissen um die Schatten berücksichtigen könnte. Und der helfen könnte. Auch Elise glaubte, dass Christoph Pater helfen könnte. Sein Sieg über die Tochter war also zugleich ein Sieg über die Mutter. Mutter und Tochter waren sich darin nah - ein Umstand, der Christoph Pater genauso nützlich werden sollte wie das Wissen um die dunklen Flecken im Kollektivbewusstsein der Familie Schneider.

Vivianes Selbst war in Kenntnis der Vorfälle leicht zu verstehen.

Über den Vater reichte das Wissen über die Tat und über das, was die Tat aus ihm gemacht hatte: Den Frust darüber und über den Liebesentzug seiner Frau kompensierte er mit Freunden am Biertisch. Seine Alkoholexzesse waren Tochter und Mutter gleichermaßen zuwider.

Und so hatte Christoph Pater die Familie Schneider gut im Griff.

Was Viviane schon mit achtzehn Jahren ärgerte, war, wenn Freunde ihren Vater mochten, etwa weil er ein so guter Erzähler war oder sehr kameradschaftlich und jovial wirkte.

Während andere Töchter auf ihre Väter stolz waren, hatte Viviane einen Widerwillen, den sie aber nicht begründen konnte. Auch Christoph Pater weihte sie nicht in das Geheimnis ein, das er von Vivianes Mutter erfahren hatte.

„Mein Vater ist ein Arschloch und ich will, dass du das erkennst."

Den Satz hatte sie Sebastian fast wie eine Bedingung für ein weiteres Miteinander vorgesetzt, bevor sie ihn zu Hause einführte. Die leibliche Mutter war seit zwei Jahren tot, Wilhelm hatte nach kurzer Zeit Birgit geheiratet. Sebastian verstand das nicht. Wie sollte er auch?

Sebastian fand Wilhelm Schneider sympathisch. Er war belesen, ein feiner Zug von Wehmut und Trauer gab ihm etwas Reifes, was seine offene, jugendliche Art hervorhob. Er hatte eine Haarlocke, die ihm beim Sprechen in die Stirn fiel und die er dann elegant nach hinten warf. Wilhelm hielt oft Monologe - über große Männer der Geschichte etwa.

Sebastian hatte Mitleid mit dem Mann. Wilhelm war der Vater von Viviane und Sebastian liebte Viviane. Wilhelm schien wie ein seriöser, alternder Playboy. Sebastian verstand nicht, warum Viviane wollte, dass er ihren Vater nicht mochte, aber Viviane wurde sehr ungehalten, wenn Sebastian sie fragte. Sie sagte:

„Papa hat Mama zerstört. Er hat sich nie um die Familie gekümmert. Wenn wir ihn brauchten, hat er sich mit Freunden betrunken und dann hat er uns geschlagen. Wie soll ich akzeptieren, dass irgendjemand diesen Mann mag, nur weil ich aus seiner verklemmten Lust gezeugt wurde? Mama habe ich geliebt. Die hat für mich gelitten."

Nach dem Tod der Mutter 1995 war der Hass gegen den Vater noch gewachsen. „Selbst als Mami einen Tumor in der Brust hatte, größer als die Faust meines Vaters, ging der immer noch mit seinen Kumpels trinken. Mama wusste kaum, wie sie aus dem Bett hochkommen sollte, da forderte er von ihr Essen, wenn er betrunken nach Hause kam."

Auf dem Totenbett war Viviane mit ihrer Mutter allein. Der Vater trieb sich mit anderen Frauen herum, erzählte Viviane.

Und schließlich sei sie es auch gewesen, die der Mutter das Morphium besorgt habe, das diese bis zum Tod schmerzfrei hielt; sie habe sich um die Beerdigung und um die Familie gekümmert. Ihr Bruder, „auch ein Schwächling, der ganz nach Papa kommt", und ihr Vater hätten das Leben mit Elise schneller abgelegt, als Bauarbeiter ein verschwitztes Hemd, sagte Viviane. „Die Schmerzen, die ich Mami mit dem Morphium ersparen konnte, würde ich denen wünschen."

Sebastian erschreckte der Hass in ihrem Blick.

Der Fußtritt

Sebastian war weg. Endlich! Es war so etwas wie Enthusiasmus, als Viviane das Flugzeug am Himmel über Berlin sah, in dem sie ihren Mann wusste, von dem sie sich trennen würde.

Der 14. Mai 1997. Es ekelte sie regelrecht, wenn sie daran dachte, wie er sie zum Abschied umarmt und geküsst hatte.

Croquette, der kleine, schwarzweiße Hund kam verspielt angesprungen, als Viviane die Wohnungstür aufschloss, dann jaulte der Mischling verständnislos auf, als ihn der Fußtritt traf. „Verschwinde, Töle!"

Viviane hatte immer nur so getan, als wenn sie das Tier gemocht hätte. Tatsächlich war Croquette ihr von Anfang an zuwider gewesen. Ständig die Haare auf dem Teppich und auf dem Sofa, die hässlichen, viel zu langen und zu dünnen Beine, die den unproportionierten und zu dicken Körper des Tieres trugen, und dieser dünne, lange Schwanz, die ewig nach hinten gelegten Ohren.

„Nimm!" Noch ein Tritt. Diesmal wich der Hund rechtzeitig aus, verkroch sich winselnd hinter einem Spielzeugtraktor von Max.

„Das kannst du, winseln und dich verkriechen - wie dein Herrchen. Aber glaube nicht, dass ich das noch einen Tag länger mitmache."

Die Ohren des Hundes spielten nach vorn, legten sich nach hinten, wieder nach vorn, die Schwanzspitze begann zu wedeln: Sollte Frauchen doch wieder gut sein? Ein Knall, ein Tritt gegen den Traktor, der gegen den Hund flog, ein Jaulen. Cockie, das kleine Mischlingsweibchen, ein Findlingshund, den Sebastian seit fast fünfzehn Jahren hatte, begriff: Herrchen war weg und Frauchen wollte nichts von ihm wissen. Das Tier verzog sich hinter das Sofa.

Viviane nahm das Telefon und räkelte sich auf den schwarzen Ledersessel. Petra anrufen.

„Na, ist er weg?"

„Es war unsäglich. Zum Abschied musste er mich natürlich noch einmal ablecken, wollte alle Versprechen dieser Welt hören."

„Hast du ihm doch sicher gegeben."

„Klar, alle!"

Gegacker an beiden Enden der Leitung. Viviane spürte Trauer in sich aufkommen, Widersprüche, das Leben als eine einzige, unbeantwortete Frage.

„Jedenfalls ist er weg."

„Schade, dass er Segelboot und Hund nicht gleich mitgenommen hat und irgendwann wiederkommt!" Petra dachte an ihren Freund, der sie unablässig betrog. Sie war voll Sehnsucht und Hass. Noch nie hatte ein Mann wirklich ihre Nähe gesucht. So war sie einundvierzig Jahre alt und Mutter geworden, geschieden und lebte allein mit ihrer Tochter.

„Ja, er kommt wieder. Petra, was soll ich dann machen?"

„Hart bleiben, Baby. Tu ihm an, was alle Männer uns antun. Lebe dein Leben. Verstehst du? Deins! Lass ihn Zaungast deines Glücks sein. Du brauchst ihn nicht mehr. He, was ist, du wirst doch nicht etwa sentimental? Dazu seid ihr viel zu kurz verheiratet gewesen."

„Was heißt gewesen. Wir sind."

„Das ist ja auch gut so. Denn wovon sonst solltest du in dieser schweren Zeit leben?"

„Ach, Petra."

„Ja, Kind. Ich komme heute Abend vorbei. Wir werden mal wieder stundenlang klönen, ohne dass uns ein Schwanzträger mit seiner Gier stört, o.k.?"

„Ja, nein… Wir können uns sehen, aber ich muss noch so viel packen. Du weißt doch, der Möbelwagen. Morgen ist schon Freitag und am Sonnabend und Sonntag ist der Umzug. Was soll ich mitnehmen? Was hier lassen? Ich muss auch noch renovieren und dann die Sachen rüberbringen."

„Ja, ja, ich helfe dir. He, was wäre eine Freundin, die sich verkriecht, während die beste Freundin sie braucht?"

„Ja."

„Also, bis dann. Und werd nicht rückfällig! Denk immer daran, dass du den Hund und das Segelboot in Kauf genommen hast. Denk daran, was du seit Monaten ertragen musstest. Es wird Zeit zu ernten. Mach keine Dummheiten, Vivi!"

„Ja, mach ich schon nicht."

Viviane lief in der Wohnung herum. Überall Spielsachen von Max. Chaos in der Küche. Die Waschmaschine musste ausgeräumt werden, sonst müsste sie nasse Sachen einpacken. Die Spülmaschine leeren. Hunger hatte sie auch. Bett machen. Saugen wäre mal wieder gut. Der Dreck, die Haare vom Köter. War kaum auszuhalten.

Andererseits - übermorgen würde sie umziehen. Also, auf das Nötigste konzentrieren. Packen und weg. Mäxchen - sie musste ihren Sohn sehen. Wenigstens anrufen. Wenigstens Christoph fragen, wie es dem Kleinen geht.

„Pater." Kurz und sonor, wie immer. Es war Vertrautheit. Viviane hatte sogar seinen Geruch in der Nase, wenn sie miteinander telefonierten.

„Vivi hier, Christoph. Was macht Max?"

Das Gespräch dauerte eine halbe Stunde und danach war Viviane müde. Eine innere Unruhe trieb sie durch die Zimmer der Etage, in der sie mit Sebastian seit fast einem Jahr lebte. „Willst du einen Hund? Willst du ein Boot? Dann nimm den Mann, wenn er genug mitbringt, um dich freizumachen", hatte Petra ihr in den letzten Junitagen 1997 gesagt, nachdem Sebastian Fischer auf die Anzeige geantwortet hatte. Noch nicht mal ein Jahr war das her. Wie lange würde es wohl bis zur Scheidung dauern? Was würde passieren - ginge ihre Rechnung auf?

Der Hund lief unruhig hin und her und musste ganz offensichtlich raus. „Scheiß bloß nicht auf mein Sofa!" Schnell Schlappen an, fünf Minuten auf die Straße. Danach legte sie sich hin. Es war früher Nachmittag. Viviane Fischer fiel in einen tiefen Traum - aus dem sie herausgerissen wurde, als es schon dunkel war. Petra stand vor der Tür.

Kokain

Vivi war nicht begeistert. Petra sah es der Freundin an: Es ging ihr nicht gut. Die fahle, ungeschminkte Haut sah in dem herabgedimmten Licht der unaufgeräumten Wohnung wie Asche aus. Die Augen lagen tief in ihren Höhlen unter den nicht getuschten, braunblonden Wimpern, die Lippen hatten Farbe und Oberfläche von Forellenschuppen.

„Mein Gott!", entfuhr es Petra.

„Kannst gleich wieder gehen, wenn du mich nicht ertragen willst", fuhr Viviane sie an.

„Gehen? Vielleicht. Aber mit dir. Schau, was ich mitgebracht habe!"

Bei diesen Worten schwenkte Petra ein kleines Tütchen vor Vivis Augen.

„Was ist das?"

„Naschwerk! Besser kriegst du es nirgends. Aber erst einmal müssen wir dich etwas aufbauen. Du siehst ja aus wie direkt aus der Mülltonne!" Und naserümpfend durch die Wohnung schauend: „Dein Nest scheint auch vernachlässigt... das kriegen wir schon hin."

Petra riss alle Fenster auf, wischte mit wenigen Handgriffen Max` Legosteine in einen Jutebeutel, den Trecker gleich dazu, warf die Sachen schwungvoll in Max` Zimmer.

Wie besessen fegte sie durch Diele, Küche, Wohnzimmer... Sebastians Zeitungen - ab ins Erkerzimmer, in dem Sebastian seinen Arbeitsraum samt Bibliothek eingerichtet hatte. Bücher „Sind die von dir? Nein?" gleich hinterher. Ein Sakko, ein Hemd, Socken, Schuhe folgten.

„So, Höhle wieder bewohnbar. Nun zu dir. Komm mit!"

In der Badewanne dampfte heißes Wasser. Petra scheuerte Viviane den Rücken, die das autistisch vor sich daherschnurrend geschehen ließ.

„Du hast die schönsten Brüste, die ich je gesehen habe." Zart seifte sie Vivianes Busen, den flachen, muskulösen Bauch, die Schenkel, wusch die langen, schlanken Beine, unter den Armen noch etwas Seife, die braunblonden, schulterlangen Haare. Viviane gefiel das Spiel. Lustvoll lehnte sie ihren Kopf in den Nacken, stöhnte und zeigte, dass es ihr gut ging.

„Warte erst einmal ab! So, Diva, jetzt raus und abgerubbelt. Dann die Chemie. Du poppst dich auf, dass allen Kerlen der Schwengel steht, die dich sehen oder spüren."

Viviane tat, wie ihr geboten. Nur ganz zum Schluss, beim Nagellack, zögerte sie: zartrosa - oder doch was Dunkles? Lust stieg auf. Sie dachte an Sebastian. Was würde sich Sebastian wünschen? Schwarz. Also schwarz. Viviane lackierte ihre gepflegten, zwei Zentimeter langen Nägel an diesem Abend besonders sorgfältig. Und sie spürte es in ihrer Brust, ihrem Bauch - sie wollte es, sie würde heute über die Stränge schlagen. Sie würde leben. Sie würde allein mit ihrer Freundin losziehen. Vielleicht würde Petra sie sogar verführen. Eigentlich stand das schon lange an. Warum war es noch nie passiert?

Petra nahm sich Zeit. Mit großer Sorgfalt reinigte und polierte sie Sebastians runden Rasierspiegel. Besondere Mühe gab sie sich mit der hohl geschliffenen, den Betrachter vergrößernden Seite. Als der Spiegel aussah wie sterilisiert, kippte sie das weiße Pulver aus dem Beutel, den sie Viviane eingangs unter die Nase gehalten hatte, nahm die Spitze eines kleinen Schweizer Messers und zerkleinerte selbst die kleinsten Bröckchen noch weiter, bis zwei etwa gleichgroße Hügel feinsten, weißen Staubs auf dem Spiegel lagen. Dann erst zog sie die Lines - mit einer Sorgfalt und mit einem Geschick, dass einem Betrachter kein Zweifel geblieben wäre, dass die kleine, pummelige Brünette mit der niedlichen Stupsnase und den Sommersprossen im Gesicht das nicht zum ersten Mal machte.

Mit der Messerspitze zog sie einen letzten Krümel von der längeren Line, nahm ihn auf, feuchtete die Kuppe ihres linken Zeigefingers an, tippte auf das Krümelchen, das sie auf ihrer kräftigen, rosa Zungenspitze ablegte.

„Hm, Viviane, koste mal!"

„Bin gleich da", kam es aus dem Bad zurück. Mit der gleichen Sorgfalt, mit der Petra sich dem Spiegel und dem Kokain gewidmet hatte, nahm sie sich nun einen Strohhalm vor. Fünfeinhalb Zentimeter Länge waren ideal. So blieb nicht zu viel des Staubes im Röhrchen haften, andererseits war der Halm lang genug, so dass der Atem eines erregten Genießers nicht gleich die Line auseinander blies, wenn er sich über das weiße Gold beugte.

Fünfeinhalb Zentimeter, zwei Halme, zwei Lines, ein Spiegel, der aussah wie gerade aus dem Werk für Spiegel geliefert, die Wohnung ganz passabel hergerichtet. Was fehlte? Suchend glitt ihr Blick über die Regale. Kerzen. Sie steckte nur eine an, stellte den silbernen Leuchter gleich neben den Spiegel auf den Glastisch vor dem schwarzen Ledersofa im Wohnzimmer. In der Küche stand der Wein. Petra verstand nicht viel mehr von rotem Wein, als dass der besonders gut drehte und gesund sein sollte. Zwei Kristallgläser, der rote Wein, in dessen satter Farbe sich die Kerze widerspiegelte. Viviane fehlte noch.

„Viviane! Herrgott, wirst du mal fertig?... Oh, nein...! Oh, du siehst wundervoll aus. Oh, Vivi, was für ein Unterschied zu eben."

Genussvoll ließ sie ihre Blicke über die schlanke Figur der Freundin gleiten: hautenge, schlangenlederne Hose, Schlangenlederschuhe mit sechs Zentimeter hohen Absätzen und Messingspitzen, oben weißer Spitzenbody aus Seide mit spaghettidünnen Trägern. Haare hochgesteckt, was die schönen, ebenen, kleinen Ohren mit den Smaragdsteckern betonte, die Schminke im Gesicht perfekt. Wie Samt wirkte Vivis Haut unter dem Film aus Creme und Puder. Weiche, volle Lippen, dunkelrot, schwarz umrandet, fanden ihren Widerpart in den schwarzen Fingernägeln, perfekt gezogen, kein Ring, nur ein goldenes Kettchen am linken Handgelenk und schließlich die langen, schlanken Finger der beiden Hände, die sich selbst Schmuck genug waren.

„Oh, Viviane, ich glaube, so schön habe ich dich noch nie gesehen!"

„Dann wollen wir mal." Vivi war unternehmungshungrig geworden.

Petra lachte auf. „Nun stürm mal nicht so voran. Der Abend ist lang und Sebastian ist vierzehn Abende lang weg."

„Stimmt. Und wenn er wiederkommt, bin ich weg."

„Also etwas mehr Ruhe. Genuss will Bewusstsein, Hingabe an das, was du in dir hörst. Nimm ein Glas, Schatz!" Petra reichte der Freundin von dem Wein. „Prost."

„Prost. Wunderbar."

Das Kerzenlicht spiegelte sich in Petras Augen, in Vivianes Augen - zwei Freundinnen unter sich. Es gab keinen, der zusah. Aber hätte es einen gegeben, er hätte eingestehen müssen, es war ein wunderschönes Bild. Ein wunderschönes Bild, ja, das war es! Petra, kleiner und mollig, saß auf dem Sofa vor dem Glastisch, Viviane räkelte ihre langen, schlanken Glieder auf dem Sessel. Zwischen ihnen der Tisch mit dem Wein und den Kristallgläsern, der Spiegel mit dem weißen Glück, die Kerze in dem silbernen Leuchter. Ein wirklich wunderschönes Bild. Aber es sah keiner zu, was die Stimmung noch weihevoller machte, als Petra Viviane einen Halm reichte.

Mit einer Sicherheit, die ebenfalls keinen Zweifel daran ließ, dass Viviane nicht zum ersten Mal kokste, hielt sie sich mit dem linken mittleren Finger das linke Nasenloch zu, führte den Halm in die rechte Nasenhälfte, weit genug hinein, dass das Kokain möglichst unmittelbar ins Hirn schießen konnte, wenn sie nur kräftig genug einatmete. Viviane nahm die eine Hälfte der Line mit dem ersten, die zweite durch das andere Nasenloch mit einem zweiten, kräftigen Atemzug. Sie zog mehrmals nach, legte den Kopf zurück, nahm noch einen Schluck von dem Wein. „Scheißkerl", entfuhr es ihr, als sie an Sebastian dachte, der mittlerweile über dem Nordatlantik vor Labrador sein musste.
Unterdessen hatte auch Petra ihren Teil weg. Die Flamme der Kerze wurde heller, das Leuchten des Weins leuchtender, die Schönheit der Freundin schöner, die Lust lustvoller...
„Jetzt kannst du´s sagen."
„Was?" Vivi sah ihre Freundin an.
„Es ist die Zeit zu planen. Du wirst Entschlüsse treffen, die dir nie Leid tun, denn nichts ist wahrhaftiger als die Lust und Ekstase im Kokainrausch."
„Merkst du es auch?"
„Was?"
„Die Klarheit. Niemals ist man klarer als nach einer Line, niemals lustvoller."
„Niemals grausamer."
Petra sah ihrer Freundin zu, die mit funkelndem Blick in das Rubinrot ihres Weins schaute.

„Ja, aber niemals spürst du selbst den Schmerz weniger. Jetzt kannst du grausam sein, denn dir selbst ist der Schmerz nur Lust, höchste, nicht endende Lust. Du wirst schreien vor Lust, während andere schreien vor Schmerzen. Es ist wundervoll!"

„Ja."

„Lass es uns machen. Wir sollten auf die Piste, irgendwohin gehen, wo du noch nie warst."

„Irgendeine Idee?"

„Was hältst du von einem Pärchenclub?"

Überrascht schaute Viviane hoch. Mit diesem Gedanken hatte sie sich noch nicht beschäftigt. Sie hätte auch viel eher erwartet, dass heute der Abend gekommen wäre - der Abend der Verführung ... Pärchenclub?

„Gut."

„Wie: Gut? Keine Begeisterung mehr?"

„Weiß nicht. Was erwartet uns dort?"

„Lass dich überraschen, Schatz. Es wird für dich eine neue Grenzerfahrung. Du wirst sie mit jeder Faser deines Körpers genießen. Lass dich einfach treiben!"

Der Pärchenclub

„Members only" stand auf einem kleinen, weißen Schild unter dem Klingelknopf aus Messing neben der schweren Metalltür des ansonsten unbeleuchteten und eher unscheinbaren Hauses an der Droysenstraße in Charlottenburg.

Petra klingelte.

Der Chef selbst machte auf, Petra kannte ihn. Auch Viviane hatte den Eindruck, den Mann zu kennen, denn Petra hatte ihr wiederholt von einem baumlangen, hageren Kerl erzählt, der das linke Bein hinterherzieht und unter seinem Schnurrbart hervor unablässig ein wenig sabbert.

„Zuerst bist du erschrocken, aber Karlo ist wirklich nett. Außerdem hat er etwas, was Kerlen sonst völlig abgeht: Diskretion. Was Karlo erfährt, erfährt sonst im Leben kein Mensch mehr."

„Kommen Sie rein, meine Damen." Karlo hatte nichts von einem Zuhälter. Er wirkte trotz des leichten Sabberns unter dem Schnurrbart durchaus nicht unelegant: ein knochiges, hageres Gesicht unter vollem, leicht silbern ergrautem Haar, kräftiger Druck schaufelgroßer Hände.

Auch die Kleidung hatte nichts Ludenhaftes: anthrazitfarbener Rollkragenpullover, schwarze Jeans, schwarzes Sakko. Allenfalls eine wirklich große, goldene Uhr, mit Brillanten besetzt und goldenem Metallband, sowie ein großer, goldener Ring mit einem rubinroten Stein von der Größe eines Zehnpfennig-Stücks ließen auf das Metier schließen, in dem Karlo sein Geld machte.

„Wollen wir uns heute mal zusammen amüsieren? Das ist gut. Wir haben extreme und extrem experimentierfreudige Gäste hier. Ich denke mal, es gibt nichts, was ihr nicht kriegt."

Während dieser Worte waren Viviane und Petra schon vorgegangen, befanden sich in einem schwarz gestrichenen Barraum, nur von Kerzen erleuchtet und mit einer verspiegelten Wand hinter dem Tresen mit dem Ausschank, der von einer superdrallen, superblonden Wasserstoff-Nixe bedient wurde, die aussah wie aus einem Katalog der Klischees.

„Das ist Nadja", stellte Karlo vor. „Nadja, das sind zwei gute Freundinnen. Die beiden wollen heute richtig was hermachen - und ich möchte, dass du ihnen hilfst, das Geeignete zu finden. Setzt euch, Kinder!"

Vivi passte es nicht, dass Karlo von „Meine Damen" nun schon zu „Kinder" übergegangen war. Aber irgendwie hatte Karlo neben seiner Freundlichkeit und Jovialität in diesem Etablissement, in dem er zu Hause war, auch so etwas wie Respekt, Charisma vielleicht sogar. Viviane sagte nichts. Petra setzte sich. Viviane folgte.

„Rotwein?"

„Rotwein!"

Die zwei Frauen lachten sich an, lachten Nadja an, die zwei Gläser und eine Flasche auf den Tisch stellte. Die Theke war gerade nicht besetzt und so bot Nadja ihre Gesellschaft an.

Vivi wollte wissen, wieso in dem Laden nichts los sei. Petra schwieg, Nadja lachte.

„Du wirst schon sehen, was los ist. Aber zunächst sagt mir mal, was ihr sucht. Männer doch wohl nicht, wie ihr ausseht. Die müsstet ihr an jedem Kiosk kriegen."

„Wer will schon Kerle vom Kiosk?"

„Na, dann erzählt..."

„Erstmal einen Überblick", sagte Petra.

„Einen Überblick. Also gut. Kommt!"

Von dem Barraum führte ein breiter Korridor in einen hinteren Bereich.

Rechts und links des Korridors hingen Geräte, Seile, Netze, Peitschen, Elektroschocker und Elektrogeräte mit langen Kabeln vor den metallenen Endpunkten, Klammern, Nadeln, Nägel, Kreuze, Stangen, Stöcke, Ruten in offenen hölzernen, Regalen.

„Kommt, kommt", rief Nadja ungeduldig.

Viviane wäre am liebsten in die Untersuchung der Geräte und ihres Zwecks eingestiegen.

„Kommt doch!" Nadja lief den Gang bis zum Ende durch, mindestens sechs Türen auf jeder Seite waren verschlossen. Am Ende des Korridors gelangte man in einen anderen, viel, viel größeren Barraum. Rechter Hand eine Bühne, linker Hand führten zwei weitere Korridore in die Dunkelheit, dazwischen Sitzgruppen. In den vier Ecken des Raumes wabenartige Verbaue, in denen sich Liebende miteinander beschäftigten, denen es offensichtlich nichts ausmachte oder den entscheidenden Kick gab, dass jeder zuschaute. Die Bar - rund - war in der Mitte des Raumes aufgebaut.

Viviane erschrak. Rechts neben der Theke hing ein Seil von der Decke und daran war ein Mädchen festgebunden, die Hände überm Kopf in einer Schlinge, die Beine auseinander gebunden mit einer etwa eineinhalb Meter langen Bambusstange.

Hinter ihr stand ein Mann, der soeben die Hose herunterzog, seinen erigierten Schwanz auspackte und das Mädchen nahm. Während des Aktes legte er ihr einen Schal um den Hals und zog zu. Die Stirnadern der Gefesselten schwollen an, die Gäste an den Sitzgruppen schauten herüber, als würde ein Straßenmusikant seine Instrumente auspacken, keiner rührte sich. Das Mädchen schien der Ohnmacht nahe, die geschwollenen Augenlider hielt sie geschlossen, sie keuchte, während der Mann sie penetrierte, stöhnte, würgte, bis er kam, sich den Schwanz an ihrer Lende abwischte, die Hose hochzog und wieder in die Ecke setzte, in der auch seine Kumpels saßen. Als amüsierte man sich derart jede Nacht, hatte die Runde zugeschaut und dem Mann ermunternde Worte zugerufen.

Das Mädchen am Seil fiel in sich zusammen. Viviane lief hin und band sie von der Schlinge. Sie blieb am Boden liegen, zuckend, keuchend, hustend, sich windend, während Viviane ihr auch die Füße von der Bambusstange abband.

„Wie heißt du?"

„Tanja."

„Soll ich dich zum Arzt bringen, Tanja?"

„Nein, fessle mich!"

„Wie bitte?" Vivi hatte schon viel erlebt und in ihren Phantasien manche Erfahrung gemacht. Jetzt musste sie würgen.
„Fesseln?"
„Ja, fessle mich! Häng mich an den Füßen auf! Schlag mich!"
Viviane spürte eine sonderbare Erregung. Noch nie hatte sie so ein Gefühl gehabt.

Die Sadistin

Nadja hatte die Szene von der Bar aus beobachtet. Als Viviane sich auf einen Hocker vor den Tresen setzte und wortlos Löcher in die rauchgeschwängerte Luft starrte, fuhr Nadja sie an:
„Nun hab dich nicht so! Hat nicht jeder das Recht auf seine Ekstase? Tanja ist dreimal die Woche hier. Sie hat bisher noch nie genug gekriegt."
„Aber..." (sie wäre doch fast stranguliert worden von dem Arschloch, wollte sie einwenden.)
„Aber, aber, nix aber. Sie empfindet Qual als Lust, als Steigerung von Zärtlichkeit und Streicheln. Hast du es früher nie im Unterleib gespürt, wenn deine Mutter dir eine gepfeffert hat?"
„...doch." Viviane spürte: Ihr Zögern - in dieser Umgebung wirkte es bigott. Was sie bisher als offen empfunden hatte, war den Gästen dieses Etablissements das Widerwärtigste an Verklemmtheit - ein Maß eben, dem sie sich entzogen, hier, im Pärchenclub hinter dem Messingschild an der Metalltür eines mit Rauputz geschützten und nur scheinbar ganz normalen Hauses an der Droysenstraße. Außerdem... was war schon normal? Etwa dass sie jetzt hier, statt an der Seite ihres Mannes saß, den sie zu verlassen plante, nach nicht einmal einem halben Jahr Ehe? Dass ihr Vater früher ständig getrunken und die Kinder geschlagen hatte, anstatt sich um sie zu kümmern, war viel abartiger!
„Komm, wir gehen, wenn du willst." Petra legte den Arm um die Schultern von Viviane.
„Nein!" Wie aus der Pistole geschossen kam das. „Nein, nein, ich meine, ich will dir den Abend nicht verderben. Nach dem ganzen, schönen Stoff und so... Hast du gesagt, man wird grausamer danach?"
„Ja. Und wenn du leidest, wirst du leidensfähiger, jedenfalls normalerweise. Aber das mag bei dir anders wirken."

„Nein, ich meine, ich glaube nicht. Aber die Wirkung scheint nachzulassen. Meinst du, wir können hier was besorgen?"

Jetzt war es die Freundin, die nicht verstand.

„Kokain?"

„Ja, Kokain. Meinst du, wir kriegen hier noch eine ordentliche Line zusammen, vielleicht etwas mehr als eben und vielleicht noch genug, um Tanja einzuladen?"

„Aber… ich habe genug dabei. Bloß, bist du sicher, dass du das willst?"

„Ja, verdammt. Nun behandle mich nicht wie ein Kind, nur weil ich eben geschockt reagierte. Ich hatte halt mit allem, nur nicht damit gerechnet. Kann doch passieren oder hättest du beim ersten Mal beim Besuch eines ´Pärchenclubs` mit so was gerechnet? Ich meine, das ist ja richtig wie, wie, wie ..."

„Wie der Ort deiner Träume, an dem du alles, ich sage alles und ich meine wirklich alles, tun kannst, wovon du bisher noch nicht einmal zu träumen gewagt hast. Was du eben gesehen hast, ist erst der Anfang. Soll ich dir die Studios zeigen? Oder vorführen?" Nadja konnte den Unterton in der Stimme, ein wenig von oben herab, nicht unterdrücken.

„Nein, danke. Habt ihr einen Raum, den man schalldicht verschließen kann?"

„He, Süße, nun übernimm dich nicht. Glaubst du, dass du so viel aushältst?"

„Nenn mich nicht Süße! Zeig mir den Raum und schick mir einen, der so viel aushält. Ich will austeilen. Verstehst du? Quälen, nicht erdulden!"

Viviane war aufgelaufen. Jetzt noch ein oder zwei Gramm Koks, und sie würde die Teufel aus ihren Eingeweiden lassen. Ja, heute würde sie es tun. Sie würde einen Mann quälen. Sie würde ihm all die Leiden zufügen, vor denen sie ein Leben lang so viel Angst gehabt hatte, dass sie nicht mal darüber nachdenken konnte, wie sie es tun würde. Nun explodierten ihre Instinkte aus allen dunklen Quellen ihrer Phantasien: an den Hoden aufhängen, nein, an den Füßen, und zwischen die Beine Stromkabel und...

„Nimm mich mit!"

Tanja stand neben Viviane. Sie hatte sich eine Art Morgenmantel aus weißer Seide umgeworfen, etwas frisch gemacht. Eigentlich war sie Viviane zu breit an den Hüften. Außerdem zu jung.

„Wie alt bist du?"

„Spielt das für dich wirklich eine Rolle? Dann habe ich mich in dir getäuscht. Sagen wir so: Ich bin alt genug, um zu wissen, dass ich nicht erst so alt wie du werden will, um mir bewusst zu werden, dass ich mein halbes Leben lang die Wege der Spießer gegangen bin, die aber nicht meine waren. Ich will, was ich will, und das lebe ich. Ich will die Grenzen, Erfahrungen machen, an denen du bisher nur vorbeigeträumt hast. Wann wirst du pensioniert?" Tanja hatte sich in Erregung geredet - ihre Wangen waren gerötet, ihre verquollenen Augen sprühten Funken, als sie sich wegdrehen wollte.

„Geh nicht!" Viviane wusste. Ja, sie wusste es.

Tanja drehte sich wieder zu ihr um. „Dann nimm mich!"

„Ja."

„Und du tust mir, was noch nie jemand getan hat?"

„Ich weiß nicht, ob ich weiß, wovon du sprichst. Aber wenn du mir hilfst, werde ich es tun. Ich werde mich nicht quälen lassen, aber ich kann dich quälen. Ja, das kann ich."

Petra hatte zu Nadja, Nadja zu Petra geschaut, Petra hatte die Augenbrauen hochgezogen, Nadja hatte Rotwein nachgeschenkt. Petra hatte in ihrer Handtasche nachgesehen und gefunden, dass dort noch mindestens vier Gramm sein müssten. „Reicht", murmelte sie wie zu sich selbst.

„Nun lass die beiden doch! Scheinen sich gerade zu finden", schalt Nadja.

„Meinte was anderes. Zeig mir schon mal den Raum. Ich habe noch was vorzubereiten."

Als Tanja und Viviane kamen, lagen drei Lines auf einem Handtaschenspiegel bereit, drei Halme, fünfeinhalb Zentimeter lang. Vivianes Augen glänzten.

Tanjas Qualen

„Wo hast du so fesseln gelernt?"

„Na, hör mal, als Frau eines Seglers weiß man, wie die Knoten aussehen, die sich niemals von selbst öffnen, leicht zu machen sind und immer halten."

Während sie sprach, verschnürte sie ihr Opfer über einem mit Lederpolster ummantelten Holzbock: Beine gespreizt über dem Querbalken, Füße an den Holzständern, Oberkörper nach vorn gebeugt, so dass eine Brust links, die andere rechts des Balkens herabhing, die Arme festgeschnürt an den vorderen Holzständern.

Tanja war Maso, sagte sie. Und sie wollte eine „Grenzerfahrung", sagte sie. „Hör nicht auf, auch wenn ich dich anflehe", beschwor Tanja sie und flehte schon: Schlag mich! Schlag mich stundenlang! Wenn ich das Bewusstsein verliere, will ich, dass du mich daraus wieder hervorpeitschst. Du hast es versprochen. Du wirst es tun, wie du es noch nie getan hast."

Vivianes Gesicht versteinerte. Ihre Haut hatte die Oberfläche einer Maske aus Tonerde. Die Lippen zusammengekniffen, hörte sie Tanja zu, schnürte hier noch etwas fester, besserte dort einen Knoten nach. Tanjas Po war ein holzharter Muskel. Das würde knallen, wenn die Peitsche draufschlüge. Viviane überlegte, welche Werkzeuge ihr noch dienlich sein könnten, während sie ein Tuch um Tanjas Mund band und nach Nadeln suchte, die sie rund bog und an die sie Ösen hängte.

Tanjas Schreie erregten sie bis tief in die Eingeweide, als sie die Nadeln, über einem Feuerzeug bis zur Glut erhitzt, durch die geschwollenen Brustwarzen stach und an die Ösen schwere Gewichte hängte. Tanja schrie durch das Tuch.

Viviane schaute sich ihr Werk an. „Willst du weg? Du wirst es nicht können. Wenn wir fertig sind, wirst du wissen, ob du Masochistin bist. Wenn du die Frage danach bejahst, habe ich Arbeit für dich. Wenn nicht, werden wir miteinander genauso fertig sein, wie du es dann bist."

Für den Anfang hatte sich Viviane eine Reitgerte zurechtgelegt. Die zog. Das wusste sie noch aus ihrer Kindheit.

Petra hatte sich auf einen Divan gelegt. Ihre Rechte zwischen den Schenkeln, schauderte ihr beim Anblick ihrer Freundin und der Gelassenheit, mit der diese das Vorspiel einer Qual einleitete, wie sie es sich niemals zuvor ausgemalt hatte. Vor allem nicht so: Nicht mit Viviane als Vamp, als Domina, als Sadistin. Zugleich fühlte sie ein wohliges Ziehen im Unterleib. Petra hatte schon vor Jahren entdeckt, dass sie beides konnte: quälen und Qualen erleiden. Aber am liebsten sah sie dabei zu, wie andere es taten. Ihre Phantasie schlug Kapriolen und sie konnte noch Wochen davon zehren. So hatte sie diesen Pärchenclub gefunden. Hier war Spannen nicht nur erlaubt, sondern erwünscht.

Viviane war bisher Theoretikerin gewesen. Heute würde sie die Weihen der Praxis erfahren. Sie spürte die Besonderheit der Stunde und es schien ihr, als habe sie ihr Leben lang darauf gewartet. Immer wieder ging sie zum Materialschrank und sah nach, ob dort noch etwas sei, was das Maß ihrer Vorstellung sprengen könnte.

Beim Anblick eines Elektroschock-Gerätes stellte sie sich die Anwendung an sich selbst vor und warf es entsetzt zurück. Dann nahm sie es wieder in die Hand. 250.000 Volt. Viviane hatte keine Vorstellung davon, wie viel das sein mochte, aber probieren konnte sie es.

Tanja lag schwer atmend auf dem Bock. Gerade schien sie die Gewichte, die ihre Brüste nach unten zogen, den Schmerz der heißen Nadeln in ihren geschwollenen Brustwarzen, aufzunehmen, als sie etwas Kaltes zwischen ihren Pobacken spürte, Lust dazu. Sie reckte den Anus dem Gegenstand hin, der in sie eindringen zu wollen schien - als ein Schlag, ein Stoß von unglaublicher, nie erlebter Gewalt ihr durch die Eierstöcke bis in die Ge-bärmutter und in sämtliche Innereien des Körpers bis hinauf in den Schei-tel fuhr. Zwei Sekunden hielt Viviane das Gerät an die empfindliche Stelle zwischen Anus und Klitoris, so dass je eine der Dioden eines der Organe berührte. Viviane stoppte und schaltete das Gerät erneut ein. Das wieder-holte sie minutenlang. Tanja schrie sich die Seele aus dem Leib. Viviane verzog keine Miene und als sie sah, wie Tanja sich wand, da wusste Vivi-ane, sie würde den E-Schock lieb gewinnen. Sie würde ihn immer wieder benutzen. Das war es. Niemals zuvor hatte Viviane eine so tiefe Befriedi-gung verspürt. Das festgeschnallte Mädchen quälend, spürte sie ihren ersten wirklichen Orgasmus. Niemals zuvor hatte sie nach einer derartigen Explosion der Lust mit einer derart unbändigen Lust weitergemacht. Sie entschloss sich, mit der Reitgerte fortzufahren...

Nach sechsundzwanzig Schlägen platzte die hart geschwollene, blutunter-laufene Haut des Gesäßmuskels des Opfers auf. Viviane rieb Chinaöl drauf und schlug weiter. Nach fünfundvierzig Schlägen schrie Petra sie an.

„Hör auf! Merkst du nicht, das Mädchen ist längst jenseits."

Tatsächlich hatte Tanja das Bewusstsein verloren. Zeit für was Neues, dachte Viviane ungerührt. Sie band die Stricke los, die Tanja auf den Bock schnallten, schnürte ihr Opfer mit gespreizten Händen und Beinen auf dem Boden an Ösen fest, die in den Estrich eingelassen waren, stellte sich über Tanja und pisste ihr ins Gesicht, als diese stöhnend die Augen aufschlug.

„Lass mich los. Bitte. Es reicht. Lass mich los."

Das Winseln war schwächer geworden. Viviane müsste sich wohl was einfallen lassen. Sie nahm den Elektrophallus und führte ihn ein. Die Schreie und das Winseln überhörte sie. Längst trank sie den Wein aus der Flasche in großen Zügen, genoss die Wirkung von Wein und Kokain, den Rausch von Schmerz und Lust, Schmerzen zuzufügen, sich vorzustellen, sie selbst zu erleiden, zu wissen, sie nicht zu erleiden, sondern anzutun. Ja, es könnte sie sein, die da liegt, aber sie war es nicht. Sie stand darüber. Sie stand über allem. Den Mittelfinger der Linken zwischen ihren gespreizten Beinen auf der Klitoris, schlug sie Tanja mit der ledernen Peitsche zwischen die Beine. Es war furchtbar. Es war eine Lust. Es war das, was sie niemals von sich aus angesprochen hätte. Vielleicht wäre ein Leben vergangen ohne diese Erfahrung, wenn Petra an diesem Abend nicht gekommen - und vor allem nicht so gekommen - wäre. Vielleicht hätte sie ein ungewisses Nagen zerfressen, ein heimliches Wissen, in ihrem Leben genau DAS verpasst zu haben, wenn der Tag X nicht verlaufen wäre, wie er soeben verlief. Aber nun war er im Gange. Viviane genoss, was sie fühlte, wie ein Ertrinkender ein Vollbad.

Als Tanja das zweite Mal ihr Bewusstsein verlor, rief Viviane nach einer neuen Flasche Wein. Petra hatte längst aufgegeben zu versuchen, sie zurückzuhalten und lag willenlos auf dem Divan, nun beide Hände zwischen den Schenkeln. Sie tat sich Leid in ihrer Hilflosigkeit, die sie dennoch genoss, genauso wie ihr Schaudern. Ja, ihr schauderte und sie genoss dieses hilflose Schaudern. Zugleich wusste sie, dass dies nicht das Letzte sein würde, was sie mit Viviane ausprobieren sollte.

„Nein, Viviane, nicht noch mehr Wein!"

„Gib schon her! Sonst schnalle ich dich auf den Bock."

Viviane hatte jedes Maß verloren. Petra spürte, dass sie in dieser Erregung selbst zum Schlimmsten fähig wäre. Sie gab ihr eine neue Flasche.

Tanja, das Opfer, lag am Boden, wand sich und wimmerte. Sie roch nach Schweiß und Angst. Sie war überzogen von Striemen, hatte Blutergüsse. Es würde Tage dauern, bis sie wieder unter Menschen könnte. Viviane schlug auf das winselnde, sich am Boden windende Opfer ein. Schon war die zweite Flasche Wein leer, Viviane rief nach mehr.

„Nein, Vivi, lass uns gehen!"

„Bitte, bitte. Bitte lass mich." Das Winseln des Kindes am Boden war kaum noch zu hören.

Viviane war wie besessen. „Her mit dem Wein!", herrschte sie die Freundin an. „Her damit, du Hure!" Mit diesen Worten schlug sie die Peitsche quer durch Petras Gesicht, die den Schlag nur halb und nur sehr schmerzhaft mit dem linken Unterarm abhalten konnte.

Petra schrie: „Bist du verrückt geworden?" Sie hatte Angst um Viviane. Eigentlich hatte sie Angst um sich. Ihr wurde nicht wirklich bewusst, was hier passierte, aber sie fühlte, dass diese Nacht das Leben aller Beteiligter verändert hatte.

Und beteiligt waren an diesem Abend viel mehr als hier anwesend. Nichts würde sein wie vorher. „Nimm dies!", schrie sie und schlug Viviane eine volle Weinflasche über den Kopf. Das Glas splitterte, der rote Saft ergoss sich über Vivianes athletischen Körper, Muskeln zuckten, die Flasche hatte Viviane auf die linke vordere Kopfseite getroffen. Mit leisem Klagen fiel sie in sich zusammen... da waren sie wieder - die Schatten.

Während Viviane zusammenbrach, sah sie es, wie es war: Das kleine Mädchen, das sich am Boden wand, in der Ecke die Schatten, die Schreie. Es war schrecklich. Das Blitzen des Metalls und der Schrei, der alles übertönte.

Heftige Weinkrämpfe schüttelten ihren ganzen Körper, als sie zu sich kam. Tanja beugte sich über sie. „He, he, ist doch alles gut. Mir geht es gut. Toll warst du. He, he, was ist denn los? Ich habe es doch so gewollt. Was hast du? Du bist nicht schuld. Ich selbst sagte doch, du solltest nicht aufhören."

Petra hielt ihr ungerührt ein Glas Wasser hin. „Trink! Vielleicht hilft das."

Viviane wusste nicht warum, aber sie wusste: DAS! Ja, es war eine furchtbare Macht, die sie in Besitz genommen hatte. Sie hatte eine Quelle ihrer Lust und ihrer Unlust zugleich gefunden. Es war nicht zurückzudrehen. Sie würde erst irgendwann einmal wissen, was es war, warum es war, wohin es führte... sie musste weitergehen. Sie wusste, wenn sie nicht weiterginge, würde sie es niemals erfahren.

Der übernächste Tag

Es klingelte wieder. Und noch einmal. Nein. Viviane drückte ihren Kopf unters Kissen. Ihr Schädel dröhnte. Es klingelte Sturm, dazu ein Klopfen, gleichzeitig nun das Telefon. Der Anrufbeantworter sprang an und eine tiefe Stimme durchdrang den Salon, drang herüber ins Schlafzimmer. Christoph. Was los sei, er stehe mit den Freunden vor der Tür, der Möbelwagen komme jeden Augenblick...

Was machte Petra in ihrem Bett? Die Freundin sah aus wie durch den Fleischwolf gedreht. Beide Frauen lagen in Vivianes und Sebastians Ehebett, in ihrem eigenen Erbrochenen. Es roch nach Schweiß und Urin. Petra schien nichts zu hören.

Viviane schaute auf die Uhr. Gleich Mittag. Mittag? Ein Schreck durch-zuckte sie. Welcher Tag?

Das Telefon ging erneut. „Hallo...?"

„Christoph hier. Wie deine Stimme klingt... was ist mit dir? Wolltest du nicht unsere Hilfe für deinen Umzug? Wir stehen vor der Tür!"

„Wer, wir?"

„Na, Wolf, Ina und ich. Die anderen kommen gleich und eben hält der Möbelwagen unten. Was ist los mit dir?"

„Verschlafen. Warte einen Moment. Ich mache auf. Aber die anderen schickst du noch mal weg. Sollen in einer Stunde wiederkommen."

Christoph brummte etwas von „blöde Kuh" und tat, was ihm Viviane ge-sagt hatte.

Viviane hielt den Kopf unter kaltes Wasser, versteckte sich in Sebastians Morgenmantel und schlurfte zur Haustür. Verschlafen. Ja. Tschuldigung. Komm rein. Der rituelle Gruß.

Christoph vermied es, die Nase zu rümpfen, vermied es vor allem, vor-wurfsvoll zu tun oder zu fragen. Je schlechter es Vivi ging, umso punkt-genauer konnte er seinen Einfluss landen. Zu lange, zu hart hatte er dafür gearbeitet, um sich den Erfolg jetzt wegen einer Laune, wegen einer durchzechten Nacht verderben zu lassen. Er ging an den Herd und stellte den Wasserkessel drauf, tat drei Löffel Kaffeepulver in die Glaskanne und goss das kochende Wasser darüber. Viviane sah ihm wortlos zu.

Er tat, was er tat, ohne ein Wort zu sagen. Er hörte seinen eigenen Puls-schlag im Hals. Was war passiert? An den Geruch in der Wohnung ge-wöhnte er sich langsam, nicht aber an das Gefühl, das ihn beschlich.

Christoph Pater war trotz aller Kenntnisse der Seele des Menschen ein Bauchmensch. Schon immer gewesen. Als Familienberater hatte er die Fähigkeit, alle Sinne zusammenzuführen und die Schlüsse aus dem Bauch heraus zu begründen, weiterentwickelt. Nun spürte er: Mit Viviane war eine Wandlung geschehen. Machte er keine Fehler, konnte er sie für seine Zwecke nutzen, das wusste er. Aber wehe, ihm rutschte ein falsches Wort heraus! Die Mutter seines Kindes würde ihn in die Wüste schicken, wo er die letzten Monate den Umsturz vorbereitet hatte.

Nein, so wollte er nie wieder leiden! Dann lieber alle totschlagen oder sich unterordnen.

Christoph Pater hatte eine große Leidensbereitschaft. Wie groß, wusste er nicht. Aber er wusste, er würde sich Viviane unterordnen können.

Sollte sie doch die Familie führen - wenn er sie auf diese Weise zusammenhalten, sein Kind bei sich haben und sich selbst in die Gesellschaft einführen konnte, auf die er es abgesehen hatte. ´Bis alle Ziele erreicht sind, mache ich alles mit`, dachte er bei sich. Zuallererst mal ein eigenes Haus im feinen Viertel am Schlachtensee als Plattform für seinen Weg, das war schon mal nicht zu verachten und ein wenig Unterordnung wert. Also tat Christoph Pater, was er tat, ohne eine Wort zu sagen.

Viviane saß auf einem der Holzstühle am Küchentisch, versuchte, sich aufrecht zu halten und sich wiederzufinden, während ihr langsam die Erinnerung kam.

Als Petra aus dem Bett kroch, hatte Christoph Angst, Viviane könnte sein Herz schlagen hören, das er im Hals fühlte wie eine zigfach überforderte Pumpe. Was war in der Nacht geschehen? Würde Vivianes Freundin ihm seine Rampe ins Glück demolieren? Aber die beiden Frauen schienen ihn gar nicht zu beachten. Wissende Blicke, prüfend vielleicht, Stillschweigen. Frauen verstehen sich in solchen Situationen ohne Worte, wenn sie nur oft genug miteinander sprechen.

Der Hund kam aus einer Ecke hervorgekrochen und wurde mit einem Fußtritt wieder dorthin verjagt. „Hau ab, Töle!", hörte sich Viviane sagen. Sie erschrak vor ihrer eigenen Stimme. Das Timbre von Eisenfeilen lag ihr in der Kehle.

„Erst mal ein Bad."

„Ich komme mit."

Die beiden Frauen nahmen sich je eine Tasse dampfenden Kaffees und verschwanden.

In Christoph arbeitete die Unruhe: Was war passiert? Hatten sich da zwei Lesben gefunden? Woher kam dieser Geruch von Pumahöhle und Kotze?

Christoph Pater schaute suchend durch die Wohnung. Er hasste die Atmosphäre des Natürlichen und Gediegenen. Sebastian hatte eine unfassbar schöne Kunstsammlung. Da hingen Romantiker des letzten und vorletzten Jahrhunderts neben russischen, spanischen und deutschen Zeitgenossen, holländische junge Wilde neben naturalistischer Malerei der 60er und 70er Jahre. Die Wände hatten ein Layout, das gab der Wohnung ihren Stil. Vivianes Ledermöbel waren austauschbar. Die konnte man überall platzieren. Aber diese Kunst! Christoph Pater litt darunter, dass er künstlerisch nie gefordert worden war. Dabei merkte er in seinen Gesprächen, dass er intuitiv künstlerisch veranlagt und durchaus in der Lage war, auch in Fachgesprächen mit seinen naturgegebenen Empfindungen Eindruck einzufahren. Mit Freude würde er diese Wohnung zerstören. Christoph fieberte dem Auszug geradezu entgegen.

Als er das Fenster des Schlafzimmers öffnen wollte, hätte er fast hineingekotzt in das, was sich ihm dort bot: Laken und Bettzeug voll Blut, verschmiert mit Kotze, mehrere leere Flaschen Rotwein am Bettrand, Pillen, Spuren weißen Pulvers auf einem Spiegel. Christoph wusste, was das bedeutete. Er wusste, dass ihm das, was er hier vor sich hatte, nur nutzen konnte. Er wusste... glaubte er. Hätte er gewusst, wäre Christoph Pater vielleicht geflüchtet.

Die Frauen waren nicht wiederzuerkennen, als sie aus dem Bad kamen. Wissend lachten und scherzten sie, und Christoph Pater gönnte ihnen den Spaß. Ein bisschen lesbisch heißt, ein bisschen außerhalb der Norm. So etwas macht manipulierbar. Als Manipulator fühlte sich Christoph Pater groß. Er beobachtete, tat, als hätte er nichts bemerkt, und schwieg.

Als die Umzugshelfer wiederkamen, kochte er auch ihnen geduldig Kaffee. Viviane entschuldigte sich, dass sie bisher so wenig vorbereitet hatte, erzählte etwas von der Last, die mit ihrem „Ex" über den Atlantik verflüchtigt sei, und von zwei durchzechten Nächten im Freundeskreis und von dem Freudentaumel. Die Helfer verstanden und Viviane zeigte in wenigen Minuten, was alles an Möbeln, was an Kleinzeug in welche Taschen gepackt und im Möbelwagen verstaut werden könnte.

„Und im Zweifelsfall nehmt ihr's halt mit", schloss sie, schlug sich ob der guten Idee auf die Schenkel. Alle lachten. Christoph warf begehrliche Blicke ins Erkerzimmer. Das würde er sich im allgemeinen Durcheinander genau ansehen.

Die Nachbarn

Gunter war der Erste, der verstand, was draußen vor sich ging. Unruhigen Blickes stapfte er aus der Wohnung im Hochparterre hinaus auf die Einfahrt, um sich das Treiben anzusehen.

„Guten Tag, meine Liebe", begrüßte er Viviane. „Ziehen Sie etwa schon wieder aus?"

„Aber wo denken Sie hin. Nein, nein, ganz im Gegenteil, ich richte nur eine Wohnung im Haus meines Vaters ein, die nach dem Tod meiner Großmutter freigeworden ist. Und dazu tausche ich einige Möbel aus."

„Hm, einige Möbel", brummte der alte Mann mit Blick auf den Lkw und die vielen Möbelpacker in sich hinein. „Na, dann wünsche ich noch einen schönen Tag. Das Wetter ist ja wie geschaffen für einen gründlichen Hausputz, nicht wahr?"

„Ja, ja." Viviane war froh, dass Gunter nicht weiter in sie gedrungen war. Und der alte Mann, Besitzer des Hauses, wusste, was er wusste. Fünfzig Jahre Arzt, da schaut man in Abgründe. Gunter wusste, dass es wohl kaum noch welche geben konnte, die er noch nicht gesehen hatte. Seiner Frau erzählte er erstmal nichts. Er wollte sehen, wie ihre Reaktion war, wenn sie selbst durch das Treiben auf das aufmerksam würde, was sich in der Wohnung in der zweiten Etage abspielte.

Es war Sonnabend, der 16. Mai 1997. Sebastian Fischer hatte zu dieser Zeit längst sein Zimmer im Hotel de Paris in Montreal bezogen und mehrmals mit dem Anrufbeantworter zu Hause gesprochen. Natürlich beunruhigte es ihn, dass Viviane nicht zurückrief. Aber, dachte er sich, sie wird mit Max bei den Eltern sein oder viel unterwegs mit ihren Freundinnen. Sie wird schon zurückrufen. Hätte er sehen können, was im ehelichen Zuhause der Familie Fischer tatsächlich passierte - das Blut in den Adern wäre ihm geronnen.

Die Nachbarn im ersten Obergeschoss trafen Viviane, als sie soeben ihr schwarzes Ledersofa um die Ecke des breiten Treppenhauses dirigierte. Christoph Pater, den die Nachbarn nur vom Sehen her kannten, und Wolf trugen das schwere Möbel.

„Viviane, ziehst du aus?", wollte die Frau wissen.

„Nein, natürlich nicht", log Vivi und tischte den beiden dieselbe Geschichte wie zuvor Gunter auf. Beide waren beruhigt.

Die Nachbarn hatten auch einen Hund. Nun beschnupperten sich die Tiere und die Nachbarn boten an, Croquette, Sebastians Hund, mit zu einem Ausflug zu nehmen und anschließend einige Tage bei sich zu behalten. „Bis der Hausputz abgeschlossen ist."

Viviane nahm dankbar an. Die Töle weg, Sebastian weg. Sie konnte endlich beginnen, einige Dinge zu sortieren. Vor allem ihre Gedanken waren durcheinander geraten. Als Viviane die letzte Kiste im Möbelwagen verstaut hatte und hinter dem Lkw zur neuen Wohnung fuhr, schien ihr, sie habe einen Sieg über ein Lebenskapitel errungen, einen Sieg über eine dampfende, klebrige Masse, die sie festgehalten und nach unten gezogen hätte, wenn sie nicht die Regeln der Notwehr kennen würde.

Ja, Viviane fühlte sich gut!

Das Haus am Schlachtensee

Die Unruhe einer neuen Zukunft mit anderen Perspektiven ergriff Besitz von Viviane, als die Freunde ihre Habe im dritten Obergeschoss der Villa am Schlachtensee in Zehlendorf platziert und die Tür hinter sich geschlossen hatten.

Christoph Pater werkelte in der kleinen Küche herum.

'Ist das Freiheit?`, fragte sich die junge Frau, die niemals heiraten wollte, es sei denn, es käme der Richtige, und die nun mit einunddreißig Jahren vor ihrer ersten gescheiterten Ehe und einer ganz bestimmt mehr als turbulenten Scheidung stand.

Der Schlachtensee. Sie stellte sich ans Fenster und sah hinaus. Was sich ihr bot, gefiel ihr und war doch zugleich Bestandteil einer Erinnerung, die sie verdrängt, zurückgelassen zu haben glaubte. Es enthielt unglaublich viel, dieses Paket an Erinnerungen, von denen sie heute nichts mehr wissen wollte. Da waren Gespräche und Freundschaften, Vereinbarungen und vermeintliche Offenbarungen. Sie wollte das alles abhaken, endgültig verpacken und irgendwohin schicken, unauffindbar abgewiesen, nicht mehr belastend, nicht einmal mehr erheiternd. Alle diese Geschichten aus der Kindheit und Jugend, die mit diesem Haus, diesem Garten, diesen Wänden und all den Worten verbunden waren, die dazwischen gesagt worden sind.

Nach dem Bau der Berliner Mauer hatten die Eltern Villa und Grundstück billig von einem alten Ehepaar gekauft. Die beiden wollten sich - schon im Ruhestand - noch einmal ins Ausland verändern. „Was hier wird, weiß keiner. Und noch einmal wollen wir uns nicht vom Russen übernehmen lassen." Das hatten sie den Eltern gesagt. So hatte es Vivianes Mutter lachend erzählt. Außerdem fühlten sich die Alten in diesem Haus, das sie wiederum von ihren Großeltern geerbt hatten, eingeschlossen. „Es ist nicht gut, zu lange an einem Ort zu bleiben. Auch die schönste Umgebung wird den Gedanken zum Gefängnis, die sich ohne Veränderung nie Neuem zuwenden und dann auch nicht regenerieren können", sagten sie.

Dem jungen Ehepaar Schneider war das gerade recht gewesen. Sie, Künstlerin, wollte sich im Untergeschoss ein Töpferatelier einrichten und im Garten regelmäßige Ausstellungen anbieten. Er, Musiker, stellte seinen Steinway-Flügel in den Salon im Hochparterre, direkt vor die Veranda in den parkähnlichen Garten mit den hundertjährigen Fichten und Eichen.

Der Blick hinaus sollte ihn inspirieren. Außerdem würde er zugleich arbeiten und die Kinder beobachten können. Familie Schneider wollte ursprünglich vier! Das Haus war auf Zuwachs gekauft. Die günstige Gelegenheit des Mauerbaus hatte geholfen. Die Familie war zuversichtlich - die Amerikaner würden den Westen nicht den Russen überlassen.

Viviane hatte seltsamerweise überhaupt keine schönen Erinnerungen an die Jugend in diesen alten Mauern. Sie liebte den See und seine Ufer. Endlose Spaziergänge mit der Mutter, Ruderpartien übers Wasser, die Sommerabende am Strand mit Freunden bei Grillfleisch und ersten Experimenten mit großvolumigen Rotweinflaschen... das war die Erinnerung wert.

Das Haus selbst war Viviane unheimlich geblieben.

'Aufräumen. Mit den Ängsten der Vergangenheit und der Zukunft Schluss machen`, murmelte sie vor sich hin.

Ein Karton stand gerade recht. Wäsche. Ab in die Ecke. Auspacken kommt später. Noch ein Karton. Wäsche. Dito. Noch ein Karton. Wäsche. Noch ein Karton. Bücher. Mal was anderes. Vier weitere Kartons enthielten Wäsche, zwei Bücher, zwei Geschirr und Besteck, das sie in der Küche Christoph überließ, zwei Hygiene- und Verbandszeug, Badesachen und Schminkutensilien, Seifen, Cremes. Ab ins Badezimmer, das damit auch schon fast zu voll war.

Einen Karton sah sie jetzt erst. Eine der Bettdecken hatte darüber gelegen. Schatullen. Sie kannte die Dinge nicht. Sie nahm eine der Schatullen und öffnete sie: Goldmünzen. Eine zweite: Goldmünzen. Insgesamt vier tablettartige Schatullen mit Goldmünzen, aber auch Fotos und Dokumente fand sie in dem Karton. Nichts davon gehörte ihr. Nichts davon hatte sie einpacken lassen.

Christoph. Ob der nicht gewusst hatte, wessen Sachen das sind?

Aber andererseits: Diese Dinge, die Viviane noch niemals gesehen hatte, konnten nur im Erkerzimmer gewesen sein. Es war unzweifelhaft Sebastians Eigentum. Keine Frage. Irrtum ausgeschlossen. Sebastian hatte kleine Geheimnisse gehabt. Kleine, wertvolle Geheimnisse. Sebastian. Viviane schaute noch einmal in die Kiste. Tagebücher, die typischen Chinakladden, wie Sebastian sie als Tagebücher verwendete, rot mit schwarzem Rücken, lagen ganz unten. 'Es ist doch verrückt`, dachte sie. 'Das kann doch kein Zufall sein.`

„Essen ist gleich fertig, Vivi."

Die Stimme aus der Küche rief Viviane ins Leben. Ohne über den Sinn dessen, was sie tat, nachzudenken, legte sie alles zurück in die Kiste.

Später würde sie sich aufschreiben, was genau darin gewesen sei, und beobachten, was Christoph damit vorhatte. Vielleicht war ihm ja auch ein Versehen unterlaufen und er würde, sobald er den Irrtum bemerkte, alles zurückgeben. Irgendwie hoffte Viviane, dass es so sein möge. Aber wirklich daran glauben konnte sie nicht.

Das Essen war mäßig. Christoph hatte zwei Büchsen Ravioli mit zwei frischen Zwiebeln, in kleine Würfel geschnitten, etwas Zitrone und Gewürzen verfeinert. Eigentlich eher was für den Hund. 'Feines Fresschen, gutes Chappi`, dachte Viviane und lächelte zu Christoph, der sie fragte, wie es schmecke. Er ging ihr auf die Nerven. Aber wer niemanden hat und ein Kind unterhalten muss, wird mit seinen Partnern geduldiger. Hoffentlich geht er bald!

Christoph ging bald. Wie es sich gehört, wusch er vorher ab, räumte die Küche auf, deponierte demonstrativ seine Zahnbürste im Badezimmer in einem sauberen Wasserglas und schlug die Haustür hinter sich zu.

Allein. Viviane atmete auf.

III. Teil: Überfall aus der Vergangenheit

Schock und Schatten

Die sexuellen Eskapaden der vorletzten Nacht tauchten vor Viviane auf. Tanja, wie sie sich vor Schmerzen wand, das Wimmern kaum noch hörbar, die Lust des Zuckens.

Sebastian. Die zärtlichsten Stunden ihres Lebens hatten die heftigsten Wünsche nach ekstatischer Gewalt in ihr wach werden lassen. Warum?

Kokain - die Kraft, die Energien und Phantasien des eigenen Hirns glasklar zu erkennen, die Wünsche und auch die verstecktesten Phantasien im eigenen Selbst wie mit der Lupe zu untersuchen und auszuleben.

Das Haus - nie ein Heim, immer nur ein Platz zum Wohnen. Eine Zuflucht, ohne je Ort der Sehnsucht und des Wohlgefühls zu sein.

Tanja. Sie hätte nicht aufhören sollen. Es war doch wieder nur das halbe Spiel. Konnte sie wirklich nie etwas zu Ende bringen? Sie würde es tun. Irgendwann einmal würde sie es zu Ende bringen. Wie würde sie sich danach fühlen?

Fragen. Wann würde sie mit ersten Antworten rechnen können? War ihr Leben nichts als ein Frage-Sammelbecken?

Sie war einunddreißig Jahre alt, verheiratet, ein Kind. Hörte sich gut an. Wer nach Glück nicht fragt, schließt auf Zufriedenheit. Wann würde sich von diesem Kuchen ein, wenn auch nur klitzekleines, Stückchen auf ihrem Genusskonto finden?

Viviane fühlte in sich diesen Widerhall, diesen fernen, sehr schwach nur vernehmbaren Ton, den es macht, wenn man einen Stein in einen tiefen, tiefen Brunnen fallen lässt. Der Stein fällt, fällt, man wartet auf das Geräusch des Aufschlags auf das Wasser, das dort unten doch irgendwo sein muss. Kein Wasser. Kein Aufschlag. Der Stein fällt, bis er doch irgendwo aufschlägt. Man ist beruhigt. Es gibt also ein Wasser irgendwo dort unten. Aber dass es so tief hinabgeht?

Es ängstigt zugleich und befreit. Es macht auch neugierig: Einmal nur hinabsteigen und nachschauen, wie es dort unten aussieht. In einem kleinen Dorf in Griechenland hatte ihr ein Brunnenbauer einst gesagt, in jedem guten Brunnen ist unten im Wasser ein Aal. Und der Brunnen ist nur so lange gut und das Wasser nur so lange trinkbar, wie der Aal lebt. Darum schauen die Bewohner rund um den Brunnen hinab, bevor sie ihr

Wasser schöpfen. Sie schauen, ob das Wasser noch genießbar oder der Aal schon weitergewandert ist.

So ist es auch mit dem Individuum. Jeder handelt für sich allein. Die einzige Entscheidungshilfe ist das Unbewusste tief unten in uns, von dem der bewusste Teil des Menschen, der da zum Sein verurteilt ist, nur weiß, dass es irgendwo sein muss. Er weiß nicht, wie tief hinab er müsste, um es zu finden. Aber irgendwo würde er es finden, wenn er denn auf die Reise abwärts ginge. Solange er aber allein ist und sich folglich nicht traut, fühlt er sich irgendwie wie abgeschnitten davon. Sein eigenes Unbewusstes ernährt ihn wie das Wasser im Brunnen die Menschen. Aber wie viel dort ist, wie tief es ist, ob es genießbar ist oder vergiftet oder, oder, oder... das Menschlein empfindet die offenen Fragen durchaus als Mangel und das Verlangen nach Wissen nach diesem tief innen befindlichen (unbewussten) Geheimnis sowie die Neugierde danach, es zu lüften, als Motor für alles Tun. Das Tun selbst aber erfolgt eben auf der Grundlage des unzugänglichen Unbewussten.

Käme da jemand und würde versprechen, dass er das Unbewusste zugänglich machen könnte, ihm würden sich alle Herzen öffnen.

Käme jemand und sagte, er könnte erklären, woran das Sich-Abgeschnitten-Fühlen von dem Tiefen, dem Unbewussten liegt, ihn würden wir alle als Guru anbeten.

Viviane war intelligent genug, um diese Strukturen, viel diskutierte Erkenntnisse moderner psychiatrischer Auffassungen, zu kennen. Aber Viviane war auch der Wirklichkeit entfremdet genug, um sie auf sich selbst niemals anzuwenden, nicht in ihrer Situation.

Viviane glaubte, dass Christoph ihr das sichtbar machen würde, was ihr bisher in ihr verborgen geblieben war. Sie hatte noch nicht die Erfahrung, die erkennt, dass der Vater ihres Kindes selbst derjenige war, der sich an sein Opfer, an sie, an die Analysierte, wendet mit der Bitte, ihr ihr Leben erklären, sie sezieren zu dürfen, damit er sein eigenes verstünde!

Und erst recht ahnte sie nichts von den eigentlichen Gründen, die Christoph Pater überdies antrieben...

Wilhelm Schneider

Wilhelm Schneider hätte eigentlich ein glücklicher Mann sein können. Das heißt, noch glücklicher hätte er vielleicht sein können, wenn seine erste Frau nicht gestorben wäre. Elise, die Künstlerin, mit der er das Haus am Schlachtensee gekauft hatte, als andere Berlin flohen, weil der Osten dem Westen den Horizont mit einer Mauer versperrte und aus einer ganzen Stadt eine Enklave der Einbildung, besser zu sein, machte.

Eigentlich hatte gerade die Zäsur des Todes von Elise ihm immer wie eine Befreiung geschienen. Damals schon. Nein, schon vor ihrem Tod hatte er diesen herbeigesehnt, was er sich selbst natürlich niemals und anderen erst recht nicht zugeben würde. Das gemeinsame Wissen war schuld, die Erlebnisse, die beide teilten, ohne über sie zu sprechen, ohne sie zu be- und so zu verarbeiten.

Trotzdem hatte er seine erste Frau geliebt.

Birgit, seine zweite Frau, hatte er aus der bald erkannten Unfähigkeit, nach fast dreißig Jahren Ehe allein zu leben, geheiratet. Birgit war ein Bratkartoffelverhältnis aus alten Tagen. Und nun, in die Jahre gekommen, in denen junge Leute sich abwenden, wenn der Opa von früher erzählt, brauchte er jemanden, der es verstand, Bratkartoffeln zuzubereiten. Denn auch kochen konnte Wilhelm Schneider nicht. Eigentlich konnte der alte Mann fast nichts.

Manchmal setzte sich Wilhelm Schneider in das Töpferstudio im Souterrain des Hauses am Schlachtensee. Sorgsam nahm er Kunstwerk um Kunstwerk, Keramik um Keramik, wischte den Staub von Wochen und Monaten von den farbig glasierten, gebrannten Oberflächen, besah sich die Objekte aus dem Korb-Lehnstuhl, den er neben den alten Brennofen des spärlich erleuchteten Raumes gestellt hatte, oder er saß einfach nur da und schaute sich eine Fotografie oder einen der Zeitungsartikel an.

Viele Journalisten hatten über die Vernissagen und Finissagen geschrieben, über die Erlebnisse im Töpfergarten und die Künstlerin, die in einem ausgedienten Luftschutzkeller einer Villa am Schlachtensee ihre Werkstatt eingerichtet hatte, über seine Frau. Ihm hatte das, zumal in dieser feinen Umgebung, immer so etwas Aristokratisches gegeben, etwas Mäzenatenhaftes.

In ihrem Schatten war auch er immer wichtig gewesen. Darüber stand nichts in den Artikeln, aber vielleicht, so hatte er Elise oft gesagt, schreibe ich einmal ein Buch über uns. Eigentlich wusste er schon da, dass ihm dazu die Kenntnisse fehlten, vor allem die Kenntnisse über Elise und sich selbst. Wer war sie eigentlich? Die stichhaltigsten Antworten lieferten ihm die Artikel, die Wilhelm Schneider fein säuberlich ausgeschnitten und im Töpferstudio seiner ersten Frau abgelegt hatte.

„Sieh nur, ist sie nicht das hübscheste Mädchen von der ganzen Welt?", hatte Elise nach der Geburt von Viviane gestrahlt, als er das erste Mal im Krankenhaus seine Tochter in die Arme nehmen durfte.

Seltsam: Den Geruch, den das Baby damals ausdünstete, hat Wilhelm Schneider seitdem nicht vergessen, diesen Geruch von Baby und vollen Windeln. Nie wieder später hatte er diesen Geruch so intensiv erlebt. Oft hat er versucht zu erfahren, was das damals war, was ihn so eigenartig berührte. Was war es gewesen? Ein Baby, die strahlende Mutter, seine Frau. Nein, Viviane war damals überhaupt nicht hübsch. Aus einem verschrumpelten Gesicht schauten zwei blaue Augen unter speckigen Augenlidern, die immer zufielen, noch dickere Wangen plusterten sich beim unablässigen Brüllen unansehnlich auf. Das Baby sabberte, hatte Blähungen und war nicht proportioniert. Man konnte kaum sehen, wo an den speckigen Armen und Beinen eigentlich die Gelenke lagen. Nein, ein schönes Kind hatte Elise ihm nicht geschenkt!

Trotzdem war da dieses Gefühl. Es roch nach vollen Windeln und Baby. Und Wilhelm Schneider war mindestens genauso erregt wie ein Junge in der Pubertät, der feststellt, dass er da ein Ding hat, das größer wird, wenn man gewisse Sachen macht oder denkt.

Aber ebenso wie über fast alle anderen sexuellen Ereignisse konnte er natürlich auch darüber niemals mit Elise sprechen. Nein, das tut man nicht. Die aufgeklärte Zeit war etwas für die anderen. Elise, die Künstlerin, formte Ton. Und was sie formte, das war nur ein Sinnbild für alles andere: Wünsche, Phantasien, Dinge, die nicht in ihr Lebensbild passten. Elise Schneider formte sie auch. Nichts konnte sein, wie es war, wenn Elise es anders sah.

Wilhelm Schneider hatte sie ebenfalls geformt - zu einem Ehemann und Vater einer Tochter, später auch noch eines Sohnes, der nur lauter, nur künstlerisch, immer sauber, ordentlich, sehr belesen, gebildet und in der feinen Gesellschaft als ganz besonderer Mensch anerkannt werden sollte. Davon gab es viele Menschen in der Stadt, aber ganz besonders viele um den Schlachtensee. Darum auch waren die Schneiders in diese noble Gegend gezogen. Eine Mietwohnung in Schöneberg, wo die Mutter von Wilhelm die Familienwohnung mit sieben Zimmern fast zwei Jahrzehnte allein behauste, wäre unter dem Niveau gewesen, das Elise Schneider für ihre Familie zu formen, bunt zu glasieren und im Ofen für die Ewigkeit zum Kunstwerk zu brennen beschlossen hatte.

Ja, Elise töpferte über ihren Tod hinaus. Elise war immer dabei, wenn sich Wilhelm Schneider in den Töpferkeller zurückzog.

Birgit Schneider hingegen, die zweite Frau, das Bratkartoffelverhältnis von Wilhelm Schneider, musste dieses Spiel mit guter Miene quittieren. Das tat sie auch. Regelmäßig wischte sie den Staub von den Fotos ihrer Wegbereiterin, die im Regal mit den in Leder gebundenen Kunstbüchern in der Bibliothek eine ganze Wand einnahmen. Die Töpferwaren der verstorbenen Elise Schneider standen am Fischteich im Garten, auf der Veranda, auf dem Sideboard im Salon und in der Küche. Selbst im Kleiderschrank hingen noch Sachen von Elise. „Zu gut zum Weggeben", hatte Wilhelm gesagt und Birgit gebeten, sie gelegentlich zu tragen. Ihm zum Gefallen tat sie es, gelegentlich.

Sie wischte den Staub von der Keramik in Flur, Küche und Salon, lächelte liebevoll und schaute ihren Mann andächtig von der Seite her an, wenn der von Elise erzählte, Besuchern oder Mitgliedern der Familie in stundenlangen Ausführungen die künstlerischen Qualitäten seiner ersten Frau pries oder ihre gesellschaftliche Brillanz. Sie war ja der Mittelpunkt und der Glanz eines jeden gesellschaftlichen Ereignisses schlechthin, das sich mit ihrer Gegenwart schmücken durfte. Das sollten alle erfahren. Wie sonst hätte er selbst je eine Chance erhalten zu glänzen? Als Musiker in einem mittelmäßigen Angestelltenverhältnis? Niemals. Aber mit einem Juwel wie Elise an der Seite - und lebte sie auch nur noch in den Erzählungen, die Birgit so geduldig ertrug...

Wilhelm Schneider hätte also auch deshalb ein glücklicher Mann sein können, weil er nach dem Tod von Elise Birgit gefunden hatte. Aber noch glücklicher wäre er vielleicht gewesen, wenn seine erste Frau nicht gestorben wäre. Elise, die Künstlerin - wenn er da unten saß, in diesem Töpferkeller, dachte er an die Zeiten der Träume, die es nicht mehr gab. Damals, als sie das Haus am Schlachtensee gekauft hatten, als andere Berlin flohen, weil der Osten dem Westen den Horizont mit einer Mauer versperrte und aus einer ganzen Stadt eine Enklave der Einbildung, besser zu sein, machte. Damals war Wilhelm Schneider ein glücklicher Mensch.

Seine Erinnerungen reisten oft ins Damals.

Die Töpferwerkstatt

Der Sonnabend, der 16. Mai 1998, der Tag, an dem seine Tochter, an dem Viviane zurückkehrte, wieder in das Haus einzog, war so einer. Wilhelm Schneider wurde durch irgendeinen Umstand, er nannte es mystisch, in die Töpferwerkstatt hinabgezogen. Dort saß er nun in seinem Korbsessel und schaute sich all die Dinge an, die alle Elise hießen und die samt und sonders unaufhörlich zu ihm sprachen.

Wilhelm Schneider hatte ein stattliches Aussehen. Er war etwa 1,80 Meter groß, von breiter, kräftiger Statur, fast ohne Bauch und mit kräftigem Haupthaar ausgestattet. Als Pianist und Organist hatte er natürlich auch kräftige, sehr gut ausgebildete Hände mit langen, muskulösen Fingern.

Trotzdem wirkte er nun eher klein, wie er dort in dem Korbstuhl saß, glatt rasiert, einen Anzug an, als müsse er gleich einen Termin wahrnehmen, und die feine Gesellschaft solle sehen, dass er sich benehmen kann. Er schaute Elise an, wie sie in den Regalen stand und in der Ablage mit den Zeitungsartikeln lag, schaute den Ofen an.

Die feste, solide Eisentür des ehemaligen Luftschutzkellers der Villa am Schlachtensee hatte er nur angelehnt, um die Geräusche mitzukriegen, die von oben herabdrangen. Dort oben war seine Tochter, die zurückkehrte. Wilhelm konnte beides: den Erzählungen lauschen, die Elise ihm darbot, und mit einem Ohr den Einzug von Viviane verfolgen.

Da erkannte er die launische Schelte, wenn Viviane einem ihrer Helfer sagte, er solle doch vorsichtiger sein mit dem Porzellan, das er da eben mitsamt Karton so derb gegen eine der Kanten des recht engen Treppenhauses gesetzt hatte. Da hörte er die sonoren Anweisungen, wenn Christoph Pater seinem Helfer dirigierend sagte, wie man am besten mit dem schwarzen Ledersofa über das Treppengeländer hinweg um die Ecke in die nächsthöhere Etagenhälfte komme. Das Getrampel der schwer bepackten Menschen auf der mit rotem Sisal belegten Eichenholz-Treppe hatte etwas Kindliches. Es verströmte eine Art Zeitenduft. So war es früher gewesen, wenn die Kinder mit ihren Freundinnen und Freunden durch die Gänge tobten, bei Geburtstagen, Festen oder einfach so. Das waren schöne Zeiten!

Wilhelm Schneider mochte hingegen Christoph Pater nicht. Das hatte viele Gründe, und Wilhelm Schneider wollte weder mehr darüber sprechen noch überhaupt darüber nachdenken. Es war schon genug, dass er Sebastian Fischer gegenüber fast alles erzählt hatte. Zwar entschuldigte er sich damit, dass er ja nicht hätte wissen können, dass seine Tochter, dass

Viviane selbst diesen Fischer, den ersten aufrechten Mann in ihrem Leben, so schnell und, wie Birgit sagt, mit einem solchen Herz aus Eis abservieren und ausgerechnet zu diesem charakterlosen Weichei Christoph Pater zurückkehren würde.

Jedenfalls mochte auch Birgit diesen Pater nicht. Nein wirklich, überhaupt nicht. Wenn sie einem was Böses wünsche, sagte sie einmal, dann diesem Christoph Pater.

Und irgendwie fühlte Wilhelm Schneider tief in seinem Inneren, dass er nicht wirklich glücklich über die Tatsache war, dass Viviane in das Haus zurückkehrte. Es würde ein böses Ende nehmen, orakelte er wie zu sich selbst, einen bayerischblau glasierten Tonkrug von Elise streichelnd.

Dieser Christoph Pater würde wieder regelmäßig in der Villa auftauchen. Wilhelm sah schon die Trennung seiner Tochter von Sebastian Fischer, den er eigentlich mochte. Viviane sagte: „Davon ist keine Rede, Papa. Wir brauchen nur jeder ein bisschen Zeit für sich." Aber Wilhelm Schneider war alt genug, um zu seinem Gefühl für die Wahrheiten zu stehen, die er für wahr hielt.

Elise schien ihn aus dem Regal zu schelten ob dieser Gedanken. Und so beeilte er sich, sich dafür zu entschuldigen, dass er sich über die Rückkehr seiner Tochter nicht wirklich freute, und bemühte sich nach Kräften, an etwas anderes zu denken.

Ein metallener Kochtopf fiel aus einem der Kartons und rollte scheppernd die Holztreppe vom zweiten zum ersten Absatz herab.

Vor der vergitterten Luke dicht unter der Kellerdecke, die zum Garten hinausführte, einem winzig kleinen Fenster noch aus alten Luftschutzkellerzeiten, das einst als Atemloch gedient hatte und später als Notausstieg ausgebaut worden war, bewegte sich ein Schatten. Die Katze vom Nachbarn streunte durchs Gras, das schon wieder viel zu hoch stand und dringend gemäht werden musste.

Die große Haustür schlug. Mussten diese Kinder die große Haustür immer so laut schlagen? Wilhelm Schneider wusste nicht mehr, seit wie vielen Jahren er es immer und immer wieder gesagt hatte: „Schlagt mir die große Haustür nicht so fest zu!" Und immer wieder taten sie es. Wie oft hatte er die Tür schon reparieren lassen müssen. Und jedesmal kostete das sein Geld!

Diesmal war es Viviane, die die große Haustür ungebührlich laut zuschlug. Natürlich, wieder einmal Viviane! „Oh, Entschuldigung, Elise. Aber es war nun einmal deine Tochter. Soll ich denn lügen?"

Wilhelm Schneider vermied es, daran zu denken, dass dieser Tag nur ein Vorgeschmack darauf sein konnte, dass der Sommer in diesem Jahr turbulenter werden würde als in den vergangenen Jahren. Liebevoll streichelte er eine weitere Vase aus gebranntem Ton, aus dieser bayerischblau glasierten Serie, mit Goldrand handbemalt.

Er liebte Elises Vasen. Diese hier hatte die Formen einer zierlichen Frau. Wilhelm Schneider wusste nicht warum, aber wenn er an seine wirkliche Leidenschaft dachte, dann war das eine Kindfrau. Und dann dachte er an Viviane und an diese Vase und an Viviane…

Die Rückkehr der Kindfrau

Irgendwie musste der alte Mann über diese Gedanken eingeschlafen sein, und es passierte, was er herbeigesehnt hatte seit jenem Tag. Oder sollte er sagen, seit jenen Tagen, ja, seit jenen beiden Tagen: dem nach der Geburt und jenem, der ihm die schönsten Minuten seines Lebens geschenkt hatte, kurz vor dem schockierenden Ereignis mit Elise...

... Mit einem leisen Quietschen öffnet sich die schwere Metalltür und herein lugt ein braunblonder Mädchenschopf.

„Guten Tag, Prinz Wilhelm auf der Burg. Du bist jetzt der Schlossherr und ich bin die Prinzessin, die dich glücklich macht!"

„Ach, Prinzessin. Welche Ehre. Werden Sie mir die Freude machen, mit mir auszureiten?"

„Über Stock und über Stein? Ja, aber sicher, Prinz Wilhelm."

Das kleine Mädchen trägt ein Kleidchen aus leichter Wolle mit Schottenkaro. Die weißen Sandalen an den kleinen, nackten Füßchen hat sie ausgezogen, als sie auf Prinz Wilhelm zugeschlichen kommt, den kleinen Zeigefinger ihrer rechten Hand vor die gespitzten Lippen legend: „Pssst. Aber schön leise sein, damit uns niemand hört. Dann reiten wir ganz weit fort und werden heiraten und bis ans Ende unserer Tage glücklich und zufrieden leben."

„Steht das in einem deiner Märchen?"

„Nein, das steht in unseren Sternen. Mama hat mir erzählt, dass alles in unseren Sternen steht. Und in meinen steht, dass ich ein langes, glückliches Leben habe und mir ein Prinz jeden Wunsch von den Augen ablesen wird."

„So. Mama hat dir das erzählt?"

„Ja. Und jetzt bist du mein Prinz und musst mir meine Wünsche von den Augen ablesen. Dann reiten wir über Stock und über Stein."

Und weil es so geschrieben steht und Mama es erzählt hat, nimmt Prinz Wilhelm die Prinzessin auf den Schoß und drückt sie ganz, ganz fest an sich. Auch das Kind umarmt und herzt ihren Prinzen und gibt ihm einen Kuss und noch einen Kuss und das glockenhelle Kinderlachen, wenn Prinz Wilhelm die kleine Prinzessin hin und her schaukelt und es auf und ab geht, über Stock und über Stein, lässt sein Herz groß und weit werden und seine Sehnsucht übermächtig. Und dann fühlt er es und hört Elises Stimme und erinnert sich an die Liebe, als es sie noch gab, damals, nach der Geburt:

„Sieh nur, ist sie nicht das hübscheste Mädchen von der ganzen Welt?"

Sie ist es. Ja, jetzt ist sie es. Viviane ist vier Jahre alt und eine kleine Prinzessin. Wie sie so auf seinem Schoß sitzt in ihrem Schottenkaro-Wollkleidchen und wie sich der harte Muskel ihres kleines Gesäßes in seinen Schoß schmiegt, ist sie ihm noch mehr: Sie ist ihm eine Frau, eine richtige Frau, ein Kind und doch eine Frau.

„Mein Gott, wie hast du mir gefehlt, Elise", stöhnt der alte Mann wie in Trance. Und auf einmal ist noch etwas anderes da: der Geruch, den das Baby ausströmte, wie damals, dieser Geruch von Baby und vollen Windeln. Der Geruch erregt den Mann, dem Elise wenige Wochen nach der Geburt ihrer Tochter eröffnete, dass sie ihre ehelichen Pflichten auf ihre Befruchtung und die Geburt weiterer Kinder sowie den Zusammenhalt der Familie konzentrieren werde. Sexualität zur Lustbefriedigung sei eine schlimme Sünde und sie will sich von dem haltlosen Lebenswandel abwenden.

Aber jetzt ist sie wieder da, diese Lust!

Prinz Wilhelm und Prinzessin Viviane - sie werden ein Leben lang glücklich sein bis ans Ende ihrer Tage, hat in den Sternen gestanden. Mama hat es erzählt.

Viviane ist vier und seine Prinzessin. Wie sie so auf seinem Schoß sitzt in ihrem Schottenkaro-Wollkleidchen und wie sich der harte Muskel ihres kleinen Gesäßes in seinen Schoß schmiegt, ist sie ihm wie seine Frau. Ja, Prinz Wilhelm hat endlich wieder eine richtige Frau, ein Kind und doch eine Frau. Die schenkt ihm nicht nur Lust, sie gibt ihm auch den Geruch zurück, den sie als Baby ausdünstete, diesen Geruch von Baby und vollen Windeln.

Der Prinz drückt das Kind immer fester und sein Herzen wird immer herzlicher.

Die Prinzessin hat längst aufgehört, ausreiten zu wollen. „Jetzt sind wir wieder zu Hause und gehen zu Mama", sagt sie.

Doch der Prinz ist so verliebt in seine Rolle als Prinz und er will die Verheißung erfüllt sehen und ein Leben in Glück und Wonne haben. Also herzt er das Kind immer fester und drückt sich den festen, kleinen Muskel ihres Gesäßes immer fester in den Schoß und saugt den Duft ein, der da ist wie damals, als die Prinzessin noch keine Prinzessin, sondern ein kleines, verschrumpeltes und hässliches Baby gewesen war und schon so verführerisch geduftet hat.

Prinz Wilhelm ist der glücklichste Prinz auf dem Stern! Als er der Prinzessin die weiße Unterhose auszieht und sie auf den Boden legt, hat er durchaus nicht die Absicht, ihr Schmerzen zuzufügen. Im Gegenteil! Es hat in den Sternen gestanden und Mama hat es erzählt und so soll es geschehen. Der Prinz ist ganz sicher, dass es richtig ist.

Längst schreit das Kind wie am Spieß.

Wilhelm Schneider nimmt es nicht zur Kenntnis. Auch als plötzlich ein Schatten in der Tür steht, als seine Frau ihn anschreit, als Elise ihn an der Schulter reißt, weg von dem Kind, mit der unglaublichen Kraft einer Löwin, die um ihr Junges kämpft, versteht der Mann nichts, der seit der Geburt seiner Tochter seine Frau nur noch einmal befruchten durfte, als sie ihn über sich nahm, um, einer Drohne gleich, Vivianes Bruder zu machen, und ihn, Wilhelm, danach mit ihrer Formung für die Gesellschaft auffraß wie eine Bienenkönigin, welche die Bienensoldaten in ihrer Nähe nur so lange zulässt, bis diese ihre Arbeit getan haben, und sie dann vertilgt.

Nein, Elise hat ihn nicht wirklich vertilgt, aber sie verformte seine Männlichkeit - bis sie weg war. Und jetzt ist sie wieder da. Er ist ein Prinz und seine Prinzessin will mit ihm ein Leben lang glücklich sein.

Prinz Wilhelm schaut Elise ungläubig an. Wenn sie ihn liebt, muss sie doch darüber glücklich sein! Mit ungläubigem Staunen lässt er sich von dem Kind wegreißen. Mit ungläubigem Staunen lässt er die Gewalt der Schreie Elises und ihrer Fäuste über sich ergehen. Mit ungläubigem Staunen und gläubiger Untätigkeit, dass das nicht stimmen kann, was er doch mit eigenen Augen sieht, steht er da, als seine Frau, seine Elise, dieses kurze, scharfe Messer, mit dem sie im Atelier den feuchten Ton in modellierbare Würfel zerteilt, aus dem Holzregal hinter sich fasst, als das Metall aufblitzt, bevor Wilhelm Schneider in sich zusammenknickt. Elise hat ihm die Klinge von unten zwischen die Beine gerammt. Knapp hinter dem Hodensack ist der Stahl dem Mann in die Weichteile gedrungen, während die Faust der Frau, die er aus Liebe geheiratet hatte, beide Hoden zerdrückt.

In der Ecke liegt ein wimmerndes Kind, seine Prinzessin.

„Du rührst Viviane nie wieder an. Hörst du? Nie wieder. Sonst bring ich dich um", herrscht ihn Elise an...

Wilhelm Schneider zuckte so heftig, dass er davon aufwachte. Was war geschehen? Wilhelm Schneider fragte Elise, doch die Glasuren auf den Vasen hatten ihr Leuchten und ihre Farben verloren. Der Brennofen war grau und verstaubt. Der Schatten der Katze vor der Luke ließ ihn herumfahren.

„Nein!" Es war ein leiser Schrei, der die Angst herausfahren ließ aus dem jahrzehntelang vergewaltigten Körper eines Gewalttäters, dem nie etwas anderes als die Gewalt der lieblosen Unkörperlichkeit vergönnt war, seitdem seine Frau Viviane geboren hatte.

Oben hörte er Stimmen. Auch Vivianes war dabei und die von Christoph Pater.

Wilhelm Schneider erhob sich. Auf einmal fühlte er sein Alter. Mit vierundsechzig Jahren hatte er noch einmal erlebt, was ihm das Glück schlechthin gewesen war, den Höhepunkt der Tage, in denen er jung und zeugungsstark seinen Trieben gehorchte. Im Gehen fühlte er die Hose und eine klebrige Flüssigkeit in dem spärlichen, rötlichbraunen Haarbewuchs der Innenseite seiner dünnen, kraftlosen Oberschenkel.

Wilhelm Schneider fragte sich nicht, warum er eigentlich nicht glücklich sein konnte. Hatte er nicht sehr vieles erlebt? Und nach dem Tod seiner Elise glücklicherweise seine Birgit gefunden?

Vivianes Tagebuch

„Der Frosch im Krankenhaus: ´Die Sonne scheint. Wir gehen an einen Teich`, sagt Mama. Teiche kenne ich. Auf einem Teich schwimmen Enten. Ich will Brot mitnehmen für die Enten. ´Auf dem Teich sind keine Enten`, sagt Mama. ´Wir fahren mit der U-Bahn und mit dem Bus`, sagt Mama.

Mama und ich gehen auf dem Weg. Überall sind Blumen, blaue und gelbe. Auf den Blüten sitzen Bienen. Die Bienen summen. Viele Schmetter-

linge flattern herum, bunte und weiße. Da ist der Teich. Wir müssen ganz leise sein, hat Mama gesagt. ′Ich bin doch leise`, rufe ich. Platsch! Was war das?
Ein Frosch. Der Frosch ist grün. Er hat schwarze Punkte auf dem Rücken. Ob Mama den Frosch auch gesehen hat? ′Mama`, rufe ich. Platsch! ′Ein Frosch.` Platsch! ′Noch ein Frosch.` Platsch! Und noch einer. Platsch! ′Ganz viele Frösche.` Platsch! Platsch! Platsch!"

Vivianes Blick bleibt gedankenverloren auf der Seite mit dem Geschichtchen hängen.
„Nicht zu verkaufen", hat die Verlegerin geurteilt. Viviane glaubt das nicht. Sie liebt ihre kleine Geschichte. Sie denkt an Max. Der liebt sie auch. Oder diese:
„Die Schaufel: Ich habe viele Bagger. Die sind alle in meinen Büchern. Heute sage ich: ′Mama, ich will einen richtigen Bagger sehen.`
′Gut, dann gehen wir zum Potsdamer Platz. Da ist eine große Baustelle`, sagt Mama.
Wir fahren mit dem Auto. An der Ampel müssen wir warten. ′Was ist denn das?`, will ich wissen. Mama sagt: ′Hier wird auch ein Haus gebaut.` Ich will aussteigen. Ich sehe kein Haus. Ich sehe Berge aus Sand. Und ich sehe - den Bagger. Er ist gelb. Oben sitzt ein Mann. Das ist Frank, der Baggerfahrer. Da, im Sand liegt eine Schaufel mit Zähnen. Sie ist groß und braun. Eine Baggerschaufel ohne Bagger. In der Schaufel sind Wasser und Sand. Frank macht den Bagger an. Er ist ganz laut! Wie gut, dass ich in der Schaufel sitze.`"

Viviane sieht im Geist ihren Zwerg. Er ist alles, was sie bisher wirklich zuwege gebracht hat. Max - keinen Menschen auf dieser Welt würde sie jemals so lieben wie Max. Für ihn schrieb sie diese Texte. Sie wollte ein Kinderbuch veröffentlichen, eine Art Stadtführer für Mütter mit Kindern, um zu zeigen, wie einfach es ist, auf Kinder einzugehen. Überall gibt es Sensationen - man muss sich nur auf die Sprache und Gedanken und auf das unschuldige Staunen über alles einlassen.
Viviane liest noch eine Geschichte:
„Die Spinnerbrücke: Die Sonne scheint. Ich will zum Spielplatz. Brrmm, brrmm, brrrrrrm - ein Motorrad. Ich will es angucken, aber es ist schon weg. ′Komm`, sagt Mama, ′ich weiß, wo du Motorräder sehen kannst.`

Wir fahren mit der S-Bahn und laufen. ´Da ist die Spinnerbrücke`, sagt Mama. Ich sehe keine Spinner und auch keine Spinnräder. Die kenne ich von der Domäne Dahlem.

Mama sagt: ´Hier treffen sich viele Motorradfahrer. Man nennt den Platz ´Spinnerbrücke`.` Ich sehe viele Motorräder, ein blaues und ein rotes und ein grünes. Eins ist so groß wie ein Auto. Es hat einen Beiwagen. Auf dem gelben Motorrad liegt ein Helm.

Eine Frau kommt. Sie hat eine schwarze Hose und eine schwarze Jacke an. Die Frau sagt: ´Du darfst auf dem Motorrad sitzen.` Ich weiß nicht. ´Bist du ein Spinner?`, frage ich.“

Viviane legt ihr Manuskript beiseite. Vielleicht hat Petra Recht. Unverkäuflicher Kindermund. Mag sein, dass für diese Geschichten gilt, was für so viele Geschichten gilt: hübsch für den, der sie geschrieben hat, weil der sie eben auch erlebte. Hübsch auch als Erinnerung für Max, später einmal. Viviane beschließt, wenn wirklich niemand die Geschichten drucken will, einen Koffer zu packen und alles hineinzutun, was Max interessiert, wenn er einmal groß ist und versteht, was auf der Welt passiert.

Ihr Blick bleibt an einem anderen Büchlein haften. Auch darin handschriftliche Notizen.

„Eine Woche? Ein Leben? Ich weiß es nicht. Du bist mir vertrauter, als ich es mir nach einer Woche vorstellen kann, wenn ich darüber nachdenke. Also doch ein Leben? Es war ein Mittwoch. Du kamst da in diese Bar, was ich wusste, war, die rote Jacke gehört zu dir. Du hast mich angeschaut, ich habe dich angeschaut und ich musste mich zwingen, nicht wie ein Schulmädchen weg- oder zu Boden zu gucken. Unsicher. Verlegen. Ich weiß nicht, was es war, was mich verunsichert hat. Ich weiß nur, dass es von dem ersten Augenblick an da war.

Wir redeten, bis du irgendwann und dann doch sehr schnell meine Finger gestreichelt hast. Du hast mich berührt. Nicht nur meine Finger. Da hat etwas ganz tief in mir empfunden. Nach außen blieb ich zurückhaltend. Innen war schon ein Wollen, mehr Wollen.

Das kann doch nicht sein, du kennst den doch gar nicht, wie kannst du den wollen? Du weißt fast nichts von dem, sagte ich mir und dachte: Man kann zwar tun, was man will, aber man kann nicht wollen, was man will.

Croquette, der Spaziergang, der Mond, nein, es war bewölkt an jenem Abend. Weißt du noch, die Wolken - der angestrahlte Kirchturm wirft manchmal seitenverkehrt seine Schatten auf die tief hängenden Wolken, hast du mir erzählt.

Ein bisschen komisch war es schon, als du sagtest, dass du willst, dass ich dich will, dass ich zu dir kommen soll, weil ich dich will.

Ich wollte dich. Schon an diesem ersten Mittwoch. Nicht nur im Bett landen wollte ich mit dir. Auch das, aber eben nicht nur. Ich wollte dich, ganz, ohne dich zu kennen, ohne Rücksicht darauf, was passieren könnte, wenn ich mich tun ließe, wie ich wollte...

Ich bin froh, dass du so vorsichtig warst, den Abstand gewahrt hast, ein Stück Verantwortung ungefragt für mich übernommen hast. Ich hätte mir vielleicht zu viel zugetraut. Ich hätte vielleicht flüchten müssen. Nicht vor dir, sondern vor meinen eigenen Gefühlen...

Ja, es ist so. Dinge, um die man sich nicht bemühen muss, scheinen uns oft wertlos. Aber wenn wir ehrlich sind, müssen wir zugeben, dass wir uns zu selten fragen: Wo fängt die Mühe an? Wo hört das Spiel auf?

Ich musste mich um dich bemühen. Das war auch gut so. Ich möchte aber kein Spiel daraus machen. Und ich möchte mich auch nicht zurückziehen, um deine Annäherung zu erreichen oder um dir das Gefühl zu geben, dass du dich um mich bemühen musst, um meine Zuwendung zu bekommen.

Ich möchte das leben, was ich fühle, ohne Theater, ohne Schauspiel, auch wenn du das Gefühl hast, du müsstest nichts dafür tun, dass ich dich mag. Eher, damit du das Gefühl haben kannst, dass ich dich will um dessentwillen, was du für mich bist, nicht was du für mich tust. (Bitte lache nicht: Ich bin ein Katastrophenmensch und schreibe Katastrophendeutsch, wenn ich versuche, so schnell zu schreiben, wie ich denke.)

Du musst dich um mich bemühen.
Ich muss mich um dich bemühen.
Wir könnten uns um uns bemühen.
Wir sollten uns um uns bemühen.
Ich wünschte mir, dass wir uns um uns bemühen.

Morgen ist wieder ein Mittwoch. Wir kennen uns seit einer Woche. Verschrecken kannst du mich schon lange nicht mehr, wenn du so bist, wie du bist. Verschrecken kannst du mich eher mit Dingen, die du nicht sagst, als mit Dingen, die du sagst.

Ich liebe dich. Du solltest dich um mich bemühen, wie ich mich um dich, denn auf mich kannst du bauen. Wenn du so etwas bisher auch noch nie erlebt haben magst: Auf mich kannst du bauen. Ich werde dich, uns und unsere Familie nie im Stich lassen. Wir werden ein Leben lang zusammenbleiben.

Was für ein Glück für dich, dass ich mein Glück mit dir gefunden habe, in dir und durch dich glücklich werde. Viviane."

Schmunzelnd wird sie traurig. Nicht bei dem Gedanken an die Kürze der Zeit, die seit diesem Eintrag in das einstmals gemeinsame Tagebuch von Sebastian und ihr vergangen war, sondern bei dem Gedanken daran, wie diese Zeilen entstanden sind, bei dem Gedanken an diese sonderbare Mischung aus dem Versuch von Wahrheit und dem Bewusstsein einer zielgerichteten Inszenierung...

...Petra war, wie schon so oft, die Geburtshelferin gewesen. Sie hatte unangemeldet vor der Tür gestanden, nachdem Sebastian wenige Minuten zuvor das Haus verlassen hatte.

„Na, wie ist er?", hatte sie unverblümt und herausfordernd lachend gefragt.

Viviane war zunächst die Antwort schuldig geblieben.

„Was hat er? Was kann er? Was bietet er dir? Das sind die Fragen, die du dir beantworten musst, bevor du entscheidest. Sonst - sei sicher, Baby - verrennst du dich in Träumereien und Illusionen."

Also erzählte Viviane: vom ersten Treffen, dem ersten Besuch Sebastians in ihrer Wohnung, der ersten Nacht, den nicht endenden Gesprächen über sein Segelboot, seinen Hund, seine Familie, seine Träume, seine gescheiterten Ehen, seine Wünsche, sein Tagebuch, das er ihr dagelassen hatte mit den Worten: „Nimm es als unser Gedächtnis und Gewissen. Nur Wahrheiten wollen wir darin vermerken. Unsere wertvollsten!"

„Also gut", hatte Petra resümiert. „Willst du'n Hund? Willst du'n Segelboot? Dann kannst du dich mit dem Rest arrangieren, zumal du in deiner Situation nicht ewig suchen solltest. Aber bau dir eine Strategie, die dir jeden Ausweg offen lässt."

Dann hatte sie Sebastians Tagebuch feuilletoniert, mit einer wissenden, entschiedenen Miene Viviane herausfordernd angeschaut und gesagt: „Wir schreiben ihm was in euer gemeinsames Gewissen, was ihm jede Freiheit nimmt und dir jede Freiheit lässt. Gib mir eine halbe Stunde."

Während sie selbst, Viviane, eine Zigarette nach der anderen in den schon dreiviertelvollen Aschenbecher drückte, mal hier, mal dort eine Frage beantwortete, ansonsten geschwiegen und die Freundin beobachtet hatte, war Petra drangegangen und beschrieb die Basis für ein Paradies, das in eine Ehe führte, aber nach allen Seiten Auswege bereithielt, wie sie sagte.

Viviane musste den Text nur noch sauber in Sebastians Tagebuch übertragen.

„Von dieser Leimrute wird dir der Vogel nicht entwischen." Mit diesen Worten hatte sich Petra verabschiedet.

Viviane blätterte weiter und fand einen Eintrag, den sie ohne Hilfe geschrieben hatte:

„Gerade bist du gegangen und ich spüre immer noch deine Hände auf meinem Körper. Ich fühle schon jetzt, dass ich dich in der kurzen Zeit, die wir uns nicht sehen werden, vermisse. Ich werde Sehnsucht haben wie immer, wenn du gehst. Es wird mir etwas fehlen, was zu dem Leben von mir gehört, in dem ich begonnen habe, im WIR zu denken und damit UNS zu meinen."

Es war das dritte Maiwochenende 1998 und diese Zeilen hatte sie in der zweiten Juniwoche des Vorjahres geschrieben. Jetzt überlegte sie, ob sie es damals wirklich so gemeint hatte oder ob das Denken in Strategien, das Petra ihr unablässig einimpfte, schon so ins Blut gegangen war, dass sie sich heute mit „Fremdeinwirkungen" für diese verbalen Entgleisungen entschuldigen könnte.

Suche nach Fundstücken: Viviane spürte die Unruhe einer Entdeckung in ihrem Bauch. Sebastian in Kanada, aber sie waren immer noch verheiratet. Wie ist es wirklich dazu gekommen? Im Tagebuch findet sie eine kurze Passage, die sie berührt:

„Zwischendurch ist alles so unwirklich, dass ich befürchte, gleich aus einem schönen Traum aufzuwachen. Dann quakt Max nach seinem Tee, und während ich seine Tasse fülle, fällt mein Blick auf den Ring, den du mir geschenkt hast. Und das fordernde, ausgesprochen reale ´Teeee` meines Söhnchens ist völlig unvereinbar mit der Existenz eines Traumes. Also bin ich wohl in der Wirklichkeit. Und gerade das ist so traumhaft, wie du mich Tag für Tag mehr verwandelst."

Sebastian hat darauf geantwortet. In seinem Eintrag steht, dass die Entdeckung einer nicht mehr für möglich gehaltenen Liebe sein Leben beflügelt und dass es angesichts der Intensität des neuen Erlebens keine Rolle spielt, wie lange sie sich kennen. Sebastian versichert Viviane seiner ewigen Liebe.

Danach folgt wieder ein eigener - nicht ganz eigener - Eintrag, denn wieder hat Petra mitgearbeitet:

„Ja, Geliebter, lass uns vergessen, dass es erst zwei Wochen sind. Es sind auch nicht zwei Wochen. Es ist viel mehr. Das, was ich in der Zeit mit dir erlebt habe, gefühlt habe, ist in Zeit wahrlich nicht zu messen. Ich bin ganz erfüllt von so viel Gefühl, dass ich zeitweise glaube, platzen zu müssen, weil ich gar nicht so recht weiß, wohin ich damit soll. Es sind so viele kleine Dinge, die mich sehr glücklich machen in dem Zusammensein mit dir. Ich liebe deine unkomplizierte Art, das Leben einfach schön zu finden, auch schön finden zu wollen, deine Hartnäckigkeit, möglichst alles dafür zu tun, dass es schön ist, schöner wird, ohne dass du oberflächlich oder unrealistisch bist. Du denkst Dinge, die ich sage. Du beschreibst einen Sonnenuntergang, den du beobachtest, so, dass ich weiß, wie er aussieht: nicht weil er so aussieht, sondern weil ich es fühle, dass er so aussieht für dich - wie auch für mich.

Du bist mir in so vielen Dingen sehr vertraut. Ich glaube manchmal wirklich, dass ich DIR geschrieben habe, als ich die Kontaktanzeige aufgab. Dir, sonst niemandem. Ich habe das Gefühl, dich schon immer gesucht zu haben. Dich, nicht jemanden wie dich.

Ich empfinde neben der Verliebtheit, die mir gestern seit dem frühen Morgen eine Kreuzung aus Schmetterlingen und Heuschrecken in den Bauch zauberte, welche, je näher die Zeit unseres Wiedersehens rückte, immer lebendiger wurden, eine unglaubliche Ruhe, eine Ruhe, die aus dem Gefühl des Angekommenseins erwächst. Eine Ruhe, die mich an meinem und unserem Tun nicht zweifeln lässt, die mir sagt, dass es richtig ist, die Gefühle jetzt so zu leben, wie wir es tun, weil es gut ist, weil es nicht anders gehen kann, wenn man sich gefunden hat.

Ich habe dich gefunden und ich will für dich da sein. Ich will mich auf dich einlassen. Ich tue es bereits, ohne Wenn und Aber und ohne Hintertürchen. Ich will mit dir leben, dein bester Freund werden. Ich will mit dir glücklich sein, lachen, albern sein. Ich will aber auch Traurigkeit mit dir leben können und dir Wut und Ärger zumuten können, wenn es die einmal geben sollte. Ich will mit dir reden und schweigen, dir vertrauen und von dir träumen und den Mut haben, dir von meinen Träumen zu erzählen!

Ich will mit dir auch streiten und genervt sein können oder einfach erschöpft. Ich will mit dir planen, Pläne umwerfen und umsetzen und neue machen und das Erlebte und Erreichte genießen - mit dir!

Ich will, dass du mein bester Freund wirst. Du sollst mir alle Dinge zumuten können, die dich bewegen, und mir vertrauen können, wissen, dass ich dich auffangen kann und auffangen werde. Nie aber werde ich dich fallen lassen! Du sollst mit mir glücklich sein können, und wenn du mal traurig bist, wissen, dass ich es verstehen werde. Du darfst schwach sein und unsicher und es mir sagen, ohne zu befürchten, dass ich das Wissen jemals ausnutzen werde.

Wenn ich dich aber doch einmal verletze oder dich ungerechterweise wütend mache, so kannst du es ohne Umschweife sagen, zeigen, ohne befürchten zu müssen, dass ich diese Freundschaft aufkündige, die vor zwei Wochen begonnen hat und ein Leben lang währen wird.

Sebastian, ich will dich. Ich will dich ganz - mit Haut und Haar, mit Körper und Seele. Und ich will dich jetzt, weil jetzt die Zeit ist, die unsere Zeit ist."

Viviane spürte Genie und Unwiderstehlichkeit der Suggestion an ihren eigenen Reaktionen: Ihr rollten Tränen über die Wangen. Sie war tief ergriffen von ihren Worten - an denen Petra leider ihren Anteil hatte.

„Viel von Freiheiten des anderen zu sprechen, sichert dir selbst diese Freiheiten in dem Maße zu, wie es sie dem anderen nimmt", sagte diese. „Nach so einem Brief kriegst du den zu allem!"

Petra hatte gelacht und dabei Viviane angeschaut. Das brünette Pummelchen hatte stets einen klaren Kopf, wenn es darum ging, die Vorteile einer Situation auszuloten und der Freundin zu raten, in welcher Situation welcher Schritt geeignet ist.

Der Brief von Christoph Pater

Seltsam, sie hatte ihn nicht in dieses Tagebuch gelegt: Der Brief von Christoph Pater war eine Seite kurz und er fiel ihr auf den Schoß, gerade als sie das Tagebuch aus der Hand legen wollte. Er war oben rechts schmucklos datiert auf den 27. 7. 1997. Das war siebzehn Tage nach dem Eintrag für Sebastian, den sie eben gelesen hatte. Sie überlegte, welche Sinnesirrungen das Leben damals begleitet hatten. Grübelnd las sie:

„Liebe Viviane, das Gefühl, das du für mich unerreichbar erscheinst, ist schmerzlich und fast unerträglich. Ich weiß das Du Dich sehr lange zu mir genauso gefühlt hast. Es für Dich keine Möglichkeit gab mich zu erreichen. Ich wollte das nicht und habe doch genauso weiter gemacht. Und desto hilfloser Du wurdest, desto aggressiver und ablehnender wurde ich zu Dir. Was Dich umso mehr verletzt und gedemütigt hat.

Und eigentlich hatte ich den Wunsch, daß Du mir all meine widerstreitenden Gefühle abnimmst, mich führst, mich an die Hand nimmst. Und sagst: Komm wir machen das so. Und konnte es doch, selbst wenn Du es getan hättest nicht annehmen. Vielleicht ist das meine Frühkindliche Störung, meine Neurose, meine Beziehungsunfähigkeit. Und doch ist ein tiefes

Verlangen, diese Geborgenheit, dieses sich aufgehoben, dieses sich aufgefangen fühlen zu spüren.

Und ich möchte es von Dir.

Immer noch davon ausgehend, daß eher unsere Ähnlichkeit als unsere Andersartigkeit, unser sich angezogen fühlen unterhält, denke ich das Deine Suche nach Stabilität im Moment auch eher sich auf Deiner Verwirrung und Ambivalenz begründet, als auf wirklichem Bedürfnis.

Ich weiß ich habe Dich zutiefst verletzt. Aber die Verletzungen kann kein anderer Dir nehmen. Ich will sie Dir nehmen, Dich um Verzeihung bitten.

Ich will und kann Dich nicht so einfach gehen lassen. Ich liebe Dich zu sehr. Du bist zu sehr in meinem Herzen, in meinem Bauch, in meinem Kopf.

Du fehlst mir. Da ist soviel Vertrautheit Deiner Gesten, Deines Geruchs, Deiner Haut.

Gib mir eine Chance Dich wieder erreichen zu können. Auch wenn es das ist was Dich am meisten ängstigt.

Ich möchte mit Dir und Max leben.

Christoph"

Den Brief lesend, regte sich in Viviane Widerwille - nicht nur gegen die vielen Fehler. Christoph beherrschte die Regeln der Rechtschreibung nur sehr lückenhaft, wohingegen er in Fragen der Rhetorik meisterlich war. Und gegen das, was sie verstand und erkannte, regte sich nun: Widerwille.

Die zerstörerische Kraft der Zeilen hatte sie damals geleugnet und den Brief sogar Sebastian gezeigt. Nein, gegeben hatte sie ihn ihm, deswegen lag er wohl in diesem Tagebuch. Sebastian muss ihn kurz vor seiner Abreise da hineingelegt haben, nicht ahnend, dass sie ausziehen und seine Tagebücher, ihre Tagebücher mitnehmen könnte.

Jetzt beunruhigten sie die Zeilen. Diese suggestive Kraft, Genie und Unwiderstehlichkeit lagen gerade in den einfachen Worten. Und alles war interpretierbar. Auf nichts war der Schreiber festzulegen. Er hätte, einmal wirklich angegriffen, nach jeder Seite ein Türchen zur Flucht offen.

Viviane dachte an Petra. So schrieb ihre Freundin. So dachte ihre Freundin.

Viviane überlegte einen Augenblick lang, ob sie Christoph Pater gegenüber skeptischer werden müsste. Dann dachte sie an das Kind und an die Wahrheiten. Sie würde ihn brauchen. Ohne Christoph würde sie sich nicht finden.

IV. Teil: Das unsichtbare Fadenwerk

Der Meister der Schlinge

Christoph Pater war nicht nur ein auf Wirkung bedachter Demagoge. Sich der Macht der Worte wohl bewusst, hatte er seit jeher darauf geachtet, Erkenntnisse zu sammeln und zu verknüpfen, zugleich die Schlüsse daraus zu ziehen, die ihn in die Lage versetzten, so zu handeln, dass es immer zuallererst seinem Lebensplan nützte. So hatte er Steinchen um Steinchen zu seinem ganz eigenen Mosaik zusammengesetzt. Die Argumente anderer zu kennen war dabei die Grundlage, eigene Argumente zu vernetzen. So konnte er zugleich sich selbst zu jeder Zeit und nach jeder Seite ein Türchen zur Flucht offen halten und es anderen verschließen.

Christoph Pater wollte nach oben. Er hatte seine Vorstellung davon, wo das war. Und er war entschlossen, die Hinterhältigkeit, die ihm zur Natur geworden war, zu nutzen, um dieses Ziel zu erreichen.

Ein Studium in der Wissenschaft der Soziologie hatte dem ausgebildeten Krankenpfleger in die öffentliche Verwaltung verholfen. Als Familienberater gewann er zugleich Einblick in fremde Seelen, lernte, Brüche zu kitten und erfuhr und studierte im Umkehrschluss natürlich auch, wie intakte Verhältnisse gebrochen werden konnten.

Zugleich genoss er Sicherheit und Unkündbarkeit des Angestelltenverhältnisses im öffentlichen Dienst. Das war ihm besonders wichtig, weil es ihm Zeit gab: Niemand fragte, wenn er sich krank meldete, was er hatte. Urlaub, freie Tage, eine geregelte Arbeitswoche mit ohnehin mehr Freizeit als in fast allen anderen Berufen eröffneten Horizonte. Wenn es etwas zu tun gab, was Aufwand erforderte, hielten die Arbeit und ein gutes Einkommen ihm den Rücken frei.

Für die Forschung am lebenden Objekt kamen die Opfer freiwillig in seine Sprechstunde. Und wenn es galt, alte Kontakte zu den Mächten aus besseren Zeiten neu zu knüpfen oder aufzubauen, so konnte er sich bei Nachfragen, weshalb er dieses oder jenes Stück öffentlicher Logistik benutze, stets auf seine Schweigepflicht gegenüber den von ihm „beratenen" Familien zurückziehen. Somit mochten Skeptiker es nur seinem sozialen Engagement zuschreiben, wenn er in Verknüpfung seiner medizinischen Kenntnisse und seiner nachgewiesenen soziologischen Qualifikationen den Respekt verlangte und den Freiraum nutzte, der denjenigen ungehindertes Schussfeld bietet, die zugleich handeln und Handlungen beurteilen, sie als gut oder als schlecht, als verwerflich oder als lobenswert definieren, denjenigen also, die andere mit einem Etikett versehen.

Der Manipulator aus alten Tagen hatte wieder das Recht zur Definition auf seine Seite gezogen. Mit dem Brief an Viviane hatte er enge Maschen gewebt.

Lieber wäre es Christoph Pater zwar gewesen, dazu nicht gezwungen worden zu sein, denn in einem engen Rahmen verpflichteten die Zeilen ihren Autor ja doch. Aber immer noch besser eine Verpflichtung, die man im richtigen Moment aufkündigte, und dafür eine reelle Chance auf dem Weg nach oben, als ohne Verpflichtung, aber chancenlos zu sein.

Viviane Schneider war sein Lift, sein Opfer, sein Treibsatz!

Wenn er daran dachte: Der Passus in seinem Brief an Viviane hatte etwas von Genialität, und er schien ihm umso genialer, je tiefer er Viviane in das Dickicht seiner Interpretationen des Geschehens verstrickte und an ihren Reaktionen erkannte, um wie viel tiefer noch ihre Unkenntnis über die eigentlichen Ursachen der eigenen Lebensunsicherheit ihn in sie hinabtauchen lassen würde.

„Vielleicht ist das meine Frühkindliche Störung, meine Neurose, meine Beziehungsunfähigkeit. Und doch ist ein tiefes Verlangen, diese Geborgenheit, dieses sich aufgehoben fühlen zu spüren.

Und ich möchte es von Dir.

Immer noch davon ausgehend, daß eher unsere Ähnlichkeit als unsere Andersartigkeit, unser sich angezogen fühlen unterhält, denke ich das Deine Suche nach Stabilität im Moment auch eher sich auf Deiner Verwirrung und Ambivalenz begründet, als auf wirklichem Bedürfnis."

Mit diesen wenigen Sätzen hatte er das K.o. wirkungsvoll vorbereitet, jede Abkehr Vivianes von ihm absolut unmöglich gemacht, eine feste Laufleine um ihre Fesseln gebunden, an der sie ihren Bewegungsradius hatte und jedes Erleiden von Freiheit immer nur sich selbst zuschreiben konnte.

Die eigene dunkle Vergangenheit - in der Kindheit vom Vater ebenfalls immer wieder misshandelt, die Debilität einer Mutter, die ihren Sohn vergötterte und alles für ihn zu tun bereit war - hatte ihm den Weg gezeigt.

Die Idee allerdings, die eigene „frühkindliche Störung" zu benennen, daraus eine „Neurose" abzuleiten und auf die Schwäche eines Hilfebedürftigen, auf die „Beziehungsunfähigkeit" hinzuweisen, musste wirken. Zumal bei Viviane, einer Frau, die von sich sagte, ihre Lebensunfähigkeit fuße zu einem großen Teil auf ihrem „Helfersyndrom", das unablässig ihrem

Fortkommen im Wege stehe, weil sie sich rechts und links Hilfebedürftigen zuwenden müsse.

Der fast noch bessere Satz, dass „eher unsere Ähnlichkeit als unsere Andersartigkeit, unser sich angezogen fühlen unterhält" ging ganz tief hinab ins Dunkel der nicht mehr nachvollziehbaren Erinnerungen und des Gefühls eines Menschen mit der Vita von Viviane Schneider.

Als einer, der in seiner Kindheit selbst vom Vater misshandelt worden war, hatte Christoph Pater natürlich nach kurzer Zeit der Bekanntschaft mit Viviane gewusst, woher der Hass auf den Vater und die beinahe hündische Liebe zur Mutter rührte.

Mit Viviane hatte er über sein Wissen auch nach gründlichen Analysen des elterlichen Verhaltens sowie Zusatzrecherchen nie gesprochen. Aber er war sich sicher, dass er nicht irrte und diese Informationen irgendwann sinnvoll verwerten könnte. Denn kaum etwas geht stärker in den Unterleib als die Ähnlichkeit zweier Menschen, die in ihrer Kindheit ein solches Schicksal ereilt hat. An diese Ähnlichkeit zu appellieren heißt wirklich, Andersartigkeiten zurückzustellen. Viviane musste hier mit ihm fühlen, sprich, sich angezogen fühlen.

Der letzte Halbsatz schließlich war der perfekte K.-o.-Schlag gegen Sebastian: „... denke ich das Deine Suche nach Stabilität im Moment auch eher sich auf Deiner Verwirrung und Ambivalenz begründet, als auf wirklichem Bedürfnis."

Ohne den Mann, den er ja gar nicht kannte, auch nur erwähnt, geschweige denn angegriffen zu haben, hatte er ihm einfach den Teppich unter den Füßen weggezogen. Irgendwann einmal, wenn die Stunde ausreichend vorbereitet ist, sagte sich Pater, könnte er Viviane klar machen, dass er persönlich nichts gegen Fischer habe, dass er gegen den Mann gar nichts haben kann, weil er ihn nicht kennt, und dass er folglich schon aus diesem Grund überhaupt keine anderen als Vivianes Interessen sieht, wenn er ihr seine Hilfe anbietet. Mehr noch, er würde sich sogar für Sebastian einsetzen, wenn sie ihm nur plausibel macht, warum ihr etwas an dem Mann liegt und dieser für sie von Nutzen ist. Dann würde er Sebastian Fischer selbst das gemeinsam Wertvollste, Max, ja, Max, zur Erziehung anvertrauen.

Allerdings sei er aber zu der Auffassung gekommen, dass sie selbst gar keine Berührungspunkte mit ihrem Ehemann sehe. Denn sie, Viviane, habe sich mit diesem Sebastian nicht eingelassen, weil da irgendetwas wie Gefühl eine Rolle gespielt habe, sondern lediglich aus einem Irrtum, aus einer Verwirrung heraus. Er, Christoph Pater, erkenne und nehme dafür sogar die Schuld auf sich. Sie habe in Sebastian Fischer die Stabilität zu finden geglaubt, die er, Pater, ihr aus einem Irrtum heraus, für den er sich nun entschuldigt, damals nicht gewährte, die er jetzt aber geben könnte, wo die Zusammenhänge klar seien. Und weil damit eindeutig ersichtlich sei, dass der Ehe mit diesem Fischer, wie als nachgewiesen gelten dürfte, keinerlei „wirkliches Bedürfnis" zugrunde liege, sei sie diesem Mann weder Treue noch die Erfüllung eines anderen Versprechens schuldig. Und er ebenso wenig.

Genial, oder? Pater war stolz auf sich.

Christoph und Vivianes Mutter

Unter Berufung auf die eigene, eingestandene Schwäche an die Hilfsbereitschaft einer Frau zu appellieren, ist für einen Macho die sicherste Art, die Hilfe nicht nur zu erhalten, sondern sie auch zu erhalten, ohne als Zyniker erkannt zu werden.

Die Kenntnis dieser fürwahr kernphilosophischen Sicht hatte Christoph Pater bei manchem Streich schon gute Dienste geleistet. So konnte man Netze knüpfen, wie die Frauen Pullover strickten: immer zwei rechts, zwei links...

1994 hatte Christoph zugleich Viviane und ihre Mutter Elise in seinen Lebensplan gewoben. Einmal erkannt, dass die Eltern seiner Lebenspartnerin nicht nur ein Vermögen angehäuft, sondern auch getrennte Betten hatten, begann die Forschung, sehr weich und immer rückzugsbereit, zunächst mit der Untersuchung gemeinsamer Interessen und der Dinge, die jeder wirklich ausschließlich für sich selbst machte.

Hier schon fiel auf, dass Elise und Wilhelm Schneider angesichts der Tatsache, dass beide Künstler waren, eigentlich nur in ihren Erzählungen aus der Vergangenheit Gemeinsinn und Zusammenhalt zeigten. Im Spiel der Zeit muss also etwas passiert sein, was die mentalen Wege getrennt hatte, ohne dass sie deswegen ihre Ehegemeinschaft hätten kündigen können oder wollen.

Gemein war beiden, dass sie in ihrem Schaffenskreis anerkannt, darüber hinaus aber kaum bekannt waren und dass seine „Freunde" nicht ihre und die meisten der Liebhaber ihrer Keramik fast nie dabei waren, wenn Wilhelm Schneider seine Freunde, Musiker, Literaten, Rotarier zum Empfang lud. Die Freunde der Tochter waren in keinen der Bekanntschaftskreise integriert. Das gab Christoph die Möglichkeit, parallel zu buhlen und so viel besser und nachhaltiger die Chancen auszuloten.

Nun war Elise zwar eine herzliche, aber ihrem Naturell nach misstrauische Frau. Christoph Paters größter Vorteil war, dass sie den Osten nicht mochte, weil sie vor dem Mauerbau von dorther in den Westen geflohen war. So konnte er bei negativen Urteilen darauf verweisen, dass es unsozial sei, jemanden wie ihn wegen seiner nie gehabten (Flucht-)Chancen mit Vorurteilen zu belasten. Damit hatte er die Ader angestochen, durch die der Gerechtigkeitssinn der Elise Schneider pulsierte, und so hatte er sie auf seine Seite gezogen.

Schwieriger war das mit Wilhelm. Der war nicht nur belesener, sondern besaß eine ausgeprägte Gefühlswelt und Intuition für das, was jemand nicht sagte. Außerdem hatte seine Intelligenz die Fähigkeit, Lügen aus ihrem Gewebe von Wahrheiten und Halbwahrheiten heraus zu sezieren. Das gefährdete das Netzwerk, mit dem sich Christoph in die Familie, die Villa und die Gesellschaft der Schneiders einstricken wollte. Noch bevor er den Gedanken fasste, einen offenen Bruch mit Wilhelm zu provozieren, um dem Mann nicht mehr vor anderen begegnen, sich seinen Tests und Fangfragen nicht länger aussetzen zu müssen, kam ihm Elise am Rande einer Gartenparty zu Hilfe.

„Wenn ihr je Kinder habt, ich flehe dich an, lieber Christoph, vertraue sie niemals Wilhelm an", sagte sie eines Tages, als sie ihn nach einem Streit mit Wilhelm beiseite nahm.

„Aber du weißt doch, wie ich seine belesene Art schätze", erwiderte Christoph. „Gerade Wilhelm ist bestimmt der beste aller Lehrer und als Opa und Erzieher unschätzbar."

„Auf keinen Fall!"

Elise war zu diesem Zeitpunkt schon krank. Aber so gepresst, wie dieses „Auf keinen Fall!" kam, hatte Christoph das Recht, Sicherheit zu verlangen. „Da ist mehr, Elise. Viviane und ich werden heiraten. Du musst es mir sagen, wenn da mehr ist und was es ist. Ich muss es wissen. Und du", dabei sah Christoph Pater Elise Schneider fest in die Augen, „hast gegenüber deiner Tochter und deinen Enkeln die Verantwortung dafür, dass ich weiß, wovor ich sie bewahren muss. Sag es mir!"

So hatte er sie. Elise sank ihrem Schwiegersohn in spe in die Arme, und während die Festgesellschaft im Garten feierte, erzählte sie Christoph Pater im Töpferstudio die ganze Geschichte. Und sie machte noch einen weit verheerenderen Fehler: Sie erzählte ihm auch davon, dass und wie ihr Mann und sie sich seitdem arrangiert hätten, dass und wie es zu dem Ansatz einer scheinbaren Therapie von Viviane ein halbes Jahr nach dem Vorfall gekommen sei.

Christoph Pater war seinem Ziel so nah wie nie zuvor. Er hielt alles Wissen in der Hand, um die Familie perfekt zu beherrschen. Wilhelm Schneider konnte ihm nur noch Opfer sein. Eines Tages würde die Villa ihm, Pater, gehören. Er könnte an seine weiteren Pläne denken. Ihm schauderte wohlig dabei...

Christoph und Vivianes Freundin

Vivianes Freundin Petra war ungleich leichter einzunehmen. Die Mutter einer ehelichen Tochter hatte ihren Mann verlassen, mehrere glücklose Verhältnisse hinter sich gebracht, sie liebte sich selbst, ihre Tochter war ihr ganzer Stolz und außerdem war sie voll sexueller Sehnsucht.

Pater fand heraus, in welchen Restaurants sie aß, in welche Bars sie mit Viviane oder anderen ging, wie sie sonst ihre Freizeit verbrachte. Kurz darauf hatte Petra beim „Absacker" in einer Kneipe an der Westfälischen Straße in Wilmersdorf Micha kennen gelernt.

Der Exilungar war 1956 aus Budapest nach Ost-Berlin gegangen und kurz nach dem Mauerbau unter mysteriösen Umständen geflohen. Völlig untypisch und besonders seltsam: Er hatte auch in den Jahrzehnten nach seiner Flucht in den Westen immer Kontakte in den Osten gehalten.

Das erfuhr Petra natürlich nicht. Ebenso wenig, dass der fast zehn Jahre ältere Micha und Christoph in den vergangenen Jahren zwei Erziehungsprojekte in der Ukraine gemeinsam initiiert hatten. Überhaupt erzählte Micha wenig von sich. Das Einzige, womit er sich herausredete: Er sei Lebenskünstler und als zweimal geschiedener Mann etwas bindungsscheu.

Christoph konnte Micha mehr erzählen: von sadomasochistischen Neigungen der geschiedenen Mutter, vor allem von ihrer Liebe, der Flagellation beizuwohnen.

Damit wusste Christoph Pater einiges anzufangen: Der Manipulator analysierte eine Psychose oder eine Neurose. Klar trennen ließen sich beide Krankheitsbilder der Seele ohnehin nicht. Beide aber ließen Rückschlüsse auf die Kindheit zu. Kleinkinder erleben Ängste, die denen psychotischer Erwachsener ähneln. Im Rückschluss kann man sagen, dass psychotische Erwachsene den Ängsten ihrer Kindheit nicht entwachsen sind.

Die Methodik, zumindest die der englischen Schule der wissenschaftlichen Psychoanalyse, würde nun fordern, eine „Heilung" von Vivianes Freundin dergestalt einzuleiten, dass der Psychotherapeut ihr im Wege einer Analyse deutlich macht, wie in der Kindheit das Bild einer Pseudorealität der Welt entstanden ist. Ferner, dass in dieser Situation sowohl sadistische als auch masochistische oder destruktive oder flagellantische Tendenzen „gesund" sind, insofern sie den Weg einleiten, die Basis ihrer Empfindungen, die Pseudorealität, zu enttarnen.

Gelingt das, ist der Weg zur Heilung frei. Wenn der Patient nämlich erkennt, dass er nicht die Realität selbst, sondern die von ihm erfundene, symbiotische Pseudorealität der eigenen Angst und ihrer tatsächlichen Sinnleere gehasst und in seiner sexuellen Verwerfung gegeißelt hat, dann kann er sich auf die Realität als solche konzentrieren und das Leben lieben lernen.

Christoph Pater empfand solche Zusammenhänge tief. Aus seinem Wissen einfacher Fakten filterte er heraus, was davon im Verhältnis Mutter-Säugling, was im Verhältnis Mutter-Kleinkind zu suchen ist. Und Christoph Pater war ein Meister der Umkehrschlüsse. Wenn er durch Verkehrung der Vorzeichen einer psychotherapeutischen Heiltechnik mehr Vorteile für die Erfüllung seiner Lebensziele sah, hatte er keinerlei Skrupel, den gläubigen Patienten noch kranker zu machen. Denn kranke Patienten waren abhängige Patienten. Und je abhängiger sie waren, umso gefügiger waren sie auch.

Offiziell lernten sich Christoph und Micha kennen, als Petra Viviane und ihren Freund zum Grillfest in ihren Garten einlud. Von Micha würde Christoph noch manchen Hinweis auf Wege finden, Vivianes beste Freundin zur Mitarbeit an seinem Lebensplan zu motivieren.

Die erste Trennung

Es war im Waldhaus an der Onkel-Tom-Straße in Zehlendorf geschehen: Der Sozialarbeiter Christoph Pater und die Studentin der Literatur und Soziologie Viviane Schneider, die sich bei einem Seminar kennen gelernt hatten, gingen zum ersten Mal zusammen aus. Das Jahr 1993 war fast zu Ende und die Abende auf der Terrasse des Restaurants schon kühler. Christoph, Jahrgang 1953, faszinierte Viviane, Jahrgang 1966, mit der Offenheit und Bereitschaft, fast jede Erfahrung in Frage zu stellen.

„Experimente", sagte der Mann, der fast nie lachte, aber dennoch eine Art Schalk durchschimmern lassen konnte, „sind nur so viel wert, wie wir als Ursachen begriffen haben, wenn sie gescheitert sind." Das saß!

Viviane war sehr experimentierfreudig. Sie spürte die Unruhe in ihrem siebenundzwanzigjährigen Körper, die sie nicht erklären konnte. Drei Freunde vor Christoph und eine kaum größere Zahl an kurzen Affären hatten sie eher gelangweilt. Nach sechs Jahren Treue, verschwendet an Axel, einen Jugendfreund, für den es nur zwei Positionen und auch die nur bei Dunkelheit gegeben hatte, mochte sie nicht einsehen, dass der Körper allein dazu so viele unterschiedliche erogene und empfindsame Zonen und Organe aufwies.

Viviane Schneider war bereit, für Christoph Pater alles zu sein und zu geben. Sie schrieb Gedichte und Christoph sagte, sie habe Talent. Lieber hätte er sie als Soziologin examiniert. Viviane hatte immer gemacht, was ihre Freunde gemacht hatten: Motorradführerschein, als sie einen Freund hatte, der Motorrad fuhr, das Literaturstudium, als Axel sich in derselben Disziplin einschrieb. Die soziologischen Gemeinsamkeiten waren Zufall. Christoph würde sie im Lauf der Zeit mit Leichtigkeit ausbauen.

Doch der Mann, der Vivianes Mutter eingenommen hatte, scheiterte an der Tochter, als die Verdacht schöpfte: „Du hast ein Verhältnis oder du gehst ins Bordell", sagte sie ihm einmal auf den Kopf zu. „Frauen spüren so etwas." Besonders Viviane. Sie war in der Lage, die Berührung einer anderen Frau zu inhalieren. ER konnte ihr da nichts vormachen.

Christoph schwieg also, nachdem seine rhetorischen Versuche scheiterten, ihr einzureden, ihr eigener Egotrip - der unbewusste Versuch, die Verantwortung einer Bindung abzuschieben - diktierte ihr derart absurde Vorwürfe.

Weil Viviane nun nicht bereit war, sich selbst als die „krankhaft paranoide" Person zu sehen, als die er sie hinstellte, experimentierten beide bald nur noch damit, sich anzuschweigen. Wenige Wochen später zog Viviane aus. Christoph hatte den Faden überspannt, sagte sie. Er sah die Sache anders.

So - und nur so - konnte er sie später umso fester an sich binden, indem er sie dazu brachte, zu ihm zurückzukehren. Dazu hatte Pater ja die Vorarbeit geleistet. Nun würde sich zeigen, wie gut sie war.

Der Tod der Mutter

Bald erreichte Christoph ein Brief von Viviane. Kein Wort über das unpathetische Ende der unglücklich verlaufenen Beziehung. Ohne Anrede schrieb Viviane:

„Am 7. 7. 94 wurde meine Mutter - oder besser das, was noch davon übrig war, was einmal meine Mutter ausgemacht hatte - sechsundfünfzig. Ich habe ihr zu diesem Geburtstag nur eine Rose geschenkt. Etwas anderes, etwas, was sie garantiert überleben würde, konnte ich ihr nicht schenken. Sie hat es verstanden.

Wir hatten noch Gäste. Alte Freunde meiner Eltern, nein, meiner Mutter, die unangemeldet vor der Tür standen. Er, Arzt, die Tochter angehende Ärztin, redeten blödsinniges, sich selbst beruhigendes Zeug über die neueste Medizintechnik und waren nicht einmal in der Lage zu sehen, dass meine Mami keine kranke, sondern eine sterbende Frau war.

Sie war ganz ruhig, holte selbst das Vanilleeis aus dem Kühlschrank, bestand darauf, auch selbst für den Kaffee zu sorgen.

´Es war doch wieder einmal schön bei euch! Bis zum nächsten Mal, vielleicht dann wieder bei uns.´ Dann, mich verstohlen hinter die Wohnungstür ziehend: ´Eigentlich sieht sie doch sehr gut aus.´

Mein Vater: ´Na, ja, wir hoffen auch.´

Ich ging dann nach oben und habe mich so unendlich müde gefühlt wie schon oft in den vorausgegangenen Wochen. Zu dieser Zeit konnte sie wirklich noch vieles selbst tun, so dass ihr Ende von den meisten Menschen als schnell beschrieben wurde. Erst in den letzten Tagen, fünf oder sieben, vor ihrem Tod hat sie das Bett nur noch für den Gang zur Toilette und dann vier Tage vor ihrem physischen Ende gar nicht mehr verlassen können.

Sie starb, nein, ihr Körper starb am 10. August 94. Das war ein Mittwoch. Am vorherigen Freitag hatte sie sich von einem Freund verabschiedet, mit dem sie die Liebe zur Keramik teilte und der in ihrem Leben eine ganz besondere Bedeutung hatte. Dann begann sie zeitweilig verwirrt zu werden. Am Montag war sie für mich das letzte Mal ansprechbar. Der ganze Dienstag, die Nacht zu Mittwoch und der Mittwoch vergingen, und mein Vater und ich schlichen immer wieder ins Schlafzimmer mit dem immer stärker werdenden Wunsch, dass es aufhören möge - es, dieses Leben, was nicht mehr das meiner Mami war.

Ich habe sie gewaschen, die Windeln, die sie die letzten vier Tage brauchte, gewechselt, ihr Wasser in den immer trockener werdenden Mund geträufelt und sie gestreichelt. Dabei habe ich ihr immer wieder gesagt: 'Du kannst jetzt gehen. Du kannst jetzt einfach wegtanzen in irgendeine andere Welt. Du kannst jetzt gehen, dein Körper ist in dieser nicht mehr lebensfähig.` Ich habe stundenlang so verbracht und dabei nicht geweint. Ich konnte nicht mehr weinen und ich wollte es auch nicht in einer Situation, in der ich annahm, dass sie es nicht verstehen, dass sie es als Widerspruch empfinden würde.

Im Nachhinein weiß ich, dass sie es verstanden hätte, die Trauer um den immer deutlicher werdenden Verlust und die Freiheit, sie gehen lassen zu können.

Am Mittwochabend saßen mein Vater und ich im Wohnzimmer und sagten uns beruhigend, dass es ja nun nicht mehr lange dauern könne. Einem bis heute unerklärlichen Impuls folgend, ging ich nochmals zu ihr. Sie atmete ganz ruhig. Der maskenhaft verzerrte Ausdruck ihres einst so lebendigen Gesichts wirkte entspannter als zuvor. Ich kauerte mich neben sie in das Bett meines Vaters, schloss die Augen und lauschte ihrem Atem.

Plötzlich glaubte ich, dass sie aufgehört habe zu atmen. In dem Moment, als ich den Kopf hob, um sie anzuschauen, setzte die Atmung wieder ein. Sie zog die Luft durch den Mund.

Dann geschah wieder eine Weile, die mir noch länger erschien, nichts. Als sie schließlich ausatmete, hatte ich bis fünf gezählt. Dann dauerte es wieder vier bis fünf Sekunden, bis sie Luft holte. Diesmal stieß sie diese sofort wieder aus. Wieder nichts. Ein kurzes Ein und Aus - immer wieder. Ich fühlte mich völlig starr und dachte nach jedem Atemzug, dass nun keiner mehr käme. Die Abstände wurden immer länger.

Nach einer Ewigkeit, die höchstens vier bis fünf Minuten gedauert haben kann, kam tatsächlich kein Atemzug mehr. Sie zuckte nicht, sie wand sich nicht, das Gesicht verkrampfte sich nicht. Sie hatte einfach aufgehört zu atmen, zu leben.

Nicht der Tod war gekommen, sondern das Leben gegangen. Es hatte sich ganz leise herausgeschlichen."

Das Fadenwerk

Christoph Pater wusste, was diese Zeilen bedeuteten. Zwei Wochen später waren Viviane und er wieder ein Paar. Besser noch: Da Elise jetzt tot war, war er seinem Ziel in mehrfacher Hinsicht gleich erheblich näher gekommen. Nicht nur, dass der Zeitpunkt heranrückte, zu dem seine Lebensgefährtin ihr Millionenerbe der Villa am Schlachtensee antreten könnte. Viviane befand sich gleichzeitig fester in seiner Hand, als sie es je zuvor gewesen war, denn die Mutter hatte ihr Wissen mit ins Grab genommen, ohne der Tochter zu erzählen, was sie ihm erzählt hatte.

Wilhelm Schneider, der ebenfalls nicht wusste, was er, Pater, wusste, fühlte sich auf eine gewisse Art und Weise befreit. Christoph merkte das an mancherlei Reaktionen. Wilhelm dachte nicht daran, dass sie ausgerechnet ihn, den Freund der Tochter, eingeweiht und ihm damit mehr Macht über den alten Mann hinterlassen haben könnte, als sie selbst jemals auszuüben bereit gewesen wäre.

Manchmal fühlte er sich wie berauscht: Es war das Wissen um seine Macht, dass Viviane gerade im Moment der Trauer, in diesem Gefühlsorkan der Verzweiflung nach dem Tod der Mutter, an ihn, nicht an irgendjemanden, nein, an ihn die detaillierte Schilderung der schrecklichsten Tage und Stunden bis zu den letzten Minuten und Sekunden adressiert hatte.

Sein Fadenwerk hatte gehalten und es würde weiterhin halten. Viviane würde ihm nicht mehr entkommen. Nein, er würde sie als Prise aus dieser Schlacht mitnehmen.

Was noch fehlte, war ein Kind. Sie musste empfangen. Sperma aus seinem Schoß würde in ihrem Schoß eine neue Dimension des Metaphysischen schaffen. Erst das gemeinsame Blut wäre das Band, das nicht mehr zu zertrennen ist. Sie würde unwiderruflich in sein geistiges und physisches Eigentum übergehen. Dann stände seinen Plänen nichts mehr im Weg - komme, was wolle.

Es war September 1994. Die Blätter der Kastanien vor der Villa am Schlachtensee färbten sich gelb.

Die Geburt des Sohnes

Am 9. Dezember des darauf folgenden Jahres wurde im Krankenhaus Waldfriede in Zehlendorf ein kerngesunder Junge geboren. Viviane nannte in Max.

Aber drei Dinge gefährdeten auf einmal doch die so sorgsam geknüpften Netze von Christoph Pater: Zum einen wollte Viviane keine Ehe. Zum anderen zog Wilhelms steinalte Mutter aus Schöneberg in die Villa am Schlachtensee, womit zugleich eine freie Etage blockiert war und eine neue Quelle des Einflusses auf die Atmosphäre insgesamt wirksam wurde. Zum Dritten - und das schien Christoph am gefährlichsten - fand Wilhelm Schneider überraschend schnell eine neue Lebensgefährtin.

Birgit war erst Anfang fünfzig, sehr sportlich, attraktiv, geistig rege und unabhängig. Sie brachte einen Sohn von sechzehn Jahren in die Ehe, so dass Viviane außer ihrem Bruder nun noch einen Halbbruder hatte.

Als wenn das alles nicht Genickschlag genug gewesen wäre, spielte ihm auch das politische System noch einen Streich: Im November 1995, einen Monat vor der Geburt von Max, verlor Christoph seine Arbeit. Das Letzte, womit er je gerechnet hätte, war geschehen. Nun konnte die junge, uneheliche Familie nicht in die Villa einziehen. Er, als Familienvater, musste den Familienunterhalt vom wesentlich knapperen Arbeitslosengeld aufbringen und Viviane musste mangels Alternativen mitsamt Sohn Max in die für drei Personen viel zu enge Dreizimmer-Wohnung nahe dem S-Bahnhof Botanischer Garten einziehen.

Spannungen waren abzusehen. Und die Spannungen kamen schneller, als ihm lieb war.

Die zweite Trennung

Das entscheidende Urteil über die zweite Trennung von Viviane und Christoph im Februar 1997 fällte Wilhelm Schneider im Gespräch mit seiner zweiten Frau Birgit, der neuen Herrin in der Villa am Schlachtensee. Birgit war noch bemüht, auf Zwischentöne zu achten, um sich in die Familie Schneider einzufühlen. Sie glaubte ihrem Mann, der sagte:
„Wenn Viviane im Schmerz zerbricht, werden wir die Chance nutzen, und das Kind in den Schoß der Familie zurückholen. Jedenfalls ist alles besser, als wenn sie bei diesem Waschlappen geblieben wäre. Ich habe Christoph

unmissverständlich zu verstehen gegeben, dass er unsere Familie vergessen und uns in Ruhe lassen soll. Der hat mir am Telefon doch tatsächlich etwas von zerbrochener Zukunft vorgeheult. Und dann wollte er Hilfe von mir. Stell dir vor, ausgerechnet mich hat er um Hilfe gebeten."

Wilhelm Schneider erzählte Birgit nicht, wie Christoph Pater seine verstorbene Frau Elise eingenommen und gegen ihn ausgespielt hatte. Er erzählte erst recht nichts von den Hintergründen für den tiefen Graben, der Viviane von ihm trennte. Das war bereinigt, dachte er. Selbst der Therapeut hatte das Kind damals als geheilt an die Familie zurückgegeben.

Aber er wollte um jeden Preis verhindern, dass es dem Mann, der in so kurzer Zeit so viel Einfluss auf seine Tochter und die ganze Familie gewonnen hatte, jemals wieder gelingen würde, ihn in seinen eigenen vier Wänden ins Abseits zu stellen.

Was Wilhelm Schneider nicht ahnte: Christoph Pater hatte das sehr kurze Telefonat mit ihm aufgezeichnet. Es sollte sein Todesurteil werden.

„Sei froh, dass du den Luden los bist", hatte Utta, Paters geschiedene Ehefrau ihrer Freundin gesagt, als diese ihr erzählte, dass Christoph immer wieder, wenn er aus gewesen sei, nach anderen Frauen gerochen hatte.

Viviane dachte daran, dass sie in Christophs Bankauszügen Summen von 500 DM und mehr entdeckte, die der Vater ihres Kindes an Geldautomaten an der Potsdamer Straße abgehoben hatte, während er sich an diesen Tagen angeblich um eine neue Anstellung bemühte. Mehrmals hatte sie direkte Hinweise auf andere Frauen gefunden - mal ein Taschentuch, das nicht seines war, mal einen Zettel mit einer Telefonnummer, unter der sich dann auch eine Frau meldete.

So wurde die Enge in der Wohnung für Viviane unerträglich.

Zwar kümmerte sich Christoph um Max, den er frühmorgens windelte und fütterte, mit dem er stundenlang spielte. Mit ihr aber war jede Kommunikation völlig abgebrochen. Abends, wenn Max schlief und Christoph mal nicht herumhurte, schaltete er den Fernseher an und zappte sich durch die Programme. Er sprach kein Wort und ging irgendwann nachts wortlos ins Bett. Sie hatte das nicht mehr ausgehalten.

Natürlich unterstützte Petra Viviane. So sehr fühlte sie sich von dem Mann ihrer Freundin enttarnt, dass sie, ähnlich einem Befreiungsschlag, gegen den ohnehin entmachteten Tyrannen plötzlich ein umfangreiches Repertoire an Argumenten hervorzuzaubern.

„Ich habe nie verstanden, wie du das mit dem Mann aushalten konntest", sagte sie. „Sind dir nie seine schlechten Zähne aufgefallen? Und dieser üble Geruch, der durch die Schuhe dringt? Du weißt doch, Christoph ist depressiv und vernachlässigt sich. Ich bin nicht einmal sicher, ob er in diesem Zustand nicht sogar eine Gefahr sein kann - für Max etwa oder auch für dich. Sieh es wie es ist: Christoph ist wirklich ein Schwein, denkt nur an sich. Er würde dich so oder so über kurz oder lang zerstören. Glaube mir!"

Tatsächlich wusste Viviane, dass die Depressionen von Christoph allenfalls zeitweise mal nachlassen, auf jeden Fall immer wieder durchschlagen würden. Außerdem konnte sie es einfach nicht ertragen, wie dieser Mann berlinerte. Dieser Slang war Viviane zutiefst zuwider.

Nur Lisa, Christophs Tochter aus erster Ehe, trauerte. „Du warst das Beste, was Papa je hatte. Aber ich weiß auch, dass er dich nicht verdient", sagte das Mädchen. Mit ihren vierzehn Jahren war sie sehr weit entwickelt und mit 1,70 schon fast so groß wie Viviane. Viviane bezeichnete sie Sebastian gegenüber nur als ein „Riesen-Kalb".

Ja, die zweite Trennung der Viviane Schneider von Christoph Pater schien zunächst sehr endgültig. Viviane sagte, sie wollte sich nicht selbst aufgeben, und das würde es heißen, wenn sie zu Christoph zurückkehrte. Sie wollte nicht noch einmal die nun schon zweimal gescheiterte Vergangenheit zur Zukunft erklären. Der zunächst völlig arglose Sebastian Fischer glaubte ihr das.

Aber da waren andererseits Worte, die etwas ganz anderes sagten. Da war ein Fadenwerk. Da war eine präzise auf Manipulation und Verdrehung aller Wahrnehmungen gerichtete Argumentations-Maschine: die rhetorische, die philosophische, die soziologische, die psychologische, die psychiatrische und pseudo-therapeutische Kompetenz des Christoph Pater.

Und da war noch etwas, was darüber hinaus wirkte, etwas Magisches, etwas Dunkles, etwas Okkultes...

Der Vorteil der Lüge

Viviane war von einer tiefen Traurigkeit. Sie saß im Wohnzimmer der Villa am Schlachtensee, und der Film, der in ihrem Kopf gelaufen war und sie durch die Jahre und Ereignisse geführt hatte, riss plötzlich ab: Der Auszug aus der Wohnung, in der sie mit Sebastian nur wenige Monate gewohnt hatte, war überstanden. Sie saß im Wohnzimmer der Villa am Schlachtensee. Es war der Abend des 17. Mai 1998, ein Sonntag.

Ob sie schon das schwerste Hindernis auf dem Weg aus ihrer befürchteten Lethargie geschafft hätte? Christoph sagte, sie werde sich freier fühlen, sobald die Zwänge einer Ehe mit Sebastian hinter ihr lägen. Nun hatten Sofa, Sessel, zwei kleine Schränke und ein großer Glas-Holz-Vitrinenschrank sowie das Sideboard ihren Platz gefunden. Unmengen an Wäsche, Geschirr, Besteck, Büchern, Kosmetika, Schallplatten und so weiter warteten darauf, aus den Kartons herausgeholt und in ihre neue Ordnung gefügt zu werden. Aber Viviane stand der Sinn nicht danach. Ordnung zu schaffen schien ihr gerade jetzt besonders unsinnig. Sie schaute sich um und kam um die Frage nicht herum: Ist das meine neue Freiheit oder bin ich auf dem Weg, die zweimal gescheiterte Vergangenheit und damit ein neues Scheitern doch zu meiner Zukunft zu machen? Es war Sonntag, der 17. Mai 1998. Sie hatte in Montreal angerufen und Sebastian erreicht. Vom Umzug wollte sie zunächst nichts erzählen. Dann war es herausgerutscht: Sie sei am Räumen. Sebastian war glücklicherweise so schlaftrunken gewesen, dass er nicht realisiert hatte, was das bedeutete.

Ihr war übel. Sie wusste, dass sie ein weiteres Versprechen gebrochen hatte. Noch vor drei Tagen hatte sie ihm zugesichert, mit einem Umzug und einer Trennung auf Zeit auf alle Fälle zu warten, bis er wieder in Berlin wäre. Sie hätte dann aber nicht die Kraft gehabt, ihn zu verlassen, denn sie wusste, dass eine zeitweise Trennung irgendwie doch eine endgültige bedeutete.

„Sebastian, bitte dring nicht in mich! Ich könnte das nicht tun, was ich tue, wenn du hier wärst. Dann wäre alles so harmonisch und ich würde nicht tun, was ich will. Und du weißt, dann werde ich launisch und ablehnend und kann mich selbst kaum ertragen in meiner Art, dich zurückzustoßen."

Irgendwie war sich Viviane der Widersprüche und des Unsinns ihrer Aussage bewusst. Zugleich war sie aber auch stolz auf sich, wenn sie daran dachte, wie leicht es war, zu lügen und um wie vieles leichter man danach weitermachen konnte. Vielleicht musste sie, um ihr Leben in den Griff zu bekommen, genau das lernen: lügen! Taten es nicht alle?

Eigentlich war es genial. Sie sei am Räumen! Kein Wort, dass der Umzug vollzogen war. Sebastian hatte gefragt, ob sie das allein tue.

„Nein, mit Petra."

„Und Christoph?", hatte er gebohrt.

„Für wie geschmacklos hältst du mich?"

Zu dieser Nicht-Antwort hatte Sebastian geschwiegen. Viviane fühlte sich nicht entlastet. Aber irgendwie war die Gegenfrage, die keine Antwort war und dennoch den Frager zum Schweigen brachte, auch etwas, was ihr Selbstbewusstsein stützte.

Und wem schadete es denn? Wenn sie die Trennung tatsächlich rückgängig machen und zu Sebastian zurückkehren würde oder ihn nachholte oder einen anderen Platz in sich für eine neue Gemeinsamkeit fände, würde es sie trösten: Denn sie hatte ihn zwar belogen, aber nicht unheilbar verletzt. Wenn sie andererseits nicht zu Sebastian zurückkehrte, so hielt sie sich mit einer unklaren Art auf alle Fälle Optionen offen.

„Hätte ich mal früher schon machen sollen", murmelte sie zu sich. „Lügen macht irgendwie frei."

Sie fühlte, dass das eine Lüge war.

Die Meisterin der Schlinge

Viviane nahm eines der Tagebücher. Die erste Seite, die sie aufschlug, zeigte die Stelle, an der eine Geschichte begann, die Sebastian geschrieben hatte. Als sie sich kennen lernten, hatte er gesagt, ihm sei, als habe er sie ihr gewidmet. „Die Meisterin der Schlinge" stand darüber.

Viviane entkorkte eine Flasche Rotwein, die sie aus Sebastians Bestand hatte. Sie wusste, dass sie die Story besser nicht lesen sollte, aber ihr fehlte die Kraft für etwas anderes und die Stimmung passte so gut. Also verlor sie sich im Text...

„...Mag sein, dass die Kunst Catarina heißt. Vielleicht ist die Wahrheit dann ein alter Mann. Gibt es noch Menschen, die etwas von der Liebe ahnen, die beide verbindet? Was ist es, was das Leben so einzigartig macht? Sind es die Geschichten von der Liebe? Oder ist es die Liebe selbst, die die Wahrheit mit der Kunst verhaftet?

Viktor wusste, dass etwas Ungeheuerliches geschehen war. Grübelnd saß er da, versunken in seine Gedanken und in diesen tiefen, weich gepolsterten Lehnsessel. Durch die Nebel drangen Geräusche aus dem Garten herauf, tief sog Viktor die herbstlich kühle Luft in seine Lungen. Es war etwas geschehen. Es hatte ihn umklammert. Umständlich nahm der alte Mann Schreibblock und Füllfederhalter und begann, wie von fremder Hand geführt, zu notieren...

´Mit einer Gruppe von Menschen, ich kannte kaum einen, bin ich auf Wanderschaft gewesen. Wir durchquerten einen Wald, durchzogen von Lichtungen, auf denen die Wiesen kniehoch standen. Wir gingen über feuchterdige Wege. Laub raschelte unter unseren Füßen und der Boden federte, als wäre er mit dichten Moospolstern bewachsen.`

…Sinnierend hob Viktor den Blick von seinem Block, schaute auf eine Fotografie vor dem Lehnsessel. Welten, Universen zogen durch seine Gedanken...

´Meine Eltern waren dabei. Mein kleiner Bruder. Freunde? Nein. Menschen. Von vielen hatte ich gedacht, sie seien es. Catarina war dabei. Catarina war immer dabei.`

...Woran lag es? Der Mann, dessen Leben jedem, der ihn kannte, wie ein einziger Triumph vorkommen musste, hatte jede Sicherheit verloren. War Catarina wirklich dabei gewesen? War es wirklich sie?...
´Dieses Mädchen - ständig wechselte sie ihr Gesicht. Mal sah sie aus wie Catarina und sie hörte dann auch auf diesen Namen. Dann aber sah sie wieder ganz anders aus. Ich versuchte, sie anzusprechen. Aber sie schüttelte bloß ihren Kopf, sagte, zunächst müsse ich sie beim richtigen Namen nennen. Ich zermarterte mir mein Hirn, um den zu erraten, nannte alle Namen, die ich kannte. Manchmal lächelte sie kurz. Sie war dann wieder Catarina und ich konnte mit ihr reden.
In einem wunderschönen Tal, dessen Sohle von Fischteichen geteilt wurde, entdeckte ich ein Straßenschild. Ich war sicher, dieses Schild dort nie bemerkt zu haben, obwohl mir die Wälder Zeit meines Lebens sehr vertraut gewesen sind. ´Hügelweg` stand darauf.
´Lasst uns nach dem Haus mit der Nummer neun suchen`, rief ich zu der Gruppe. Dabei begann ich auch schon, die Straße hinaufzulaufen, die dort auf einmal durch den Wald führte. Auch diese Straße war mir früher niemals aufgefallen. Da ich aber das Gefühl hatte, sie zu kennen, wunderte ich mich nicht weiter darüber.
Catarina lief neben mir her. Sie lächelte und war wieder Catarina. ´Ja, lass uns nach dem Haus Nummer neun suchen, das kenne ich, dort lebe ich und dort zeige ich dir mein Geheimnis`, rief sie und klatschte vor Freude in die Hände. Sie sah bildschön aus, sehr zart, sehr verletzlich.
´Du darfst mir niemals wehtun`, sagte sie.
´Ich werde dir niemals wehtun`, versprach ich. Ich meinte es ernst...`

...Ein stechender Schmerz ließ Viktor hochfahren. Das Herz. Es hatte ein ganzes Leben lang gearbeitet. Mühsam zog sich der alte Mann aus seinem Sessel hoch, reckte die Arme, schaute in den Garten hinab. Ein kleiner Hund wollte mit der Katze vom Nachbarn spielen, die sich - gefährlich fauchend - hinter den Fuß einer Fichte zurückzog. Wo waren die Leute geblieben? ...

'Als die Straße leicht abschüssig durch den Wald verlief, begannen wir zu laufen. 'Nicht so schnell`, rief Catarina. Die ausladenden Äste der Bäume rechts und links der Straße, von denen wunderschöne, blühende Farne herabhingen und in allen Farben leuchteten, verwoben sich über uns, als wollten sie sich umarmen. Wir liefen wie durch einen Tunnel aus durchsichtigem Grün, bebildert mit den schönsten Farben, die das Leben zu verschenken hat. 'Nicht so schnell`, rief Catarina erneut.
Ich wollte verlangsamen, hielt meine Hände wie zum Bremsen leicht nach vorn, die Handflächen parallel zum nun wieder feuchten, lehmigen Boden des Hügelwegs und begann - zu fliegen!
'Schau, Catarina, Leute, seht her, ich fliege`, rief ich, enthusiastisch zwar, aber doch schon mit einem Gefühl, als sei ich mein Leben lang geflogen.
'Komm herunter. Flieg mir nicht davon!`, rief Catarina. Sie lächelte nicht mehr und ich spürte, sie war nicht mehr Catarina.
Ich wollte meinen Flug abbrechen, verlangsamen und abbrechen. 'Ich komme, warte`, rief ich. Ich wollte, dass sie wieder lacht.
Die Farben der Bäume und das Licht in ihren feinadrigen Blättern leuchteten so stark, dass sie mich blendeten. Verzweifelt versuchte ich zu steuern. Es gelang nicht. Zunächst musste ich hinaus über die Baumwipfel, hinauf dorthin, wo ich mir ein Bild machen konnte über den Weg, den ich gehen wollte - den Weg, den alle gingen. Schon hörte ich sie nicht mehr, rief ihr erneut zu, sie solle warten. 'Ich komme, Catarina.`
Als ich nun nach unten sah, bemerkte ich, dass auch die anderen kurze Strecken zu fliegen versuchten. Sie sprangen, sie landeten. Sie kamen nicht hoch, nicht wirklich.
'Ihre Gedanken sind zu schwer`, hörte ich eine Stimme. Und: 'Sie schaffen es nicht, sich von dem Ballast freizumachen. Sie alle, diese Menschen, sie bleiben unten, weil sie nicht Herz und Bauch, das Gefühl, die Kunst und ihre Kräfte sprechen lassen anstelle ihres Verstandes - der zum folgerichtigen Denken ohnehin nie ausreichend geschult wurde.`
'Wer bist du?`, fragte ich. Die Stimme war irgendwo, ohne dass ich jemanden sehen konnte.

'Flieg! Lass die anderen hinter dir. Du wurdest zum Fliegen geboren.`
Die Stimme war überall. Sie war das Licht, das die Farben der Bäume
und des Himmels noch prächtiger glitzern ließ - wie Milliarden bunter
Steine. 'Du wirst immer fliegen. Du wirst immer alle hinter dir lassen.`
'Aber ich will zu Catarina!` Ich brüllte diesen Satz heraus, schleuderte
meine Worte der Stimme entgegen, deren Träger ich doch nirgendwo
entdecken konnte. 'Ich will zurück, zurück zum Hügelweg. Zurück zu den
Menschen, mit denen ich lebe!`
'Du wirst sie wiedersehen. Und du wirst SIE wiedersehen. Immer wieder,
so wie auch sie dich niemals vergessen werden, wenn du gelebt hast, was
erst das Wesen der Kunst dir verrät, die jenseits der Argumente der Erde
wirkt. Bald schon wirst du wieder bei ihnen sein. Und bei IHR.`

Langsam näherte ich mich den Baumwipfeln. Niemals vorher schien mir
der Duft von feuchter Erde und feuchtem Laub so vertraut, so herrlich
lebendig.
'Gleich wirst du sie wiedersehen und sie wird dir ihr Geheimnis anvertrauen.`
'Was weißt du von Catarinas Geheimnis?`
'Sie liebt dich! Sie wird es dir sagen. Du wirst der Erste sein, der es erfährt, und danach wird sie fliegen wie du. Mit dir!`
Ich brach durch die Baumwipfel, tauchte in das dunkle Grün der Bäume
und Farne ein. Die Stimme war in dem Moment verklungen, in dem ich
die Bäume berührt hatte. Unter mir sah ich die Horden der Menschen, die
wie dumme Kinder von einem Bein aufs andere hüpften und euphorisch
kreischten: 'Wir fliegen, wir fliegen!`
Catarina war nicht zu sehen. Und so glitt ich auf halber Höhe zwischen
Erdboden und Baumwipfeln den Weg entlang. Die Schönheit des Klanges,
mit dem die Stimme zu ihm gesprochen hatte, die Durchdachtheit der
Worte – mir war, als würde ich sie kennen. Mehr noch, als würde ich sie
oft schon gehört, selbst geschmeckt und gefühlt, gelebt haben.
'Sie liebt dich!` Das hatte die Stimme mit einer Gewissheit, die keinen
Irrtum zuließ, gesagt. Ich fühlte mich leichter denn je. Immer dichter
hingen die Farne von den Ästen der Bäume, deren Laub, bereits im Welken, so kurz vor der Rückkehr in den Kreislauf, der das Leben am Leben
hält, noch einmal die höchste Pracht in den bunt schillerndsten Farben
entfaltete. Ich bemerkte es kaum.

'Sie liebt dich!` Was sollte mich aufhalten? Die Farne waren passierbar. Es war wie mit allem: leicht zu durchschauen, kein Hindernis, nicht wirklich. Nichts hatte mich je aufgehalten!

Umso größer mein Schreck, als es geschah.

Sanft, ganz sanft und dennoch unüberwindlich legte sich eine Schlinge um meine Füße. Sie verlief von irgendwo nach irgendwo. Ich konnte weder sehen, woher sie kam, noch wohin sie führte. Und bevor ich nach vorn kippte, spannten sich wie aus dem Nichts eine zweite, eine dritte Schlinge - vor meinem Bauch, meiner Brust. Weitere waren hinter mir, so dass ich nicht zurückfedern konnte. Einige weitere Fäden, dünn, wie von Seidenraupen gewoben, spannen sich unter meine Füße, zwischen meine Beine, unter die Arme. Alle waren hauchdünn, aber angenehm weich und kühl. Ich begann dennoch zu schwitzen und empfand - Angst! Schon verhinderte ein dichtes Netz von Fäden und Schlingen, dass ich abstürzte, nun, da ich nicht mehr Herr meines Fluges war. So etwas hatte ich noch nie erlebt. Ich empfand Angst und begann doch zugleich, das Gefühl der Fäden, die mich hielten, zu mögen.

Da hörte ich sie wieder, die Stimme:

'Wohin willst du nun fliegen, du Held, nach deiner lebenslangen Irrfahrt durch Zeiten und Welten, die du liebtest, ohne je eine Erwiderung zu erfahren? Sage mir, welcherart deine Pläne sind, und ich erzähle dir von meinem Geheimnis, das dann auch deines sein wird.`

Verwirrt schaute ich in die Richtung, aus der die Stimme sprach. Eine Frau war dort, ja, genau dort. Gleich neben mir war sie, so, als wäre sie schon immer neben mir und ich schon immer in diese Fäden gebettet gewesen. Und sie sprach mit derselben Stimme, die schon in den Wolken, die schon immer zu mir gesprochen hatte.

'Wer bist du?`

'Ich bin die Frau, deren Geheimnis du erfahren möchtest.`

'Ich kenne dich nicht.`

Sie nickte. 'Ich weiß. Ich habe mich vor dir verborgen gehalten. Noch habe ich mein Geheimnis niemandem preisgegeben, denn ich wollte meine Freiheit bewahren.`

'Was hat dein Geheimnis mit deiner Freiheit zu tun?`

'Wer es kennt, wer mein Geheimnis erfährt, der besitzt auch meine Freiheit. Der wird alles besitzen, was ich besitze. Mit dem werde ich alles tun, was er tut. Den werde ich lieben und er mich. Denn dazu sind wir da.`

'Catarina!` Der Name brach aus mir heraus, als bedeute das Erkennen schon die Befreiung. Und eine neue Zukunft.

Sie lächelte. 'Ich wusste, du würdest mich erkennen, mich beim Namen nennen`, sagte sie. 'Ich wusste, wenn die Stunde käme, würdest du in meiner Seele lesen wie in einem deiner Bücher. Ich wusste es, seit wir beide uns, ein einziges Mal nur, so nahe gekommen sind, dass ich deine Schönheit atmen durfte. Ich war dennoch zu eitel, es einzugestehen. Nicht dir und erst recht nicht mir wollte ich es zugeben, bis ich einsah, dass erst der, der sich selbst seine Wünsche anvertraut, zu fliegen lernt. Und nur wer den Erdboden verlässt, wird die Wärme der Gefühle spüren.`
'Aber du fliegst, Catarina. Du fliegst wie ich!`
'Ja, ich fliege. Anfangs sträubte ich mich dagegen. Ich hatte Angst, ich verlöre meine Freiheit an dich, weil ich ihr Wesen von dir erlernt habe.`
'Und diese Furcht - wo ist die jetzt? Du lächelst, du zeigst mir deine Anmut.`

'Ich werde dir noch mehr zeigen, denn ich habe es von dir gelernt: Nur dann, wenn ich dir meine Freiheit schenke, werde ich von dir deine Freiheit erhalten. Und nur dann, wenn wir beide unsere Freiheiten zu einem unendlichen Universum zusammenlegen, werden wir die Welt entdecken, die ist, und uns nicht mehr bescheiden mit der Welt, die zu sein scheint. Denn von unserer Natur gehören wir zusammen. Wir sind ein Paar. Darum werde ich dir mein Geheimnis erzählen, das noch niemand kennt.`
'Dein Geheimnis?`
'Ja. Es ist das Geheimnis meines Wesens. Bis ich mir zugab, auf dich schon gewartet zu haben, solange ich denke und suche, wusste ich noch nichts. Erst du gabst mir Sinn. Darum sollst du es erfahren.`
Catarina war schöner denn je. Ihre Haare glänzten wie Seide. Sie nahm mich in ihre Arme und begann: 'Ich wurde geboren als die Meisterin der Schlinge. Ich besaß und kultivierte schon immer die Fähigkeit, meine Schlingen auszulegen und mit ihnen zu fangen, wen ich wollte. Ich fing durchaus nicht nur die Begeisterung fremder Menschen, die ich faszinierte, sondern auch ihre Seelen. Ich fing sie oft nur aus Spaß, aus kindlichem Spiel. Ich hielt sie gefangen, und es schien mir amüsant, wenn sie mir dankbar waren, dass sie in meinen Schlingen zappeln durften.
Manche verliebten sich in mich und einige glaubten sogar, sie würden mich lieben. Auch ich meinte mitunter, verliebt zu sein, einige sogar geliebt zu haben. Wozu sonst, fragte ich mich, seien meine unwiderstehlichen Fähigkeiten gut, so meisterhaft mit der Schlinge umgehen zu können? Also redete ich mir ein, ich besäße das natürliche Recht, meine

Schlingen zu verwenden, um mir die vermeintliche Liebe anderer, das Glück selbst zu fangen.`

Mir schauderte ein wenig bei dem Gedanken an die armen Opfer, als ich die Worte hörte. Sie fuhr fort:

'Als ich dich traf, war es mein ausgeprägter Trieb zum Spiel, der mich die Schlinge nach dir auswerfen ließ. Ich brauchte nicht lange, um festzustellen, dass du besonders leicht zu fangen warst. Ich sagte dir, du seiest schön. Du gabst das Kompliment zurück. Ich lachte innerlich, weil ich wusste, dass ich dich auch mit meinen entbehrlichsten Ausformungen noch fangen könnte, wann immer ich wollte. Doch dann wurde in mir eine Urangst wach: Was, wenn dir sogar meine mir selbst nicht bekannten und anerzogenermaßen stets erfolgreich im Unterbewussten gehaltenen Gedanken und Triebe, alle finsteren Spielarten meiner dunkelsten Schattenseiten gefallen würden? Ich hatte dich gefangen. Erfolgreich, selbstverständlich! Das zu bezweifeln wäre mir nie in den Sinn gekommen. Doch nun bemerkte ich, dass du fliegen konntest...`

Unten gröhlten die Horden, die nicht hinaufschauten, und wenn sie geschaut haben, so waren sie nicht bereit und fähig zu sehen.

'Nun warst du zwar Gefangener der Schlingen, in die ich dich gesponnen hatte, aber sogleich merkte ich, dass, gleichgültig, wie viele ich nachsetzte, du weiter flogst. Deine Phantasie war unerschöpflich, deine Perspektive allem und allen und vor allem mir überlegen. Von deinem Standpunkt her warst du in der Lage, das Treiben der Irdischen mit unbestechlicher Wahrhaftigkeit zu erkennen, zu schildern, selbst feinste Nuancen bloßzulegen. Ich bekam Angst - Angst, du könntest meiner bisherigen Vollkommenheit ein Ende setzen. Noch wusstest du nichts von meinem Geheimnis, nichts davon, dass ich dich allein deshalb gefangen genommen hatte, um mein Spiel zu treiben. Aber schon merkte ich, dass daraus bald bitterer Ernst werden könnte - allein für mich - denn mit jeder neuen Schlinge band ich nur mich fester an dich. Du hingegen bliebst frei, weil dein Geist frei war. Ich begann, deine Überlegenheit zu fürchten, die alles Denken umfasste, sogar das der kleinen Menschen auf der Straße, die mich nicht kannten. Die Höhen, in die du mich an meinen Fäden hinaufziehen würdest, müssten mich schwindeln machen und ich würde die Orientierung verlieren. Also beschloss ich, dich deiner Wege ziehen zu lassen. Solltest du dich doch entfernen, hinauf, in deine Höhen! Ich könnte mein Spiel weiterspielen. Ich entfernte die Schlingen.`

… Viktor hatte sich in seine Gedanken und Erinnerungen verloren. Die Welt nahm er nicht mehr wahr, die um ihn zu dunkeln begann. Das Papier, über das seine Feder glitt, beschrieb er mit der Eile des Handlungsreisenden, dem das letzte Geschäft nicht verloren gehen soll, will er sich danach doch zurückziehen...

'Aber nun wusste ich nicht mehr, was ich noch anfangen sollte - wozu war ich je zur Meisterin der Schlinge geworden? Die Stunden unerträglicher Einsamkeit will ich dir ersparen, Geliebter, die Zweifel, in denen Glück und Lebensfreude zur Erinnerung an die Zeit verkamen, in der ich noch Sehnsucht empfunden hatte, sie mit dir zu teilen. Aber dann verstand ich: Alle meine Fähigkeiten hatte ich mir aus einem Ur-Instinkt heraus nur zu dem Zweck angeeignet, sie an dir zur höchsten Vollkommenheit zu entwickeln und um mit dir - zu fliegen! Als ich das erkannte, wurde mir klar, dass du mich nie erdrücken könntest. Du würdest mich möglicherweise verletzen, aber es würde nicht schmerzen.'
Wie auf weiche Kissen hatten sie sich während Catarinas Erzählung auf die von ihr gesponnenen Fäden gebettet. Unten lärmte die Masse: 'Ich kann fliegen, ich kann fliegen...'
Sie lächelte mich an. Wir vereinigten uns und spürten, dass wir es immer gewesen waren. Wir flogen. Sie hatte mir ihre Freiheit geschenkt.'

...Als Viktor ins Leben zurückkehrte, saß er tief eingesunken im Lehnstuhl hinter dem Fenster, vor dem die Dämmerung der Dunkelheit gewichen war. 'Danke, Traum`, murmelte er versonnen. Dann stemmte er sich auf und ging. Er wollte Catarina besuchen.
'Geboren im Frühling
 Gestorben im Herbst`
Wie immer schauderte ihm beim Lesen des Textes auf dem Stein unter der mächtigen Rotbuche. Sie hatte ihn darum gebeten: 'Weder Namen noch Daten - nur Gefühle, unsere schönsten, sollen an unser Leben erinnern.`
Seine Gedanken wanderten zurück. Immer öfter erwischte er sich woanders, während die Menschen doch dachten, er weile unter ihnen.
'Opa ist sonderbar`, sagten die Enkel.
Er wusste es besser. Aber müssen Kinder so etwas verstehen?
Kühler Herbstwind strich durch die Krone der Rotbuche, über den Stein darunter, über Viktor, seine eingefallenen Wangen. Er war ein alter Mann. Müde. So saß er da, die welken Hände gefaltet wie zum Gebet. Seine Gedanken wanderten zu Catarina. Im Sterben war er wieder eins mit ihr...

Nun mag es sein, dass einst die Kunst Catarina geheißen hat. Und vielleicht ist die Wahrheit jener alte Mann. Mag sein, dass es noch Menschen gibt, die etwas von der Liebe ahnen, die beide verbindet. Und vielleicht sind sie es, die dem Leben abringen, was das Leben so einzigartig macht. Mag sein, dass es die Geschichten von der Liebe noch gibt, die in uns die Sehnsucht erwecken. Oder vielleicht ist es die Liebe selbst nur, über die wir die Wahrheit und die Kunst erleben. Wahrheit und Kunst, Catarina und Viktor - welch ein Ereignis."

Viviane liebte diese Geschichte. Sie fühlte die Verbindung und die Nähe. Nie zuvor hatte jemand sie so nah an sich herangelassen wie Sebastian. Nun rannen ihr Tränen über die Wangen. Sie wusste, dass Sebastian diese Geschichte geschrieben hatte, bevor sie sich kennen gelernt hatten. Aber mehr als irgendeine andere Geschichte zeigte sie, was für ein Mensch er war: romantisch und zuverlässig.

Und sie? War im Begriff, sich von ihm abzukehren.

„Seitdem wir uns kennen, habe ich das Gefühl, du bist es. Du bist die Kunst, die ich Catarina genannt habe, weil ich deinen Namen noch nicht kannte." Damals, als Sebastian ihr das erzählt hatte, waren sie erst seit wenigen Tagen ein Paar, und sie hatte sich immer wieder gefragt, ob das ein Bestandteil seiner Masche war. Wie viele Mädchen hatte er so schon rumgekriegt?

Je näher sie sich allerdings gekommen waren, umso unwichtiger war die Frage geworden. Sie hatte sich in Sebastian verliebt.

Christoph sagte ihr, das liege nicht an einem wirklichen Bedürfnis, sondern an ihrer Ambivalenz. Tatsächlich sei sie nur auf der Suche nach jemandem gewesen, mit dem sie ihm, dem Vater ihres Kindes, gegenüber bestehen könnte. War das so? Hatte sie in Sebastian wirklich nur jemanden gesehen, der Bestand haben würde vor dem, was Christoph Pater, ihr bieten könne? Sie zweifelte. Aber Christoph sagte, weil Sebastian Fischer eben nicht wirklich ein Bedürfnis befriedigt, werde sie ihm auch nicht verfallen.

Warum, zum Teufel, saß sie jetzt eigentlich allein hier?

Viviane dachte an die ersten Tage, an jene Tage, in denen Sebastian sie in seine Welt mitgenommen hatte. Sie dachte an jene Tage, in denen sie ihn in ihre Welt mitgenommen hatte:

„Ich hatte einen wunderschönen Tag mit dir, Geliebter. Und mit Max, mit Crockie und deinem Boot. Es war so wunderbar selbstverständlich, dass ich eigentlich nicht mehr weiß, wieso ich zuallererst Bedenken hatte, meinem Söhnchen einen neuen Mann zum Frühstück zu präsentieren."

Den Zettel hatte sie ihm neben die Kaffeetasse gestellt, damals, nach dem ersten Wochenende.
Ambivalenz:
„Du bist gegangen, ich habe Max ins Bett gebracht und merke, dass ich unsicher bin. Wie hast du diesen Nachmittag überstanden? Kinderstress, zumal wenn er droht, der eigene zu werden, ist anders als Arbeitsstress. Letzterer ist dir bekannt und vertraut. Ich merke kleine Zweifeltierchen in mir hochkriechen, die mir ins Ohr flüstern: ´Das kann doch gar nicht so unkompliziert sein, wie es scheint. Das Leben ist doch nicht so einfach. Kein Mensch tauscht freiwillig seine wunderbare Freiheit gegen Kinderstress, zumal den von Blagen, die nicht die eigenen sind!`
´Welche Freiheit?`, fragen die Vertrauenstierchen.
´Die, nach der alle streben. Schaut euch doch um.`
´Wir streben nicht nach der Freiheit allein`, kontern die Vertrauenstierchen.
´Ihr seid ja auch maßlos in eurem Streben`, zischeln die Zweifeltierchen.
´Nein`, sagen die Vertrauenstierchen. ´Aber wir vertrauen dem Leben und der Liebe.` "
Stundenlang hatten Sebastian und sie über diesen Eintrag diskutiert, den sie ihm am 10. Juli 1997 in ihr gemeinsames Tagebuch notierte. Was sie ihm nicht gesagt hatte: Wie viele von den Zweifeltierchen niemals aus ihr selbst, sondern aus dem Misstrauen gekommen waren, das Christoph ihr ins Leben mit dem Kind gestreut hatte. Jetzt stellte sie sich selbst diese Frage.
Christoph und das Kind: Die Mutter war gestorben, sie war schwanger geworden. Kein Mensch konnte damit rechnen. Alle Ärzte hatten ihr gesagt, sie sei zeugungsunfähig und werde es bleiben. Ständig blutende Zysten in den Eierstöcken ließen keine Samenzellen zu den Eizellen vordringen. Und gerade wenn die befruchtungsbereit seien, wären die Zysten am aktivsten.
„Das ist ein Zeichen", hatte Christoph gesagt. „Das Schicksal gibt neues Leben, wo es welches genommen hat. Wir werden niemals ohne einander sein können. Nicht vom Tag der Geburt an."
Viviane hatte tatsächlich nicht einen Tag lang daran gedacht, das Kind abzutreiben, war Christoph aber eben auch nicht gefolgt, als der von Heirat und Ehe gesprochen hatte. Zum Glück nicht!

Auch jetzt, in der Situation einer erneuten Trennung, diesmal vor dem Scheitern ihrer Ehe, bereute sie es nicht, Christoph nicht geheiratet zu haben. „Der Mann ist gefährlich, auch wenn es im Augenblick so scheint, als sei die Depression nicht dominant", hörte sie sich flüstern. Sie trat ans Fenster und schaute hinaus in die Nacht.

Dort draußen am Schlachtensee, irgendwo dort draußen hatte sie es eines Nachts verstanden: Christoph war der Vater ihres Kindes. Das konnte sie ihm nicht nehmen. Und sie wollte Max den Vater nicht nehmen. Aber näher durfte sie ihn an sich nicht heranlassen. Sie musste sich zusammenreißen und es sich immer wieder klar machen: Christoph war gefährlich! Sie musste aufpassen, sie würde sich sonst in seiner Rhetorik verfangen. Sie fühlte sich so hilflos, so ausgeliefert - immer wenn er in ihrer Nähe war.

Widersprüche, die zermürben

Christoph Pater lachte fast nie. Eigentlich nie. Ernsthaft, fast pastoral, entwickelte er seine Thesen. Die waren immer stichhaltig und vor allem deshalb so unwiderlegbar, weil sie so viele Möglichkeiten boten zu widersprechen. Dazu ermunterte Christoph geradezu, um den Widerspruch selbst dann dermaßen lächerlich zu machen, dass derjenige, der ihn geleistet hatte, wünschte, er hätte doch geschwiegen.

Viviane hasste es, wenn Christoph argumentierte.

Sebastian lachte gern und oft. Jedenfalls hatte er das früher getan, als sie noch Gemeinsamkeiten pflegten, statt sie zu bestreiten.

Lachen tötet die Furcht. Das ist das Schöne, denn es gibt keinen schlechteren Ratgeber als die Furcht, die die Ängstlichen versklavt, statt sie zu befreien, wie das Lachen es vermag.

Christoph lebte in Furcht. War es die Furcht vor sich selbst, vor dem geschlossenen System seines Denkens? Oder war das zu kurz gegriffen? Max, Viviane, er selbst - das waren die Hauptpersonen in dem System, um das herum er ein Labyrinth gebaut hatte, das die Familie beschützen und andere fernhalten sollte; zumindest sollte es ihnen die Möglichkeiten des Eingreifens und der Einmischung nehmen.

Sebastian hatte sich eingemischt. Nicht so, dass man ihm einen Vorwurf daraus machen könnte, denn er hatte sich ja nicht bewusst in die Beziehung hineingedrängt. Viviane hatte ihn hineingenommen. Aber nun musste Christoph einen Weg finden, ihn da wieder herauszudrücken.

Christoph Pater selbst war der Einzige, der sich im Labyrinth des Christoph Pater ungehindert bewegen konnte, denn er kannte das Fadenwerk seiner Semantik: Alles an seinen Wort- und Bedeutungs-Ketten, dieser Zerrspiegel, den er anderen wie die wahre Welt vorhielt, zeigte ihm, dass er allein die Kraft hatte, dem Leben ein Etikett aufzudrücken, was, wie, wo war und warum dies so sein musste. Darin lag das Geheimnis seiner Macht. Wenn er etwas darlegte, erkannte seine Umwelt darin ein schlüssiges System. Niemand konnte dem widersprechen, selbst wenn es keiner verstand.

Auch Viviane verstand es nicht, und er, ihr Magier, musste sich auch weiterhin als der einzige Mensch darzustellen verstehen, der ihre Psyche analysieren konnte. In dem Moment, in dem sie erkennen würde, dass ihr

Zustand von Ambivalenz, ihre durch ihn definierte und etikettierte „Krankheit", allein darauf begründet war, dass sie seinen Analysen traut, wäre seine Psychoanalyse beendet. Und seine Macht über sie auch - definitiv, zerstört und nicht rekonstruierbar. Er selbst, Christoph Pater, der Mensch, dem sie es zutraute, ihre dunkle mit der bewussten Seite ihres Selbst in Einklang zu bringen, durfte niemals als derjenige enttarnt werden, der sich seinerseits nur deshalb an andere wendet, um von denen die Hilfe für die Erklärung seines eigenen Mangels zu erhalten.

Die Frage, die auch die Wissenschaft beschäftigt hat, nämlich die, wie man einen anderen verrückt macht, ihn dem Wahnsinn übereignet, hatte Christoph Pater sehr oft, sehr lange und sehr intensiv beschäftigt. Fasziniert hatte er den amerikanischen Psychoanalytiker Harold Searles gelesen, der geschrieben hat, dass schon die anhaltenden Anstrengungen einer oder mehrerer anderer Personen ausreichen könnten, um einen Menschen schizophren werden zu lassen. Sprich: Allein die Tatsache, dass man es ihm sagte, würde den Prozess des Verwirrt-Werdens bereits einleiten.

Nun fühlte sich Viviane zuallererst als Mutter, und sie hatte den Komplex, dass ihr Sohn das Einzige wäre, das sie je zuwege gebracht hat, ohne auf halbem Weg abzubrechen. Diesen Komplex müsste er schon mal verstärken. Dann würde er bereits damit Einfluss nehmen auf ihre Entscheidung, gerade auf diesem Weg auf keinesfalls umzukehren. Dann musste er ihr einhauchen, dass es aber genau das bedeuten würde, wenn sie ihn verließe: Es wäre, als würde sie ihren eigenen Sohn zurückstoßen, wenn sie dessen Vater zurückstieße.

Viviane wollte vor allem Max das Wichtigste geben, was sie hatte: die Zeit, die ein Kind von seiner Mutter braucht, um zu lernen, das Leben zu erfahren. Die Liebe, die Max brauchte, konnte sie ihm aber nur geben in einer Atmosphäre der Harmonie. Zu der gehörte der leibliche Vater. Er instrumentalisierte das Blut-und-Boden-Argument, das schon Stärkere als Viviane überzeugt hatte.

Welcher der beiden Männer ihr mehr davon verspräche, dem wollte sie ihr Leben opfern - um Max` willen. Er, Pater, hatte das gemeinsame Blut gezeugt. Sebastian würde etwas Vergleichbares nicht zuwege bringen.

Harold Searles und die amerikanische Psychoanalyse wiesen Pater den Weg: Unablässig verschiedene Bereiche der Persönlichkeit eines Menschen in Widerspruch zueinander zu bringen, würde denjenigen der Kontrolle der eigenen Rationalität entziehen. Das heißt, es muss ihn verrückt machen.

Viviane liebte Christoph irgendwie - zumindest in der Erinnerung an die Zeit, als sie noch mit ihm zusammen Illusionen gehabt hatte - und sie liebte ihn auch wieder nicht. Wenn sie mit Max` Vater sprach, wusste sie nicht, ob sie Sebastian je wirklich geliebt hatte oder ob der nur, wie Christoph sagte, ein Unfall, ein Produkt ihrer Ambivalenz, gewesen sein könnte. Seine Erfindung ihrer „Ambivalenz" führte in ihr genau jenes Durcheinander ein, aus dem nur er, Christoph Pater, ihr wieder heraushelfen könnte, da Sebastian Fischer um das Instrument als solches überhaupt nicht wusste.

„Christoph hat mir die Wahrnehmung verdreht", klagte sie gegenüber Sebastian manches Mal. Aber selbst diese Erkenntnis führte nicht so weit, dass sie in der Lage wäre einzusehen, dass er ihr nicht helfen könnte, alles wieder zu ordnen. Also hoffte sie auf Pater.

„Ich habe noch eine Rechnung mit ihm offen", sagte sie zu dem Gefühl, welches sie dabei hatte. Es klang auch gut, nicht unterwürfig, sondern selbstbewusst. Eine selbstbewusste Art, sich selbst und unbewusst zu belügen, sozusagen. Pater konnte das tolerieren.

Ja, Viviane wusste, dass sie log, tat das aber mit Regelmäßigkeit immer weiter: „Nein, Christoph als Mann ist für mich gestorben und lebt nur noch als leiblicher Vater von Max. Das kann ich ihm nun einmal nicht nehmen."

Wenn sie so sprach, hatte sie sich selbst eine Entschuldigung geschrieben. Sie legte eine scheinbar Selbstbewusstsein spiegelnde Behauptung über all das Durcheinander darunter, in dem sich ihre zweimal gescheiterte Vergangenheit längst schon wieder für eine neue Zukunft heimelig eingerichtet hatte.

Viviane wusste, dass sie Max wirklich liebte. Er war ihr ein und alles! Wenn sie auf Sebastian böse war, dann deshalb, weil der so viele Fehler mit Max machte. Mehr wusste sie nicht. Sebastian hatte in diesem Spiel nicht die geringste Chance. Selbst wenn er sich des Prozesses in Viviane bewusst gewesen wäre, hätte er ihr niemals begreiflich machen können, dass dieses gewisse „Fluidum" des Hoffens und Vertrauens in einen ordnungsstiftenden Christoph Pater aus der Absicht der Destruktion der Seele herrührte und nicht aus einem wirklichen Bedürfnis Vivianes

Aber Sebastian war selbst dazu zu selten da. Er begriff nicht, was vor sich ging. Wenn er da war, hatte er zu wenig Geduld mit Max, und wenn die beiden spielten, ließ Sebastian sich nicht auf das Kind ein, sondern spielte sein eigenes Spiel. Das hieß: Der Erzieher. Max war der Zögling. Sebastian beherrschte, statt sich einzufügen. Er konnte sich nicht aus der Dynamik der Arbeitswelt befreien, in der er mit seiner rauen Systematik zweifellos erfolgreich war. Pater hatte das alles kalkuliert. Er wusste, dass die Zeit ihm Viviane in den Schoß spielen würde

Pater hatte immer Zeit für Max, immer Geduld und immer Verständnis. Er fuhr mit ihm Fahrrad und ging in den Zoo, spielte mit dem Bagger und erklärte ihm stundenlang Worte und Dinge, die den Jungen interessierten. Mit Max lachte Christoph manchmal sogar. Eigentlich war es mehr ein Begradigen der sonst herabhängenden Mundwinkel. Aber da Christoph in Gesprächen mit anderen Erwachsenen wirklich nie lachte, konnte man das als Lachen bezeichnen.

Und was Viviane immer wieder zu Christoph zog: Er war der leibliche Vater. Er hatte die Argumente des Blutes. Nichts sonst glättete die von Pater provozierten Widersprüche in Vivianes Seelenleben so sehr wie diese Tatsache.

Pater hatte ihr jedes Vertrauen in die Wahrnehmung der Realität rundherum und der eigenen Gefühlsreaktionen - etwa Sebastian Fischer gegenüber - genommen. Aber in ihren Gefühlen zum eigenen Blut hatte sie das bestätigt. Und an denen hing er, Pater.

Max würde es ihr nie verzeihen, wenn sie ihm den leiblichen Vater wegnähme. Verzichtete sie hingegen auf eine oder mehrere Affären, auf einen echten Geliebten oder sogar auf ihre Ehe und den Ehemann - Max würde das als Kind schnell vergessen, im besten Fall nicht einmal zur Kenntnis nehmen, als Erwachsener würde er sie dafür lieben.

Das hoffte Viviane.

Am liebsten würde sie beide Männer lieben dürfen und von jedem das Beste zu einem dritten zusammenfügen. Ja, wenn sie einen Wunsch freigehabt hätte, dann den, mit beiden Männern zu leben. Denn die Synthese beider war das, was sie hätte lieben können.

Ihr Unheil war die Entscheidung. In ihrem ganzen Leben war Viviane Schneider, verheiratete Fischer, von der Richtigkeit einer eigenen Entscheidung noch nie durch den Werdegang der Dinge überzeugt worden. Woran sollte sie jetzt erkennen, für wen sie sich richtigerweise entscheiden könnte, nachdem jeder der beiden jeden ihrer Schritte aus seiner Sicht irgendwie doch kritisierte, obwohl beide behaupteten, dem anderen nichts Böses zu wünschen?

Als sie sich das zweite Mal dazu entschlossen hatte, Christoph zu verlassen, war das zum allerersten Mal eine Entscheidung, die sie für sich ganz persönlich getroffen hatte. Sie selbst, Viviane, damals noch Schneider, hatte entschieden, dass sie den Geruch dieses Mannes nicht mehr ertragen wollte (es stimmte, Christoph roch nach Verrat und Schweiß, nach Zahn-fäulnis und zersetzten Werten)!

Es war keine Entscheidung für Max gewesen - aber natürlich hatte sie gehofft, auch für den Jungen ein gediegeneres, familientauglicheres Umfeld zu finden, in dem auch sie selbst wieder ausgeglichen werden und eine Rolle spielen könnte.

Wenn sie daran dachte, wie sie mit Petra zusammengesessen hatte - die beiden Frauen hatten stundenlang darüber gesprochen, wie und wo sie für Viviane einen passenden Mann finden könnten. Viviane hatte keine Ahnung, wie Petra zuerst die Kriterien für den neuen Mann, später das Kokain, die Adresse des Pärchenclubs und die richtigen Worte zum richtigen Umgang in der richtigen Situation mit der Freundin gefunden hatte.

Zärtlich sollte er sein, viel Zeit haben „wie Christoph", hatte sie gesagt, aber auch in der Gesellschaft bestehen, als Freund für Viviane da sein, wann immer sie einen Freund brauchte, als Liebhaber treu und stark sein, ihre Launen ertragen und sie stützen, wenn sie schwach wäre. „Natürlich muss er unabhängig sein", sagte Petra, die wusste, was es hieß, wenn ein Mann ihr auf der Tasche gelegen hatte. Davon hatte sie fürwahr genug. Unabhängig hieß: reich.

„Nimm keinen, der weniger als 10.000 DM im Monat hat. Du kämst nie über die Runden. Ihr müsst in einem anderen, großzügigeren Rahmen denken! Und dem endgültigen Familienoberhaupt wirst du es erst einmal beibringen müssen, dass er sich mit einer Familie einlässt. Dabei solltest du allerdings die Kontrolle über die wirklich wichtigen Entscheidungen immer bei dir lassen. Halt dir möglichst viele Türchen offen!"

Auch das eine geistige Injektion, eine Anleihe von Christoph Pater. Auch das eine Basis, die Widersprüche programmiert enthielt.

Auf alle Fälle kinderlieb sollte der neue Mann sein. Je mehr sich die Frauen den Familienvorstand der neuen, idealen Familie als Helden der Gesellschaft und gleichzeitig ewig potenten Liebhaber, Freund und Vater ausmalten, umso unwahrscheinlicher schien es Viviane, so einen Idealtypen jemals zu finden. Fast wäre sie damals schon wieder bereit gewesen, die Kompromisse mit Christoph der Unsicherheit der Piste des Marktes vorzuziehen.

Nun hatte sie aber die Wohnung - schön, groß und für ihre Verhältnisse viel zu teuer.

„Man kriegt keinen reichen Mann, wenn man wie eine Kellerassel haust", hatte Petra gesagt, wieder Pater im Ohr, der wusste, dass auch finanzieller Druck erheblich zermürbt und Viviane reif für neue Einflüsse machen müsste. „Nimm die Kosten hin - vom Traumprinzen wirst du dir den Einsatz zehnfach zurückholen und dir selbst und deiner Zukunft etwas Gutes tun."

Das verstand Viviane. In ihrem Bauch war außerdem noch etwas anderes. Sie wusste noch nicht, was es war. Aber es war da - sie spürte es ganz deutlich. Wenn schon wechseln, dann sollte es endlich auch den sexuellen Kick geben: Nicht immer die Schlafpillen wie Axel, seine Vorgänger und Christoph, der sich stundenlang am Zapper des Fernsehers delektierte! Kurz: Irgendwann standen da ein paar Zeilen auf Papier.

Wenig später konnte man die Annonce unter „Kleinanzeigen - Sie sucht Ihn" im Stadtmagazin lesen.

„Phantasievoller Sex ist mir ebenso wichtig wie Vertrauen und Treue. F., 31, 1,80m, nicht dumm, schlank, m. Kind, sucht größeren M., 30-40, für den das kein Widerspruch ist. Bitte mit Foto(kopie). 13 0300 Kw: Jeans und Abendkleid."

Der Traumprinz musste sich angesprochen fühlen.

Bald steckte ein Sack voller Briefe im Kasten vor Vivianes Appartement am Johanneskirchplatz: Dicke, Dünne, Alte, Perverse, Impotente, Langhaarige und Glatzköpfe hatten ihr geschrieben. Viviane hatte unsagbar beschämende, langweilige, anödende Treffs. Hier ein Kaffee, da ein Sekt. Nichts.

Viviane senkte das Niveau ihrer Ansprüche immer weiter und war bald schon wieder soweit, dass sie auf der Ebene von Christoph Pater angekommen wäre. Ja, sie sagte sich und ihrer Freundin fast täglich, ehe sie irgendeinen aufgeblasenen, nichtsnutzigen Fettwanst, eine Gesellschaftsnull, einen Trinker, einen Heiratsschwindler, einen dieser sozialneidischen bürgerlichen Habenichtse oder einen Ossi - die mochte sie besonders wenig - nehme, könne sie eben doch bei Christoph bleiben. Der verkörpere alles. Petra reichte die Signale an Christoph, der bereits zu triumphieren glaubte.

Just da hob der eine den Telefonhörer ab, den sie bisher nicht erreicht hatte: Sebastian Fischer hatte Viviane Schneider geschrieben, sein Stil reizte sie, er wirkte hocherotisch und sehr von sich und seinem Weg überzeugt. Er müsste mit sich im Klaren sein, dachte sie.

Allerdings hatte der Flegel noch nicht einmal ein Foto von sich selbst geschickt. Nein, eine Wolkenlandschaft, fast mystisch silbern über weitem, nur von kleinen Wellchen gekräuseltem Wasser hatte er fotografiert und hinten drauf Postkartensticker geklebt. „Antigua - every postcard a unique picture." Den unteren Rand der Karte markierte sein Copyright-

Zeichen, dann der Name: Sebastian Fischer, Ludwigkirchplatz, Berlin, Germany... dazwischen der Text, sehr frech, der den 1,85 Meter großen Jungen mit Humor, viel Arbeit, wenig Zeit versprach, der sich als Fotograf, Schriftsteller und PR-Experte verdingte.

Viviane brannte vor Neugierde. Der Mann war am Telefon. Beißend ironisch, sarkastisch, nicht verletzend ging er ihr sogleich in die Vene: „Dann ist dein Freiheitsdrang wohl die Tugend, die du aus der Not gemacht hast, den Vater deines Kindes nicht zu ertragen und keinen Mann zu finden, der deine Ansprüche erfüllt? Warum eigentlich nicht? Bietest du zu wenig?"

So reagierte Fischer, „Sag Sebastian!" - wie konnte man nur Sebastian heißen - auf ihre Ansage, sie sei eigentlich gern Single, wolle aber auch ein vertrautes Verhältnis zu einem Mann nicht ewig ausschließen.

Ein Rat ihrer Freundin hatte gelautet: „Sprich immer von viel Zeit, von Freiheit, davon, dass jeder den anderen gewähren lässt. Sprich von Toleranz und tue alles, ihn an dich zu binden."

„Ja, ja", antwortete sie, „ich bin tatsächlich eher ein Katastrophenmensch. Da bleibt nur eine Wahl - entweder man lebt mit diesem Desaster oder man lässt es."

Das musste einen Sarkasten reizen. Doch Sebastian drängte noch weiter. Und sie entblätterte viel mehr, als sie eigentlich sagen wollte.

Auf sein abschließendes Credo hätte sie ihm schon am Telefon das Jawort gegeben - sie wusste nicht mehr, wie sie das Thema darauf gelenkt hatte, aber seine Antwort wäre auch ihre gewesen: „Heiraten? Darf man nie in einem der schwachen Momente des Lebens, sondern immer nur in der Stärke - weil ich es will, nicht weil mich einer oder etwas willenlos gemacht hat."

Die Verabredung stand und Viviane wusste vor dem ersten Treffen: Dieser Sebastian Fischer würde der Abschied von Christoph Pater.

Wieder trat Viviane ans Fenster und schaute in die Nacht - sie wusste nicht zum wievielten Mal und wie viele Minuten oder Stunden. Es war eine sommerwarme Sternennacht. Das Rauschen der Blätter an den Bäumen, dort, wo der See lag, ganz still, ganz klar, eine Hinterlassenschaft der Eiszeit, umgeben vom schönsten Teil Berlins. Sie liebte die Stimmung, die sie zugleich furchtsam erinnerte und mitunter in Tagträumen Schrecken verursachte. Sie drehte sich um, schaute in die Unordnung der Wohnung, die sie zu ordnen versuchte, bemerkte die Nutzlosigkeit ihres

Unterfangens. Wie kann man eine Wohnung ordnen, wenn die Gedanken durcheinander sind?

Der Mann, der tatsächlich ihr Traumprinz wurde, den sie sogar heiratete, war weit. Und sie plante die Trennung schon nach so kurzer Zeit, dass sie sich selbst für unseriös hielt, sich selbst und ihre Argumente.

Mal hoffte sie darauf, im Fall eines wirklichen Scheiterns von Christoph aufgefangen zu werden, der ihr immer wieder sagte, ihre Affäre mit Sebastian habe nichts mit wirklichem Bedürfnis zu tun, das könne sie nur nach ihm haben. Sebastian sei ein Fehler, den er ihr verzeihe.

Dann wieder sah sie Sebastian vor sich, wie er frühmorgens aufgestanden war, Max aus dem Bettchen geholt, mit ihm gespielt, ihm das erste Milchfläschchen gegeben und ihn dann ins Ehebett geholt hatte. Sicher, Sebastian war nicht so routiniert, musste noch viel lernen. Sie hatte das gewusst und akzeptiert, ohne später zu respektieren, dass er genau das tat, was sie zu Beginn an ihm so fasziniert hatte: arbeiten, Erfolg haben und alles für seine Familie wollen.

Dass Wollen und Vermögen in einer gewissen Diskrepanz zueinander stehen würden, hätte ihr klar sein müssen. Trotzdem war sie schon mit den ersten Ehemonaten mürbe und wieder anfällig für Christoph Pater geworden, der Max jedes zweite Wochenende und jeden Mittwochnachmittag ummutterte, wie sie selbst dazu kaum in der Lage war.

Christoph Pater arbeitete daran und verstärkte das Bewusstsein dafür, dass Max, das gemeinsame Blut, der Hebel war, Viviane aus der Beziehung zu Sebastian Fischer herauszubrechen.

Viviane schwankte hin und her. Es war ein schäbiges Spiel, das sie nervös machte, worunter Max litt und ihre Haut. Die sah bald aus wie grobes Schmirgelpapier, und sie konnte auch mit der besten Maskerade nicht mehr verstecken, dass ein Unwohlsein von innen nach außen drängte.

Sie stellte jeden der Männer unabhängig voneinander vor Ultimaten und beide zeigten sich als unübertreffliche Familienväter. Christoph wie gewohnt, aber da war auch Sebastian, der so schnell lernte, dass es Viviane schwindeln machte. Er lebte sich wirklich ein in seine neue Vaterrolle, und bald wusste Viviane, wenn sie Sebastian jemals verlassen und zu Christoph zurückkehren könnte, dann musste das sehr schnell geschehen. Denn bald wäre Sebastian unwiderruflich der neue Vater.

Und was wäre dann mit Christoph? Hatte der nicht den Segen der Mutter auf dem Totenbett erhalten? Auch so etwas spielte nun eine Rolle. Christoph hatte den Konflikt zu ihrem Vater nie gescheut. Sebastian verstand sich gut mit Wilhelm. Das mochte Viviane an ihm überhaupt nicht.

Sebastian verstand sich mit der ganzen Familie gut. Und sie stand allein mit ihrer Ablehnung der eigenen Verwandtschaft, ausgegrenzt mit ihrer Ablehnung, nicht einmal von ihrem Ehemann verstanden. Ausgegrenzt aus der Ehegemeinschaft aber hieß: hingestoßen zu Christoph, der auch außerhalb stand. Viviane sah überall Widersprüche, und immer war er es, der versprach, diese zu glätten.

Sie hatte es sich nicht leicht gemacht, fand Viviane, wenn sie zurückblickte. Sie hatte es immer noch nicht leicht.

Christoph hatte ihre neue Ambivalenz erkannt und zu allem auch noch die „älteren Rechte" für sich beansprucht. Angesichts des Wirrwarrs sah auch sie darin eine Berechtigung, sich in die Ehe hineinzumischen. Er sagte, er könne es nicht mehr mit ansehen, wie die Mutter seines Kindes von Tag zu Tag unansehnlicher werde. Natürlich wolle er nicht urteilen, aber seinem Wissen über Sebastian zufolge sei der tyrannisch, herrisch in der Familie, wenn er überhaupt da sei, und er, Pater, erkenne selbst in Max eine Unruhe, die diesem nicht gut tue. Er frage sich schon, ob das Kind in der Familie Fischer wirklich richtig aufgehoben sei.

Viviane erkannte Lockung und Drohung. Viviane wusste aber auch: Es war etwas dran. Sich selbst die Schuld zu geben, vermochte sie erst später, als sie damit Sebastian davon ablenkte, nach den wahren Ursachen der ehelichen Entfremdung zu bohren.

Es war etwas dran an dem, was Christoph Pater an Widersprüchen aufwühlte. Dass er es auf sie zurückführte und sie vor die Wahl stellte, es entweder als Vorwurf gegen sich selbst zu ertragen und Konsequenzen zu ziehen oder weiterzuleiten gegen ihren Mann - und dann erst recht Konsequenzen zu ziehen - konnte sie ihm nicht übel nehmen. Die Konsequenzen ebenso wenig: Die hießen Trennung. Die Pater`sche Semantik ließ keine andere Wahl. Viviane wusste bloß nicht, was für eine Rolle in dem Spiel der Worte eigentlich ihr zufiele.

Christoph Pater machte so viel mehr Druck. Hatte er ein Recht darauf? Sebastian Fischer hingegen schien in seiner Toleranz grenzenlos. War das in Wirklichkeit Lieblosigkeit? Desinteresse? Unkenntnis?

Der Ehestreit

Ein Streit um Max hatte in dieser Situation die Rolle einer Vorentscheidung. Da war jener 28. Februar gewesen, an dem sie mit Christoph sehr intim über die Erziehung von Max gesprochen hatte und dabei seine große Weitsicht und Toleranz bewunderte. Christoph Pater hatte ihr an diesem Tag einen langen Vortrag gehalten, ihr einen Tee nach dem anderen gekocht und er hatte sie zum ersten Mal nach Monaten wieder ganz zart gestreichelt.

Dann hatte sie mit Sebastian gesprochen, der an jenem Abend besonders ermüdet, abgeschlafft, scheinbar sogar desinteressiert aus dem Büro gekommen war. Von Gefühl keine Spur. Von Zärtlichkeit auch nicht. Den darauf folgenden Sonntag waren Sebastian, Max und sie spazieren gegangen. Danach hatte Sebastian zunächst Max geärgert und dann sich selbst: darüber nämlich, dass Max seine Spielsachen nicht teilen und Sebastian kein Auto abgeben wollte.

Darüber wiederum hatte sie sich geärgert und ihren Mann gerügt, worauf Sebastian meinte, dann spiele er halt entweder gar nicht mehr oder nur noch mit Mamis Erlaubnis mit ihrem Sohn.

Wie war das damals zu Ende gegangen? Sie grübelte, schaute hinaus in die Nacht. Dann wollte sie es doch genauer wissen. Was hatte sie ihm damals geschrieben, als er sich abgewendet und in sein Arbeitszimmer verzogen hatte? Viviane brauchte nicht lange, um den Tagebucheintrag zu finden, datiert auf den 2. März 1998:

„Sebastian, eine ernsthafte Lösung erwachsener Menschen kann es ja wohl kaum sein, einen solchen Konflikt wie unseren heutigen an das Kind weiterzugeben, bloß weil auf den ersten Blick keine andere Lösung in Sicht ist. Wie soll das aussehen, wenn du nicht mehr mit Max spielen willst?

Max: ʹSebastian, spielen?ʹ

Sebastian: ʹDeine Mama will nicht, dass ich mit dir spiele!ʹ

Viviane (ist entweder nicht dabei oder sagt): ʹDas stimmt doch gar nicht. Spielt nur, Kinder!ʹ

Und dann? Schuldig an dem, was kommt, wird sich auf jeden Fall Max fühlen. Bleibt also, weitergedacht, nur die Möglichkeit, solche Begegnungen weitgehend zu vermeiden. Wie das allerdings aussehen soll, weiß ich nicht.

Du hast sicher Recht, wenn du anführst, dass wir uns in unserer Erziehung von Max ergänzen. Da, wo wir aber offenbar grundsätzlich anderer Auffassung sind, ist es in der Verantwortung der Erwachsenen, eine Lösung zu finden. Auch wenn das schwierig ist. Oder glaubst du, dass ich es toll finde, wenn du mich als verwöhnende, das Kind verziehende Mutter empfindest, die von ihrem Kind später einmal nur verachtet werden kann?

Trotzdem kann ich mich nicht frei machen und sagen, dass es mir egal ist, was du denkst und tust. Ich muss irgendetwas entscheiden. Du weißt das sehr genau, scheinst aber nicht in der Lage zu sein, deine eigene Kränkung ob meiner Rüge deiner Erziehungsmethoden zurückzustellen hinter die Interessen des Kindes.

Ich weiß, dass du von dem, was du tust, überzeugt bist. Und genauso, wie du meinst zu wissen, was Max kann und was nicht, meine ich zu wissen, wo er Hilfe braucht und wo nicht. Ich irre mich dabei öfter mal, schon deshalb, weil er älter wird und mehr kann und ich nicht so schnell hinterherkomme, wie er sich entwickelt. Genau dann finde ich deinen Blick oft sehr hilfreich.

Ich verstehe aber nicht, dass es für dich keinen Weg zu geben scheint, der zwischen dem Alles und dem Nichts liegt. Warum sagst du ihm zum Beispiel nicht, dass Spielen für dich heißt, dass jeder ein Auto hat? Warum erklärst du meinen Sohn als Menschen insgesamt - nicht nur ein bestimmtes Verhalten in einer bestimmten Situation - zum grenzenlosen Egoisten und verurteilst mich, schuldig daran zu sein und mein Kind fürs Leben zu versauen? Sein Wunsch, alles für sich haben zu wollen, ist in diesem Alter völlig normal.

Das soll nicht heißen, dass ich das auf ewig gut finde, wenn Max nicht abgeben will. Es ist aber einfach so, dass ein Kind sich von völliger Hilflosigkeit zum selbständigen und vor allem selbst denkenden, einfühlenden Menschen erst im Lauf einer gewissen Zeit entwickelt. Jedes normale Kind begreift sich von Geburt an als Mittelpunkt der Welt. Das ist auch gut so und gibt die Grundlage, um mit den Enttäuschungen, die auf es zukommen, wenn es lernt, dass es eben nicht der Mittelpunkt ist, fertig zu werden. Dieses Verstehen ist schwierig und schmerzhaft.

Ich kann nicht begreifen, dass du diese ganz normalen Dinge als Entschuldigung meinerseits missverstehst und nicht als einen Prozess, für dessen Begleitung die Großen nun einmal die Verantwortung haben.

Zum Thema Spielen noch dies: Spielen, vor allem miteinander lernen, können Kinder eigentlich nicht vor dem dritten Lebensjahr. Daher auch der Kindergarten ab drei. Erlernte Gruppenfähigkeit geht erst, wenn das Hineinversetzen in andere möglich ist. Ich meine nicht, dass man so lange nichts für ein soziales Verhalten des Kindes tun kann. Ich meine aber, dass man dem Kind sagen muss, was man erwartet, allerdings damit leben muss, wenn es nicht wie ein dressiertes Kaninchen funktioniert.

Außerdem finde ich es gut, wenn man Ziele höher steckt als das, was ein Kind kann, wenn es um Leistung und Erreichen geht. Wenn ich es aber witzig finde, dich zu zwicken und das immer und immer wieder, um deine Geduld zu erproben, auch wenn du schon längst 'Nein' sagtest, dann ist das eben kein Spiel mehr, sondern ein Übergriff, nach dem ich mich nicht zu wundern brauche, wenn du mich von dir stößt. Es wäre vermessen, dir dann vorzuwerfen, dass du dich körperlich gewehrt hast. Es ginge am Thema vorbei.

Sich in jemanden hineinzuversetzen - Empathie - heißt übrigens nicht zu sagen, ich bin ein Krokodil, oder ein kleines Kind, oder ein Trotzkopf...

Selbst wenn Max weiß, dass sein Kopf wehtut, wenn er gegen eine Wand läuft, weiß er trotzdem nur, dass und wie *sein* Kopf wehtut. Er kann nicht mitfühlen, wenn sich seine kleinen Freunde den Kopf stoßen. Er weiß nur von sich selbst. Die Fähigkeit zu verstehen, dass es vielleicht gar nicht oder anders weh tut als so, wie er selbst es erlebt, kommt erst viel später.

Man kann und sollte dem Kind natürlich auch schon jetzt klar machen, dass es nicht erwünscht ist, wenn er anderen auf den Kopf haut. Aber man kann nicht erwarten, dass Max das sofort nachfühlen kann. Umso weniger, wenn er außerdem lernt, dass wir, für Max die Großen, angesichts von Problemen auch um uns hauen und offensichtlich nicht in der Lage sind, in einer schwierigen Situation mehrere Lösungsmuster zu erproben oder auch bloß zu erkennen."

Es war weit nach Mitternacht, als Viviane ein letztes Mal hinausschaute. Dann legte sie sich endlich schlafen. Das Durcheinander ihrer neuen Wohnung erinnerte sie an ihre Kindheit: ein einziges Chaos.

Während sie ins Schattenreich eines Traumes hinüberdämmerte, wunderte sie sich insgeheim, dass Sebastian ihr niemals vorgeworfen hatte, dass sie ihn ungerechtfertigterweise kritisiert hatte: Bei aller Verschiedenheit der Auffassungen akzeptierte Sebastian, dass Viviane sozusagen die Richtlinien der Erziehung vorgab. Er gab sich so viel Mühe! Manches Mal hatte sie ihren Mann beobachtet, wie er mit Max spielte, wie er wirklich alles gegeben hatte, um ihr zu zeigen, dass sie und ihr Sohn ihm alles bedeuteten.

Aber der Tonkrug, der einmal einen Bruch erlitten hat, kann noch so gut geklebt werden - es bleibt ein Bruch. Und Viviane fühlte sich verletzt, was sie Christoph näher brachte, der merkte, dass die Zeit kam, eine Entscheidung zu erzwingen, bevor Viviane merkte, dass auch er sie verletzt hatte. Christoph wusste, er müsste Sebastian irgendwie doch an einen Pranger stellen und das möglichst schnell. Wenn er Viviane nicht bald von ihm loseiste, würde sie sich irgendwann daran erinnern, dass er lediglich die bereits zweimal gescheiterte Vergangenheit verkörperte und dass Sebastian zwar möglicherweise Fehler gemacht, aber durchaus noch nichts zerstört hatte.

Christoph musste sich auch aus einem anderen Grund beeilen: Sebastian würde sich irgendwann nicht länger in seine Familie hineinreden lassen. Bevor es soweit wäre, müsste er Viviane gegen ihren Mann munitioniert haben.

Lieselotte Paters Unfall

Das Telefon schellte. Viviane war nicht von dieser Welt, als sie abhob. Schwere Träume hatten sie geschüttelt, mehrmals war sie bleischwer aufgewacht, noch schwerer wieder eingeschlafen, ihre Glieder schmerzten, da war eine Grippe im Anzug. Sie hatte Muskelkater von der Arbeit und in ihrem Kopf waren Nebel. Die Gedanken der letzten Tage hatten sich zu einem undurchdringlichen Brei verklebt, unlösbar verbunden mit ihrer Angst, das Falsche zu tun, je mehr sie versuchte, es zu vermeiden. Das Telefon schellte grell und laut.

„Viviane Fischer."

„Christoph hier. Viviane, habe ich dich geweckt? Es ist fast Mittag."

„Ja, hast du. Was ist? Was mit Max?"

„Lieselotte ist tot."

Das saß. Viviane stammelte wortvergessen sinnloses Zeug vor sich hin.

„Wie, wie, was, wann... Lieselotte, deine Mutter?"

„Sie ist überfahren worden. Vor zwanzig Minuten. Eben hat sie der Leichenwagen mitgenommen. Vor unserem Haus. Sie kam mit Max vom Spielplatz."

„Max! Maaxxx!" Der Schrei gellte und riss Viviane wie aus einer Trance. „Was ist mit Max?"

„Lebt. Der Lkw hat nur meine Mutter erfasst. Max hatte die Straße schon überquert und war zwischen zwei parkenden Autos verschwunden. Ich musste alles mit ansehen. Lieselotte ist fast dreißig Meter an der vorderen

Stoßstange, halb unterm Laster hängend, mitgeschleift worden, ehe ihre Kleider zerrissen und sie unter die Räder kam. Sie hat noch einige Minuten gelebt, nur starr geschaut, kein Wort mehr gesprochen. Es war furchtbar!"

„Christoph, ich weiß gar nicht, was ich sagen soll, ich komme sofort. Musste Max alles mit ansehen?"

„Max hat nicht alles mitbekommen. Natürlich das Blaulicht, als der Notarzt kam. Aber ich habe ihn nicht mehr aus der Wohnung gelassen. Und jetzt schläft er."

„Oh, Lieselotte..."

„Ja, es wäre gut, wenn du kämst."

„Natürlich, Christoph. Ich bin gleich bei dir, Geliebter, bin gleich bei dir."

... gleich bei dir, gleich bei dir, oh, Christoph, Lieselotte, Max, gleich bei dir... Die Monotonie der Gedanken, die Viviane durch den Kopf gingen, während ihr Auto den Fürstendamm in Richtung Potsdamer Chaussee jagte und Unter den Eichen weiter zum Botanischen Garten bewahrten sie davor, das Bewusstsein zu verlieren. Lieselotte tot. Max lebt. Christoph musste zusehen, wie seine Mutter vom Laster überfahren wurde. Max hatte die Straße schon überquert. Nicht alles mitbekommen. Nur das Tatütata-Auto, den Notarzt, Max schläft jetzt, oh, Christoph...

Ein Mann im Trenchcoat stand am Haus und sprach mit Christoph, als Viviane quietschend ihren alten Toyota zum Stehen brachte. Der Mann drehte sich kurz um und schaute dann wieder zu Christoph, der kreideweiß dastand.

„Wo ist Max?"

„Guten Tag. Langner mein Name, Kommissar Langner. Mordkommission. Ihr Mann sagte mir..."

„Christoph ist der Vater unseres Kindes. Mein Mann ist in Kanada."

„Also, Herr Pater sagte mir soeben, dass Sie bedroht worden sind von einem Herrn Fischer. Und er sei ebenfalls bedroht worden; angeblich, weil sie ihn, Herrn Fischer, verlassen und zum Vater ihres Kindes zurückkehren wollten. Stimmt das?"

„Ja, nein. Weiß nicht. Wo ist mein Sohn."

„Ihr Sohn schläft, Frau Pater..."

„Fischer ist mein Name, Herr..."

„Langner, Kommissar Langner. Mordkommission."

„Langner. Ich will jetzt erst mal zu Max."

„Verzeihen Sie, Frau Fischer, aber das kann warten. Wir haben eine Ringfahndung nach dem Lkw eingeleitet, der keine Nummernschilder zu haben scheint. Es könnte sein, dass ihre Schwiegermutter ermordet wurde. Herr Pater hat mir gesagt, sie könnten bestätigen, dass Herr Fischer Sie und ihn bedroht habe. Ist das richtig?"

„Viviane. Antworte!" Christoph hob beschwörend beide Hände. „Du weißt, dass Sebastian mir schon einen Pflasterstein ins Fenster werfen ließ. Nun sag schon, dass er uns alle bedroht hat. Die Sache ist doch klar. Sebastian hat seine Killer losgeschickt, die Max gejagt haben - und nun ist meine alte Mutter tot."

„Christoph, das kannst du doch nicht sagen. Sebastian ist in Montreal und arbeitet. Er wollte Max und mich mitnehmen."

„Dann wäre jetzt wahrscheinlich ich in der Leichenschauhalle."

„Was redest du, Chris? Nein, Herr Langner, ich kann das nicht bestätigen. Mein Mann ist nach Kanada geflogen um zu arbeiten. Wenn er Sachen äußerte, die Herr Pater als Drohungen verstanden hat, dann kann ich nur sagen, ich glaube nicht, dass Sebastian Max jemals irgendetwas getan hätte!"

Bilder schossen wie ein Kinofilm im Schnelldurchgang durch Vivianes Kopf: Max und Sebastian, der Zwerg im Arm ihres Mannes, der dem Zwerg aus einem Märchenbuch vorliest. Sebastian, wie er Max füttert. Sebastian, wie er mit Max und den Legos spielt. Sebastian, wie er mit Max auf dem Spielplatz tobt...

„Nein, Herr Kommissar, nein, Christoph. Sebastian hätte Max niemals etwas Schlimmes getan!"

„Aber es stimmt, dass Sie Herrn Fischer verlassen haben?"

„Das ist nicht richtig. Wir werden uns auf Zeit trennen. Aber er bleibt mein Mann. Ich liebe... ihn!"

Viviane spürte ihre Worte wie Sirup klebrig im Hals stecken bleiben, als sie zu Christoph sah. Mit winzig kleinen Pupillen, die seinem stechenden Blick etwas von Gewalt gaben, fixierte er sie.

„Sie lieben also ihren Mann und sind deswegen aus der gemeinsamen Wohnung ausgezogen?"

„Viviane, nun sag schon, dass wir beide ein Paar sind, die Eltern von Max, und zusammmen leben wollen. Sag es! Ist es nicht so? Und ist es nicht so, dass Sebastian das niemals zulassen würde und mit Hilfe seiner Machtmittel auch verhindern kann?"

„Na, na, Herr Pater, das werden wir erst mal sehen, was ein eifersüchtiger Mann darf und was nicht. Jedenfalls darf er keine Killer in rollenden Mordwerkzeugen losschicken. Trotzdem wäre es hilfreich, wenn Ihre Frau uns die Bedrohung durch Herrn Fischer bestätigen könnte - wir würden

den Kerl dann in Montreal oder sonst wo auf der Welt mit Interpol und internationalem Haftbefehl suchen. Vielleicht sprechen Sie noch einmal mit Frau Fischer. Ich werde sofort aktiv, sobald es Hinweise darauf gibt, dass Ihre Aussagen einen möglicherweise wahren Kern enthalten. So lange wünsche ich Ihnen noch einen guten Tag."

Der Kommissar ging. Viviane starrte Christoph an, der sich bemühte, die Form zu wahren und zu dem Kommissar hinüberrief, während der schon im Gehen begriffen war: „Wir melden uns. Sie kriegen Ihre Aussage!"

Viviane dachte an Sebastian, an Max. Zuerst mal zu Max! Oh, Gott, mein Kind! Wie dieser Christoph sie angesehen hatte. Lieselotte Pater tot. Oh, Gott, der arme Christoph! Es muss furchtbar sein zuzusehen, wie die eigene Mutter vom Lkw überrollt wird. Weinend fiel sie Christoph Pater in die Arme, der sie umschloss und stützte und erst einmal in die Wohnung führte.

„Komm, mein Mädchen. Wir kriegen das hin. Unser Kind lebt. Wer weiß, wofür das ein Zeichen gewesen ist!"

Die Lust des Scheiterns

Christoph Pater fühlte eine Last von sich genommen. Auch nach dem Telefonat, das Viviane aus seiner Wohnung mit Sebastian führte, und das er sicherheitshalber aufzeichnete - natürlich ohne Viviane ein Wort davon zu sagen, sonst, so fürchtete er, würde sie ihrem Mann niemals seinen Verdacht übermitteln, er könne die Fäden gezogen haben. Zunächst noch, ohne es erklären zu können, stellte sich danach sogar eine Art Euphorie ein. Es lief alles wie am Schnürchen, dachte er und beobachtete an sich selbst voll Verwunderung bei diesen Gedanken nicht die leiseste Spur von Trauer über den Verlust der eigenen Mutter.

Das Band mit dem Gespräch konnte er Kommissar Langner als Beweis dafür geben, dass Viviane ebenso wie er den Verdacht hegte, Sebastian habe seinen Einfluss spielen lassen und in Berlin jemanden besorgt, der die Familie Pater und seine Frau nachhaltig schädige, ja, zumindest das, während er in Montreal ein hiebfestes Alibi habe. Gerade dieses Alibi allerdings machte ihn nun verdächtig.

Und auch Viviane hatte er so ein bisschen fester an sich gebunden. Denn sie würde niemals sagen können, dass sie von der Aufzeichnung des Telefonats nichts gewusst habe.

Das würde ihr in Anbetracht der Situation - des Gesprächs mit dem Polizisten der Mordkommission, des Unfalls, seiner, Christoph Paters, Aussagen und der begleitenden Umstände - kein Mensch glauben. Würde sie es aber dennoch behaupten, so könnte er, Christoph, auch das ausschlachten!...

Im Dunkel seiner dunkelsten Gedanken zeichnete sich wie von selbst ein Plan ab. Als Meister im Vernetzen auch der abwegigsten Gedanken wusste er, wie man in objektiv verfahrenen Situationen die Fakten zu eigenen Gunsten verdreht und auslegt.

Aber dies hier hatte - je mehr er darüber nachdachte - nichts von einer objektiv verfahrenen Situation. Im Gegenteil! Kein Mensch würde jemals auf den Gedanken kommen zu fragen, welchen Vorteil er, Christoph Pater, vom Tod seiner Mutter hätte. Denn zu erben gab es nichts. Jedenfalls weder Geld noch Land oder Schmuck oder Einfluss. Aber etwas gab es eben doch: Sie war fort - und er würde diesen Brief erhalten.

Außerdem war mit seiner Mutter die Frau fort, die alles wusste. Jedes Scheitern, jede beklagenswerte Niederlage seit seiner Geburt hatte sie mitbekommen. Immer wieder hatte sie ihrem Sohn gesagt hatte, er solle endlich ein Mann werden. Sie hatte ihn als Waschlappen zwar bemuttert, zugleich immer aber auch verachtet - und gewusst warum.

Mit Lieselotte Pater war eine Zeugin tot, die Zeit ihres Lebens als wandelnde Mahnung herumgelaufen war. Das Erbe, das sie ihm hinterlassen hatte, hieß Freiheit. Und es war mehr wert als Geld oder Schmuck oder Land oder ein Haus. All das würde er von Viviane erhalten.

Christoph Pater würde sich, ohne dass ihn die Fußketten der Erinnerung seiner unablässigen sozialen Belastungen weiterhin aufhalten könnten, der Zukunft zuwenden. Er konnte frei von dem Ballast der greinenden, vorwurfsvollen, alten Frau anpacken, was sie ihm verwehrt hätte: Die Eroberung der Inhalte fremder Seelen und fremder Taschen.

Christoph Pater fühlte eine Last von sich genommen.

Je mehr Zeit verging, umso bewusster wurde er sich der neuen Freiheiten. Und es sollte alles noch viel, viel besser kommen für den Manipulator, dem mit dem Verlust der Mutter auf einmal das Mitleid seiner Umgebung, von der Arbeit über die Freunde bis hin zu Familie Schneider, zuflog. Damit war doch etwas anzufangen!

Vom Pflasterstein zum Telefonterror

Die Notärzte im Hospital zum Heiligen Georg in der City von Montreal hatten Catherine über die Einlieferung von Sebastian Fischer informiert. Ihre Adresse steckte in seiner Hemdtasche.

Als Catherine in der Intensivstation ankam, lag Sebastian noch im Koma. Und so war das eben auch der Stand, den sie Viviane mitteilte, als sie tags darauf - der tödliche Unfall, der Lieselotte Pater das Leben gekostet hatte war gerade vierundzwanzig Stunden her - mit Sebastians Frau telefonierte.

Das Chaos in Vivianes Leben war perfekt. Nun wusste sie überhaupt nicht mehr, woran sie sich noch halten konnte.

Sie hatte in der Nacht Alpträume. Wieder war da dieses Mädchen, das sich winselnd am Boden wand, diese Schatten und das Blitzen des Metalls. Sie war von dem alles durchdringenden Schrei mit einem alles durchdringenden Schrei aufgewacht.

Christoph lag neben ihr, aber das war noch kein Grund, beruhigt zu sein. Max war aufgewacht und konnte fast die ganze Nacht nicht mehr schlafen. Der Junge spürte die Unruhe. Er fragte unablässig nach „Omi Lieselotte" und forderte: „Max zu Sebastian geh′n!"

Sebastian im Koma auf der neurologischen Intensivstation des Krankenhauses zum Heiligen Georg in Montreal, Lieselotte Pater tot. Ihr Traum. Das Chaos in ihrer Wohnung im Haus am Schlachtensee, wohin sie gar nicht gehen mochte.

„Ich nehme dir das ab. Du bleibst erst einmal in meiner Wohnung. Max ist bei dir, und wenn irgendetwas passiert, rufst du mich an, dann komme ich sofort." Dankbar nahm Viviane an.

Auf dem Weg in die Villa am Schlachtensee hatte Christoph eine noch bessere Idee als alle bisherigen. Der Mann, der fast nie schmunzelte, musste die Mundwinkel mit Macht unten halten, so sehr gluckste er innerlich bei dem Gedanken an die doppelte und dreifache Wirkung seines neuerlichen Einfalls: Zuerst der Pflasterstein, dann der Tod seiner Mutter und nun...

Im Verlauf des Tages klingelte in Christophs Wohnung am Botanischen Garten alle zwanzig bis dreißig Minuten das Telefon. Immer wenn Viviane abhob, wurde am anderen Ende aufgelegt. Einmal hörte sie ein schweres, tiefes Atmen, das von einem stöhnenden Unterton begleitet wurde. Sie flehte in den Hörer hinein, der Anrufer möge doch sagen, wer er sei. Nichts. Nur das Stöhnen. Viviane grub ihren Kopf in beide Hände und weinte.

Die Eltern von Viviane in der Villa am Schlachtensee lobten den Einsatz des Mannes, der der Vater ihres Enkels beziehungsweise Stiefenkels war, der am Vortag seine eigene Mutter verloren hatte und dessen Gedanken nun einzig ihrer Tochter Viviane galten. Seit Stunden schon renovierte und räumte er in Vivianes Etage, schuf Ordnung, putzte die Kleiderschränke aus, die er anschließend einräumte.

Als Wilhelm einmal vorbeischaute, legte Christoph gerade den Telefonhörer auf die Station. „Willst du nicht mal runterkommen zu uns, eine Pause machen und einen Kaffee nehmen?", fragte Wilhelm.

„Danke. Nein. Lass mal", erwiderte Pater. „Wenn Viviane kommt, soll wenigstens dieser Teil ihres Lebens seine Ordnung haben, damit wir uns danach um alles andere kümmern können", sagte er.

Wilhelm ging wieder zu seiner Frau.

„Vielleicht haben wir uns doch in dem Mann getäuscht", meinte Birgit.

„Vielleicht", murmelte Wilhelm vor sich hin, aß einen Keks, den er zuvor in seinen Kaffee gestippt hatte. Tatsächlich war er der Einzige, der ahnte, dass der Einsatz von Christoph nicht ganz uneigennützig sein mochte. Vielleicht aber auch nicht, warnte ihn eine innere Stimme: Aufpassen! Nie vergessen, was Mutti über den Mann gesagt hatte. „Wenn einer so falsch und so hinterhältig ist, so weich tut und so ein Macho ist, dann fallen dem Dinge ein, die wir Irdischen uns nicht träumen lassen. Solche Menschen haben ihr Wissen gesammelt, um uns mit Schlechtigkeiten zu überraschen, auf die wir im schlimmsten Alptraum nicht kommen würden. Daraus ziehen sie ihren Profit."

Nein, Wilhelm Schneider würde nicht aufhören, achtsam zu bleiben. Er hatte Mitleid mit Christoph Pater, dem Vater des Kindes seiner Tochter. Aber den Mann als Schwiegersohn...? Schneider wurde schwindelig bei dem Gedanken.

Am Nachmittag fuhr er mit Birgit in die Wohnung von Christoph, wo er Viviane vorfand: zerzaustes Haar, wirrer Blick, starr auf das vor ihr stehende Telefon gerichtet.

„Alle zwanzig Minuten. Wartet nur. Gleich klingelt´s wieder. Und dieses Stöhnen. Christoph sagt, auch das ist Sebastian. Papa, sag mal, habe ich ein Monster geheiratet?"

„Nein, Viviane. Nein. Sebastian ist kein Monster. Es muss ja nicht einmal Sebastian sein. Es gibt so viele kranke Menschen in dieser Stadt, die so viele krank macht!"

Birgit nahm Viviane in den Arm, wollte sie trösten, als das Telefon klingelte. Fahrig griff Viviane zum Hörer, als Wilhelm ihr bedeutete, er gehe ran.

„Jetzt habe ich dich, du Strolch!", herrschte er in den Hörer mit einer Lautstärke und inneren Kraft, die selbst die beiden Frauen zusammenfahren ließ. Danach klingelte das Telefon nicht mehr.

Christoph Pater traute sich selbst abends noch nicht, Wilhelm Schneider in die Augen zu schauen. Was wusste der? Der alte Mann wurde ihm unheimlich. Nur eines schien Pater sicher: Irgendetwas hatte der alte Schneider gemerkt. Er würde Viviane die Geschichte irgendwie beibringen müssen... ehe sie... Ja, das würde er tun. Und er würde es bald tun.

Die Gehirnwäsche

Zwei Tage hatten sich Viviane und Christoph angeschwiegen. Der Vorwurf stand im Raum, dass er Sebastian anschuldigte, sie das nicht glaubte und er sie nun dafür verantwortlich zu machen versuchte, dass sie für jede weitere Entwicklung die Schuld auf sich lade, da sie ihren Mann mit ihrer Treue geradezu ermutige, sich weitere Dinge auszudenken, um beide Familien zu terrorisieren.

Christoph wusste, dass er bald etwas erreichen musste. Er musste Viviane sehr, sehr fest an sich schmieden, sonst würde sie zu Sebastian zurückkehren, sobald der zurückkäme. Aber was immer er auch täte, es sollte durchdacht sein. Nicht mehr einen solchen Widerspruch provozieren wie den, mit dem Viviane ihn vor dem Kommissar blamiert hatte.

Alle Energie, alles Wollen, alle seine suggestive Kraft müsste er zu einer gewaltigen Anstrengung über mehrere Wochen und Monate hinweg bündeln. Ziel: Scheidung. Weiteres Ziel: Neue Hochzeit. Und danach: Sein Weg in die Gesellschaft. Endlich seine eigene Klinik, das heimlichste aller Begehren. Darüber hatte er bisher mit niemandem gesprochen. Aber er würde es schaffen, denn dieses Ziel lohnte jeden Aufwand. Er würde keine Fehler mehr machen, schwor sich Pater.

Ganz, ganz leise würde er sein - voll Gewalt und Energie, mit allen ihm zur Verfügung stehenden Mitteln. Die Psychopharmaka und Neuroleptika, Drogen aus dem Wunderreich der Alchimie und aus dem vielseitigen Zauberreich der Hypnose, hatten sein Opfer vorbereitet. Nun musste er den Samen des Zweifels in die Erde bringen - Sebastian würde keine Chance mehr haben.

Pater ging bei seiner Strategie von der Überlegung aus, was Sebastian Fischer sagen würde, wenn der mit ihm spräche. Daraus baute er sich das Konzept dessen, was er Viviane einpflanzte, so dass er selbst, Christoph Pater, später Sebastian Fischer gegenüber behaupten könne, diese oder jene Entscheidung sei tatsächlich die von Viviane.

„Viviane", hob er an, „wir sollten uns klar werden über einige besonders wichtige Fragen, die wir nicht länger aufschieben dürfen. Das sind wir, meine ich, nicht nur Max, sondern auch deinen Eltern, uns selbst und Sebastian schuldig. Wenn du ihn verlässt, sollte er das in aller Klarheit von dir so auch hören."

„Wie kommst du darauf, dass ich Sebastian verlasse?"

Er erinnerte sich an den Vortrag eines Dozenten, eines Psychiaters und Kriminalisten, der in Ost-Berlin Propagandakader geschult hatte: „Die wirksamste aller Techniken aber, einen anderen verrückt zu machen, ist die, sein Vertrauen in die eigenen Reaktionen der Gefühle zu untergraben. Wir zerstören damit die wirklichkeitsgetreue Wahrnehmung der Realität. Wie das geht? Nun, Sie lassen der Erregung die Befriedigung und der wiederum die Frustration folgen. Dabei sollte keine Zeit zur Überleitung bleiben. Sie können das Subjekt auch in eine ausweglose Situation manövrieren, indem Sie es durch Druck terrorisieren oder durch widersprüchliche Aufforderungen verwirren: Etwa indem Sie die Bitte zur Vernunft einem gegenteiligen Gefühlsappell folgen lassen..."

Genau das tat Christoph Pater.

„Du hast ihn schon verlassen, Viviane, und du solltest dir dieses Schrittes und der Befreiung, die er für dich bedeutet, bewusst werden. Sonst wird gerade das Beste an deiner Entscheidung, deine neue Freiheit, sich umkehren, du wirst umkehren, der Kerker wird dein Lebensraum. Ihr alle drei habt das nicht verdient. Am wenigsten aber Max. Und da möchte auch ich ein Wort mitsprechen. Ich will Max herausholen - zumindest aus diesem Kerker einer ungewollten Ehe, einer Partnerschaft, zu der dich nichts als deine und meine frühkindliche Neurose gezwungen haben, der keinerlei Bedürfnis, keinerlei Liebe zugrunde lag."

Sie schwieg.

„Sebastian würde dich jetzt fragen, was deine Pläne sind, deine und meine." Viviane schaute dem Vater ihres Kindes tief in die Augen.

„Sag es mir, Christoph, denn wenn du Pläne hast, werde ich sie mit vertreten müssen und ich werde deine Deckung brauchen - und dazu wirst du dich mir verschreiben."

Viviane dachte an die Worte von Sebastian: „Christoph wird dich zurückholen wollen - einzig um sich an dir zu rächen. Und du spürst das, aber weil du selbst noch eine Rechnung offen hast, könntest du dennoch empfänglich für sein Werben werden." Wie konnte Sebastian Fischer so tief in sie hineinschauen?

Genau das war es. Jetzt spürte Viviane - sie hielt es für die Wahrheit. Und was sie spürte, reizte sie: die offene Rechnung mit Christoph. Wie würde sie sich an ihm rächen? An dem Mann, der sie, als sie ihn am meisten brauchte, nicht mehr zur Kenntnis nahm. Als Mutter hatte sie ihre Aufgabe getan, ihm ein Kind zur Welt gebracht. Fortan hatte er sie als Frau ignoriert. Es tat immer noch weh, und sie fragte sich, wieso soll sie sich jetzt nicht rächen?

Christoph Pater hatte sie, wo er sie haben wollte. Der Terror der Techniken, sie um den Verstand zu bringen, hatte eine derartige Verwirrung erzeugt, dass sie wahrscheinlich nicht einmal mehr wusste, wer sie war und wer er war. Längst hatte sie wahrscheinlich die Wahnvorstellung in Besitz genommen, ihn unter Kontrolle halten zu können; zwar zu benutzen, um wieder zu sich selbst zu finden, sich aber nicht herzugeben, sondern die Oberhoheit über die Situation zu bewahren und ihn beizeiten wieder abzuschieben.

Christoph Pater war zugleich begeistert und schockiert vom Erfolg seiner so schulbuchmäßig angewandten Psychologie. Gleichzeitig blieb er skeptisch. Sie fragte ihn nach seinen Plänen. Er musste bei aller Euphorie darauf gefasst sein, dass sie ihm eine Finte stellte. Also mit Vorsicht antworten.

„Aus meiner Sicht? Nun, ich möchte mit dir und Max leben. Ja, ich weiß, dass das mit einem Risiko behaftet ist, nämlich mit dem Risiko, dass du vielleicht die Verletzung, die ich dir angetan habe, nicht vergessen kannst. Dass das dann immer mitschwingt."

Vivianes Gedanken wanderten zurück. Sie nickte kaum merklich. Christoph Pater fiel es trotzdem auf. Gleichzeitig kam ihre Frage: „Ich? Wieso?"

Pater: „Weiß nicht. Habe keine Kontrolle drüber und... weil ich denke, ich kann nach vorne planen, so weit ich will, aber wenn du mir nicht glaubst, dass ich´s diesmal anders machen werde, dann wirst du immer an die Verletzungen denken und niemals an mich."

Viviane: „Wie fühlst du dich eigentlich, während du dich in meine Ehe hineindrängst?"

Pater: „Ich kann aus deiner Sicht die Frage verstehen. Für mich ist es nicht so. Es ist so, dass ich mich bis zum März wirklich loyal verhalten habe und dann über die Begegnung mit Max unser Verhältnis wieder aufnehmen wollte. Und du hast ja mitgemacht, damals, an jenem Mittwochabend Ende Februar und später, Anfang März, als wir dann wieder anfingen, uns zu vertrauen. Du hast mir von deinem Streit mit Sebastian über Max erzählt. Du bist mir in die Arme gesunken. Und schließlich hast du dich mir hingegeben - und das gewollt. Du hast es gesagt, ich habe es gespürt und wir beide haben es genossen und gewusst, dass das ein neuer Anfang war. Wir haben sogar gehofft, dass wir einen neuen Anfang schaffen. Denk nach, du wirst dich erinnern!"

„Es ist teilweise richtig. Durch die Gespräche über Max und meinen Streit mit Sebastian ist viel in Gang gekommen."

„Trotzdem war es nicht Sebastian, der uns einander zurückgegeben hat. Es war die Anziehung, die aus unserer Ähnlichkeit kommt. Aus meinem Empfinden hast auch du, Viviane, das so ersehnt. Und plötzlich war es einfach da. Ich habe ja nicht drüber nachgedacht, wie ich eure Ehe kaputt machen kann. Ich habe über mich nachgedacht, und zwar nicht unter dem Aspekt einer Zukunft mit dir, sondern unter dem eines neuen Gefühls in mir. In meinem Leben hatte ich schon so viel kaputt gemacht, unwiederbringlich zerstört. Und ich dachte daran, dass ich so etwas für alle Zukunft, vor allem für alle Zukunft mit dir, ausschließen müsste."

Viviane: „Dann hast du aber zugleich darüber nachgedacht, eine neue Zukunft auf die Ruinen einer schon zweimal gescheiterten Vergangenheit zu bauen!?"

Pater: „Nee, nee, nee... das empfinde ich eben mit dir anders. Sieh mal, Sebastian und ick, wir sind ooch beide im selben Alter. Aber ick bin ooch an einem Punkt meiner Lebensbilanz, die eine andere ist als vor zehn Jahren, als ich dreißig war, und es gibt das, was es gegeben hat. Und es gibt Max, der damals nicht da war. Zu dem habe ich eine Beziehung, die so tief ist, dass sie alles und eben auch mein Leben verändert hat."

Viviane hasste es, wenn Christoph in diese Mundart fiel. Und immer, wenn ihm die Kontrolle zu entgleiten drohte, berlinerte Pater wie ein Bierkutscher. „Am Berlinern erkennst du die geistige und moralische Gosse", war so ein Wort der Großmutter.

„Bitte, Christoph, lass dein Deutsch nicht so hängen!", fuhr sie ihm ins Wort. Und dann: „Sebastian würde dir jetzt sagen, du nutztest seine Loyalität dir gegenüber aus. Tatsächlich war er es, der loyal war. Er hätte mit seinem Vorwurf nicht einmal Unrecht. Er hat dich in unsere Familie hineingelassen. Er hat mir gesagt, ich könnte mit dir vereinbaren, was ich für richtig hielte, er würde dazu stehen. Er hat nie darauf gedrungen, dass ich dich aus dem Leben von Max herauswerfe. Die Möglichkeiten hätte er gehabt, wenn er so skrupellos gehandelt hätte, wie du das jetzt tust."

„Erstens glaube ich das nicht und zweitens sage ich dazu: Er hat kein Kind von dir!"

„Trotzdem war er von sich aus aktiv! Aktiv hinter mir, wenn er sagte: ´Lass Max seinen Vater!`"

„Hmhm."

„Ja, Christoph, so war es!"

Pater: „Aber so ganz globe ick det nich, weil ick... meen Empfinden war ja ooch loyal. Und da war zugleich auch das Verbindende, diese Fleisch gewordene Liebe, Max. Det is ja nun mal Max, wa? Det war immer da, da kannst dich uff´n Kopp stelln!"

„Christoph, bitte lass die Gosse! Wir sind zweimal gescheitert. Ich habe einfach Angst. Angst, dass wir ein drittes Mal scheitern. Und was dann?"

„Viviane, det... „

„Christoph, bitte, nicht so! Gib es zu, dann werden wir über die zwei Trennungen hinaus auch noch eine ruinierte Ehe hinter uns haben."

Jetzt saß Christoph Pater mit offenem Mund da. Hätte sich nicht auch Viviane sehr genau auf ein Ziel konzentriert, das sie mit diesem Gespräch erreichen wollte, dann hätte sie an diesem Punkt des Gesprächs schallend gelacht. So aber fragte er sich, was die Frau von ihm wollte? Noch mit Fischer verheiratet, redete sie von einer neuen Ehe mit Pater bereits in der Möglichkeitsform... Christoph verstand Viviane nicht. Er verstand sich selbst nicht. War sein Konzept so gut? Oder so daneben?

„Viviane, det sag´ ick ja ooch, dass det jenau das Risiko ist. Aber es gibt halt niemals Garantien. Du hast Recht, wir sind zweimal gescheitert, aber wir haben auch was geschafft - also ich kann´s für mich sagen, ich kenne dich seit 1993 und es ist immer viel Begegnung dabei gewesen. Natürlich ist zwischendurch auch wieder mal keine Begegnung da gewesen, weil´s an der Stelle nicht funktioniert hat. Aber dann haben wir uns immer wiedergefunden. Denk an den Tod deiner Mutter. Das war sicherlich ein entsprechender poröser Punkt bei mir - ich hatte zwei Jahre alleine gelebt,

wusste nicht mehr, was ich will und wo ich lang will, womit könnte ich mich noch beschäftigen. Und dann sind wir uns begegnet und et war ooch wieder allet da, erstmal."
Sie schaute ihn an, hörte sein Gestammel und fragte sich, wie es passieren konnte, dass die Worte trotzdem Wirkung auf sie hatten.
Pater schien ihre Verwunderung nicht zu bemerken oder sie störte ihn nicht. Jedenfalls fuhr er einfach fort:
„Wo damals meine Verantwortung einfach wieder weg war, war... eh, das war, als ich dachte, dass dieses Gefühl der Liebe nun mal... ja, reicht! Det könntest du nicht mehr vergessen und nun könnte auch mal Schluss sein mit der lieben Müh', wir könnten endlich leben, ohne ständig nur für den anderen zu leben. Damals habe ick wenig drüber nachjedacht, dat ich viel tachtäglich tun muss, damit die Liebe ooch immer wieder erhalten bleibt, ihr'n Wert kriecht. Darum hab' ick mir halt einfach nich mehr jekümmert. Aber die Arglosigkeit, die wurde ooch'n bisschen unterhalten durch die Situation: die Arbeitslosigkeit - die einfach unheimlich mein Selbstwertjefühl erst mal umjehaun hat, meinen janzen Lebensplan durcheinander jebracht hat. Für mich war det 'ne sehr bedrohliche Situation. Aber es hat mit dem, was ich zum Beispiel für Max empfinde oder für dich nüscht zu tun. Und wie ick dann später damit umjejangen bin, det is 'ne janz andere Frage. Da hab ick mir schuldig jemacht, ja, hab ick mir da janz bestimmt. Und hab mir beschissen verhalten, ja, det ooch."
Er hatte seine Linie wieder: Zugeständnisse und Schwächen zeigen, Vivianes Helferkomplex mobilisieren, Wege weisen, wie sie ihn geistig erreichen könnte. Er tat es bewusst berlinisch und genoss es, wenn sich ihre Pupillen weiteten und verengten. Ja, Vivi, so ist es richtig. Herhören, nicht herhören! Den Rest der Wirkung tun die Situation, die Chemie und die Erwartung. Die Zukunft würde zeigen, wie haltbar seine Netze sein würden. Christoph Pater war zuversichtlich - für Sebastian Fischer würden sie allemal stark genug gesponnen sein. Der käme an Viviane nicht mehr heran.! Später, wenn keiner es für möglich halten würde, weil alle dächten, nun hat er ja seine Frau zurück, die Mutter seines Kindes, dann würde er mit Sebastian auch noch anders abrechnen. Ja, es war genau dieser Augenblick, in dem sich Christoph Pater dazu entschloss: Er würde Sebastian Fischer umbringen!
„Aber Viviane, det eene kannste mir jlooben. Viele der Fehler habe ick aus Sorjen jemacht. Natürlich gab et ooch die Zeit, wo die fehlende Sorge um dich und dann natürlich auch die fehlende Sorge um Max da mit drinhing. Aber ick denke, ick habe 'ne Cäsur jemacht und es gab Max und es

gab dich... und insgesamt habe ick in den zehn Monaten Arbeitslosigkeit fast vierundzwanzig Stunden täglich an Max jehangen. Der is mir soo nah jekommen, da würde ick alles für tun, das den keiner wegnimmt!"

Viviane hakte ein: „Und jetzt benutzt du ihn, mich zu erpressen?"

Pater: „Nee."

Viviane: „Doch! Sebastian sagt, du benutzt ihn, um unsere Ehe kaputt zumachen, meine Ehe mit Sebastian."

Pater: „Ne, det stimmt nich, Viviane. Ick meene, logisch, aus seiner Sicht muss det so scheinen."

Viviane: „Und es ist dir egal, was jetzt aus Sebastian wird!"

Pater: „Nee, det is mir ooch nich ejal. So kann ick nich sagen dass es mir egal ist. Aber - Liebe - is ooch so'n Punkt für mich. Der, plus dieser Lebenspunkt, an dem ich bin, plus Max, so - also det is ja nich nur, det ick irjendeene Frau kennen jelernt habe und bin dann nich in die Pötte jekommen und habe dir jesagt, ick will anders leben, ick will 'ne Familie haben, ick will 'ne Ehe... eh..., sondern da is diese Vorjeschichte. Es gibt die Tatsache, dass es Max gibt - unser fleischgewordenes gemeinsames Blut, die ewige Liebe, die uns verbindet, und es gibt für mich dieses Gefühl, dass es in meinem Leben noch nie eine Frau gab, die mich so berührt hat wie du!"

Viviane: „Wie stellst du dir Sebastians Platz zu Max vor?"

Pater: „Da müssen wir drüber reden."

Viviane: „Sebastian sagt, Max ist auch sein Junge geworden, irgendwie."

Pater: „Da müssen wir reden! Max ist Max."

Viviane: „Also du willst nicht, dass Sebastian seinen Kontakt zu dem Kind behält?"

Pater: „Nee, det stimmt so nich. Aber es is ooch nich nötig, denn er hat ja jetze wieder seinen Vater, seinen richtjen, mich! Er braucht nicht mehr den, den du ihm aus der Not jeholt, anstatt aus einem richtjen Bedürfnis zum Vater gegeben hast."

Viviane: „Ein bisschen Platz für Entscheidungen müsstest du aber auch mir noch lassen. Findest du nicht?"

„Wie Max und wo Max leben soll, mit wem Max leben soll - ick finde, von heute an is det allet unsere jemeinsame Sache. Da hat sonst niemand mehr det Sagen. Und ich finde, der Junge sollte vor allem immer bei uns sein. Warum denn auch woanders?"

Viviane: „Und was haben wir gemeinsam für Pläne?"

„Det hab ick dir doch jesagt. Ick will mir dir und Max zusammenleben. Det is mein Plan."

„Und deine Angst?" Viviane schaute auf ihre Hände, die mit der am Mundstück schon mehrmals platt gedrückten Zigarette spielten. Sie wusste, dass dieses Komplott alles kaputt machte. Alles! Sie wusste es. Wieder sah sie diese Schatten und hörte eine Stimme. Die sagte ihr dieses Mal, dass es richtig wäre, alles kaputt zu machen. Aber sie wusste nicht mehr, was damit gemeint war. War es wirklich Sebastian? Oder wäre es nicht viel eher Christoph?

„Bitte?"

Viviane wiederholte: „Was ist deine Angst?" Sie spürte dieses Gefühl im Unterleib - Tanja. Wie hätte Christoph Pater sich gewunden? Und sie dachte, dass sie es gern ausprobieren würde.

„Meine Angst? Die ist, dass du diese Verletzung, die ich bei dir jesetzt habe, dass du sie nich verjessen kannst. Nich weil du dir keene Mühe jibst oder so, sondern weil det einfach im Leben so is, dass man Menschen so verletzt, dass die Wunden nie heilen, oder sie heilen, aber bleiben immer. Und wenn ick Angst habe, dann davor, dass det wiederum was Dauerhaftet wird in unserer Beziehung, dieses Verletzt-Sein, etwas, was wir dann beede nich aushalten."

Viviane nickte stumm. Sie würde es aushalten. Ihr Blick fiel prüfend auf sein Gesicht. Er auch?

Christoph verstand das anders: „Also bei dir kratzt es immer wieder an der Wunde, bei mir kratzt es immer wieder an den Schuldgefühlen und dat wir des nich sicher schaffen. So und ansonsten hab ich erstmal keine Sorgen."

Viviane: „Bis auf Max und Sebastian."

„Ja", meinte Christoph, „aber wat soll ick dir sagen? Weil es is ja auch Quatsch, von 'ner Beziehung von Sebastian zu Max zu reden. Also wenn, denn jeht's um 'ne Beziehung zu uns dreien. Um die darf det ooch jehn. Aber die jeht doch ooch nur über uns Erwachsene. Et jeht doch nich anders. Du kannst doch nich Max losjelöst von, eh, eh, also… dessen Welt machen doch wir, wir Erwachsene! Beim zweijährjen Kind macht doch die Welt ein Erwachsener, der die Wahrnehmung auslegt. Und det is ja ooch die Uffjabe von uns Erwachsenen, dem Kind zu sagen, wie die Welt is, ob nu hü oder hott oder rin oder raus. So. Det is doch so!"

Viviane wusste, dass Sebastian verloren hatte. Sie machte einen letzten Versuch, nicht etwa, um ihn zu retten, sondern um ganz sicher zu sein, dass Christoph Pater ihrem Mann auch wirklich nicht die geringste Chance mehr geben würde: „Du hast gesehen, dass Max Sebastian liebt und als Vater angenommen hat."

„Ja", erwiderte Christoph, „det hab ick aber ooch nich in Frage jestellt. Mit keinem Punkt. Und ick habe´s bis heute…, ´s is ja nun ooch´n bisschen müßig, weil `s… eh… auch nich beweisbar is,… es gab keine Situation, wo ich mich Max und dir gegenüber und auch Sebastian gegenüber nicht loyal verhalten habe!"
Viviane war zugleich angeekelt und fasziniert von Christoph, diesem Pharisäer, und seiner öligen Loyalität. Für sie war er zu wirklich jeder Gemeinheit in der Lage. Er war der Vater ihres Kindes, und bei aller Ambivalenz, die er ihr ja auch immer wieder vorwarf, wusste sie, dass sie unmöglich Max lieben und ein Leben lang für ihn sorgen, seinen Vater aber hassen konnte. Eher musste sie Sebastian verlassen. Nicht, weil sie ihn nicht mehr liebte, sondern weil es keine Alternative zum leiblichen Vater war, mit ihm zu leben.

Zugleich sprach in ihr eine Stimme: „Achtung, immer schön aufpassen!" Und eine andere: „Ja, das ist die Brutalität, aus der das Leben geboren wird." Und die Hoffnung: „Nur diese Brutalität hat die Kraft zur Wahrheit. Und nur Wahrheit bringt nachhaltig Ordnung in mein Durcheinander!"
Die Reihe von Trugschlüssen, denen Viviane unterlag, hätte aus der Aufzählung der möglichen Reaktionen in psychotherapeutischen Lehrbüchern stammen können. Viviane wusste, dass sie nicht mehr alle Zeit der Welt haben würde. Sie hatte vielleicht sogar nur noch Stunden. Wenn sie Sebastian gegenüberstände, müsste sie gewappnet sein, sonst würde es sie zu ihm ziehen. Der Prozess wäre so unendlich viel schmerzhafter für sie. Sie musste ein Ende machen. Irgendwo musste sie den Schlusspunkt setzen!
Sie war ihrem Mann noch etwas schuldig, sie würde es ihm zugestehen. Catherine hatte am frühen Vormittag angerufen. Sebastian war aus dem Koma erwacht und könnte nach Berlin überführt werden, wenn er das will, sagten die Ärzte. Sie kannte ihre Pflicht, aber dann müsste es genug sein.

Christoph Pater hatte es geschafft. Viviane Fischer war entschlossen, ihren Mann zu verlassen und voll Hoffnung, dass es das Beste wäre, sich zum dritten Mal an den Mann zu klammern, den sie schon zweimal verlassen hatte. Sie glaubte ihm, dass ihr kein anderer ihre Ängste nehmen könnte. Sie glaubte seinem Brief. Sie glaubte seiner Suggestion.

Vivianes vorletzte Reise

Unterwegs war Viviane wie durch einen geheimnisvollen Instinkt doch noch einmal durcheinander gerüttelt und verwirrt worden. Vielleicht wäre es das letzte Mal - das letzte Mal überhaupt? Zumindest doch auf Jahre! - dass sie dem Einfluss von Christoph Pater entfliehen könnte?! Auf einmal empfand sie das Gefühl als sehr bedrückend. Vielleicht war es die weibliche Neugier: auf Catherine, Sebastians erste und seit zehn Jahren geschiedene Frau, die sie angerufen und ständig über den Verlauf der Besserungen Sebastians unterrichtet hatte; die Neugier auch auf diese Stadt, Montreal, die ihr Mann ihr schon vor der Hochzeit als die schönste und lebendigste der Welt geschildert hatte. Jedenfalls saß sie im Flugzeug, Lufthansaflug LH 1006 nach Paris. Von dort weiter mit Air France, Flug AF 512 nach Dorval, dem Stadtflughafen von Montreal. Frühmorgens noch in Tegel, würde sie um 19.56 Uhr planmäßig landen. Christoph hatte sie nicht gern fliegen lassen. Viviane spürte dieses Gefühl - als würde sich irgendetwas in ihr lösen, Nebel lichten, ein Ruf würde ihr den Weg zeigen, irgendwohin müsste irgendwann einmal der richtige Weg führen. Diesmal würde sie ihn finden! Christoph hatte ihre Verwirrtheit gespürt und trotz allem nur einen schwachen Versuch unternommen, sie abzuhalten, Sebastian aus Kanada zurückzuholen. Zu groß das Risiko, das wusste der Mann, der wie kein zweiter menschliche Reaktionen im Voraus nicht nur berechnen, sondern mit einer Art geistiger Fühler, die wohl in der Zukunft liegen mussten, präzise vorhersagen konnte. Viviane hatte sich gewundert, dass er nicht mehr gekämpft hatte, um sie zurückzuhalten. Irgendwie wurmte es sie, dass es so leicht gewesen war. Und irgendwie war sie auch froh. Max war beim Papa geblieben - unter der Bedingung, die sie als guten Kompromiss empfunden hatte, dass Christoph so lange in der Villa am Schlachtensee lebte. Es sollten ja nur wenige Tage sein. Aber Viviane wurde es plötzlich wichtig, dass ihr Sohn sein neues Zuhause auch als Zuhause erleben lernte. Dort würde sie lange bleiben, vielleicht alt werden, vielleicht allein? Oder war es bereits die Vorbereitung des Umzugs auch von Christoph nach Schlachtensee? Mäxchen. Viviane musste beim Gedanken an ihren Sohn schmunzeln: „Mama Papa Sebastian holen. Papa ist krank. Oh, armer Papa Sebastian", hatte Max gesagt, eine Miene gezogen, als hätte er eine Zitrone gegessen -

dabei Christoph konzentriert angeschaut und übers Gesicht gestreichelt.
„Oh, armer Papa!"
Viviane zappte durch die Seiten ihres Tagebuches...
„Ja, lass uns vergessen, dass es erst zwei Wochen sind. Du sollst mir alle Dinge zumuten können, die dich bewegen, mir vertrauen können, wissen, dass ich dich auffangen kann", hatte sie Sebastian am 10. Juli 1997 geschrieben. „Du sollst mit mir glücklich sein können, aber auch traurig. Du kannst schwach sein und unsicher. Wenn ich dich verletze oder du wütend auf mich bist, kannst du es sagen, zeigen, ohne befürchten zu müssen, dass ich diese Freundschaft kündige."
Irgendwie war Viviane stolz auf sich, stolz, dass ihr Mann sich gerade jetzt auf sie verlassen konnte, dass sie ihn wirklich abholte.
Oder hier, wenige Seiten zuvor: „Gerade bist du gegangen und ich spüre immer noch deine Hände auf meinem Körper. Ich fühle schon jetzt, dass ich dich in der eigentlich doch kurzen Zeit, die wir uns nicht sehen werden, während du tagsüber im Büro arbeitest, jeden Tag mehr vermissen werde. Ich werde Sehnsucht haben, es wird mir etwas fehlen, was zu dem Leben von mir gehört. Zwischendurch ist alles so unwirklich, dass ich oft fürchte, aus einem schönen Traum aufzuwachen und in einem ganz anderen Leben zu sein. Dann quakt Max nach seinem Tee, und während ich ihm seine Tasse fühle, fällt mein Blick auf den Ring, den du mir geschenkt hast. ,Nimm, er ist für die Mutter meiner Kinder', hast du gesagt. Und das fordernde, ausgesprochen reale 'Teeee' meines Söhnchens ist völlig unvereinbar mit der Existenz eines Traumes. Eines wirklichen Traumes. Denn das Traumhafte ist, dass die Wirklichkeit der Traum und der Traum unsere gemeinsame Wirklichkeit ist! Und traumhaft ist es auch, was mich Tag für Tag mehr verwandelt."
Max hatte wenige Tage danach Windpocken bekommen. Der ganze, kleine Körper voll juckender Punkte. Max war so tapfer - und hatte Sebastian angesteckt, der als Kind um diese Ekelkrankheit herumgekommen war und nun dafür umso mehr litt. Sie hatte beide Männer zu bemuttern.
In diesen Tagen hat ihr Sebastian geschrieben:
„Ist es nicht das, was ein Leben schön macht? Dass man Gegenwart und Zukunft so erwartet, wie man sich später einmal an sie erinnern will, wenn man zurückschaut in die Vergangenheit und feststellt, dass die glücklichen Sekunden die unglücklichen bei weitem überwogen haben. So wollen wir immer leben. Dann werden wir das Heute morgen als schön empfinden."
Und: „Gestern sagtest du mir - sehr versonnen, sehr bedacht, dass dir deine Mutter oft stundenlang nicht aus dem Geist geht. Du sprichst mit ihr

und sie rät dir, was richtig ist. Vivi, wie gern hätte ich sie kennen gelernt, wie gern auch dir meinen Vater vorgestellt, der 1992 gestorben ist. Aber dass das nicht möglich ist, heißt nicht, dass wir uns nicht gegenseitig trotzdem den Geist unserer geliebten Toten vermitteln, der weiterhin da ist. Schließlich ist Geist eben das, was von uns, von unserem Wollen und Schaffen bleibt, wenn wir aus dem Leben sind. Geist ist unabhängig vom Rest - auch von Konvention und Religion, Erziehung und Herkunft. Er wird unser ureigenster Schatz, wenn wir es verstehen, ihn anzunehmen!"
Sebastian hätte Schriftsteller werden sollen, anstatt in dieser Agentur Konzepte für Firmenbosse zu schreiben, die damit mehr und noch mehr verdienten. Viviane sah am Horizont den Eiffelturm aus der umnebelten Skyline von Paris herausstechen wie eine Nadel aus einem Kissen. Sie war noch nie in Paris gewesen. Sebastian hatte ihr versprochen, sie einmal dorthin zu führen. Irgendwie war es nun ja auch so... ja...

Der Flug der Träume

„Allegria - allegro = freudig, lebhaft (allerdings mit ′ll′)"
„Alegria, Ciro, 1909 geborener peruanischer Schriftsteller"... Der kann auch nicht gemeint sein. Spanische und italienische Wörterbücher habe ich nicht. Macht nichts. Alegria eben... magical feeling.
Magical feeling ist es, was ich habe. Ich vermisse dich. Ich sehne mich nach dir mit jeder Zelle meines Körpers und meiner Seele. Ich habe mich noch nie in meinem Leben so lebendig gefühlt, mit so viel Liebe erfüllt, auch mit so viel Energie. Und auch mit so viel Vertrauen - in dich. Auch - endlich einmal - in mich. Vor allem in mich! Das ist es auch, was mich am meisten verwundert. Ich habe das Vertrauen in mich, dass ich mit dir leben kann, alt werden wie eine Ziege, Kinder kriegen, glücklich werden, mich dir schenken, wie ich es immer nur geträumt hatte, es einmal zu können.

Mit fünfzehn, bevor ich verliebt war, habe ich dies geschrieben. Aus der Ahnung von einer Sehnsucht heraus abgeschrieben, ohne es zu verändern - nun möchte ich es dir schenken.
Hier ist es,... mein kleines Geschenk...
Wäre der Himmel mein Eigentum, ich würde ihn dir schenken.

Würde die Sonne mir gehören, ich gäbe sie dir.
Die Wolken, den Mond und alle Sterne würde ich dir reichen, wären sie
mein Besitz.
Hätte ich Wiesen, Felder und Wald, auch die würde ich dir übereignen.
Seen, Flüsse und Meere würde ich in deine Hände legen; immer darauf
vertrauend, dass du sie ganz vorsichtig und behutsam behandelst
und schützt.
Regen und Wind, Hagel und Schnee, auch Berge und Täler
und Sand und Steine würde ich dir überlassen.
Da ich aber nur ein Mensch bin und solch große Geschenke nicht machen
kann, schenke ich dir
das Größte, was ich habe:
meine Seele und meinen Körper.
Ich vertraue dir meine Liebe an.
Ich schenke dir mich,
ohne dass ich mich dabei verliere oder vergebe.
Das ist mein kleines Geschenk
an dich.
Und es wächst
mit jedem Tag, an dem wir zusammen sind,
wenn du es willst.

(Literarisch eher zweifelhaft. Es ist aber, als hätte ich es schon damals *für
dich* - ich meine immer nur dich! - geschrieben. Ich habe es aufgehoben,
weil ich es aus dieser unbestimmten Ahnung heraus geschrieben habe.
Damals, ohne jede Erfahrung und mit der Liebe eines fünfzehnjährigen
Mädchens, das sich schon fast als Frau fühlte. Mit dieser Ahnung, die
schon damals den Wunsch geweckt hat, dem Menschen (an-)zugehören,
den es irgendwo gibt, geben muss, dem Menschen, dem ich mich und
meine Liebe schenken kann und muss, getrieben von der Überzeugung,
nur in der Gemeinsamkeit wahrhaftiges Glück zu finden und zu geben.)
Diese Nacht, diese letzte Nacht: Du sagst, es sei erst der Anfang. Ich sage,
es ist der Wendepunkt in meinem Leben.
Alegria - wir haben es gesehen. Einen Zirkus, der mehr ist als ein Zirkus.
Die Show war so wunderbar und wir so glücklich. Magical feeling!
Ich hatte keinen Zweifel. Keinen Zweifel an meinem Vertrauen zu dir,
daran, dass du für mich sorgst, auf mich aufpasst, mich auch beschützt.
Ich konnte mich dir geben. Die Verantwortung für mich dir überlassen.
Nicht ich gehe an meine Grenzen, sondern ich lasse dich mich an meine

Grenzen führen - behutsam, aber bestimmt - an meine Grenzen und darüber hinaus, in ein unbekanntes Land...

Du sagst, mir soll heiß werden bei dem Gedanken an unsere Nächte, in der Erwartung der Nächte. Als du mich das erste Mal besucht hast, sagtest du, ich soll zu dir kommen, weil ich dich will, mich nach dir sehne, verzehre. Schon damals (es ist ein halbes Leben her) kroch die Ahnung eben dieser Nächte in mir hoch. Ich hatte das Gefühl, etwas Bekanntes zu erleben, was mir dennoch vollkommen neu zu sein schien. Ich fühlte diese Sehnsucht nach Freiheit, nach meiner Freiheit, die ich in der vollkommenen Hingabe an dich und an uns schon damals (es ist ein halbes Leben her) gespürt habe.

In dieser letzten Nacht ist die Vermutung zu einer Gewissheit geworden: Freiheit in der Begegnung mit dir, und nur in der Begegnung mit dir, wirklich leben und dabei erfahren, was es heißt, auf ein Ziel hin zu *leben*. Dieses Ziel gemeinsam zu *wollen*. Und genauso, wie ich meine Grenzen kennen, leben und überschreiten möchte mit dir, um dir zu gehören und weil ich dir gehöre, möchte ich, dass du deine Grenzen kennen lernst und lebst und überschreitest, weil ich dich dabei führen möchte. Und weil du (zu) mir gehörst.

Ich habe den Storch, den du mir geschenkt hast, mit ins Bett genommen. Wir werden viele Kinder kriegen... ja...

... „Na, wie geht's?"

„Wunderbar! Ich habe einen schönen Tag gehabt. Einen wunderschönen Tag, so einen Tag, wie ich ihn schon ewig nicht mehr hatte. Vielleicht noch nie?"

„Was hast du denn erlebt?"

„Nichts Besonderes und alles zugleich, aber auch das Gefühl, endlich mal wieder für mich allein zu sein, für mich allein Schönes zu erleben."

„Ich habe Sehnsucht nach dir!"

„Wir haben uns doch gerade eben erst gesehen... Und überhaupt, du kannst es wohl nicht ertragen, allein, oder besser, ohne mich etwas zu genießen? Du bist schon viel zu abhängig von mir!"

„Wie bitte? Ich sage doch nur, dass ich Sehnsucht nach dir habe."

„Nee, tust'e nich; du willst mir ein schlechtes Gewissen machen, weil ich etwas alleine schön finde! Du willst, dass ich alles ohne dich schlecht finde, weil du für mich unentbehrlich sein willst. Aber das wird dir nicht gelingen!"

„Ich sag' doch nur..."

„Nee, nee, du verwechselst Beziehung mit Abhängigkeit!"
„Ich..."
„Nee..."

...„Na, wie geht es dir?"
„Gut. Wir haben einen wunderschönen Tag gehabt."
„Schön. Ich habe an euch gedacht!"
„..."
„..."
„Ich..."
„Ich habe Sehnsucht nach dir!"
„Ja, das ist das Einzige, was fehlte - dass du alles das mit mir, dass wir es gemeinsam sehen und erleben!"
„..."
„Dann sind es nun schon drei Dinge, auf dich ich mich freue, wenn wir uns übermorgen sehen."
„Ich finde es schön, dass du..."
„Ich finde es schön, dass du..."
„Ich freue mich auf DICH!"...

Das erste Gespräch hat so oder so ungefähr immer wieder in meinem Leben ein widerliches Ende gefunden. Nicht etwa nach langjährigen Beziehungen, sondern nach wenigen Wochen oder Monaten, in denen man sich zwei- oder dreimal pro Woche sah.

Das zweite Gespräch nur einmal: mit dir, Sebastian. Wir kannten uns wenige Wochen.

Warum ich früher den Männern nicht sofort schreiend davongelaufen bin, wenn sie mich manipuliert und meine Wahrnehmung verdreht haben, weiß ich nicht mehr. Vielleicht war es, weil ich klein und dumm war. Ich fühlte mich von irgendetwas abhängig, was ich aber nicht kannte. Ich sah die Schatten, die jedoch keinen Namen hatten. Ich glaubte noch an meine eigene Schuld und an meinen überzogenen Anspruch. Später dann, als es sich immer wiederholte, und auch beim letzten Mal, als es so oder ähnlich stattfand, habe ich schon (fast) nicht mehr an die Existenz von etwas anderem als diesem - ich weiß nicht was - geglaubt, weil ich nun alt und klug genug war um zu vermuten, dass meine Sehnsucht ungerecht war. Meine Sehnsucht war unrealistisch, nicht auf die Wirklichkeit bezogen. Das sagte mir auch der Vater meines Kindes. Immer wieder! Ich fragte ihn und er sagte es.

Das Gespräch mit dir, Sebastian, war völlig anders! Die Selbstverständlichkeit der gegenseitigen Sehnsucht nach dem anderen ist mir als das eigentlich Erstaunliche erst hinterher aufgefallen. Die Selbstverständlichkeit ist es, die mich genauso glücklich macht wie das Neue, das Unbekannte, welches zu entdecken ich nicht umhin kann und will. Meine Sehnsucht hat plötzlich einen Namen. Ich muss keine Phantasien weben um eine dumme, kleine, abstrakte Idee von der Zweisamkeit. Ich fühle und lebe sie, und ich fühle und lebe eine Wahrheit: Es ist die Zweisamkeit mit dir und die Sehnsucht nach dir, nicht die Zweisamkeit oder die Sehnsucht nach Zweisamkeit mit einer Idee.

Bevor ich nun zulasse, dass sich der Schlaf meiner bemächtigt, werde ich mich für den Tag von dir verabschieden. Ich stelle mir dein Gesicht vor, wie es aussieht, wenn du mich anschaust. Ganz tief, bis in meine Seele hast du geblickt, als wir uns das erste Mal liebten - und seitdem...
Ich stelle mir deine Hände vor, wenn sie mich streicheln, ganz sanft. Deine Arme, wenn sie mich umschließen und du mich hältst. Deine Augen, die ganz weich und lustvoll, fast durchscheinend werden, wenn ich dich streichle, langsam, vorsichtig, am ganzen Köper. Deine Augen, wenn du lustvoll nach mehr verlangst. Deine Augen, wenn sie mich dabei beobachten, wie ich nach mehr verlange. Dein Glied, das sich einen Weg sucht und in mich geht und das ich ganz umschließe, was mir ein großes Vergnügen ist.
Es gibt so viele erste Male in unseren Begegnungen. Es ist das erste Mal, dass ich so tiefe Lust verspüre. Es ist das erste Mal, dass ich solche Befriedigung erfahre. Es ist das erste Mal, dass ich den Mann in meinem Leben anrufen will und es einfach tue, ohne zu überlegen, ob das gut ist oder ob er denken könnte, er könne sich meiner sicher sein, und ob ich das denn wirklich will. Ich rufe dich an, weil ich empfinde, dass es richtig ist - weil ich es will, weil es mir nicht nur nichts ausmacht, dass du weißt, dass ich mich nach dir sehne, sondern weil ich will, dass du es weißt - dass du weißt, dass du mich hast, dass du weißt, dass du dir meiner sicher sein kannst, dass es eben nicht sein kann, dass ich plötzlich weg bin.

Montreal und Catherine

Die Zollformalitäten waren schnell erledigt, und dann erkannte Viviane auch schon Catherine unter den Menschen, die an den Flughafen gekommen waren, um die Reisenden aus der alten Welt abzuholen.

„Bist du Viviane, die Frau von Sebastian? Ich habe eine Nachricht für dich."

Catherine reichte Viviane kaum bis zur Schulter. Nun sah sie die Frau an, die noch nicht einmal ihre Tasche abgestellt hatte, um guten Tag zu sagen, wie man eine Hure ansieht, während sie ihr einen zweimal gefalteten Zettel aus einem Notizblock hinhielt.

„Kam vor zwei Stunden."

Viviane faltete den Zettel auf und las:

„Max braucht dich. Und ich liebe dich. Vergiss das nicht. Christoph"

„Die Rose, an die ich den Zettel heften sollte, musst du dir dazu denken. Dafür wäre mir jeder Cent zu viel gewesen!"

Catherine machte aus ihrer Abneigung von der ersten Sekunde an keinen Hehl.

Es war ein Schock, der Viviane durchzuckte. Sie fühlte sich, als habe sie zweiundvierzig Grad Fieber.

„Lass uns fahren!" Ohne eine Antwort abzuwarten, ging Catherine vor.

Wie Viviane in Berlin, fuhr auch Catherine einen kleinen Toyota. Normalerweise hätte sich Viviane sofort wohl gefühlt. Eigentlich war ihr auch die Frau nicht unsympathisch, die da neben ihr saß. Vielleicht fünf Jahre älter als sie selbst, die Hüften etwas breiter, aber das Gesicht von einer wunderschönen Form, die Haut leicht gebräunt und sanft und zart wie die eines Pfirsichs, kurzes, in der Mitte gescheiteltes, kastanienbraunes und sehr kräftiges Haar, braune Augen und diese leicht hervorstehenden Backenknochen... Sebastian hatte es ihr erzählt, Catherine hatte indianisches Blut. Viviane stand kurz davor, in Tränen auszubrechen.

„Ich fahre dich zum Hotel de Paris, wo Sebastian wohnte. Dort kannst du seine Sachen aufräumen - zum Krankenhaus ist es nicht weit. Das Hotel liegt in der City, das Hospital auch. Du kannst dir ein Taxi nehmen."

Der Zettel von Christoph, den Viviane in die Hose gesteckt hatte, brannte, brannte wie Feuer, das ihren Schoß ausglühte...

„Ja."

Die Straßen waren überfüllt mit Menschen. In Berlin war es noch recht kühl. Montreal war heiß und die Menschen genossen die Sonne in den Straßencafés und Parks, an den Brunnen und bei den Promenaden durch die Einkaufsstraßen mit den hübschen Boutiquen. Die Fahrt zum Hotel dauerte fast eine Stunde.

Catherine sagte dem Monsieur am Empfang, wer die Frau sei, der sie den Schlüssel für das Hotelzimmer von Sebastian Fischer reichte, machte auf dem Absatz kehrt und lief auch schon die steilen Stufen zur Rue Sherbrooke hinab, wo ihr Auto stand.

Viviane fand das Zimmer, schloss auf und stand im Dunkeln. Die Vorhänge zugezogen, kein Sonnenstrahl drang durch den schweren, dunkelgrünen Samtstoff, der bis auf den graugrün gemusterten Veloursteppichboden herabreichte. Sie brauchte einige Sekunden, um sich an das Halblicht zu gewöhnen und den Lichtschalter zu finden. Das Bett war gemacht. Alles andere war so, wie von Sebastian hinterlassen, bevor der...

Was Viviane zuallererst auffiel, war das Tagebuch. Sebastian und sein Tagebuch. Seit seiner Kindheit hatte er fast immer eines bei sich gehabt. Sie nahm die rote Chinakladde in die Hand, die aufgeschlagen neben dem Bett auf dem Tischchen unter einer kleinen Stehlampe lag.

„Brief an Mama" stand dort unter dem Datum 27. 7. 1997:

„Liebe Mama, liebe Viviane,

dies ist ein Brief von deiner Familie - von Max, Cockie und Sebastian. Wir schreiben dir, weil, während du Arme arbeiten musst, malen wir schöne Bäume, die Sonne, die ganze Familie Fischer."

Es folgten zwei Seiten mit Mäxchens Kritzeleien: Bäume, Sonne, ein Haus, ein Hund - eben die ganze Familie Fischer. Daneben ein Segelboot.

Dann ging es weiter: „Eigentlich will Max am liebsten, dass Mama da ist. Weil Mama aber arbeiten muss, ruft Max nach Sebastian... Nicht so richtig, weil der Name so schwer ist, dass man leichter ´alter Mann` oder ´Fischer` oder ´Moment mal` oder ´uiuiui` ruft. Aber gemeint ist immer Papa Sebastian - der Floh weiß genau, was er will!

Unterdessen läuft Cockie in der Wohnung rum. Max kreischt das ganze Haus zusammen, wenn der pelzige Schlawiner an seinen kleinen, nackten Füßchen schnuppert oder die Beinchen leckt.

Heute ist es schon das vierte Mal, dass wir drei einen ganzen Tag allein zu Hause auf Mama und Viviane, Mamajane, warten. Und wir verstehen uns immer besser. Ist ja auch klar, schließlich sind wir eine Familie und werden bald heiraten, hat Mamajane gesagt.

So, liebe Mama und liebe Jane, wir müssen jetzt weiterspielen. Das ist auch viel Arbeit, wenn Max mit Cockie spielt und wenn Urmel zuschaut

und Sebastian die Worte aufschreibt, die Max Mama sagen will, weil wir dich so lieben!" Danach folgten seitenweise Kritzeleien von Max.
Viviane konnte ihr Schluchzen nicht mehr zurückhalten. Meine Familie, meine Familie - sie wusste nicht, welche sie meinte. Sie weinte und drückte das Tagebuch von Sebastian ganz fest an sich.

Im Krankenhaus

Die Schwestern waren sehr nett und führten Viviane zum behandelnden Arzt, der auch sehr nett war und Viviane auf Englisch, aber möglichst langsam und verständlich erzählte, was vorgefallen war und was man mit Sebastian Fischer unternommen hatte, seit der im Hospital lag. Dann war man vor dem Zimmer angekommen und der Arzt bat, Sebastian möglichst viel Ruhe zu lassen. Wenn er schlafen will, braucht er den Schlaf. Dann soll man ihn schlafen lassen. Das waren seine letzten Worte. Dann verwies er an die Schwestern, die er anweisen werde, die Papiere fertig zu machen, man werde sich vor der Entlassung des Patienten aber noch sehen.
Sebastian schlief tief. Über ihn gebeugt: Catherine. Mit ihrer Rechten streichelte sie Sebastian ganz zart über den Kopf. Als Viviane eintrat, hauchte sie ihm einen Kuss auf die Wange, sagte „Bonjour, amour" und ging. Viviane war allein mit Sebastian. Sie setzte sich neben ihn aufs Bett und schaute ihn an - ihren Mann, den sie nach nicht einmal einem halben Jahr Ehe verlassen wollte. Schmal war er geworden. Schön sah er aus. Sie legte ihre Hand auf seine, die über der Bettdecke lag und zuckte. Sebastian träumte. Was mochte er träumen?
Die Schwester kam und reichte Viviane einen Formbogen. Es fiel ihr nicht schwer zu verstehen, dass sie den ausfüllen sollte, obwohl die Schwester Französisch sprach, was Viviane kaum beherrschte. Vier Seiten Fragen und Angaben. Sie würde das woanders erledigen.

Es war eine milde, fast sommerlich warme Mainacht. Mal schaute Viviane fasziniert in die Schluchten hinauf, die die Glas-, Aluminium-, Stahl- und Granit-Häuser in die Vertikale der City von Montreal teilten, mal in die Schaufenster. Auf der Rue Sainte Catherine waren einige Geschäfte sogar noch offen. Es war nach 22.00 Uhr, milder Wind strich vom Hafen herauf durch die Straßenschluchten.

In einem Café holte sie den Fragebogen und ihre Wörterbücher aus der Tasche und füllte aus, was man im Krankenhaus von ihr wissen wollte. Sie holte den Zettel mit der Nachricht aus ihrer Tasche.

„Max braucht dich. Ich liebe dich. Vergiss das nicht. Christoph"

Sie wollte ihn in Sebastians Tagebuch verstauen, das sie aus dem Hotelzimmer mitgenommen hatte:

„Verdrehte Wahrnehmung - seine miese Gesellschaft wird auch unseren Jungen zerstören!" Und: „Dein Fehler wird einmal gewesen sein, dass du als erste Mutter dastehst, die ihr Kind gerade deswegen verloren hat, weil sie dem Irrtum unterlegen gewesen ist, der Junge könnte nicht ohne seinen leiblichen Vater sein. Der Mann ist gefährlich, hast du mir über ihn gesagt. Stimmt. Du hast dich aber trotzdem geirrt - und eben wieder nicht: Als dir klar wurde, dass Christoph nicht zu den Verbrechern gehört, die Kinder aus Fenstern werfen oder entführen, hast du dich beruhigt, anstatt weiterzuforschen und zu erkennen, dass der Mann es auf die Seelen derjenigen absieht und diese dann stiehlt.

Ja, die Kriminellen seines Schlages dringen in Seelen und verdrehen Wahrnehmungen. Weil Menschen seelisch keine Einzeller sind höchstens manchmal, was den Verstand betrifft, scheint mir - finden sich die Spuren der Manipulation an der geistigen Welt erst, wenn es zu spät ist. Außerdem: Zurückverfolgen auf den Schuldigen lassen sich diese Spuren ohnehin nicht. Christoph, der das weiß, weil er die Phänomene beruflich beobachtete, sowohl die Hypnose als auch die Medizin, die das Bewusstsein verändert, kennt und ihre Wirkung berechnen kann, darf also ungestört weiter die Wahrnehmungen verdrehen - deine und die von Max.

Du sagst, du fühlst dich von mir bedroht. Warum? Weil ich das beobachte? Weil er meine Wahrnehmung nicht beherrscht?

Das sollte dir keine Bedrohung, sondern eine Chance sein. Ja, Viviane, es ist deine Chance. Nimm sie wahr! Max zuliebe und dir selbst und mir zuliebe. Sebastian"

Darunter die Notiz: „Stichwort C.P. - unbedingt schreiben: Das Psychogramm eines gescheiterten Familienberaters, der sich an der Mutter seines zweiten Kindes rächen will, auch wenn das Kind darüber zum Monster wird. Also plant und tut er furchtbare Dinge."

Was war das für eine Forschung, die Sebastian versuchte?

Viviane blätterte weiter. Da standen unter dem 16. Mai 1998 seitenlang die Beschreibungen der Cafés und Bars, der Restaurants, der kleinen und großen Gerichte, die es dort gibt. Sebastian schrieb, „die schönsten Frauen der Welt" schlenderten vorbei, mit Röckchen so kurz, „dass im Gehen weiße und rosa Slips blitzen. Temperamente. Formen. Mode. Multikulturalismus. Interesse. Offenheit. Man könnte an jeder Ecke eine neue Freundschaft knüpfen. In meinen Gedanken aber bin ich bei meiner Familie."

Im Folgenden erzählt er von Anrufen in Deutschland. Viviane rechnet zurück. Richtig, da war sie beim Umzug. Sebastian musste auf Band sprechen.

Er hatte wohl Freunde getroffen. Seitenlange Schilderungen über seine kanadischen Abenteuer, damals, während der Studentenzeit, als er beim Pokern ein Motorrad gewonnen hatte und damit durch den kanadischen Norden bis nach Vancouver getourt ist. Dann schreibt er von Shorts, die er sich gekauft hat, weil er keine dabei hatte, mit dieser Hitze habe er nicht gerechnet, von seinem neuen Lieblingscafé, „Le Grand café Parisien Alexandre" an der Rue Peel, das Catherine ihm gezeigt hat, wo er mit ihr Muscheln gegessen und Eistee getrunken hat.

(Wieder dieses Gefühl im Magen. In Viviane rührte sich so etwas wie Eifersucht auf den Mann, der etwas oberhalb in der Stadt in einem Krankenhaus lag und schlief, auf ihren Mann.)

Catherine hat ihm von ihren Abenteuern erzählt. Sie ist ihm fremdgegangen - mit dem Freund einer Freundin. Viviane musste schmunzeln. Armer Sebastian! Er wird diese Geschichte nicht gern gehört haben.

Dann folgt wieder die Beschreibung einer glücklichen Familie an einem Nachbartisch und die Frage, ob das nicht Familie Fischer sein könnte. Eine kleine Geschichte voll Hoffnung und Hingabe. Historische Ereignisse zitiert er mit einer anderen Farbe.

„Le Regime Suharto tremble sur ses bases" titelt der Devoir, die beste Tageszeitung der Francophonie, wie Sebastian schreibt.

Und wieder Caféhaus-Szenen: Das Shed-Café an der Straße Saint Laurent zwischen Sherbrooke und Prince Arthur hat Sebastian besonders gut gefallen. Er hat die Empfehlung von Catherine.

Sebastian schreibt: „Wie auch gestern schon, bedient eine Armee schöner Frauen. Superfreundlich. In Berlin undenkbar! Und das Café ist ständig voll. Szenetypen. Der Boulevard belebt sich ab 10.00 Uhr vormittags von Stunde zu Stunde mehr, um nach Mitternacht ein brodelndes Zentrum des Vergnügens zu werden. Viviane würde hier Furore machen. Und wir alle drei erst, Max, Vivi, ich - die Familie auf Tour. Mein Junge, eines Tages zeige ich dir diese Stadt - und das Leben.

Daphné bringt zwei Riesen-Burger an den Nachbartisch, Rachel schenkt Gin-tonic an der Bar aus."

„Daphné, l´addition s´il vous plaít."

Viviane schreckte hoch. „Toute suite, Monsieur", flötete eine zierliche Blonde mit kurzem, pinkfarbenem Plastikröckchen herüber. Viviane schaut auf die Speisekarte: „Shed-Café", steht darauf. Sie las gerade über das Leben ihres Mannes. Es ist SEIN Leben! Wie Schuppen fiel es ihr von den Augen. Das war nicht irgendein Tagebuch. Es ist das Leben von Sebastian Fischer kurz vor seinem Unfall, das sie in den Händen hielt.

Fast fiebrig blätterte sie weiter. Vom Segeln auf dem Champlain-See im Süden der Stadt schreibt er, von einem Telefonat mit seiner Ex-Frau Catherine, in dem sie ihm erzählt hat, dass sie mit dem Hubschrauber in ein Lager von jugendlichen Schwerbehinderten geflogen ist und darüber eine Reportage gesendet wurde. Catherine ist Reporterin für Radio Canada und, den Worten Sebastians zufolge, eine der besten.

Für Max hatte er an diesem Tag eine Bibermütze gekauft. Dann folgt ein episch langer Exkurs über Hummer, ihre sozialen Instinkte und dass sie so gut schmecken, leider!

Wieder Stadtbeschreibungen, Beschreibungen von Menschen, Beschreibungen einer Billardhalle auf St. Laurent, mit einer Videowand so groß wie ein Haus und einem Barmann, der sich wie Woody Allen benimmt.

Von einem Western-Lokal und von einem Striptease-Laden handeln die folgenden Passagen. „L´Axe" hieß der Strip-Schuppen. Das interessierte Vivi. Vielleicht würde sie dort noch hingehen.

Es folgten philosophische Ergüsse, deren Qualität sie nicht beurteilen wollte. Dann schon eher die Landschafts- und Stadtbeschreibungen, zum Beispiel die: „Der Himmel hat sich mit dicken, weißgrauen Wolkenbergen zugezogen. Es wird Regen geben, sagen die Menschen. Sie werden sich nicht irren, sie kennen die Zeichen. Es ist auch nicht mehr so heiß."

Sebastian konnte hinschauen. Und er fand die Worte, die einem einen Eindruck dessen gaben, was er sagen wollte.

„Viviane, mein Leben, ist mein Tod. Das Sterben geht langsam - und anders als man glaubt, wenn man lebt", stand auf der nächsten Seite. Sie bestellte noch einen Wein.

„Viviane nutzt die Zeit. Sollte ich sagen: professionell?" Unter diesem Satz erzählte Sebastian von ihrem Anruf.

„5.45 Uhr erreichte sie mich. Fast Mittag in Berlin. Auf meine Frage, wie sie den Tag verbringe, sagte sie, sie sei am Räumen...

Ich war noch so betrunken und so schlaftrunken, dass ich es erst später realisierte... Sie zieht um. Sie zieht ins Haus am Schlachtensee. Mir hatte sie versprochen zu warten. Ich werde allein sein, wenn ich nach Berlin zurückkehre. Petra hilft. Christoph? ´Für wie geschmacklos hältst du mich?`

Max ist mit Christoph unterwegs: Fahrrad fahren. (Die Familie ohne Chancen sucht diese dennoch.)

Viviane, eine Trennung auf Zeit hätte ich selbst vorgeschlagen - wenn auch nur aus der Hilflosigkeit. Eben sagtest du mir, du würdest nicht die Kraft haben auszuziehen, wenn ich in Berlin sei. Deswegen seiest du nicht mitgekommen, deswegen tätest du es allein, nur mit Hilfe einiger Freunde. Meine Hilfe willst du nicht. Du sagst, dann sei immer alles so schön, so harmonisch, du selbst aber bliebst launisch und ablehnend und könntest dich nicht ertragen in der Art, wie du mich zurückstößt.

Muss ich abbrechen? Oder muss ich bleiben? Muss ich erfolgreich werden, weil du mich dazu zwingst, weil du mich sonst verlässt? Hure! Ich werde von dir verarscht. Warum gibst du mir nicht zumindest die Gnade der Wahrheit?

Meine Welt sind meine Gedanken. Du aber wirfst mir vor, dass darin alles so klar ist, so geordnet, dass ich immer weiß, was ich will.

Viviane. Du wirst am 6. Juni zweiunddreißig Jahre alt. Du sagst, du weißt nicht mehr, was du willst. Deine Welt sei aus den Fugen geraten, weil Christoph Pater deine Wahrnehmung verdreht hat. Darum willst du mich auf Distanz halten, um dich deinem Chaos zuzuwenden?

Viviane hat ein Kind. Max. Wir lernten uns über eine Anzeige kennen. Das erste Mal trafen wir uns am 25. Juni in dieser Bar an der Pariser Straße in Wilmersdorf. Später sagtest du mir, du habest sofort gewusst, dass wir ein Paar würden. Und: Du hast gewollt, dass ich dich am ersten Abend verführe - was ich aber nicht tat. Du hast über meine zweite Frau gelacht, die mich nach elf Monaten verlassen hat. Du hast gesagt: ´So etwas ist bei mir nicht möglich.` Am 25. März, vor acht Wochen, sagtest du etwas von einer falschen Basis. Die hat dir C.P. eingeredet. Du selbst hast gesagt: ´Der hat mir die Wahrnehmung verdreht.`

Heute am Telefon sagtest du etwas von Krankheit. War das ein Hilferuf? Sind wieder Zysten aufgeplatzt? Oder bist du schwanger?"

Viviane war wie elektrisiert. Sie saß im Shed-Café am Boulevard St. Laurent in Montreal in Kanada und las über ihr Leben in Berlin Dinge, derer sie sich in ihrem Leben in Berlin nie bewusst geworden war.

Krankheit. Die Schwangerschaft. Damals, nach dem Tod der Mutter war auch eine Schwangerschaft gefolgt. Max. Jetzt war Lieselotte Pater tot. Ihr Mann, ein anderer als der Vater ihres Kindes, lag verletzt im Ausland im Krankenhaus. Sie war dort, um ihn abzuholen. Mitten in der Nacht in einer Bar las sie sein Tagebuch und fand sich dort... zurückgeworfen auf ihr Chaos - jenes Chaos, in welchem Christoph Pater der Herr der Ordnung war. Was sollte sie tun? Was sollte sie tun? Was, bitte?...

Sebastian wurde ihr unheimlich. „Und er droht mir doch", murmelte sie vor sich hin, als wäre es eine Befreiung, wenn er es täte.

Dann fand sie den Eintrag, dessen Vorhandensein sie gefühlt hatte, seit jenem einige Seiten weiter vorn: „Stichwort C.P. - unbedingt schreiben: Das Psychogramm eines gescheiterten Familienberaters, der sich an der Mutter seines zweiten Kindes rächen will, auch wenn das Kind darüber zum Monster wird. Also plant und tut er furchtbare Dinge."

Das las sich nach einem Buch.

Und hier stand es: „Mein erster Roman: Amok - die Geständnisse des Amokläufers Sebastian Fischer."

Viviane hatte erwartet, was sie hier fand, und war zugleich geschockt. Wie lange mochte Sebastian den Plan haben? In ihr kroch Angst hoch. Wenn Sebastian einen Plan machte, setzte er den um. Er setzte ihn wie einen Zug auf die Schiene und es gab kein Hindernis mehr. Sie würde sich ganz anders auseinandersetzen müssen. Nein, wenn alle alles erführen, könnte auch sie die Augen nicht länger verschließen.

Nervös schaute Viviane durch die folgenden Seiten der Notizen des Sebastian Fischer.

Der Roman

„Passiert es nicht jeden Tag, dass jemand jemanden verlässt? Und wünscht sich der oder die Gehörnte nicht oft genug, aufzuräumen mit der Vergangenheit: durch Amok? Ja, alle umbringen, die mit dem Verlassensein irgendwie zu tun haben.

Vorwort: Meine Frau und ich lernten uns über eine Anzeige kennen. Das ist nichts Besonderes. Am 25. Juni 1997 trafen wir uns zum ersten Mal. Wir heirateten nach vier Monaten und fünf Tagen. Das passiert. Fünf Tage vor dem fünften Ehemonat sagte sie mir, dass sie mich verlässt. Ich verstand das alles nicht mehr. Aber ist das nicht immer so?

Normal finde ich es auch, dass ich versuchte zu kämpfen. (Ach, hätte ich doch bloß gewonnen!)
Aber plötzlich war Lieselotte Pater tot. Wegen der Umstände schob man mir den Tod in die Schuhe. Ebenso den von..."
Moment mal, Viviane stockte der Atem, „... Max!".
Max? Lieselotte? Sebastian war in Montreal gewesen, als Lieselotte von dem Lkw überfahren worden war. Nur Christoph und dieser komische Kommissar von der Mordkommission hatten die Vermutung geäußert, er könnte... Hatte er also doch?
Es lief ihr kalt den Rücken herab. Wieso Max? Der lebte... Viviane blätterte zurück. „... alle umbringen, die mit dem Verlassensein zu tun haben"
Alle! Max war in Gefahr. Viviane schlug das Buch zu, warf einen Schein auf den Tisch und stürmte auf die Straße. Taxi, Minuten in der mitternächtlichen Rushhour, das Hotel. Den Mann hinterm Tresen schaute sie keine Sekunde an. Sie war vorbei, als der grüßte, hetzte hoch ins Zimmer 39. Christoph anrufen!
„Viviane hier."
„Ja, du, ich muss dringend ins Büro. Max ruft nach Papa und ich steh` in der Jacke."
„Max? Max lebt?"
„Warum denn nicht? Denkst du, ich könnte nicht auf unser Kind aufpassen? Fängt das schon wieder an mit deinem Misstrauen?"
Viviane fühlte sich wie vor den Kopf gestoßen, glücklich, aber wie vor den Kopf gestoßen. Max lebte. Was sollte ihm auch passiert sein? Sie erzählte einige verwirrte Worte, dann verabschiedete sie den Vater ihres Kindes und legte auf. Sie hatte nicht nur verwirrt geschienen, sie war es noch.
Max lebte. Oh, mein Gott!

Am anderen Ende der Leitung nahm Christoph seine alte, lederne Aktentasche, Max und dessen Tüte mit den Spielsachen. Dann fuhr er den Jungen zur Tagesmutter und machte sich selbst auf den Weg zu Susan. Er nahm sie zweimal und an diesem Tag besonders hart, legte 300 DM auf den Tisch neben dem Bett und fuhr ins Büro.
´Die will mich nur kontrollieren mit ihrem Anruf zu nachtschlafender Zeit`, dachte er verärgert. Er müsste diesem Theater mit deutlichen, unmissverständlichen Worten ein Ende setzen. Oder besser gleich richtig!...

Viviane allein im Hotel

Viviane spürte den Wahnsinn in sich. Sie fühlte nach dem Leben, das da war. Und sie sprach mit dem Tod.
Sie löschte das Licht und versuchte zu schlafen. Was für ein Tag! Morgens Berlin, vormittags Paris. Der Kanal und die britischen Inseln, Irland und der Atlantik, Neufundland und die Ostkantone der Provinz Québec in Kanada, Montréal und Catherine, das Hotel, die Stadt, Sebastian, sein Tagebuch. Die Welt, in der er lebte, war so unfassbar groß - und für ihn so klein, so handhabbar, so anschaulich und schön.
Viviane lag in seinem dunklen Zimmer. Ein Windhauch zog durchs Fenster und bewegte diese dunklen, schweren Samtvorhänge vor den Fenstern zur Straße. Da sah sie sie wieder, die Schatten. Sie sah das wimmernde, kleine Mädchen am Boden und die Schatten und das blitzende Metall und sie hörte den Schrei, der alles übertönte. Sie schrak hoch und war doch nur wieder in dem Hotel an der Rue Sherbrooke in Montreal.
Sie hatte Angst vor den Schatten - und Angst vor dem Tagebuch. Aber dem Tagebuch konnte sie eins auswischen, indem sie es studierte. Also holte sie es hervor.
„Du willst mich verlassen, obwohl du weißt, dass es falsch ist, Viviane", begann ein Brief an sie. Nein, das war es nicht. Hier, eine Seite weiter.
Sebastian hatte die handelnden Personen in einer Liste aufgezählt und untereinander geschrieben. Daneben, welche von ihnen sterben würden. Danach die Kapitel aufgezählt: achtundzwanzig bis zum Ende und zum Epilog.
Das Vorwort, das sie im Shed-Café so erschreckt hatte, stand davor. Erst hinter der Aufzählung der achtundzwanzig Kapitel begann der Text.
„Nun, ich liege hier auf meinem Bett im Zimmer 39 des Hotel de Paris, 901 Sherbrooke Est. Wer das liest, wird es für unrealistisch halten. Aber ich weiß, was in meiner Vorstellung lebt...
Da ist etwa Sergeij. Warum er nicht längst tot ist, wie sein Bruder und seine beiden Schwestern, seine Mutter und die vielen tausend Bekannten, können auch die Ärzte nicht erklären. Sergeij war der Einzige im Dorf, den der atomare Fallout nicht dahinraffte, als die Stromfabriken der Ukraine in Tschernobyl explodierten und selbst in den Pilzgründen von Augsburg mehr als 2000 Becquerel gemessen wurden.
Ich hatte Sergeij in Montreal kennen gelernt, vor zwei Jahren. Sergeij hatte viel erzählt, ich hatte viel erzählt: Von den Gefühlen, die weder die Ärzte noch die Politiker interessierten, als damals die Ukraine der westli-

chen Welt das größte denkbare Freilandlabor für atomare Feldforschung spendiert hatte. Von der Bedeutung der Heiterkeit für Menschen, die traurig sind. Vom Sinn der Lebenslust für die, die dem Tod in die Augen schauen...

Wir hatten den Mädchen nachgeschaut, und Sergeij hatte mir im Axe Mireille gezeigt, dabei geschmunzelt und sehr bedeutungsvoll ihre Fähigkeiten geschildert. Vielleicht war es dieses Schmunzeln, das mir zugleich kalte Schauer über den Rücken jagte, mich aber auch faszinierte und an eine Hoffnung fesselte, die ich seitdem nicht wieder verloren habe..."

Viviane kannte die Geschichte. Er selbst hatte sie ihr erzählt. Jetzt aber sah sie sie das erste Mal geschrieben vor sich - die Geschichte der Domina. Ihr schauderte lustvoll. Es war einerseits dieses Aus-ihr-Herauswollen und andererseits das Wissen, dass auch Mireille ein Stück des Lebens ihres Mannes war, des Mannes, den sie geheiratet hatte.

Und es war eine Geschichte mit schönen Worten und schönen Sätzen. Etwa dem: „Kreativität wird nur aus den größten Leiden oder der wirklichen Euphorie geboren, niemals aus dem Mittelmaß."

Den Satz ließ Sebastian Sergeij sprechen, aber sie wusste, dass es Sebastians Satz war.

Oder die Stelle, als Sergeij zum Sterben nach Berlin kam: „'Kanada ist ein Land für starke, gesunde, junge Menschen. Kranke sterben in Deutschland schöner.' Seine Mundwinkel zogen sich bitter nach unten. Es war wieder dieses Lachen, das kein Lachen war, auf seinem Gesicht. 'Ein Jahr habe ich noch. Vielleicht zwei, aber dann werden es zwei Jahre voll Schmerzen', sagen die Mediziner.

'Was ist mit Mireille?', wollte ich wissen.

'Deine Frau wird dir deine Mireille. Ja, du hast richtig gehört, Viviane. Sie wird noch schlimmer. Es ist eine gnadenlose Abhängigkeit, eine Mischung aus Neurose des Festhaltens und Neurose im Fluchtinstinkt. Du wirst mit ihr scheitern. Sie wird dir deine gefährlichste Sadistin!'"

Viviane wusste, was das bedeutete. Sie wusste, dass Sebastian ihr Wesen kannte.

Dem Kapitel siebenundzwanzig, das Sebastian offensichtlich nach ihrem Anruf und der Mitteilung vom Tod von Lieselotte Pater eingearbeitet hatte, folgte der dramatische Show-down in mehreren, dem Leser überlassenen Variationen:

„Der Tote, den die Royal-Canadian Mounted Police am nächsten Tag an einem See im Süden der Stadt fand, wurde als Sebastian Fischer, deutscher Staatsangehöriger, identifiziert und an die Botschaft gemeldet.

Über die Botschaft hatte auch die deutsche Kriminalpolizei bereits Anstrengungen unternommen: Man wollte eine Fahndung nach Fischer einleiten. Er sei Anstifter des Mordes an Lieselotte Pater, hieß es. Er sei sogar durch die Aussagen seiner Frau schwer belastet worden. Eine Todesanzeige schaltete nur die Mutter.

Sergeij war tagelang im Morphiumrausch. Diese Schmerzen, die Knoten, Metastasen im ganzen Körper. Die immer noch stechenden, grünen Augen lagen tief in ihren Höhlen. Als er die Familiennachrichten las, zuckten seine Mundwinkel bitter nach unten. Es war dieses Lachen, das kein Lachen war. Aber Sergeij war zu müde, um bitter zu sein.

'Hast dich verabschiedet, ohne Lebewohl zu sagen, mein Freund`, murmelte er heiser, als er die Todesanzeige las. 'Dein Vertrauen ehrt mich. Ich werde den Rest übernehmen, wie ich es dir versprochen habe. Du hast keine Sorgen mehr. Du hast mit dir selbst mehr Arbeit gehabt, als mir der gesamte Rest macht.`

Christoph Pater starb als Erster. Ein Auto, das ihn auf der Landstraße gegen einen Baum schob, wurde nie gefunden. Pater verbrannte in seinem alten Ford.

Sabine und Jacqueline waren tags darauf nicht mehr in ihrer Wohnung aufgetaucht. Einen Monat später kam ein letzter Brief über einen Boten aus dem Orient. Ein Hilfeschrei aus einem Kerker, in dem die beiden Freundinnen von Viviane Viehhirten zur Prostitution feilgeboten wurden.

Wilhelm Schneider fand man verrenkt in seinem Bett. Einbrecher hatten ihm Benzin in die Venen gespritzt.

Vivianes Bruder wurde auf der Straße vor dem Haus am Schlachtensee erschossen.

Der Vorletzte, der starb, war der Einzige, der noch keine Schuld auf sich geladen hatte: Max Schneider wurde von zwei maskierten Frauen vor den Augen seiner Mutter entführt. Einen Tag später hing sein kleiner Körper am Hals aufgehängt am Türgriff zur Wohnung der Familie.

Viviane wurde in die geschlossene Abteilung einer psychiatrischen Klinik eingeliefert. In den folgenden Jahren versuchte sie mehrmals, sich umzubringen. Alle Selbstmordversuche misslangen.

Die Frau und Mutter mit dem Helfersyndrom, die immer für andere da sein wollte, sah die Freiheit nie wieder."

Diesem Ende war die Moral von der Geschicht` angehängt, eine typische, Fischer´sche Philosophie: „Leben ist alles; alles, was nie passieren dürfte, inbegriffen. Wir entkommen uns nicht. Wir nicht, das Leben uns nicht. Und du bist da keine Ausnahme."

Dem schloss sich ein für Sebastian denkbares anderes Show-down-Szenario an. Offenbar war der Autor noch nicht sicher, ob er happy oder gewalttätig enden wollte. An dieser Stelle fühlte sie sich etwas amüsiert von der Idee, Gegenstand eines Romans ihres Mannes zu werden, den sie zu verlassen trachtete.

Da hieß es: „Sebastian lief unruhig hin und her, trank noch einen Kaffee. Sein Magen flatterte, er rauchte noch eine Zigarette. Der Traum - das war mehr gewesen. Diese Nachricht vom Tod der Lieselotte Pater - es musste Sergeij gewesen sein. Ja, der Teufel hatte zugeschlagen.

Sebastian wählte noch einmal. Wieder nichts. Auch bei den Eltern nicht. Er war überzeugt, dass von seiner Familie keiner mehr lebte. Das war mehr als ein Traum gewesen. Diese Stimme. Diese Worte. Das war der Tod. Auch Vivianes Eltern könnten schon tot sein. Er war überzeugt, dass keiner mehr lebte.

Jetzt trank er ein Bier und musste sich sofort übergeben. Erst das zweite Bier tat ihm gut. Das dritte half. Nein, es schien ihm schlagartig unmöglich, dass man seinen eigenen Tod und anschließend den aller Feinde träumen könne, ohne dass auch nur das Geringste passiert war. Sebastian hatte sich immer auf sein Gefühl verlassen können, das ihm nun sagte, dass alle tot seien. Sergeij hatte seine Arbeit getan. Ohne Auftrag - aus einem Irrtum heraus."

Armer Sebastian, offensichtlich war er nach dem Telefonat mit ihr übergeschnappt. Erst hatte er sein Tagebuch gequält, dann sich selbst vor ein Auto geworfen. Dabei schien ihr eines besonders sicher: Mit dem Tod von Lieselotte Pater konnte er trotz der dramatischen Art, in der er ihn aufgenommen und verarbeitet hatte, nichts zu tun haben.

Viviane war zugleich beruhigt, belustigt und... zutiefst verunsichert, als sie noch die drei anderen Variationen eines Roman-Endes wie aus einem Roman las, die Sebastian in wenigen Worten skizziert hatte. Wie würde er sich verhalten, wenn er wieder in Berlin wäre...?

Ja, das war die Frage, die Viviane Angst machte. Plötzlich war es wieder da, das, was sie für das wirkliche Leben hielt.

Als sie endlich einschlief, hupten sich auf den Straßen von Montreal die Frühbusse schon den Weg frei durch die morgendliche Rushhour der Hauptstadt der amerikanischen Frankophonie...

Sie packte Sebastians Sachen und deponierte alles an der Rezeption. Ihre eigenen Sachen hatte sie gar nicht ausgepackt.

Das Bistro, das zum Hotel gehörte und in dem die Gäste ihr Frühstück einnahmen, machte gerade auf. Sie setzte sich auf die Terrasse oberhalb der Rue Sherbrooke. Der Himmel fast wolkenlos, leichter Wind streichelte unter den rotweißen Sonnenschirmen hinweg, über die typische, grün lackierte Holzterrasse, über die Gäste des Bistro, über sie, Viviane Fischer, geborene Schneider, Frau in Scheidung, Frau auf der Suche, Mutter des Max Schneider.

Die Phantasmen, die ihr Mann in den Figuren und Handlungen eines Romans vermenschlicht hatte, der wahrscheinlich niemals erscheinen würde, beunruhigten Viviane nicht mehr. Angèle, die Bedienung, eine bildhübsche Blonde aus Alberta, brachte ihr die Frühstückskarte. Lange Beine, schöne Formen, gesprächig, neugierig - sicher hatte Sebastian mit ihr geflirtet, ging es Viviane durch den Kopf.

Angèle gab es sofort zu, als Viviane fragte, und sie wollte wissen, warum der nette Deutsche nicht mehr da sei. Viviane hatte keine Lust, die Wahrheit zu sagen, also log sie. Angèle schien's zufrieden. Sie erzählte von ihrer Heimat, vom Camping auf dem Land ihres Freundes im Norden.

Serge, der Koch des Bistro, kam dazu, nickte. „Ja, Montreal ist zugleich Weltstadt mit zweieinhalb Millionen Menschen aus über einhundert Nationen und Kulturen. Griechen und Polen, Ungarn, Italiener, Russen, Deutsche leben hier - alle mischen sich, ohne dass Ghettos entstehen. Andererseits ist die Millionenstadt wie ein Dorf. Selbst das Zentrum ist nicht groß. Man kann alles zu Fuß erreichen, dabei gibt es mehr Bars und Restaurants als in Paris. Vor allem im Frühjahr und im Sommer ist die Stadt ein einziges Vergnügen."

Serge selbst hat acht Jahre in Paris und Heidelberg gelebt und studiert. Er kennt München und Hamburg. „Aber dieser Snobismus..." Nein, leben möchte er nur in Montreal! „Schau dich um", sagte er und zeigte über die Stadt, deren Kulisse sich in der fast staubfreien Luft vom Hafen vor der Terrasse des Hotel de Paris ausbreitete. „In dieser Stadt, die aussieht wie ein Bilderbuch aus fünf Jahrhunderten, werden in einem Jahr weniger Menschen ermordet als in Paris in einem Monat. Die Europäer wollen immer viel Polizei auf der Straße. Aber wenn was passiert, kann man sich nur darauf verlassen, dass die Polizei nicht zur Stelle sein wird. Montreal ist anders. Man sieht niemals Polizei, und wenn, dann sind die Uniformierten freundlich und hilfsbereit. Aber wenn jemand um Hilfe ruft - wupps, wie aus dem Nichts ist die Polizei da. Das ist wirklich der Sieg des Systems der Freiheit. Keiner weiß, wie wir das geschafft haben, aber es ist so."

Viviane war amüsiert von der lustigen, gestenreichen Sprache von Serge. Angèle, die Anglo-Franko-Kanadierin aus Alberta, rührte das Fruchtfleisch in ihrem Orangensaft um, schaute zu Serge. „Schade ist nur, dass unter allem ständig dieser anglo-frankophone Konflikt schwelt wie ein Flächenbrand, der jederzeit ausbrechen und das ganze Land niederbrennen kann."

Viviane musste gehen, aber es war ein Vormittag, der ihr wertvoll schien. Ihr Taxi hielt. Sie fuhr mit dem Fragebogen fürs Krankenhaus, ihrer kleinen Reisetasche und dem Tagebuch von Sebastian ins Hospital.

Sie würde Montreal heute verlassen. Es war ein Adieu. Kanada war das Land von Catherine. Das spürte sie. Montreal würde Sebastians Erinnerung bleiben.

Sie hatte in dieser Stadt keinen Platz.

Der Befund

Sebastian war schon auf, als Viviane ins Zimmer kam. Er bürstete sich das Haar, hatte seine Sachen verstaut. Jetzt trat er auf seine Frau zu, nahm sie in die Arme.

„Schön, dich zu sehen. Geht's Max gut?"

„Ich denke ja. Christoph ist bei ihm."

Sie wählte mit Bedacht diese Form. So konnte sie später immer sagen, sie hätte es ihm gesagt, dass Christoph während ihrer Kanada-Reise - und nur während dieser Zeit - in der Villa am Schlachtensee lebte.

Er küsste sie.

Sie sträubte sich - unmerklich nur. Aber er merkte es doch.

Der Arzt kam herein und übergab Sebastian die Fotos aus dem Kernspintomographen, dazu seine Beurteilung.

„Unauffälliger cerebraler Befund, keine ersichtlichen Traumafolgen."

Knappes Fazit. Darüber ausführlicher der Befund: „Infratentoriell orthotop gelegener vierter Ventrikel, symmetrische Darstellung der Kleinhirnhemisphären. Die basalen Zisternen sind einsehbar.
Pons und Mesencephalon stellen sich regelrecht dar. Regelrechte Abbildung der Kleinhirnbrückenwinkel bds.. Supratentoriell mittelständiges, normal konfiguriertes Ventrikelsystem. Das Gehirn liegt der Kalotte regelrecht an mit gut einsehbarem Sulcusrelief. Marklager und Stammganglien sind unauffällig. Keine Defektbildung, kein Anhalt für eine stattgehabte Blutung. Bulbi occuli, retrobulbärer Fettkörper, Nervi optici unauffällig."
Das Ganze war in der „Bratröhre", der so genannten Axial T2 gewichteten Sequenz mit einem Doppelecho TE105/15msec., axial und coronar T1-gewichtete Sequenz sowie coronarer T2-gewichteter Sequenz untersucht worden.
Sebastian und Viviane hörten den Ausführungen zur Erläuterung des Papiers, das ihnen der Arzt in die Hand drückte, wenig aufmerksam zu. Es beeindruckte sie nicht, was die Medizin aufgeboten hatte. Eher schon, dass ein Hirn einen solchen Schlag überstehen kann.
Dann endlich waren sie frei. Er wusste nicht warum - sie entzog sich im Hinausgehen seiner Umarmung.

Rückkehr nach Berlin

Catherine hatte angeboten, sie zum Flughafen zu fahren. Es war eine wortkarge Fahrt und es schien, als wenn alle drei traurig wären, am traurigsten aber Catherine. Zum Abschied nahm sie ihren Ex-Mann in beide Arme, drückte ihn so fest an sich, dass Viviane Angst bekam (und wieder dieses Gefühl: ein Anflug von Eifersucht) und gab ihm einen zärtlichen Kuss auf den Mund.
„Adieu", sagte sie zu Viviane und reichte ihr die Hand.
„Vielleicht gibt es einmal günstigere Umstände, unter denen wir auch ein paar Worte wechseln können", meinte die.
„Ich denke, in dieses Tal werde ich nicht hinabsteigen", erwiderte Catherine, schaute zu Sebastian, ein Lächeln ging über ihr schönes Gesicht.
„Vergiss Kanada nicht!" Dann drehte sie sich um und ging...
„Sie mag mich nicht", sagte Viviane.

„Sie hat mir das mit dem Anruf von Christoph erzählt und dem Zettel, den sie dir in seinem Namen gab." Sebastian tat so, als sei das eine Bemerkung über das Wetter und als bemerke er nicht, wie Viviane das Blut ins Gesicht schoss.

„Ja", sagte sie. Schweigend erledigten sie die Zollformalitäten und schweigend warteten sie danach in der VIP-Lounge fast eine dreiviertel Stunde, ehe ihr Flug aufgerufen wurde und sie das Flugzeug bestiegen.

Dünne Schleierwolken zogen über den blassblauen Himmel. Kühl war es geworden.

'Bald bin ich wieder für dich da`, dachte er.

'Hoffentlich ist dieses Schauerstück bald vorbei`, dachte sie.

„Ich freue mich auf Max und darauf, mit ihm und Crockie zu spielen", sagte Sebastian.

Viviane schwieg.

Unter ihnen glitten die Ost-Cantone von Québec und dann die Öde des hohen Nordens und Neufundlands vorbei. Über dem Nordatlantik sagte Sebastian leise: „Der Seewolf, heißt es, hat nicht sein Leben mit Jahren, sondern seine Jahre mit Leben füllen wollen. Deshalb ist er unter den herrschenden Umständen ausgestiegen - Selbstmord. Das ist etwas ganz anderes als Frank Sinatra versucht hat. Der kämpfte um jeden Erfolg, wissend, dass er verliert, weil er - je weiter er kam - doch nur noch mehr Jahre sammeln konnte und die Rolle des Herzensbrechers nicht aufgeben wollte."

„Und du siehst dich wie Frank Sinatra?", fragte sie?

„Nein, wie Raimund Harmstorf!"

Dann schlief er ein. Atlantik, irische Küste, südenglische Küste, Kanal. Bei Dünkirchen erreichte die AF 1966 das europäische Festland. Kanada war Vergangenheit - für Viviane so etwas, wie ein weiterer Schatten in ihrem Leben, den sie nicht lieben würde.

Sebastian freute sich auf Max und Crockie. Wie es dem Hund wohl gehen mochte, den sie bei den Nachbarn hinterlegt hatte...

Auch Vivianes Gedanken wanderten - zu ihrem Sohn und dem kleinen Hund, den Sebastian in die Ehe mitgebracht hatte.

Max und Croquette

Als Croquette das erste Mal in die Wohnung von Viviane und Max Schneider am Johanneskirchplatz gestürmt war, gellte ein Schrei durchs ganze Haus, so hoch, so durchdringend, so hell, so tragend, dass Viviane Angst bekam: um Max und dass alle Gläser und Scheiben auf der Etage zerspringen könnten.
Dabei war von Anfang an Freundschaft zwischen dem kleinen Jungen, der mit achtzehn Monaten schon fast neunzig Zentimeter groß und sehr kräftig gebaut war, und dem kleinen Hundemädchen, das eine Schulterhöhe von nicht einmal dreißig Zentimeter hatte.
Croquette ist ein Hund wie aus einem Bilderbuch für Kinder. Die meisten finden die zwei weißen, fingerkuppengroßen und fast kreisrunden Flecken im pechschwarzen Fell über den Augen besonders lustig. Aber der kleine Mischlingshund hat noch mehr: ein seidiges, kräftiges, weiches Kurzhaarfell, ebenholzschwarz, wenn man es mit dem Strich streichelt, silbergrau, wenn man gegen den Strich krault. Die dünnen Beine wirken überproportional lang. So steht Croquette oft da, wie ein eben geworfenes Rehkitz, etwas wackelig auf den Stelzen, in weißen Strümpfen.
Wie bitte, ein Hund trägt keine weißen Strümpfe? Croquette sieht aber ganz so aus. An allen vier langen Haxen sind die seidigen Fellhaare etwas oberhalb der Füße reinweiß. Und das sieht aus, als hätte die kleine Pelzdame weiße Strümpfe an.
Weiß ist übrigens auch die mittellange, niedliche Hundenase - nur ein schwarzer Fellstrich vom Nasenschwamm verläuft über den braunen Augen, die kreisrund sind und glänzen wie die eines Seehundes, und geht dann fächerartig in die feinen, schwarzen Kopfhaare über. Aber die ganze untere Nasenseite und der Latz bis hinab zwischen die Vorderpfoten ist ebenfalls weiß. Die langen, schwarzen Schnurrhaare und die im Laufe von vierzehn Jahren silbergrau gewordenen Wimpern geben Croquette etwas ganz besonders Freundliches - so gewann Max gleich Zuneigung zu dem Hund, der ihn zärtlich, mit dem Schwanz wedelnd, beschnupperte.

Max kokettierte gern mit der Hündin, die Kinder liebt - Mäxchen ganz besonders. Und so wundert es keinen, dass die Hündin sich bald nur noch um den kleinen Jungen herum trollte, mal an ihn kuschelte, mal mit einem seiner Steifftierchen davonlief, damit Max Croquette jagen und mit seiner neuen, kleinen Pelzfreundin spielen sollte.

Sebastian hatte den Hund einst an der Ziegelmauer vor der Kirche an der Antwerpener Straße in Wedding gefunden. Es war Anfang Januar. Weicher, frischer Schnee lag wadenhoch, der Hund, damals kaum größer als ein Hamster, fiepte, sein winzig kleiner, warmer Körper hatte sich in das ihn umgebende, ungewohnte Kalt hineingeschmolzen. Er war wohl erst kurz zuvor ausgesetzt worden.

Die Art, wie Sebastian zu Croquette gekommen, beziehungsweise Croquette zu Sebastian gefunden hatte, erklärt vielleicht die Freundschaft zwischen den beiden. Sebastian hatte das fast verhungerte Bündel Fell mit einer Pipette und verdünnter Milch großgezogen, ihr beigebracht, auf der Straße ohne Leine zu laufen, niemals über die Straße zu rennen, bevor sie dazu aufgerufen wurde. „Lauf", hieß der Ruf, dann gab Crockie, wie die Kinder der Umgebung den kleinen Mischling bald nannten, Gas. „Fuß", dann kuschelte sich das Tier möglichst dicht an Sebastian, den es - wie es die Instinkte des Hundes wollen - als Oberhund angenommen hatte.

Für Crockie war auch Max bald ein Alphatier, eine Art Leitwolf. Ja, das Hundemädchen folgte dem kleinen Jungen, als sei Max das neue Leittier des Rudels Schneider-Fischer.

„Cockie", rief Max, der anfangs das „R" noch nicht hinter das „C" kriegte, und schon kam Croquette angelaufen, legte die spitzen Ohren - die ein noch feineres, im Innenohr ebenfalls reinweißes Fell hatten - an, schnupperte schwanzwedelnd um Mäxchen und wartete auf weitere Anweisungen.

Max hatte eine diebische Freude daran, seine neue Spielgefährtin quiekend am Schwanz zu ziehen oder an einem der Ohren oder gleich den ganzen Hund am Hals zu umarmen. Manchmal warf er ihm seinen kleinen, braunen Teddy hin - und Crockie holte ihn und brachte ihn Max zurück. Manchmal wollte er dem Hund was wegnehmen, einen Knochen etwa oder einen Hundekräcker, und der Hund ließ es schwanzwedelnd geschehen, ohne je seinen dynamischen und so bestimmten neuen Oberwolf anzuknurren. Beide lernten voneinander.

Croquette, das Hundemädchen, das mit zurückgelegten Ohren aussah wie Fuchur, der Glücksdrache in Michael Endes „Unendlicher Geschichte", und Max, der frühmorgens, bevor er selbst nach seinem „Milchfläschchen" rief, zunächst „Cockie" einen Kräcker geben wollte, und der aufpasste, dass die Trinkschale immer mit frischem Wasser für „Cockie" gefüllt, die Hundedecke nicht mit Spielsachen übertürmt war, damit Crockie sich hineinkuscheln konnte, wenn sie mal müde war. Er legte sich dann gleich dazu.

Und so bestand die Familie aus vier Mitgliedern: Viviane und ihrem Kind, Sebastian und Croquette.

Das Quieken, dieses gellende, alles durchdringende Schreien des Jüngsten im Haus Fischer, wenn sich das Hundemädchen verspielt auf ihren neuen Freund und Alphawolf Max stürzte, um ihm einen Zwieback zu stibitzen und rasch aufzufressen, oder um ihm als Freundschaftsbeweis quer durchs Gesicht zu lecken, war schon nach kurzer Zeit nicht mehr nötig. Max verstand es, souverän mit Croquette umzugehen - kein Schreien, kein Alarm waren mehr nötig, um Mama oder Sebastian darauf aufmerksam zu machen, dass etwas Aufregendes und Ungewöhnliches geschah.

Die Freundschaft wurde unverbrüchlich.

VI. Teil: Die Scheidung und Entdeckung des Gestern

Der Lauf der Dinge

Wieder in Berlin, beschleunigte sich der Lauf der Ereignisse. Das Ende wird der neue Anfang.
Die Wohnung am Johanneskirchplatz - ohne Geist. Viviane hat ihre Bücher, ihre Möbel, ihre Bilder mitgenommen. Die Fotografien - Universen der Liebe - waren nicht mehr da. Sebastian bemerkte, dass eine Art Chaos von den Plätzen in den Schränken und Regalen herabstarrte auf ihn, der es nicht glauben wollte. Überall galt es, die Wohnung neu zu füllen. Sein Leben war die Wüste, die sie ihm hinterlassen hatte.
Da waren die Glasvitrine und all diese unnützen Kleinigkeiten weg, die er zwar nie geschätzt hatte, die ihm jetzt aber fehlten. Und ihm fehlte das Kindergetrappel auf den knarrenden Dielen im Wohnkorridor, in dem er sich früher immer geärgert hatte, wenn er über die Spielsachen gestolpert war, die Max schon an der Eingangstür und von dort fächerartig über alle Räume der ganzen Etage verteilt hatte.
Überall war Platz. Anstelle der Ledermöbel standen ein brauner, lederner Sessel und ein zweisitziges dazugehöriges Ledersofa im Salon. Alte Einrichtung von Vivianes Großmutter. Das gefiel Sebastian. So war immerhin noch etwas von dem, was er an der Familie Schneider geschätzt hatte, nämlich die Gradlinigkeit und Liebe der alten Frau, über die Zeit gerettet.
Seine Hälfte des gemeinsamen Ehebettes war frisch bezogen. Ihre – leer! Leere starrte ihn aus den Kleiderschränken an. Leere im Bad. Leere in der Küche. Leere gähnte von den Wänden herab, wo sie ihre Fotogalerie hatte. Leere auch im Zahnputzbecher. Ihre Bürste fehlte.

Anfangs rief sie noch jeden zweiten Tag an und erkundigte sich nach seinem Befinden. Aber die Distanz konnte sie nicht leugnen und er nicht überbrücken.
„Lass mir Zeit", sagte sie, ohne Gründe zu nennen oder etwas über ihre Pläne zu sagen, und: „Du hast keine Schuld. Es ist, wie ich dir gesagt habe. Entweder war ich damals verrückt, als ich dir das Jawort gegeben habe, oder heute. Ich war nicht frei für dich - und unsere einzige Chance, wenn man überhaupt davon sprechen kann, ist die, dass ich aus meinem Dickicht irgendwie einen neuen Weg zu dir finde. Keine Ahnung wie!"
Sie war für ihn unerreichbar geworden. Sie musste unendlich einsam sein.

„Nein, Viviane, ich werde dich nicht verlassen. Ich weiß, dass es Kraft kostet. Aber hat jemals irgendein bedeutender Schriftsteller oder Staatsmann irgendwo niedergeschrieben, hat es in deiner oder meiner Geburtsurkunde gestanden, dass immer alles leicht sein würde? Nein! Wir haben uns Liebe und Treue versprochen in guten wie in schlechten Tagen. Nun, erfahrungsgemäß ist die Erfüllung eines solchen Versprechens in guten Tagen weniger notwendig als in schlechten. Zurzeit beherrschen uns die allerschlechtesten, also brauchst du meine Liebe und Treue. Du selbst hast mich dazu aufgefordert, vor knapp zwei Monaten, als du gesagt hast, auch, nein, gerade wenn du mich einmal wirklich verlassen wolltest, sollte ich zu dir stehen - denn dann würdest du mich am allermeisten brauchen. Eines Tages werden wir darauf anstoßen. Wir werden glücklich sein - dann!"

Viviane sah mit einem Mal alles anders. Sebastian durfte Max nicht mehr sehen. Nicht dass sie es ihm direkt verboten hätte, aber sie entzog den Jungen ihrem Mann. Und Sebastian durfte sie nicht mehr besuchen im Haus am Schlachtensee. Auch das sagte sie nicht, aber immer wenn er es wollte, warf sie ihm vor, alles falsch zu machen - und so blieb er fern.

Ihn machte vor allem eines fertig: die Tatsache, dass sie ihm keinen Grund für ihr Tun nannte. Sie beharrte geradezu starrsinnig darauf, dass ihn keinerlei Schuld treffe und sie allein aus einem Instinkt heraus, den sie nicht einmal benennen könne, Zeit suche.

Er suchte Gründe. Als rationaler Mensch wusste er, dass es, wo eine Wirkung existierte, irgendwo eine Ursache geben musste. In seiner Suche zerfleischte er sich und den Wert all dessen, was er war, tat, dachte, plante - er wäre zu allem bereit gewesen, nur um einen einzigen Grund für das zu erfahren, was sie ihm zumutete.

Nichts!

Gründe lebte sie, sie benannte sie nicht.

Sebastian fühlte Wut. Noch wusste er nicht, auf wen. Und auch das Gefühl selbst war noch sehr unbestimmt. Aber es war ein erster Affekt der Befreiung von seiner Unterwerfung unter die Launen ihres Ego-Trips.

Am Pfingstsonntag rief er sie nachts an und zeichnete das Gespräch auf. Er wollte... wissen! Er tat fröhlich und möglichst optimistisch.

„Hallo, hier dein Mann."

„Du, das passt mir ganz schlecht. Marion ist hier. Christoph hat die letzten Kartons mit Klamotten für Max gebracht. Ich bin am Räumen."

„Das scheint dir ja zum Fünfjahresplan zu geraten. Sag mir doch bitte trotzdem, worauf du die Vermutung gründest, dass du schon vor unserer Ehe gewusst haben müsstest, dass du nicht fertig warst... für mich."

„Ach, Sebastian, nicht schon wieder! Ich habe es dir x-mal gesagt, dass man sich so wie ich zweimal von Christoph zwar trennen kann, aber man kann sich nicht in einer Beziehung aus dem Sinn der Beziehung lösen. Das würde einen immer wieder einholen - wie es sich jetzt zeigt. Man trennt sich doch nicht so, dass man auseinander geht und dann ist da nichts mehr. Ich habe die Zeit, die ein Mensch braucht, um einen Schlussstrich zu ziehen, nie gehabt, sagt auch Christoph. Denn du warst viel zu schnell in meiner Einsamkeit und sagtest, du wärst meine Lösung. Aber da war noch das Kind. Und wie kann ich dem in sein kleines Gesichtchen schauen, die Ähnlichkeit sehen und den hassen, der mich durch Max jeden Tag anlächelt? Christoph!"

„Wie viel Zeit hättest du gebraucht? Und wie viel brauchst du jetzt?"

„Das weiß ich nicht. Ich war allein und habe mich einsam gefühlt und mich selbst schlecht gemacht. Nur darum, nicht weil ich dich gebraucht habe, wollte ich dich."

„Hat Christoph der nestflüchtigen Mutter dies eingetrichtert?"

„Weiß nicht. Nähe und Vertrauen hatten ein Höchstmaß an Bedeutung für mich. Ich dachte auch, ich brauchte das von dir. Aber vielleicht brauche ich es doch mehr von dem Vater von Max."

„Warum hast du ihn verlassen?"

„Vielleicht hatte ich mir zu viel gefallen lassen von seinen Launen, die er in der Routine unseres Beisammenseins aufkommen ließ. Er war arbeitslos, die Wohnung zu klein."

„Und jetzt machst du mit deiner Unerreichbarkeit mir gegenüber dasselbe wie Christoph zuvor mit dir."

„Der Gedanke kam mir schon selbst. Aber ich kann nicht aus einem schlechten Gewissen heraus bei dir bleiben. Du hast mir gesagt, dass du mich liebst - deshalb hätte ich es undankbar gefunden, dich zu kritisieren. Aber ich wollte dich nicht aus Liebe. Ich fand deine Offenheit gut, mit der du von Anfang an mit mir umgegangen bist. Ich wusste, dass du viel arbeitest. Es wäre mir unangemessen vorgekommen, dich auch dafür zu kritisieren. Du, ja, du warst offen für mich. Du warst fertig mit deiner Vergangenheit. Ich nicht!"

„Und jetzt? Bist du mit mir fertig genug, um zu Christoph zurückzukehren?"

„Sebastian, auch du hast schon Beziehungen beendet, ohne wirklich fertig zu sein, weil du andere für wertvoller gehalten hast. Das Gefühl, bei einer Braut zu sein, aber tatsächlich woanders, kennst du doch. Und mir ging es immer wieder so - auch schon, als wir beide zusammen waren. Da war zum Beispiel das Waldhaus an der Onkel-Tom-Straße, wo Christoph und ich uns kennen gelernt haben. Mit dir bin ich dort nie vorbeigefahren, aus Angst, von der Vergangenheit überholt zu werden, wie ich jetzt weiß. Oder das Krankenhaus Waldfriede mit der Kneipe davor. Max ist dort entbunden worden. Und Christoph war dort."

„In der Kneipe?"

„Sei nicht zynisch!"

„Warum hast du mit mir nie darüber gesprochen?"

„Weil ich mir dessen erst bewusst wurde, als Christoph es mir ins Bewusstsein gerufen hat. Da war dann so ein Hauch. Da wehte einen was an. Du hast mal gesagt, du liebst mich. Und ich habe so ein Gefühl, als wenn ich den Vater meines Kindes liebe..."

„Dann gehst du zu Christoph zurück?"

„Sebastian, worum geht es dir?"

„Ich will wissen..."

„So kann ich dir nicht antworten. Du willst nicht Reife, sondern Kontrolle. Ich gehe in mich selbst, nicht zu irgendjemandem und schon gar nicht zurück. Ich schau mir alte Fotos an. Du berührst mich ganz tief. Aber ich weiß nicht, welches Ergebnis das hat. Wenn ich dir sagen würde, die Chancen sind so oder so, würde ich wieder lügen. Wenn du mich zum Teufel wünschst, ist das deine Entscheidung."

„Viviane..."

„Nein wirklich, ich wollte dir nicht so wehtun."

„Wie sprichst du mit Christoph darüber?"

„Wir sprechen. Es gibt viele Probleme um diese alten Sachen. Es geht auch um das, was du von mir einforderst oder was ich damals ihm gegenüber eingefordert und nicht erhalten habe. Immer wieder warum, warum, warum..."

„Dann gib mich frei! Sag`, dass es aus ist, anstatt zu sagen, du brauchst Zeit, um nachzudenken."

„Nein, ich will dich nicht frei sehen! Noch nicht. Ich will dich vielleicht wiederhaben, irgendwann. Am liebsten würde ich..."

„Ja...?"

„... euch beide lieben."

„..."

„Du bist ihm ähnlich und mir so vertraut. Wenn man zwei Männer zugleich lieben könnte, würde ich euch beide wollen. Ihn, weil es an dem Punkt, an dem ich Christoph verlassen habe, so war, und dich, weil du als einziger Mensch in meinem Leben mein Bedürfnis nach Nähe aushältst."

An diesem Abend dachte Sebastian das erste Mal über so etwas wie eine Beziehung zu dritt nach.

Juni 1998

Wenn so etwas möglich wäre, hätte Sebastian diesen Monat aus seinem Leben gestrichen. Da war etwa der 6. Juni, ihr Geburtstag. Er brachte ihr zweiunddreißig rote Rosen in einer großen, grünen Kanne, woraufhin sie ihn auf der Straße anbrüllte, er solle sie ihr Leben leben lassen und sein Gemüse für sich behalten.
Da waren mehrere Gespräche mit Wilhelm und Birgit, den Eltern.
„So etwas Gefühlskaltes wie diese Frau habe ich noch nie erlebt", sagte Birgit. „Sei froh, wenn du es bald schaffst, dich von ihr zu befreien. Ich könnte dir Sachen sagen, die sie erzählt hat..."
Ganz ruhig und mitfühlend sprach Birgit mit ihm.
Wilhelm hingegen wirkte sehr fahrig. Auf die Frage, ob er glaube, sie werde mit Christoph in die obere Etage, in die ehemalige Wohnung der Großmutter einziehen, sagte er: „Hoffentlich nicht! Aber nein, ich denke nicht. Bisher ist der Bursche eigentlich eher am Rande in Erscheinung getreten. Es ist schon so, dass er oft im Haus ist. Aber mir scheint, auch das ist so eine Eskapade. Viviane weiß nicht, was sie will. Deswegen habe ich dich bewundert, als du sie erobert hast. Ich dachte, endlich zieht so etwas wie Stabilität in ihr Leben. Du warst der erste Mann, den sie hatte, nicht so ein Waschlappen wie der da!" Dabei machte er eine Geste in Richtung Obergeschoss.
Viviane tobte furchtbar, als sie von den Gesprächen erfuhr. Der Vater sagte es beim nächsten Besuch: „Wir riskieren unseren Hausfrieden, wenn wir mit dir sprechen. Bitte, komm nicht wieder. Lass uns eine Chance!"
Nachts fuhr Sebastian vor dem Haus entlang. Immer stand Paters Auto vor der Tür neben oder hinter ihrem. Christoph und Viviane waren wieder ein Paar.

214

Einmal rief sie ihn nachts an und erzählte etwas von ihrer Sehnsucht, ihn wiederzusehen. Es war ein Gespräch, es war ein Kontakt. Dann ging im Hintergrund eine Tür. Sie legte grußlos auf.

Sebastian konnte später nur raten, was sich im Haus am Schlachtensee in den folgenden Minuten abgespielt hatte. Jedenfalls klingelte das Telefon kurze Zeit später erneut. Vivianes Stimme war kaum zu erkennen, so hart kamen ihre Worte:

„Sebastian, eines noch: Was ich getan habe, war in deinen Augen möglicherweise ganz furchtbar, aber es war allein meine Wahl. Und hör mir zu: Lass mich in Ruhe! Wenn du mich nicht frei gibst, werde ich das Eheversprechen, das ich dir einst gab, jeden Tag und jede Nacht genüsslich brechen!"

Ihm wurde schlecht bei diesen Worten. Das war Mitte des Monats. Danach mied sie ihn fast drei Wochen völlig und es gab keine Kontakte mehr. Von einer gemeinsamen Freundin hörte er Ende des Monats, sie sei zu einem Kurzurlaub nach Amsterdam gefahren.

Mit Christoph? Ja, mit Christoph...

Am 25. Juni dachte er daran, dass von diesem Tag an jeder Tag ein Jahrestag sein würde. Zwölf Monate zuvor hatte er sie kennen gelernt. Nun beschloss er, neue Symbole für eine neue Zukunft zu suchen, für sie aber weiter bereit zu bleiben. Er war ein Tor, ein Romantiker und ein Tor.

Der 2. Juli

Am 1. Juli sah er endlich ihr Auto wieder neben seinem vor der Villa am Schlachtensee. Es war Urlaubszeit. Sebastian und Viviane hatten - damals noch glückliche Eheleute - für diesen Monat einen Urlaub zu viert auf dem Wasser geplant. Er würde allein mit seinem Hund verreisen. Alles war vorbereitet. Sebastian wollte eine Woche unterwegs sein. Fast alle Freunde rieten mittlerweile: „Lass dich scheiden. So schnell es geht!"

„Vergiss Viviane!", sagten sie.

Am 2. Juli fuhr er im Schritt-Tempo vor dem Haus am Schlachtensee vorbei. Es war 15.20 Uhr. In wenigen Minuten würde sie von der Arbeit kommen. Er fuhr genau den Weg entlang, den auch sie - in umgekehrter Richtung - benutzte. Ihm kam ein Gedanke: vor dem Urlaub ein letztes, versöhnliches Gespräch. Und dann: Vielleicht ist eine einfache, einvernehmliche Scheidung doch das, was auch für das Kind am wenigsten Belastungen bringt. Sebastian fühlte sich fertig für eine Versöhnung - und für eine Trennung.

Im Schritt-Tempo fuhr er die Straße entlang, da sah er ihr Auto kommen. Er blinkte, sie erkannte sein Auto, er bedeutete ihr zu halten, sie stoppte, wendete, fuhr in eine Nebenstraße. Offensichtlich wollte sie nicht mit ihm gesehen werden. Max im Kindersitz lachte, machte ohne Mamas Hilfe die Tür auf und rief glücklich und fehlerfrei: „Sebastian, Max losschnallen!" Viviane gab sich zunächst wütend. Er versuchte, sie zu beruhigen, vielleicht zu einem Spaziergang am See zu überreden, wenigstens aber einige Minuten zu erhalten.

„Warum?", herrschte sie ihn an.

„Wir sind immer noch Eheleute, und ich werde etwas mit dir besprechen, was besprochen werden muss!"

„Du setzt mich unablässig unter Druck."

„Nicht ich, Christoph setzt dich unter Druck. Deshalb weichst du mir aus. Du verwechselst da etwas."

„Er hat ein Recht darauf."

„Dann werde ich mir das auch nehmen."

„Worüber willst du sprechen?"

„Lass den Jungen aus dem Auto. Wir gehen spazieren, runter, an den See."

Sie tat, was er sagte.

„Sebastian ist Papa Sebastian und Max und Mama gehen zusammen spazieren", fabulierte Max und nahm Sebastians Hand. Wie groß das Kind in den Wochen geworden war!

„Also...", sagte Viviane.

„Ich will möglichst schnell eine Lösung. Ich bin auch mit einer Scheidung einverstanden. Aber wir sollten es so machen, dass wir uns wieder in die Augen schauen können und dass es nicht auf Kosten von Max geht."

Ihr blieb der Mund offen stehen, als sie sich ihm zudrehte und ihn wortlos anstarrte, als sei er ein Verräter.

„Dann ist für dich alles aus?"

„Nein. Du hast Zeit gewollt. Jetzt will ich Zeit. Es werden vielleicht Jahre. Ich will sie allein. Auf einer klaren Basis. Mit der Distanz, die du gefordert hast. Und so denke ich, ist die Scheidung angemessen - es sei denn, du lässt auch ohne Scheidung ein Minimum an Normalität zu und schreist nicht immer herum, sobald ich dir guten Tag wünsche."

„Guten Tag, guten Tag. Papa Sebastian ist eine Ente und Max ist eine kleine Ente. Und wenn Max eine große Ente ist, dann kann er schwimmen. Und Mama ist jetzt schon eine gaaanz große Ente." Dabei beschrieb der Kleine mit beiden Ärmchen einen großen Halbbogen über seinem Kopf.

„Er babbelt unablässig und von Tag zu Tag besser", lächelte Viviane, „und er malt und er spricht viel von dir. Glaubst du, es fällt mir leicht, das zu ertragen, was passiert?"

„Dann lass mich ihn sehen. Wenigstens hin und wieder. Ich war elf Monate sein Vater. Du weißt, dass ich wirklich sein Vater *war!*"

„Das geht nicht, Sebastian." Viviane sprach diese Worte langsam und zögernd.

„Christoph?"

Sie nickte. „Es tut mir Leid!"

„Keine Chance?"

„Er ist jedesmal völlig außer sich, wenn die Rede auf dich kommt. Nicht dass er brüllt, aber es sticht ihn und er hat dann so eine Art an sich - er ist voll Gewalt. Ich glaube, er wäre zu allem fähig."

„Du hast Angst?"

„Es wäre nicht gut für Max, wenn jemand anderer neben seinem Vater da wäre."

„Sagt Christoph."

Nicken.

„Dann bleibt nur noch die Scheidung."

„Vielleicht. Wenn du wirklich willst..."

„Viviane..."

Ihre Gesichtszüge waren weich geworden, sie lächelte und hatte ihre Maske aus Pergament abgelegt. Max spielte am Wasser mit den Enten, sagte, Max ist ein kleines Entchen, und wenn Max ein großes Entchen ist, dann kann er schwimmen. Sie nahm seine Hand, streichelte ihn. Er schloss sie fest in seine Arme. Sie küssten sich. Wäre zwischen ihnen nicht diese neue Welt, sie wären ein Paar wie aus einem Liebesroman. Eine Familie.

Sie waren es nicht.

„Ruf mich an, aber so, dass er es nicht merkt. Am besten legst du auf, wenn er abhebt", sagte Viviane zu Sebastian zum Abschied, bevor sie in ihr Auto stieg und den Motor startete.

Sie hatten Frieden verabredet, eine Scheidung ohne Streit, Zeit für jeden, so viel er für seine Experimente benötigte.
Es waren eine und eine Viertelstunde Liebe gewesen, am 2. Juli 1998 am Schlachtensee.

Der Brief der Anwälte

Mit jedem Tag zog der Strudel des Geschehens einen engeren Kreis. Der Tag der Rückkehr aus dem einwöchigen Urlaub aber war für Sebastian eine Cäsur von besonderer Brutalität.
„Sehr geehrter Herr Fischer,

hiermit zeigen wir an, dass uns Ihre Ehefrau, Viviane Fischer, geborene Schneider, mit der Wahrnehmung ihrer rechtlichen Interessen beauftragt hat.
Unsere Mandantin hat am 16. Mai die gemeinsame Ehewohnung am Johanneskirchplatz verlassen. Sie sieht die Ehe als gescheitert an und wir sind beauftragt, zu gegebener Zeit Scheidungsantrag zu stellen.
Für die Zeit des Getrenntlebens sind jedoch mehrere Angelegenheiten zwischen Ihnen und unserer Mandantin zu regeln. Grundsätzlich ist sie an einer gütlichen Einigung interessiert. Aus diesem Grunde schlagen wir vor, alle Angelegenheiten in einer Trennungsvereinbarung für beide Seiten verbindlich festzulegen. Wir legen eine solche Trennungsvereinbarung in dreifacher Ausfertigung bei und bitten Sie, zwei Exemplare unterschrieben an uns zurückzusenden.
Selbstverständlich stellen Sie unsere Mandantin mit Wirkung vom 16. Mai von allen Forderungen aus dem Mietverhältnis der gemeinsamen Ehewohnung frei. Die Wohnung bleibt Ihnen zur alleinigen Nutzung.
Unsere Mandantin hat, da die ehelichen Lebensverhältnisse hauptsächlich durch Ihr Einkommen geprägt worden sind, einen Anspruch auf Getrenntlebenunterhalt, der sich nach dem jeweils vorhandenen Einkommen richtet.
Basierend auf einem geschätzten Netto-Einkommen Ihrerseits von DM 10.000, dem ein Einkommen unserer Mandantin in Höhe von DM 1.085 netto monatlich gegenübersteht, beträgt die Differenz 8.915 DM.
Unsere Mandantin hat einen Anspruch auf 3/7 dieser Differenz, das heißt…"

Sebastian wurde schwindelig. Per Gerichtsvollzieher wurde ihm dieses Schreiben zugestellt. Jetzt musste er sich setzen. Mehr als 3.500 DM Unterhalt pro Monat dafür, dass Viviane ihn nach vier Ehemonaten zunächst mit dem Vater ihres in die Ehe gebrachten Kindes betrogen und weitere drei Monate später ausgezogen war. Es würde ihn ruinieren! Der Brief endete mit der Forderung der Rückzahlung irgendeiner Summe, von der Viviane behauptete, sie habe sie Sebastian geliehen - die er aber wie jede weitere Mark in den gemeinsamen Haushalt gesteckt hatte. Das Geld war nicht mehr da.

Zum Abschluss noch eine Drohung: „Sollten Sie die Trennungsvereinbarung nicht bis zum 15. Juli 1998 unterschrieben an uns zurückgesandt haben, sehen wir uns veranlasst, insbesondere über die Frage des Unterhaltes eine gerichtliche Klärung herbeizuführen.

Mit freundlichen Grüßen..." Im Anhang fand sich die Trennungsvereinbarung. Sebastian hätte heulen können vor Schmerz.

Christophs neue Frau

Der Herbst 2013 versprach schön zu werden. Christoph Pater hatte alles. Der Mann, der von ganz unten gekommen und bis in die Villa am Schlachtensee aufgestiegen war, herrschte über das Anwesen, das bald sein alleiniges Eigentum sein würde. Viviane in der Klinik. Ihre Entmündigung stand kurz bevor. Christoph konnte seine Zukunft planen. Er musste keine Rücksicht mehr auf Menschen nehmen, die noch von seiner Herkunft wussten.
Nur Max spielte noch eine Rolle. Und überraschenderweise schon nach kurzer Zeit diese geheimnisvolle Frau, die ihn erobert, genommen hatte, ehe er verstand, was eigentlich mit ihm geschehen war.
„Du musst ein sehr tüchtiger Mann sein, wenn du so ein Haus besitzt!"
Oh, ja. Christoph fühlte sich sehr tüchtig und er war stolz auf sich. Noch durch Wilhelm war er bei den Rotariern aufgenommen worden. Er hatte die Mitgliedschaft im Tennisverein erhalten, in einer Fachzeitschrift für Psychologie einen längeren Aufsatz über die Bedeutung der Verwirklichung von Träumen für die Gestaltung der Zukunft von Kindern veröffentlicht. Seit fast zehn Jahren hatte er seine eigene kinderpsychiatrische

Klinik, daran angeschlossen ein Kinderheim sowie eine private Beratungsstelle für Erwachsenen- und Kinderpsychiatrie und -therapie.

„Es geht so, Schatz."

Bescheiden wirken. Das war immer sein Geheimrezept bei Frauen. Er musste einfach wirken. Gediegen, nicht anspruchslos, aber auf keinen Fall blasiert, nie die Nackenfedern aufplustern. Christoph war ein Pfau, ein Macho, ein Zyniker, was die Bedürfnisse anderer betraf. Aber er hatte schon in der FDJ gelernt, es niemandem zu zeigen und selbst Rückschlüssen so zu widersprechen, dass am Ende derjenige sich so sah, der ihm die negativen Haltungen oder Facetten vorwarf...

Mireille zog ihre Augenbrauen, tuschte die Wimpern. Die Routine, mit der sich diese Frau zurechtmachte, ihre so natürliche Schönheit, ihr Duft, der Geruch ihrer Haut, das Gefühl, wenn sie ihn mit ihrer Zunge verwöhnte, ihr Sex raubten Christoph den Atem. Ihr schlanker, muskulöser Körper mochte Mitte dreißig sein oder Mitte zwanzig. Tatsächlich war sie vierzig. Aber ihr Gesicht war faltenlos, von klassischer Schönheit. Kleine Ohren, leicht hervorstehende Wangenknochen, schmal geschnitten, eine feine, kleine Nase und Zähne wie Perlen. Graugrüne Augen, mandelförmig geschnitten, hatten ihn funkelnd angeblitzt, als sie sich das erste Mal begegnet waren. Goldbraunes, kräftiges, langes Haar war hochgesteckt, nur eine Locke umspielte ihren langen, schlanken Hals.

Hatte er sie eingeladen? Sie ihn? Christoph Pater wusste es nicht mehr. Was er wusste: Sie kannten sich keine drei Wochen und Mireille hatte es bereits übernommen, jedes Wochenende zu planen.

Christoph genoss es, ihr zuzusehen und sich treiben zu lassen: Wie sie mit kräftigem Hüftschwung in die hautenge Jeans aus extradünnem, blauweiß längsgestreiftem Denim stieg, durch die sich jeder Muskel ihrer Schenkel und ihrer Waden abzeichnete und der Minislip, der nichts verdeckte.

So eine Frau passte in den Lebensplan von Christoph Pater. Unschuldig, dekorativ und repräsentativ, eine, die sich zu benehmen wusste, im Bett ein Vulkan, gegenüber Freunden die sorgende Hausfrau, die jede Rolle spielen konnte, nachts ein Vamp - aber nur für IHN!

Mireille schnurrte wie eine Katze, als er ihr den Hals küsste, während sie schwarzen Nagellack auf ihre makellosen Fingernägel strich. Den Brillantring, den er ihr geschenkt hatte, trug sie am Ringfinger der rechten Hand mit der Selbstverständlichkeit einer Ehefrau. Das Collier mit dem Brillanten machte ihren langen, feinen Hals noch sexier - oh, diese Gier, er hätte sogleich über sie herfallen können!

„Wir werden nicht lange bleiben. Ich habe heute Nacht einiges mit dir vor."

Mireille funkelte ihn an, strich ihm durch das kräftige, silberblonde Haar, fuhr ihm mit ihren Krallen über den Rücken und ließ die Hand auf seiner linken Hüfte, den Daumen ihrer Rechten zwei-, dreimal rhythmisch in seine Leiste drückend, während sie vor ihm stand, sich den linken Zeigefinger mit der Zunge anfeuchtete und über seine Lippen strich.

´Oh, ja, Geliebte`, dachte er, ´mach es!`

Was Christoph Pater an Mireille liebte, war die Art, ihn zu nehmen. Es war immer Gewalt dabei, ein fester Griff ihrer Finger, wenn sie ihn massierte, genau die richtige Härte, wenn sie sein Gemächt fasste... ihn streichelte... Es war nicht dieses launische Mal-so, Mal-anders, mit dem Viviane ihm gezeigt hatte, dass er ihr schon lange kein Mann mehr war. Es war nicht wie dieses Gefühl, fast ein Ekel, wenn er über Vivianes vernachlässigtem Körper Lust gespielt hatte, während ihn diese starren Augen ihrer Maske aus einer Haut wie gerissenes Pergament anstarrten.

Christoph Pater war froh, Viviane Schneider los zu sein. Viel zu lange hatte er sie ertragen. Er hatte sie gebraucht, um an sein Ziel zu gelangen. Nun gut, aber er war stolz auf die Art, wie er es geschafft hatte: Bevor jemand begriff, was passierte, war alles geschehen. Und das so, dass Max, siebzehn Jahre alt, seinem Papa mehr vertraute als jedem anderen Menschen auf der Welt.

„Irgendwie elegant", murmelte er selbstzufrieden.

Tief in sich fühlte er trotz allem, dass Max ihm noch Kopfschmerzen bereiten würde. Der Junge würde in wenigen Monaten achtzehn werden. Max war schwierig geworden. Er hatte etwas sehr, sehr Entschiedenes in seiner Art und in seiner Mimik.

Es würde Christoph jedoch nicht davon abhalten, Herr über die Wahrnehmung auch seines Jungen zu bleiben. Das hatte er sich vorgenommen - und zum Erreichen dieses Ziels auch schon seinen Plan. Es reizte ihn sogar nach all den Jahren. Nein, Max würde ihn nicht verachten!

In zwei Jahren würde der Junge die Schule abschließen - dann würde er das Haus verkaufen und mit seinem Sohn ins Ausland gehen. Noch einmal anfangen, aber nie mehr ohne Geld sein!

Die Millionen aus dem Verkauf der Villa, das Erbe seiner Frau, dieses unmündigen Bündels an Depression und Neurosen, die in einer Klinik weit entfernt in der Eifel verrottete... wunderbar! Eine stabile Basis! Die Klinik würde er behalten.

„Ja, Schatz. Wir bleiben nicht lange. Am liebsten möchte ich gar nicht mehr aus dem Haus! Lass uns hier bleiben!"

„Von wegen, du großer, starker Mann, ich will sie kennen lernen, deine reichen, mächtigen Freunde. Komm!"

Typisch Mireille - Widerspruch zwecklos, wenn sie sich etwas vorgenommen hatte. Und so fügte sich Christoph - und genoss...

Wilhelm Schneider war seit mehr als zwölf Jahren tot, der halbdebile Bruder von Viviane verschwunden.

Birgit hatte Christoph gleich nach dem Mord an Wilhelm noch von Viviane die Tür weisen lassen, bevor diese selbst eingeliefert worden war. Welch schauriges Spektakel!

Manchmal verfolgte dieser Abschnitt des Gewesenen ihn bis hinein seine Träume. Aber solche Träume verscheuchte er rasch. Hatte er nicht alles, was er sich je gewünscht hatte?

Der Besuch des Arztes

Es war ein warmer Spätsommerabend im September des Jahres 2013, als der Arzt zum Haus am Schlachtensee fuhr. Max öffnete und der Psychiater erkannte in ihm sofort den Sohn seiner Patientin. Dasselbe schmale Gesicht, volles, welliges Haar, kräftige Statur. Max mochte fast 1,80 Meter groß sein. Er bat seinen Gast, im Salon vor der Veranda Platz zu nehmen, und setzte sich selbst auf den Schemel vor dem schwarzen Flügel.

„Worum geht es? Wer sind Sie und was wollen Sie mir sagen?" Max kam schnell zu Sache.

„Ich muss Ihnen zunächst sagen, dass ich gebeten wurde, Ihnen eine Mitteilung zu machen, die Sie natürlich nach eigenem Belieben verwerten können. Aber die Person, von der ich die Informationen habe, hat mich gebeten, Ihnen zu sagen, dass es ihr sehr wichtig wäre, dass Sie alles streng vertraulich behandeln und vor allem nicht mit Ihrem Vater besprechen."

Max stand auf und wies mit seiner Linken entschieden zur Tür: „Mein Vater und ich haben keine Geheimnisse voreinander. Bitte gehen Sie!"

„Ich bin der Arzt Ihrer Mutter."

Max ließ den Arm sinken, setzte sich.

„Meiner Mutter. Wo ist sie? Meine Mutter ist tot. Wer sind Sie?"

„Ihre Mutter lebt. Sie will Sie sehen und sie bittet mich, Ihnen das zu sagen. Nun kann ich Sie nicht daran hindern, Ihrem Vater zu sagen, dass sie es gegen seinen Willen erfahren haben. Aber dann darf ich Ihnen dieses Paket nicht geben." Während er sprach, holte der Mann ein großes Kuvert aus einer schwarzen, ledernen Aktentasche hervor.

„Was es enthält..."

„Weiß ich auch nicht. Aber Ihre Mutter hat es mir unter der Bedingung anvertraut, dass Sie mir Ihr Wort geben, darüber mit niemandem zu sprechen, bevor Sie sie nicht selbst gesprochen haben."

„Mama lebt."

Wie zu sich selbst sagte Max diese Worte. War es das, dieses dunkle Geheimnis, von dem die alte Frau im Nachbarhaus hinter vorgehaltener Hand einmal gesprochen hatte, was sein Vater leugnete, der behauptete, die Alte sei verrückt?

Max konnte sich noch an seine Mutter erinnern. Er war fast sechs gewesen, und sie hatte ihm erzählt, dass er bald in die Schule käme. Dann war er zur Tante aufs Land geschickt worden. Als er wiederkam, war alles anders. „Mama ist tot", hatte Papa gesagt. Opa war ausgezogen, Oma auch. Der Onkel war ins Ausland gegangen.

„Jetzt haben wir nur noch uns, mein Sohn", hatte Papa gesagt, ihn zu sich auf den Schoß gesetzt und ihn beschwörend angeschaut: „Wir Männer werden das schaffen. Aber wir müssen immer zusammenhalten."

„Mama lebt."

„Ja, Ihre Mutter lebt. Und sie wird noch lange leben. Sie war sehr krank. Sie können ihr helfen, wieder völlig gesund zu werden. Wenn Sie wollen, lasse ich Sie jetzt allein darüber nachdenken, ob sie die Bedingung Ihrer Mutter erfüllen können. Dann rufen Sie mich an. Ich gebe Ihnen das Kuvert, wenn Sie sagen, dass Sie das Wissen bis zu einem persönlichen Treffen mit Ihrer Mutter auf keinen Fall mit einem anderen teilen, es sei denn, sie gibt Ihnen ausdrücklich den Weg dazu frei. Das Kuvert enthält Unterlagen und einen persönlichen Brief Ihrer Mutter an Sie. Darin hat sie alles erklärt."

„Ja." Max wusste nicht mehr, was er sagen sollte.

„Wo ist Ihr Vater?"

„Beim Gesellschaftsabend der Rotarier. Er kommt sehr spät."

„Dann grüßen Sie ihn bitte nicht von mir. Denken Sie an den Willen Ihrer Mutter. Und rufen Sie mich an, wenn Sie soweit sind!"

Der Arzt gab Max einen Zettel mit seiner Telefonnummer und ging.

Am nächsten Morgen fand Christoph einen Zettel auf dem Frühstückstisch in der Küche: „Bin mit Nils zum Camping, wir bleiben übers Wochenende." Es war ein Sonnabend im September.

Christoph war stolz auf Max. Ja, ganz sein Sohn! Der wusste, was er wollte. Er brachte Mireille einen Kaffee ans Bett, küsste sie zart auf ihre großen, festen Brüste, die verführerisch wippten und sagte: „Wir haben sturmfreie Bude dieses Wochenende. Unser Junge ist mit einem Freund zelten."

Sie fixierte den Mann, dessen Bauch so dick geworden war, dass sein Träger sein eigenes Gemächt im Stehen nicht mehr sehen konnte. Die Figur ekelte sie. Dennoch schnurrte sie und sagte: „Dann werde ich dir mal was Besonderes zeigen!"

Max war so aufgeregt wie noch nie zuvor in seinem Leben. Er würde seine Mutter wiedersehen. Der Mann ihm gegenüber war gar nicht so alt, wie er beim ersten Mal gewirkt hatte. Vielleicht mochte er Anfang, Mitte fünfzig sein. Er war von einer stattlichen Statur, hatte breite Schultern, kurze, hellbraune Haare, in der Mitte gescheitelt, und er trug eine elegante Hornbrille. Peter Ullmann war sein Name und er war Psychiater und Diplom-Sportlehrer. Max spürte, dass er gern mehr gewusst hätte, aber das müsste warten.

„O.k., sagen Sie meiner Mutter, ich will sie sehen. Und bitte, geben Sie mir das Kuvert!"

Dr. Ullmann schob den Umschlag über die Bank. Hastig griff Max nach dem Paket, das gewichtiger war, als es wirkte. Am liebsten hätte er es sofort aufgerissen, aber Dr. Ullmann konnte das Fragen nicht lassen.

„Wo werden Sie es lesen?"

„Ich habe mich bei einem Freund einquartiert, der verreist ist. Er wohnt allein und dort finde ich Ruhe."

„Weiß Ihr Vater das?"

„Er denkt, ich gehe zelten."

„Gut. Dann rufe ich Sie dort an und sage Ihnen, wann Sie Ihre Mutter sehen können. Sie müssen sich dazu drei Tage Zeit nehmen. Sie liegt in einem Sanatorium nahe der belgischen Grenze in der Eifel. Wir fliegen bis Köln und fahren von dort mit einem Auto. Für Ihr Unterkommen vor Ort sorge ich. Alles Weitere erfahren Sie - sagen wir morgen, am Sonntagvormittag?"

„Ja."

„Schreiben Sie mir bitte die Telefonnummer auf, unter der ich Sie erreiche."

„Warum?" Max` Frage hatte einen Ton von Aggressivität und Ungeduld.

„Wenn Sie die Akte sehen, werden Sie vielleicht mit jemandem sprechen wollen. Wo Sie mich erreichen, wissen Sie. Aber vielleicht muss ich Sie erreichen - Ihnen möglicherweise helfen."

Max kritzelte Adresse und Telefonnummer seines Freundes zögernd und umständlich auf einen Zettel, den er Dr. Ullmann hinüberreichte.

Dr. Ullmann stand auf, grüßte, schlenderte davon.

Die Sonne beschien die Parkbank am Ludwigkirchplatz, wo sie sich getroffen hatten. Bis zur Wohnung von Nils, gleich an der S-Bahn, in einem Bürgerhaus am Savignyplatz, war es nicht weit. Max lief zu Fuß: Bleibtreustraße runter, über den Kurfürstendamm, an den S-Bahn-Bögen rechts und dann das zweite Haus auf der linken Seite - das Paket unter seinem Arm brannte, als wollte es sein Herz entflammen.

Das Couvert

„Mein über alles geliebter Junge!" begann ein Brief, der ganz oben auf eine Akte geheftet war und außer mehreren eng beschriebenen Seiten das Bild einer Frau zeigte. Max rechnete. Mitte, Ende vierzig musste sie sein. Sie sah älter aus.

Die Frau hatte ihr graubraunes, strähniges, dünnes Haar sorgsam nach hinten gekämmt, trug eine Brille mit dünnem, chromfarbenem Drahtgestell, eine einfache Bluse aus Seide mit großen roten und gelben Blumen darauf. Ihre schmalen Lippen sollten lächeln, aber sie teilten lediglich die untere Hälfte des Gesichts wie ein schmaler, fleischfarbener Strich.

Aus ihren Augen traf Max ein Blick, der trotz des Schmerzes, den er nicht verbergen konnte, Güte und Liebe ausstrahlte.

Es war eine gute Fotografie und Max wusste sofort: Das war sie. Ja, das war seine Mutter. Der Junge, der sonst so sicher wirkte, war nervös. Seine Hände schwitzten.

„Mein über alles geliebter Junge!

Wenn du diesen Brief und den Anhang gelesen hast, bist du alt genug, um eine Reise anzutreten, auf der ich schon sehr weit gekommen bin, ja, die ich fast hinter mir habe.

Unter allen Fehlern, die ich dabei gemacht habe, wiegen viele so schwer, dass ich sie dir nur persönlich erzählen möchte. Du sollst mich dabei ansehen, und Dr. Ullmann, der dir dieses Paket gegeben hat, wird dabei sein. Er ist mein Psychiater; ihn hat der Himmel geschickt. Dr. Ullmann arbeitet an einem Gutachten über mich. Fällt das positiv aus, darf ich auf Chancen hoffen, irgendwann entlassen zu werden aus einem Sanatorium, in dem ich seit zwölf Jahren behandelt werde.

Ich kann gegen niemanden etwas Böses sagen. Alle geben sich die größte Mühe. Aber ich habe nur noch den einen Wunsch: dich wiederzusehen, mein geliebter Sohn!

Darum bitte ich dich inständig, mich nicht zu verurteilen, während du liest, was du hier vorfindest. Es hat mich sehr, sehr viel Mühe und Schweiß gekostet, es zu sammeln - und es ist immer noch nicht vollständig. Aber ich arbeite daran und werde es, so Gott will, mit deiner Hilfe schaffen, eines Tages wieder ein normales Leben führen zu dürfen.

Ich küsse dich und umarme dich innigst!

Deine Mutter, Viviane Schneider."

Max hielt den Brief in der Hand wie ein Geologe sein allererstes Fundstück von einem anderen Stern. Die Fotografie hatte er vor sich auf den Tisch an eine Vase gelehnt, während er sich einen Überblick über die Akte zu verschaffen versuchte.

Ganz vorn waren mehrere eng beschriebene Seiten Papier. Die Handschrift war dieselbe wie in dem Brief von Mama, den er neben die Fotografie gelegt hatte.

Es folgten Briefe. Einige von seinem Papa, dessen Handschrift er sofort erkannte. Einige von einem fremden Mann.

Dann waren da Schreiben von Rechtsanwälten und ein Gerichtsurteil. Es schied seine Mutter im Namen des Volkes von dem Mann, dessen Briefe hinter denen von Papa abgeheftet waren.

Dann waren da seitenlang Notizen - auch wieder in derselben Schrift wie der Brief, den er soeben gelesen hatte. Offensichtlich Antworten oder Erklärungen der Unterlagen, mit denen seine Mutter ihm das Verständnis der Akte erleichtern wollte.

Es folgte eine Sammlung von Zetteln, die lose in einen abgehefteten Umschlag gesteckt worden waren.

In einem weiteren Umschlag steckte nur ein Zettel. Darauf stand:

„Max braucht dich. Ich liebe dich. Vergiss das nicht. Christoph"

Darunter in der Schrift seiner Mutter das Datum: Montreal, Kanada im Mai 1998. Der Zettel hatte mitten durch die Zeilen einen Riss, etwa als wenn jemand mit einem Messer hindurchgestochen hätte. Vor fünfzehn Jahren war dieser Zettel geschrieben worden.

Ganz hinten in die Akte waren Tagebücher lose eingelegt. Chinakladden, wie auch er sie benutzte - geschrieben zwischen 1997 und 2001. Vier kleine, rote Din-A5-Kladden mit schwarzem Buchrücken.

Davor waren Fotografien - jede einzelne in Din-A4-formatigen Taschen, von denen jede vier Fotografien im Format 10 x 15 Zentimeter fasste. Sie zeigten eine Hochzeitsgesellschaft. Sie zeigten glückliche Menschen bei einer Feier. Sie zeigten einen kleinen Jungen auf einem Boot.

Max erkannte sich. Trotzdem war ihm das, was er sah, so fremd, dass er sich nicht vorstellen konnte, dass es seine Mutter sein sollte, die darauf zu sehen war; überdies mit einem Mann, von dem er noch nie gehört, den er noch nie gesehen hatte. Der Mann hatte etwas Sympathisches. Max schien, als müsste er ihn kennen und als müsste er gleichzeitig auf eine innere Stimme hören, auf seinen Papa, der ihm sagte: „Glaube nichts von allem, mein Sohn, zeige mir die Akte und ich erkläre dir die Welt!"

Ja, er fühlte, er müsste damit zu seinem Papa laufen. Mit Papa hatte er immer alles besprochen. Papa hatte ihm immer die Welt erklärt. Papa hatte immer auf alles eine Antwort gewusst, was sonst niemand zu deuten verstand. Er müsste zu Papa laufen...

Max lief nicht zu Papa. Stattdessen nahm er sich den ersten der von Hand geschriebenen Bögen gleich vorn in der Akte und las.

Die Scheidung und die Folgen

„Sebastian und ich wurden am 28. Juli 1999 geschieden. Alles, was vorher verhandelt wurde, war so schmutzig, dass ich es mir vorher nie ausgemalt hätte. Am Ende beschuldigte jeder jeden des Verrats.

Ich vermute, Sebastian wird an diesem Tag trotz aller Schmach, die ich ihm zufügte, in seinem Tagebuch vermerkt haben, dass er auf den Tag zwei Jahre und einen Monat zuvor das erste Mal über Nacht bei mir geblieben ist und wir fortan in dieser hübschen Dachgeschosswohnung am Johanneskirchplatz zusammengelebt haben. Er war so ein liebenswerter Romantiker. Kein Spinner, aber ein Träumer!

Ich weiß nicht mehr, ob ich ihn an diesem Tag noch liebte. Aber heute würde es mich nicht wundern, wenn ich ihn in zehn Jahren wieder lieben würde. Sebastian war der einzige Mann in meinem Leben, der jemals mein Bedürfnis nach Nähe ausgehalten hat.

Ich weiß noch, wie ich ihn umarmen und herzen konnte, ihm sagen: „Du wirst dich wundern, wenn ich auch in hundert Jahren noch als maximale Distanz zwischen uns einen halben Millimeter zulassen werde".

Ja, auch Sebastian liebte mich.

Wenn ich daran denke, dass er auf seine Briefe nach unserer Trennung nie eine Antwort von mir erhalten hat, schäme ich mich heute. Mittlerweile ist auch die Scheidung schon ein Jahr her, wir haben Anfang Juni des Jahres 2000. In zwei Tagen werde ich vierunddreißig Jahre alt.

Seit der Trennung von Sebastian lebe ich mit dem Vater von Max. Christoph ist sofort in mein Haus am Schlachtensee eingezogen, nachdem ich mich von Sebastian getrennt habe. Heute weiß ich auch warum!

Ohne die räumliche Präsenz hätte er keine Möglichkeiten zur Kontrolle über mich, über die Familie, über alles gehabt.

Vielleicht liebt er mich trotzdem. Aber das weiß ich nicht mehr. Wir haben ein Jahr und zwei Monate nach der Scheidung, am 19. September 1999 geheiratet. Das war vor nicht ganz neun Monaten.

Am liebsten würde ich ihn verlassen. Ich habe Angst. Aber ich bleibe. Ich bleibe, weil ich nicht immer und immer wieder weglaufen kann. Außerdem ist er der Vater von Max. Vielleicht habe ich dem immer zu viel Bedeutung beigemessen, aber nun ist das alles einmal gekommen, wie es gekommen ist, nun werde ich versuchen, zum ersten Mal mir selbst - und dem Vater meines Kindes - treu zu bleiben.

Bei allem habe ich so ein Gefühl, als wenn ich das der Zukunft schulde: Es drohen furchtbare Ereignisse. Ich glaube, ich werde noch kämpfen müssen, um das Allerschlimmste zumindest von meinem Kind abhalten zu können. Max ist fünf, in einem halben Jahr sechs Jahre alt und schon jetzt ein großer Junge.

Irgendwie fühle ich, dass Sebastian auf eine geheimnisvolle Art und Weise Recht hatte, als er sagte, eines Tages werde ich in die Pflicht genommen, meinem Jungen alles zu erzählen.

Wer weiß heute, wann das sein wird. Fest steht, es gefällt mir nicht zu sehen, wie Christoph Max von dem, was bisher passiert ist, abschirmt.

Wie früher mir, so interpretiert er jetzt Max alles, was der Junge und wie er es verstehen soll. Im Licht besehen läuft das - auch wenn es auf den ersten Blick sehr gut und sehr pädagogisch scheint - darauf hinaus, dass er Max überhaupt keinen Freiraum für eine eigene Sicht mehr lässt. Ich glaube, das werde ich nicht ewig mit ansehen dürfen.

Christoph hat alle Fotos, auf denen Sebastian ist, die unsere gemeinsame Zeit, Sebastians Freunde oder die Wohnung am Johanneskirchplatz zeigen, weggenommen. Er ist sehr hart geworden. Die Briefe von Sebastian habe ich bei Petra versteckt. Auch einige Fotos konnte ich beiseite schaffen. Ich verstecke meine Tagebücher, weil ich wenigstens darin der Wahrheit die Ehre geben will: Und außer mir selbst kann ich niemandem gegenüber ehrlich sein, weil ich nicht mehr weiß, wem ich noch trauen kann.

Sogar mein Vater hat irgendetwas ganz Schlimmes getan. Christoph sagte dieser Tage, er werde mir dann, wenn es an der Zeit sei, alles erzählen. Aber was?

Seit der Hochzeit schlafen wir nicht mehr miteinander. Ich glaube, er geht wieder zu Prostituierten.

Ich will Max trotzdem eine gute Mutter sein. Ich werde alles dafür tun."

(Der Bogen war datiert auf den 4. Juni 2000).

Max blätterte wild und desorientiert durch die folgenden Seiten. Die Briefe, die Scheidungsakten, die Zettel. Ja, alles da. Aber was war es? Was hatte seine Mutter getan? Warum war sie ein Jahr später in ein Sanatorium eingeliefert worden? Warum wurde sie seit wurde Jahren „behandelt", wie Dr. Ullmann gesagt hatte, und was hieß das?

Es war Herbst 2013. Was muss jemand tun, um zwölf Jahre in einer Heilanstalt versteckt zu werden?

Max wählte.

Dr. Ullmann war sofort dran.

Max sagte, was er wissen wollte.

„Lesen Sie!"

„Ich kann nicht mehr!", schrie der Junge. „Ich muss es wissen. Jetzt! Kennen Sie die Akte?"

„Nein, ich gebe zu, nein. Ihre Mutter hat mir nicht erlaubt, sie zu öffnen. Ich sollte sie Ihnen ungeöffnet geben. Das musste ich ihr versprechen. Sie hat aber gesagt, ich darf Ihnen helfen, wenn Sie Hilfe brauchen."

„Dann tun Sie es. Bitte, tun Sie es!" Max schrie die Worte schluchzend in den Hörer. „Bitte, tun Sie es..."

„Bin in zehn Minuten bei Ihnen."

Max kam die Zeit wie eine Ewigkeit vor. Ohne die schöne, klare Sicht seines Papas fühlte sich der Junge hilflos, dem Christoph Pater schon als Kleinkind immer und alles erklärt hatte - wie etwas auszusehen hat, das rund genannt wird und tatsächlich oval ist - der ganze Planet namens Erde. Nichts war wirklich, wenn Papa es nicht beschrieb. Und alles, was Papa sagte, war so und nicht anders gewesen. Max kannte das Leben nicht anders als durch die Sicht seines Vaters, Christoph Pater.

VII. Teil: Die Lebensfalle

Die Geschichte

Peter Ullmann war ein ausgezeichneter Psychiater. Er hatte kommen sehen, was passierte. Er hatte Viviane Schneider gewarnt, doch sie hatte ihn inständig gebeten:
„Dann müssen Sie ihm helfen. Bitte! Sie wissen, dass es keine andere Möglichkeit gibt. Der Junge muss die Wahrheit erfahren, sonst endet er wie ich ...“
Ullmann wusste, dass sie Recht hatte.
Nun schloss er Max Schneider in seine Arme, als der ihm schluchzend um den Hals fiel, kaum hatte der Psychiater die kleine, dunkle Wohnung betreten. Zuerst machte er die Fenster auf, es roch nach Puma und unbezogenen Bettlaken, dann schaute er sich die Fotografie an.
Max, die Fotografie, Max, Viviane... diese Ähnlichkeit... unverkennbar.
Er empfand große Zärtlichkeit für den Jungen, der wie ein Elend in sich zusammengesunken neben ihm auf dem Sofa saß und schluchzte.
Dann nahm er die Akte, blätterte kurz, wusste Bescheid.
„Den Bogen hier hast du gelesen?“
„Ja.“
„Dann kennst du den Kern des Problems. Nicht mal ein halbes Jahr später passierte etwas ganz Ungeheuerliches, etwas Unglaubliches.“
Die Stimme des Psychiaters klang beruhigend und erweckte Vertrauen.
Der Mann war so ganz anders, als Max sich einen Psychiater vorgestellt hatte.
Max hörte zu. Er sah auf die Fotografie und hörte...

„Die Geschichte begann mit den Zeitungen, die eines Tages im Spätherbst des Jahres 2000 voll waren von einem Familiendrama, das sich an zwei Orten abgespielt hatte: in einem Haus in Zehlendorf und in einem Wald nahe Königs-Wusterhausen, im Süden von Berlin.
Viviane S., so stand es geschrieben, habe ihren eigenen Vater in den Wald gelockt und zwischen zwei Bäumen festgeschnallt. Dann hatte die vierunddreißigjährige Mutter eines fünfjährigen Jungen, in zweiter Ehe verheiratet mit einem Familienberater, einem gelernten Krankenpfleger und später studierten Sozialarbeiter, auf den alten Mann eingeschlagen, ´und zwar, bis der Tod eintrat`, wie die Gerichtsprotokolle vermerkten.

Den Toten hatte sie verstümmelt, ihm die Genitalien abgeschnitten und in den Mund gesteckt.

Blutverschmiert war sie in ihr Haus, eine feudale Villa am Schlachtensee gefahren, hatte die Frau des Toten, Birgit Schneider, die nicht ihre Mutter, sondern die zweite Frau ihres Vaters war, ohnmächtig geschlagen und eine Etage höher in die Wohnung ihres Bruders geschleift, der sich im Ausland aufhielt.

Sich selbst hatte sie eine Badewanne voll heißen Wassers eingelassen, sich hineingesetzt, nachdem sie einen Kerzenstummel in eine Benzinlache in der Wohnung ihres toten Vaters in der ersten Etage aufgestellt und alle Gashähne im Keller und im Hochparterre sowie in den Etagen geöffnet hatte. Die Detonation hätte nicht nur dieses, sondern auch die umgebenden Nachbarhäuser fortblasen können.

Aber wie durch ein Wunder kam ihr Ehemann, Christoph Pater, von einer Dienstreise früher zurück. Er fand die leblos daliegende Frau seines Schwiegervaters und habe sofort, wie er vor der Polizei aussagte, an Einbrecher geglaubt. Normalerweise wäre sie sehr selten im zweiten Obergeschoss gewesen, weil sie sich vor dem Sohn ihres Mannes wegen dessen Depression 'gefürchtet' habe, sagte Christoph Pater. Deshalb hätte sie im ersten Stock, wo sie wohnte, auch meist die Tür verschlossen.

Erst nachdem er die Polizei schon gerufen und den Beamten die Tür geöffnet hätte, so gab Christoph Pater zu Protokoll, habe er oben seine eigene Frau in der Badewanne gefunden. Sie sei schwer verletzt gewesen, habe aber noch gelebt. Der Notarzt kümmerte sich gleichzeitig um Viviane und ihre Stiefmutter, während die Polizei sich zunächst um die Sicherheit des Hauses und dann um die Ermittlung des Tathergangs, mögliche Motive, Beweise et cetera kümmerte.

Viviane Schneider kam in die geschlossene Abteilung einer psychiatrischen Intensivstation. Als wenige Stunden später der tote und übel hingerichtete Vater gefunden wurde, sei sie schon wieder bei Bewusstsein gewesen. Ohne Reue zu zeigen, sagte sie aus, höhere Wesen hätten ihr gesagt, ihr Vater habe sie als Kind jahrelang misshandelt. Und von diesen Wesen hätte sie auch den Befehl erhalten, die Familie zu töten. Die Zeit wäre günstig gewesen, denn Max, ihr Sohn, ihre größte Liebe und ihr einziges Kind, war in jenen Tagen bei einer Tante zu Besuch.

Untersuchungen ergaben, dass Blut, Leber und Gewebe der Frau hohe Dosen von Psychopharmaka enthielten, die sie offenbar seit Monaten, wenn nicht seit Jahren eingenommen haben muss.

Die Richter erkannten auf Unzurechnungsfähigkeit und Schuldunfähigkeit. Sie verurteilten Viviane Schneider nach einem spektakulären Prozess zu lebenslanger Sicherheitsverwahrung in der geschlossenen Abteilung einer Psychiatrie für Schwerverbrecher.
Seitdem ist Ihre Mutter in einem Haus für schuldunfähige Schwerkriminelle in der Nähe von Aachen in der Eifel. Ich nahm mich ihrer auf Bitten eines Freundes und der Krankenhausleitung vor fast einem Jahr an und habe seitdem die ganz besonderen Umstände dieses Dramas untersucht. Es gibt Ungereimtheiten, Hinweise. Sie hat eine andere Darstellung der Dinge gewonnen. Und sie hat das von sich wiedergefunden, was zur Tatzeit offensichtlich verschüttet war. Es könnte sogar sein, dass Ereignisse auf andere Schuldige weisen. Ereignisse, die wir jetzt noch nicht kennen..."

Max hatte zu schluchzen aufgehört. „Woran denken Sie?"
„Es steht mir nicht zu, irgendetwas zu be-, geschweige denn zu verurteilen. Aber die Rolle ihres Vaters auf die Psyche ihrer Mutter ist niemals untersucht worden."
„Mein Vater?"
„Ich weiß, Sie werden es nicht hören wollen. Aber Ihre Mutter hat mir erzählt..."
„Und Sie glauben einer Verrückten mehr als den Ermittlungen der Polizei?"
Max war aufgebracht. Sein Vater! Sein Vater war alles, was er gehabt hatte, seit er als Kind damit leben lernen musste, ohne Mutter aufzuwachsen, ohne Oma, ohne Opa... Sein Vater! „Niemals. Hören Sie auf!", schrie er Dr. Ullmann an.
„Wie gesagt, es steht mir nicht zu. Aber es gibt Fragen, die nie gestellt wurden. Was ist, wenn ihre Mutter für ihr Verhalten in einem ganz anderen Sinn nichts konnte? Seit zwölf Jahren gilt sie als irre, als neurotisch, als depressiv, als gefährlich, als sadistisch. Sie wird mit Medizin behandelt, die ihre gesamte Motorik außer Kraft setzt und ihr nicht die geringste Möglichkeit eines menschenwürdigen Lebens lässt."

Dr. Ullmann gestikulierte beschwörend mit beiden Händen vor dem Jungen, dessen Globus er gerade zu zerschlagen im Begriff war und der sich wehrte.

„Lassen Sie mich in Ruhe! Bestellen Sie meiner Mutter, sie hätte sich umbringen sollen. Niemals lasse ich mir von einer Verrückten meinen Vater nehmen!"

„Nein, das wird niemand versuchen, seien Sie versichert, lieber Herr Schneider. Ich bin nur der Überbringer einer Botschaft. Und die kommt direkt aus dem Herzen ihrer Mutter. Ich habe Ihrer Mutter gesagt, sie wird Sie nicht erreichen. Sie aber sagte, wenn ich mit meinen Worten ihr Herz sprechen ließe, würden Sie das verstehen. Nun, ich sehe, es ist mir nicht gelungen. Ich möchte Sie daher ganz dringend bitten: Geben Sie der Delinquentin eine Chance. Sprechen Sie selbst mit Ihrer Mutter!"

„Niemals. Ich lasse mir meinen Vater niemals wegnehmen. Mein Vater war immer für mich da. Meine Mutter hat sich verdrückt."

„Und was ist, wenn sie abgeschoben wurde?"

„Abgeschoben?"

„Ja. Abgeschoben. Was ist, wenn Ihre Mutter heute genauso für Sie da wäre wie Ihr Vater, wenn man sie gelassen hätte; aber durch den Trick eines Schicksals wurde sie als die Schuldige für etwas bestraft, was sie nicht gewollt, möglicherweise ohne Einfluss von außen auch niemals getan hätte, und dann abgeschoben. Musste sie vielleicht sogar das Feld für andere Interessen räumen?"

„Das verstehe ich nicht."

„Ich auch nicht, lieber Herr Schneider. Bitte, ich kenne Ihre Mutter seit einigen Monaten, und jetzt, wo ich Sie persönlich erlebe, glaube ich, auch Sie schon lange und sehr gut zu kennen - sagen Sie Peter zu mir und erlauben Sie mir, Sie Max zu nennen..."

Mit Nicken und abfälliger Handbewegung wurde Max grob:

„Ja. Aber nun sagen Sie schon, was Sie meinen."

„Das sollten Sie sich von Ihrer Mutter sagen lassen, Max. Aber dazu kann ich, als ihr Arzt, Ihnen sagen, sollten Sie sich mehr als eine halbe Stunde Zeit nehmen. Geben Sie sich selbst die Chance, das Leben zu sehen, wie es ist, nicht so, wie es Ihnen jemand vormacht. Egal, wer es ist, er hat nicht das Recht - ob sie ihn nun Peter oder Vater oder Mama nennen! Sie jedoch, Sie haben die Pflicht hinzuschauen, wenn Sie nicht dort enden wollen, wo Ihre Mutter sich heute befindet!"

Dr. Ullmann hatte sich - ganz gegen seine Art - etwas in Rage geredet. Es war aber der Situation angemessen und verfehlte auch seine Wirkung auf Max nicht, der nun ganz still dasaß, den Kopf in beide zur Faust geballten Hände gestützt brütete.

„Mama lebt. Mama ist krank. Mama hat Opa umgebracht. Mama will wieder gesund werden. Sie braucht dazu mich. Und ich? Wer fragt, wen ich brauche? Wen interessiert es, dass ich ohne meine Mutter, aber auf keinen Fall ohne meinen Vater leben will? Papa war immer für mich da. Man hat ihm manche Fragen nie gestellt. Was hätte Papa gesagt? Papa weiß immer, was man sagen muss. Warum hat man Papa nicht gefragt?"
Dann schaute er hoch und sagte: „Ich werde Papa die Fragen stellen!"
Peter Ullmann war überrascht. Das war eine Lösung, an die er auch schon gedacht hatte, die er aber nicht vorschlagen wollte. Auch Viviane hatte gesagt, das würde interessante Rückschlüsse geben.
„Das wäre eine Möglichkeit", sagte er deshalb. „Aber erst sollten Sie sich ein Bild über die möglichen Fragen an Ihren Vater machen."
„Und wie?"
„Sprechen Sie mit Ihrer Mutter."
Schweigen...
Max stand auf, lief im Halbdunkel des Raumes auf und ab, setzte sich, stand wieder auf, murmelte vor sich her: „Papa wird das als Verrat betrachten. Papa hat, nachdem Mama tot war, immer gesagt, wir Männer müssen zusammenhalten, dann werden wir alles schaffen. Zusammen werden wir alles schaffen! Aber Mama ist nicht tot. Warum hat Papa mir das nicht gesagt? Dann kann er es auch nicht als Verrat betrachten, wenn ich ihm Fragen stelle, die von Mama kommen. Denn Mama liebt mich - wie Papa."
Dr. Ullmann wusste aus den Berichten seiner Patientin, dass ihr Sohn unablässig erzählen und offenbar dabei hervorragend seine Gedanken ordnen konnte, also unterbrach er ihn nicht.
Als Max sich schließlich wieder setzte, hatte er einen Entschluss gefasst: „Wir fahren. Ich will mit Mama sprechen!"

Die Fahrt in die Eifel

Es war Abend geworden und nicht mehr daran zu denken, ein Flugticket zu kriegen. Also nahmen Max und Peter Ullmann den Nachtzug nach Aachen. Dorthin würde der Psychiater ein Auto bestellen. Das Abteil erster Klasse hatten sie für sich. Das war gut so. Max sollte lesen und fragen können. Dr. Ullmann beobachtete, antwortete gelegentlich - blieb ansonsten im Hintergrund.
Den Brief seines Papas las Max zuerst.

„Liebe Viviane, das Gefühl, dass du für mich unerreichbar erscheinst, ist schmerzlich und fast unerträglich..."
Max fühlte sich seinem Papa sehr nah. Diese Handschrift, auch die Worte - das war typisch Papa.
„Ich wollte das nicht und habe doch immer weitergemacht."
Mit fast denselben Worten hatte er sich auch einmal bei Max entschuldigt, als sie einen Streit hatten. Die Worte schienen Max klar, aber ihr Inhalt ließ mehr Fragen offen, als er beantwortete.
„Desto hilfloser du wurdest, desto aggressiver und ablehnender wurde ich zu Dir. Was Dich verletzt und gedemütigt hat."
Warum hatte Papa etwas getan, wofür er sich mit diesen Worten entschuldigen musste? Zumal er doch nur Gutes wollte!
„Eigentlich hatte ich den Wunsch, dass du mir all meine widerstreitenden Gefühle abnimmst, mich führst, mich an die Hand nimmst und sagst: Komm, wir machen das so."
Dann schreibt er von „frühkindlicher Störung", von „Neurosen" - und dann kommt er offenbar zum Wesentlichen, wenn er fast beschwörend sagt: „Ich möchte mit dir und Max leben", dann zurückschaut: „Immer noch davon ausgehend, dass eher unsere Ähnlichkeit als unsere Andersartigkeit unser Sich-Angezogen-Fühlen unterhält, denke ich das Deine Suche nach Stabilität im Moment auch eher sich auf Deiner Verwirrung und Ambivalenz begründet, als auf wirklichem Bedürfnis."
Das war Papa. Er verstand es, die Gefühle so anzusprechen, dass niemand sich entziehen konnte. Er zeigte und erklärte einem die Seele und hatte immer eine Medizin - seine Rezepte waren seine Worte.
Wie hier: „Ich weiß, ich habe Dich zutiefst verletzt. Aber diese Verletzungen kann kein anderer Dir nehmen. Ich will sie Dir nehmen."
Untersuchung, Befund, Lösung in drei Sätzen. Papa war Meister darin!

Wie oft hatte er mit Max darüber gesprochen: Typologien und die richtigen Therapien bei depressiven Verstimmungen, die theoretischen Hintergründe von vereinsamter Depressivität aus ungetrösteter Trauer, die Erschöpfungs-Depression bei Menschen, die in schwierigen Lagen überfordert sind, die Depression, die dazu führt, dass der Kranke sich selbst verachtet... die, die auf Ereignisse in der Kindheit zurückgeht.

Die Gedanken könnten alles heilen. Yoga, autogenes Training, Meditation, Autosuggestion als Grundlagen einer neuen Medizin, die endlich die geheimen Botschaften der Krankheiten ernst nimmt. Die Weltbilder der alten Geheimlehren, die Esoterik in ihren modernen Anwendungen, die Fragen, die durch die Konfrontation mit Astrologie, Homöopathie und Reinkarnation beantwortet werden können.

Papa kannte alle: Germaine Greers „Die Heimliche Kastration" und Peter Jennrichs „Die Okkupation des Willens", Alfred Stelters Theorien über die „PSI-Heilung" in Parapsychologie und Medizin, Karen Horneys „Selbstanalyse", Alfred Adlers Ausführungen „Über den nervösen Charakter" und Karl Bühlers „Krise der Psychologie", die neue Wege sucht, um mit den Krisen der Psyche umzugehen. Natürlich hatte er auch über Freud, Kinsey, Masters/Johnson und Max Weber, über Hegels „Analytische Philosophie" und Gustav Le Bons „Psychologie der Massen" mit Max gesprochen. Man kann den Menschen helfen, sich aus jeder Krise selbst zu helfen, wenn man das Wissen verantwortungsvoll anwendet. Aber man muss immer auch wissen wie. Macht man es falsch oder in böser Absicht, kann man jeden Menschen in den Wahnsinn treiben, indem man die Gesetze der geheimen Zeichen mit verkehrten Vorzeichen versieht, hatte Papa gesagt.

Dann hatte er etwas von Schwarzmagiern und Weißmagiern erzählt und von Dianetik und Sektenkulten. Papa wusste alles und hatte sehr vielen Menschen geholfen. Papa hatte sogar eine eigene Klinik aufgemacht. Er, Max, hatte viele kennen gelernt und war sehr stolz geworden auf seinen Papa, weil alle diese Menschen gesagt hatten, sie verdankten ihm ihr Glück.

Max wusste, dass viele seiner Freunde davon nichts verstanden. Aber er selbst war seinem Alter weit voraus: Früher hatte er gebabbelt wie ein Buch, als Gleichaltrige noch nicht „Mama" sagen konnten, dann hatte er Stromkreise beherrscht, als andere noch mit Lego-Bauklötzen schiefe Häuser bauten. Max wusste, was er wollte. Und das wollte er mit Papa. Sie würden zusammen ins Ausland gehen und dort den Menschen helfen, wenn er die Schule beendet hätte, hatte Papa gesagt. Ja, er würde mitgehen!

„Ich möchte mit Dir und Max leben." Sein Blick fiel immer wieder auf diese Zeilen, die Papa Mama geschrieben hatte.

„Ich weiß, ich habe Dich zutiefst verletzt. Aber diese Verletzungen kann kein anderer Dir nehmen. Ich will sie Dir nehmen."

Apodiktik würde Papa das nennen. Geniale Apodiktik lässt den Menschen nur den einen Weg, den, welchen du ihnen zeigst, ohne ihnen zu sagen, dass sie keine Wahl haben, hatte Papa ihm erklärt.

Hier, noch besser: „Ich will und kann Dich nicht so einfach gehen lassen." Scheinbar sehr total, aber entschärft - und zugleich doppelt unterstrichen - durch zwei Nachsätze: „Ich liebe Dich zu sehr. Du bist zu sehr in meinem Herzen, in meinem Bauch, in meinem Kopf."

Genial, Papa! Mama hatte gar keine Wahl. Sie hatte verloren, als sie den Brief erhielt. Sie musste zu dir. Toll!

„Ich will mit Dir und Max leben."

Warum aber hatte Papa ihm nie von Mama erzählt? Warum hatte er gesagt, sie sei tot?

„Was wissen Sie über diesen Mann, mit dem Mama verheiratet war, bevor sie Papa geheiratet hat, Peter?"

Peter Ullmann verschluckte sich, hustete länger als nötig. „Ich denke, du findest viel mehr in der Akte. Da sind doch auch Briefe von ihm."

Ausweichmanöver geglückt...?

Ja, Max suchte.

„Liebe Viviane" begann einer von zwei Briefen. Max las:

„Liebe Viviane!

Eigentlich wollte ich dir sagen, dass mir meine Fehler Leid tun, und dich fragen, ob du mir verzeihen kannst und ob wir nicht versuchen sollen, eine Zukunft zu finden.

Nach unserem Telefonat am Pfingstsonntagabend allerdings frage ich mich, ob du dir nicht zunächst über einige andere Dinge klar werden solltest - und ich auch, nämlich, wie ich damit umgehen kann.

Da ist zunächst der Tag, der wahrscheinlich der Anfang vom Ende unserer Ehe gewesen ist, wenn wir später einmal zurückschauen, der 25. März 1998. ´Entweder ich war damals verrückt oder ich bin es heute. Jedenfalls haben wir auf einer falschen Grundlage geheiratet.` Das sagtest du an diesem Tag. Mehr nicht. Vor allem hast du mir nicht den geringsten Hinweis darauf gegeben, warum du das an diesem 25. März und vorher aber nicht so gesehen hast.

Sicher machst du dir auf deinem Trip durchs eigene Ego keine Gedanken darum, wie qualvoll es ist zu wissen, dass jede Wirkung auch eine Ursache gehabt hat, und dann mit einer solchen Wirkung konfrontiert zu werden, aber nicht die geringsten Anhaltspunkte für Gründe zu erhalten. Ich habe mich wochenlang zerfleischt - stellte alles an mir in Frage.

War ich Max nicht genug Vater? War ich zu selten zu Hause? Habe ich dich in deiner Arbeit zu wenig unterstützt? Waren wir sexuell zu ambivalent? Nicht ausgeglichen? Nicht aktiv genug? War ich mit meinen Forderungen zu direkt? Beleidigend? Ignorant? Habe ich dich bevormundet? Hatte ich deine Bedürfnisse nicht ernst genommen? Nächtelang, tagelang, wochenlang quälten mich die Fragen.

Du wirst wissen, dass ich liebend gern darüber gesprochen hätte. Ich war gehemmt, sicher, weil du mir bei jedem Wort, das ich sprach, sagtest, die Tatsache allein zu sprechen, anstatt zu schweigen, sei ein Fehler. Hätte ich den jetzt nicht getan, hätte ich noch eine Chance gehabt. So aber fühltest du dich bedroht. Du sagtest nicht, was dich bedrohte (die Wahrheit?), du suchtest vielleicht nur Gründe, dich abzuwenden.

Du sagtest, mich treffe keine Schuld. Es spiele sich alles in dir ab. ´Du hast keine Fehler gemacht`, sagtest du und triebst mich in eine Isolations- und Folterhaft der Sprachlosigkeit. War das deine Idee oder hat dich jemand darauf gebracht, dass man so jeden außer Gefecht setzen kann?

Ich quäle mich immer noch. Alles zerbröckelt. Ich würde auch jetzt noch alles tun, um all das ungeschehen zu machen und daran glauben zu dürfen, dass auch du mit Max und mir leben willst, anstatt ohne mich (mit wem dann?).

Aber langsam zeichnet sich wie von ordnender Hand ins Leben gemeißelt ab: Ich hatte nie eine Chance. Jedenfalls nicht mehr nach dem 25. März 1998. Das war nicht deswegen so, weil du verrückt warst, sondern weil du nicht aufrichtig warst.

Die Hochzeit selbst war ehrlich und richtig. Aber danach ist etwas passiert, wovon du mir nichts erzählt hast. Mit dem ersten zerstörerischen Geheimnis hast du dem zweiten und dritten die Kraft eines Keiles gegeben, den jemand zwischen uns treiben konnte, ohne dass du mir durch ein Gespräch oder eine Information die Möglichkeit gegeben hättest, etwas dagegen zu unternehmen.

In meinem Unverständnis der Situation machte ich Fehler. Und wieder Sprachlosigkeit: Du hast mich nicht darauf hingewiesen. Dabei hätte mir Kritik deinerseits die einzige Chance geboten, mich zu korrigieren und auf das Wesentliche zu konzentrieren. Es wäre eine Chance für uns gewesen. Stattdessen hast du meine Fehler als Rechtfertigung genommen, mit anderen über mich anstatt mit mir zu sprechen, die damit Macht und Einfluss auf deine Gemütslage und Entscheidungen schafften. So wurden der Druck und die Forderungen von Christoph Pater, der unausgesprochen immer im Raum war, zum Druck auf dich allein. Plötzlich fragtest du dich: Wozu Ehe, wenn der Mann nichts tut?

(Du fragest nicht mehr, warum er nichts tut, nichts tun konnte!)

Du schwenktest aus unserer Gemeinschaft aus und hast dich dem ´Vater` von Max untertan gemacht, der mehr tiefenpsychologischen Druck aufzubauen verstand. Du hast ihm alles geglaubt, weil er die Türen in deine Seele kannte. Er steuerte dein Unterbewusstsein.

Wie oft hast du selbst mir gesagt, Christoph Pater hat dir die Wahrnehmung verdreht! Nun glaubtest du, dass eure gemeinsame Vergangenheit, so schäbig und gescheitert sie auch gewesen ist, dass das ´Blut` von Max euch verbindet. Mich abzuschaffen wurde zum Ziel der Konspiration eures Gemeinsinns.

Viviane, du hast viele Nebelwolken geworfen und dich bemüht, meinen Blick auf die Dinge, wie sie sind, statt wie du sie mich glauben machen wolltest, zu verschleiern. Ich war so verzweifelt und du hast mich mit deinen Blicken nur noch seziert wie aus einer unangreifbaren Maske heraus. Tatsächlich hast du alles getan, um mich auf falsche Spuren zu führen. Nicht nur, wenn du mir vorgeworfen hast, sobald ich Christoph Pater ansprach, ich sei ´krank` und ´unberechenbar vor Eifersucht`.

Aber langsam, ganz langsam und dabei glücklicherweise doch immer deutlicher zeichnet sich in mir ab, wie falsch dein mieses, hinterhältiges Spiel gewesen ist, dessen Regeln du mir nicht mitgeteilt hast, um sie umso rücksichtsloser gegen mich ausspielen zu können. Immer öfter sehe ich, wie ich dir auf den Leim der Lügen gegangen bin. Und wenn ich sagte, du tuest mir Leid, so gewiss nicht, weil ich dich für krank hielt oder halte. Du bist einfach beeinflussbar und du stehst unter einem Einfluss, der (und das ist das Schlimmste) dir selbst nicht bewusst ist oder den du hinnimmst.

Du seiest offen und ehrlich, sagst immer, was du denkst, und handelst nie ohne Ankündigung oder gegen deine Vorankündigung - das hast du mir einst versprochen und das Versprechen schon bald gebrochen. Auch deine Eltern und deine Großmutter haben das gesagt. Sie kennen dich wohl wirklich so ehrlich. Vielleicht, weil sich ihnen nie das Netz erschlossen hat, in dem Christoph Pater dich selbst zur Zeit deiner Trennung von ihm in Abhängigkeit gehalten hat. Für deine Eltern gab es nie die Notwendigkeit, danach zu forschen. Für mich schon. Du hast alles kaputt gemacht, was mir, was uns wertvoll war. Und ich denke, du hast nicht auf eigene Rechnung gearbeitet. Dahinter steht ein mächtiger Einfluss.

Ich werde seine Wirkung in Erfahrung bringen und gegen ihn selbst richten.

Viviane, ein einziges Mal nur habe ich länger mit Christoph Pater gesprochen. Weißt du, was das zur Folge hatte?

Seine Worte haben sich wie eiserne Fassreifen um meine Brust gelegt, mir das Atmen schwer gemacht, so sehr schnürten sie mir die Luft ab. Am Ende habe ich mich schlecht und schuldig gefühlt, allein, weil ich dich kennen gelernt und mich in dich verliebt habe. Der Tag, an dem du ihn kennen gelernt hast, wird sich eines Tages als der in deinem Leben erweisen, über dem ein Fluch gelegen hat.

Sich selbst hat er als Opfer gemalt, als Opfer deiner intriganten, indiskreten, verräterischen Art. Er diskutierte und stülpte seine Sicht der Dinge so geübt apodiktisch, so unwiderlegbar dogmatisch über die Ereignisse, dass andere Aspekte neben seinen überhaupt keine Berechtigung mehr zu haben schienen. Ich flüchtete aus diesem Gespräch.

Heute weiß ich, dass das mein größter Fehler war! Damit habe ich dich unter seinem Verderben bringenden Einfluss allein gelassen. Und du warst der Suggestion seiner Apodiktik noch weniger gewachsen als ich, zumal er es verstand, deine Abwehr zusätzlich zu schwächen, indem er den Stress auf dich erhöhte.

Trotzdem weißt du, Viviane, dass eine Rückkehr zu Christoph Pater eine Rückkehr in eine schon zweimal gescheiterte Vergangenheit bedeutet, die auch ein drittes Mal scheitern muss.

Nein, diese Zukunft hat keinen Bestand!

Vor dieser Entwicklung sehe ich, dass es richtig war, dass wir geheiratet haben. Hätten wir danach nicht diese Fehler gemacht, wären die Zukunft und das Glück unser gewesen.

Das wird mir Kraft geben: um dich zu kämpfen, denn etwas anderes bleibt mir nicht. Dies ist vielleicht deine letzte Chance, und du solltest sie durchdenken, ehe du dich ihm als Stück Fleisch zur erneuten Verfügung stellst.

Ihr seid keine Familie mehr, auch wenn ihr euch noch so sehr beschwört, dass ihr wieder eine werden wollt. Es wird scheitern, weil es auf dem

Sumpf einer Lüge gebaut ist. Eure gemeinsame Zeit ist unwiderruflich vorbei. Alles andere als diese Einsicht ist Nostalgie und Augenpulver. Was euch gemeinsam bevorsteht, ist eine viel grauenvollere Variante des Scheiterns der Vergangenheit in Potenz in die Zukunft übertragen. Geh den Weg nicht, Viviane. Bitte nicht! Erinnere dich und besinne dich auf uns. Wir können es schaffen! Wir können zusammen leben, weil die Liebe nie erloschen ist und nie zerstört, sondern nur abgelenkt wurde.

Ich liebe dich.
Dein Mann,
Sebastian

P.S.: Gib Max einen Kuss. Eines Tages wird der Junge alles verstehen."
(Datiert war dieser Brief auf den 5. Juni 1998)

Max schauderte. Da hatte ein Mann, von dessen Existenz er bis vorgestern noch nichts wusste, über seinen Papa Dinge geschrieben... Max konnte es nicht glauben. Nein, nicht den Brief konnte er nicht glauben. Die Situation kam ihm unwirklich vor.
Mama lebte. Papa hatte Fragen nie beantwortet, die ihm nie jemand gestellt hatte. Da gab es einen anderen Mann. Mama war mit dem verheiratet. Es gab eine schmutzige Scheidung, die keinem etwas genutzt hatte, außer Papa, der Mama danach geheiratet hat. Aber Mama hat ihren Papa umgebracht und wurde in die Klinik eingewiesen. Dort war sie für Max wie tot, weil Papa gesagt hatte, Mama ist tot. Warum hatte Papa das getan? Warum hatte nie ein Mensch über diesen Mann gesprochen, diesen Sebastian? Was machte der und wo war er und wie war sein Kampf nach diesem Brief und nach der schmutzigen Scheidung weitergegangen? Vielleicht hatte er auch böse Dinge getan. Mama war unschuldig. Warum hatte Papa Mama nicht geholfen?
Max konnte die Situation nicht verstehen und darum wollte er sie nicht glauben. Aber er saß im Nachtzug nach Aachen neben einem Psychiater, der ihm Papiere und Fotos seiner Mutter in einer verschlossenen Akte gegeben hatte.
Max war verwirrt. Er nahm die Akte und schlug den Teil mit den Fotografien auf.
Peter Ullmann beobachtete den Jungen, dessen Pupillen mal größer, mal kleiner wurden, der mal heftig atmete, mal mit Tränen in den Augen in die Finsternis starrte, die durch die Zugfenster Zerrbilder ins Innere schickte.

Max sprach kein Wort, aber manchmal murmelte er Worte, formelgleiche Beteuerungen, Fragen. Peter Ullmann, wusste, dass es keine Traumreise war, die Max angetreten hatte. Viviane hatte Recht, als sie sagte, der Junge müsse es schaffen. Er sei stark und er werde es schaffen. Peter Ullmann glaubte das.

Max Schneider fand die Bilder, die ein Kleinkind auf einem weißen Kunststoff-Motorboot mit einer kleinen Wohnkajüte auf einem blauen See zeigten. Da war Mama - auf den Fotografien noch eine junge Frau, die mal lachte, mal nachdenklich schaute. Sie war so schön. Blauer Himmel spannte sich über dem See und dem Boot, die Sonne stand hoch. Der Mann, mit dem Mama unterwegs war, trug auf den meisten Bildern eine große, schwarze Sonnenbrille. Max bedauerte das. Sein Papa hatte gesagt, man kann an den Augen erkennen, ob jemand gut oder böse wäre. Er hätte gern gesehen, ob das ein guter Mann war, den Mama geheiratet hatte, als er noch keine zwei Jahre alt gewesen war und von dem sie vor seinem vierten Geburtstag geschieden wurde.

Dann gab es Bilder, da waren alle drei zu sehen, aber die Entfernung war zu groß und Max konnte die Augen des Mannes nicht deutlich, nicht nah genug, nicht so lebendig sehen, wie er dies gern gewollt hätte. Aber er sah ein sympathisches Lachen, offene Gesichtszüge. Der Mann kam ihm bekannt vor. Max hätte aber nicht sagen können, woher und woran er das festzustellen glaubte.

Dann gab es Bilder von ihm mit einem kleinen Hund.

Max liebte Hunde. Bei diesen Bildern musste er sogar einmal lachen. Da lag der kleine Hund auf dem Rücken, hatte alle Viere in die Luft gestreckt und der kleine Junge zog das Tier am Schwanz hinter sich her durch eine Wohnung mit beigefarbenem Teppichboden, einem schwarzen Ledersofa und Spielsachen, wo man hinsah.

„Crockie. Ja, Crockie", murmelte Max. Er liebte Hunde. Aber dieser, das fühlte Max, war nicht irgendein Hund. Die Vergangenheit ergriff Besitz von ihm. Nein, dieser hier war ein Freund aus alten Tagen.

Crockie - von diesem Hund hatte er geträumt. Immer und immer wieder hatte Papa ihm diesen Traum auszureden versucht und irgendwann hatte er ihn beiseite geschoben - in einen selten benutzten Raum seiner Erinnerung, aus dem nun unerwartet und unvermittelt die Requisiten der allerersten Anfänge seines Menschwerdungstheaters ans Licht drängten. Insgeheim hatte Max es gewusst, dass es den kleinen, schwarzen Hund mit den weißen Strümpfen an den Füßen und den weißen Punkten über den

Augen wirklich gegeben hat. Jetzt hielt er die Fotos vor sich. „Siehst du", murmelte er. „es gibt dich, Crockie. Ich werde dich Papa zeigen." Es war, als wäre ein Damm gebrochen.

Mutter und Sohn

Seit mehr als zwei Tagen hatte Max nicht geschlafen. Wäre allerdings jemand auf die Idee gekommen, ihm in dieser Situation ein Bett und eine Stunde Ruhe anzubieten, er hätte ihn für verrückt erklärt. Der Junge war so hellwach wie nie zuvor. Er war auch so aufgeregt wie nie zuvor.

Auch Viviane Schneider hatte in der Nacht kein Auge zugetan. Zwölf Jahre! Was war aus dem Jungen geworden? Wie sah er aus? Kam er nach dem Vater?

Nach einem Duschbad schon vor Sonnenaufgang hatte sie sich gründlich frottiert, danach sorgfältig mit einer feinen, nach ätherischen Ölen duftenden Creme eingerieben. Sie hatte sich sorgfältig geschminkt, eine weiße Bluse und ein Kostüm mit einem halblangen, sehr eleganten, grauweiß karierten Rock gewählt. Die flachen, schwarzen Halbschuhe waren vielleicht schon etwas alt, aber sie hatte keine anderen, die zu ihrer Garderobe passten.

Ihre schulterlangen, braunen Haare, in denen längst die grauen Strähnen das Alter verrieten, hatte sie nach hinten gebunden. Eine Schwester hatte ihr für diesen Tag mit Erlaubnis des ärztlichen Direktors und Chefs der Klinik die smaragdenen Ohrringe aus dem Safe mit den persönlichen Wertgegenständen gegeben. Sie trug ein zierliches Gold-Collier mit einem Smaragdherz und einen eleganten Siegelring mit einem stilisierten „V" in einem stilisierten „S" und wieder einem Smaragd, der darin eingefasst war. Eine Goldschmiede-Meisterarbeit. Sie hatte den Schmuck seit ihrer Einweisung nur an wenigen Tagen gesehen. Tragen durfte sie ihn heute zum ersten Mal.

Immer wieder fragte sie die Schwester, wie sie aussehe und ob sie nicht zu alt wirke für ihre Aufmachung.

Ja, sie fühlte sich alt und zugleich jung wie ein Backfisch, den die Eltern das erste Mal zum Rendezvous außer Haus lassen. Sie war siebenundvierzig, und obwohl sie zehn Jahre älter aussah, hatte sie an diesem Tag die Spannung und die Energie einer Frau Mitte dreißig.

Das Zimmer hatte sie schon am Vortag auf Vordermann gebracht und die frischen Blumen, die sie im Park gepflückt hatte, gaben dem Raum und der Frau, die darin lebte, etwas wunderbar Jugendhaftes.

Nun lief Viviane, geborene Schneider, geschiedene Fischer, verheiratet mit Christoph Pater, nervös wie ein Mädchen in Erwartung ihres ersten Flirts durch das Zimmer sowie den Garten davor, schaute immer wieder den breiten, langen Kiesweg zu dem Metalltor hinab.

„Wann kommen sie denn? Wann sind sie bloß endlich hier?"

Wäre da nicht der fast drei Meter hohe und nach unten einen Meter tief in die Erde gegrabene Metallgitterzaun hinter einer ebenso hohen Steinmauer, dazwischen ein Sicherheitsstreifen und am Metalltor vor der Auffahrt zum Herrenhaus die gesicherte Fußgängerschleuse und das mit Elektronik und Kameras voll gestopfte Wachhäuschen, man hätte das Anwesen für ein Vergnügungs-Schlösschen eines Industriellen halten können. Tatsächlich nannten die wenigen Menschen in den umliegenden Dörfern der Südeifel an der belgischen Grenze das Herrenhaus mit den Türmchen und Zinnen die „Burg".

Das gewaltige Haus selbst war umgeben von weitläufigen Parkanlagen. Unter den hohen Kronen alter Laubbäume, wie Kastanien, Eichen, Buchen, standen die Bungalows, in denen einerseits Patienten in je extra gesicherten, aber sehr hübsch und individuell eingerichteten Appartements untergebracht waren, andererseits Ärzte und Pfleger ihre Arbeits- und Therapie-Räume hatten.

Die Burg war erst seit kurzem das Zentrum für ein europaweites Netz von geschlossenen Kliniken, die als das Experiment einer neuen Psychiatrie für Gewaltverbrecher galten. Zweihundert Männer und Frauen, denen an irgendeinem Punkt ihres Leben die Kontrolle entglitten war, lebten in der Südeifel unter Aufsicht und erhielten bestmögliche Hilfe.

Nur mit höchsten Weihen versehene Ärzte, Schwestern und Pfleger, Psychiater, Psychologen, Sozialarbeiter, Geistliche aller Konfessionen und Glaubensrichtungen - es gab sogar ein kleines Zen-Kloster in einem stillen Winkel des Parks - und von jeder Disziplin nur die Besten hatten die Qualifikation, auf der „Burg" zu arbeiten.

Als der Fahrer die schwarze Limousine mit Max Schneider und Dr. Ullmann die Auffahrt zum Haupthaus mit dem Appartement von Viviane Schneider hochfuhr, stand ein ganzes, kleines Komitee bereit: Der Chefarzt, die beiden Oberschwestern zwei Hilfsschwestern.

Max stieg zuerst aus dem Wagen, blinzelte in die Sonne und streckte seine Glieder. Dr. Ullmann dankte dem Fahrer und folgte. Der Direktor und ärztliche Leiter der „Burg" war wegen seiner fürsorglichen, verbindlichen Art bei allen Mitarbeitern beliebt. Dann legte Peter Ullmann Max seinen Arm auf die Schulter, stellte ihn seinem Vertreter und den Schwestern vor. Nach dieser kurzen Zeremonie sagte er:
„Dann wollen wir den jungen Mann mal zu seiner Mutter führen."

Das Wiedersehen

Es war eine Explosion des Verschütteten, eine Katharsis der Erinnerung an die Liebe und aufopferungsvolle Hingabe, mit der die Frau das Kind fast sechs Jahre lang großgezogen hatte. Zwölf Jahre waren wie nie gewesen.
Max sah seine Mutter und aus seinem Innersten brach es hervor. Alle als Glück interpretierten Leiden entließen das einzige, das wahre Glück, das ihm die Erklärungen und Deutungen der vergangenen Jahre verdreht und verschüttet hatten.
Max war wieder ein kleines Entchen beim Spielen am See und plapperte: 'Wenn Max ein großes Entchen ist, kann er schwimmen`. Max war wieder auf dem weißen Motorboot mit der kleinen, gemütlichen Kajüte, seine Mutter hielt ihn fest in ihren Armen und das Kind staunte: 'Ah, Booooot..., ah, Segelboooot..., uiuiui..., Boot wackelt... rote Boje, rote Boje, Max nicht schlafen, rote Boje sehn!` Max saß mit Mama auf der Kutsche, die von Pferdchen gezogen wurde, und ringsherum standen freundliche Menschen und warfen Körner auf Max und Mama und die Pferdchen wieherten und Max und Mama lachten. Der kleine Junge saß wieder vor einem großen weißen Blatt Papier mit vielen Buntstiften und malte große, bunte Kreise und Kringel und babbelte unentwegt: 'Des is a Booot, des is a Baum und noch a Baum und des is a Haus und des ist Mama und des ist Cockie...` Max balancierte wieder auf dem Spielplatz über dieses Netz, das von einer Treppe zur anderen gespannt war, und da war Papa - es war aber ein anderer - es war... Papa Sebastian..., und der erklärte dem Kind, wie man über dieses Netz kommt, ohne in die Maschen zu fallen. Da war wieder Max zwischen Bergen von Spielsachen und kleinen Hunden und Teddybären und einem Kamel, einem Storch mit langen, roten Beinen, und mittendrin saß Max mit Papa Sebastian, und Papa Sebastian las aus

dem Lieblingsbilderbuch von dem großen und dem kleinen Hasen: 'Ich habe dich soooo lieb - bis zum Mond.`

Viviane sah ihren Sohn - ein Schrei der Freude, ihr wurde schwarz vor Augen, heiß und kalt, als er ihr in die Arme fiel, seinen Kopf schluchzend an ihren drückte, ohne dass das geringste Gefühl eines Fremdseins auch nur den kleinsten Platz für einen Hinweis auf eine zwölfjährige Trennung gelassen hätte. Minutenlang standen Mutter und Sohn im Zimmer, eng umschlungen, wortlos, schluchzend.

Voll Spannung hatte Peter Ullmann auf die ersten Augenblicke gewartet. Jetzt schloss er leise die Tür - ließ die Mutter dem Sohn, den Sohn der Mutter. Der Psychiater war zufrieden und mehr als sicher: Sie würde es schaffen. Viviane würde eines Tages wieder gesund. Sie würde das Leben lieben und - leben!

Max und Viviane waren den ganzen Tag zusammen. Sie spazierten durch den Park und tuschelten und lachten beim Essen und es verging keine Minute, in der sie ihn nicht herzte oder er ihr einen Kuss gab, ihr sagte, wie sehr er sie liebte und wie schön sie sei.

Es war nicht zu verbergen: Sie war an einem Tag, in einer Stunde, in dem einen Augenblick des Wiedersehens zehn Jahre jünger geworden. Jetzt sah sie nicht aus, sie *war* der verliebte Backfisch beim ersten Rendezvous und er ihr Liebhaber, ein stolzer, großer, stattlicher Mann mit breiter gewordenen Schultern, kräftiger Statur, mit einem Gesicht, das die Freude und alles Glück eines zufriedenen, befreiten Seelenlebens zeigte.

Abends bat Dr. Ullmann beide in seine Bibliothek.

Eine leise Musik und die Behaglichkeit von Kerzenlicht durchdrangen den Raum. Alegria, eine Art Magical Feeling. Die Musiker von Saltimbanco spielten und sangen - Viviane erkannte es: „Kumbawalé", eine Ode an die Freude und an die Liebe zu den Menschen, den armen wie den reichen, eine hingebungsvolle Erklärung der Liebe für die Menschen mit offenen Augen und die, die im Strudel des Kampfes des Alltags die kleinen Schönheiten am Wegrand des Lebens nicht mehr erkennen, weil sie Hilfe brauchen; eine Ode an die Helden des Alltags, die in der bunten Vielfalt der Straße aufrecht bleiben und ihren Weg nicht aus den Augen verlieren. Es war die Musik des kanadischen Staatszirkus Saltimbanco - und es war eine Musik voll Assoziationen, eine Musik wie das Leben selbst, das die Gaukler und Straßenmaler, die Artisten, die kleinen und großen Menschen in der Manege des Lebens spielten.

Sebastian reiste durch den Film, der seit Stunden ihren Kopf zu einem Kino mit den Bildern aller Wünsche und Vorstellungen ihres verdrehten

Willens machte und sie langsam in die Lage versetzte, den Dingen ihren Platz zurückzugeben und sich selbst den ihren, das Leben neu zu bewerten und den Wert zu erkennen, den es schenkte. Sebastian. Christoph. Ihr Bruder. Ihr Vater. Ihre tote Mutter. Sie nahm die Hand von Max und war glücklich zu wissen, dass wenigstens er da war. Was machten die anderen? Was machten die Menschen, die in ihrem Leben eine Rolle gespielt hatten?

Peter Ullmann erinnerte Max Schneider daran, dass sein Vater sicher auf eine Nachricht wartete. Er würde dem Jungen gern anbieten, in der Klinik und auch im Appartement seiner Mutter zu übernachten, aber er solle überlegen, ob er daheim nicht wenigstens Bescheid geben müsste.

Max zuckte zusammen. Papa. Er hatte Papa vergessen. Was für ein Tag war heute? Sonntagabend. Es war erst drei Tage her, dass Dr. Ullmann ihn das erste Mal angerufen hatte. Erst gestern Morgen hatte er ihm die Akte gegeben. Dann der Nachmittag, der Abend, die Nacht, die Müdigkeit, die wie eine Droge alles überlagerte und doch genau das Überlagerte so klar und deutlich von allem befreite, was vorher gewesen war.

Es war Sonntagabend.

Am Samstag erst hatte er davon erfahren, dass sein Leben mit Papa nicht das einzige war, dass er noch ein anderes hatte, eines, das weggeschlossen und seit zwölf Jahren in einer Klinik behandelt wurde - das Leben seiner Mama. Max bat, in einem anderen Raum telefonieren zu dürfen.

Peter Ullmann führte ihn in sein Büro und schloss die Tür von außen. Dann war er mit Viviane allein in der Bibliothek.

„Erinnern Sie sich noch an unser Gespräch am vergangenen Freitag?"

Sie schaute zum Fenster.

„Sie erlauben, dass ich Ihnen die entscheidenden Sätze noch einmal vorspiele - ich habe sie natürlich aufgenommen."

Dann legte er die Kassette in das Gerät neben seinem Lehnsessel und drehte vor, etwa bis zu der Stelle, wo er sie gefragt hatte.

„... Aber welche Bedeutung hat für Sie Amok?"

„Amok? Nun, als ich erkannte, dass sich auch meine Lebensweise kaum noch von den Patienten einer Krankenhausstation für neurologische Rehabilitation unterschied, dieser armen Figuren, die onanierend in der Nase bohren und sich nicht mehr erinnern, wie es war, als ihr Wille noch Wünsche hatte und nicht nur Trieb war, wollte ich sie ändern."

„Aber so?"

„Ja. Ja, so."

„Wenn aber Amok der Ausbruch aus dem Koma ist, so ist es doch kein Weg. Welchen Weg wollen Sie gehen?"

„Schauen Sie sich die Paare an: Schon beim Jawort komatös, verfolgen sie den, von dem sie behaupten, ihn zu lieben, bis in den Tod mit Gleichgültigkeit. Ich sah die Sackgasse sehr spät. Aber ich sah sie und wusste, dass mich nur ein Sturm ins Leben zurückreißen konnte: Alles zerstören, was mich seit meiner Kindheit nicht losgelassen hatte, nichts bestehen lassen. Kaputt machen! Vor allem den Glauben an Hoffnung und Zukunft und Chancen und Glück und die Träume. Erst der Tod würde mich entlassen in ein neues Leben. Sein Tod. Ihr Tod."

„Und nun sind Sie am Ziel?"

„Das wird sich zeigen."

„Was ist Ihr Plan?"

„Vielleicht Sie?"

„Wie würde es aussehen, wenn Sie sich heute mit dem Wissen all dessen, was geschehen ist, neu verwirklichen könnten?"

„Das kann ich erst sagen, wenn es soweit ist. Heute weiß ich nur so viel: Ich konnte dem Koma nicht anders entkommen als in der Forderung seiner Hingabe an meinen Lebenswillen bis zum Tod."

„Erzählen Sie!"

„Es war ein Rausch. Ich schlug auf ihn ein, er konnte mir nicht mehr entkommen. Ich schlug immer wieder zu. Zum ersten Mal hatten die Schatten einen Namen und ein Gesicht, und ich, ihr Entdecker, konnte es beherrschen, vertreiben oder zerstören, wie mir gerade war."

„Und es machte Ihnen Freude?!"

„Es war mein Weg. Ich hätte ihn auch quälen können, aber das wäre falsch gewesen. Er war meinesgleichen. Er war zwar der Anker, der mich hinabzuziehen drohte, aber auch ich war seinesgleichen. Er schrie, er schrie... es half nichts. Dann war ich frei."

Vor dem nächsten Satz schaltete der Psychiater ab. Er wusste, dass dieser Satz die Atmosphäre zunichte machen würde, denn sie vertraute ihm. Jetzt vertraute sie ihm.

Viviane schaute immer noch aus dem Fenster hinaus in den Park, der von Fackeln beleuchtet wurde. Die Ärzte und Pfleger hatten ein Fest für die Patienten vorbereitet. Es sollte ein Fest der Sinne werden. Von überall her waren die engsten Verwandten der Patienten eingeladen, um gemeinsam mit ihren Familienangehörigen ein Stück des Weges zu feiern, der Leben genannt wird und von so vielen Menschen nur als Last und zu selten lustvoll und deutlich erlebt wird.

„Welche Bedeutung hat für Sie Amok heute, Viviane?", fragte Dr. Ullmann.

„Ich muss neu darüber nachdenken", sagte sie und Tränen rollten über ihr Gesicht.

Peter Ullmann war zufrieden. Er war sicher, sie würde nachdenken.

Max Schneider war ins Zimmer gekommen und hatte die letzten Sätze mit angehört. Ihm fiel der Abend in der Wohnung von Nils vor zwei Tagen wieder ein, als der Psychiater ihm gesagt hatte, er sollte mit Mama auch darüber sprechen, warum Papa auf einige Fragen, die ihm nie gestellt worden waren, nie eine Antwort gegeben hatte.

Der Junge dachte an die Akte und an all die Sachen, die er seitdem gelesen hatte. Seine Seele war aber im Verlauf der zwei Tage gewappnet worden: Jetzt war er bereit, sich mit den anderen Fragen zu beschäftigen, denn Max hatte seine Kindheit wiedergefunden.

Christoph Pater allein zu Haus

Jeder hätte Christoph die Unruhe anmerken können, mit der der Mann durchs Haus am Schlachtensee lief. Aber es war niemand da, der es Christoph Pater hätte anmerken können. Und so konnte der alt gewordene Mann, der von Monat zu Monat mehr verfettete und in dessen Gesicht sich immer tiefere Falten gegraben hatten, seine Sorgen nur mit sich selbst austragen.

Mal ließ er sich im Lesezimmer nieder, dann sprang er auf wie ein gejagter Tiger, ging auf die Veranda, die Hände in die Hüften gestützt, den Oberkörper nach hinten gelehnt, streckte den Körper, sog die milde A-bendluft ein, um erneut zum Telefon zu laufen, den Hörer in die Hand zu nehmen, ohne zu wählen. Er sinnierte, bevor er wieder auflegte, nach oben ging, wo seine privaten Schlafräume waren, noch eine Etage höher, wo Max lebte, der zur Zeit nicht da war und eben am Telefon so merkwürdig weit entfernt und so fremd geklungen hatte.

Christoph Pater war beunruhigt. Er kannte dieses Gefühl - von seinen Patienten, denen er meistens helfen konnte.

Sich selbst konnte der Mann, dessen Familien- und Kindertherapeutische Klinik, das „Zentrum für Experimentelle Hypnose, T.O." als führend galt in der therapeutischen Behandlung von Kindern, an diesem Abend nicht helfen. Wäre wenigstens Mireille da. Mireille wusste immer, was man tun muss, um zu entspannen. Aber Mireille kam erst zum Wochenende wieder. Er würde sie in seiner Klinik einstellen, dann hätte er sie um sich und eine bessere Kontrolle über sie.

Wenn Christoph Pater es recht bedachte, wusste er fast nichts über die Frau, außer dass sie ihn nehmen konnte, wie sie wollte. Er war ihr in jeder Situation und mit jeder Faser seines Wollens ausgeliefert. Wenn er wenigstens wüsste, wie er sie erreichen könnte. Aber nicht einmal ihre Telefonnummer hatte er.

„Don`t call us, we call you", scherzte sie, wenn er sie bedrängte, ihm ihre Adresse zu geben. Er müsste wohl eine Detektei einschalten.

Wieder der Griff zum Telefonhörer. Wieder sinnierte er ohne zu wählen und legte den Hörer zurück auf die Station.

Max. Was war das, was da in der Stimme des Jungen mitschwang, als er kurz und so betont freundlich gesagt hatte „Papa, ich bleibe noch einen oder zwei Tage... mach dir keine Sorgen, ich erzähle dir alles."

Worüber sollte er sich keine Sorgen machen? Seit Viviane nicht mehr da war und Unruhe in sein Leben gebracht und ihn unablässig unter Druck gesetzt hatte, machte er sich sowieso keine Sorgen mehr - es sei denn um diesen so schleppend langsam verlaufenden Prozess der Entmündigung seiner Frau, deren Ärzte trotz all der eindeutigen Spenden, die er der Klinik gemacht hatte, immer noch Hoffnungen äußerten, sie könnte wieder gesund werden. „Und so lange", sagten die Juristen, „ist ihre Entmündigung eben leider nicht möglich, Herr Pater, tut uns Leid."

Max, was machte der Junge, was er erzählen würde und worüber er, Christoph, sich keine Sorgen machen müsste? Was dauerte noch ein oder zwei Tage? Warum hatte er so ein mieses Gefühl bei der Sache?

Christoph Pater fand die Ursache nicht. Er konnte nicht schlafen und am nächsten Tag rief er in der Klinik an und sagte, er nehme sich einige Tage frei. Sein Stellvertreter war ein freundlicher und routinierter Verwaltungsspezialist, der die Nachricht korrekt weiterleitete.

Niemand in der Privatklinik Pater in Kleinmachnow am Stadtrand von Berlin machte sich irgendwelche Gedanken darüber.

Zwei Freunde

Peter Ullmann stand am Steg und schaute hinaus auf den See, wo der Wind kräftig in den Segeln des kleinen Bootes am Horizont zerrte. Es waren einige elegante Manöver. Der Psychiater verstand nicht viel davon, aber es sah sehr sportlich aus, wie das Boot nach ein paar Kreuzschlägen in rauschender Fahrt auf den Anleger zugeschossen kam, kurz vorher den Bug in den Wind stellte, so dass die Segel auf der Linie des Kiels flatterten, der Wind die Fahrt stoppte und das Boot dicht vor dem Anleger zum Stillstand kam.

Der Mann an der Pinne nahm seelenruhig eine Leine, ging ohne Eile zum Bug, wo er das eine Ende über die Klampe hinterm Vorstag, das andere durch eine Öse am Steg, zurück aufs Boot, wieder über die Klampe führte und mit einem Kreuzknoten belegte.

„Boot fest bei Vorleine", sagte er. Es war niemand außer ihm selbst und dem Psychiater da, der die Ansage hören könnte, aber es klang gut. Dann legte er eine zweite Leine von der achteren Klampe über eine Dalben neben dem Heck. „Boot fest achtern steuerbord." Und Augenblicke darauf: „Boot fest achtern backbord."

„Eh, alter Junge, du wirst sonderlich! Sprichst mit dir selbst und kennst deine Freunde nicht mehr?", rief Ullmann vom Steg, während der Segler seinen Kopf in die Kajüte des hölzernen Prachtstücks aus Mahagoni steckte. Als er wieder auftauchte, hielt er zwei Gläser auf einem Tablett und eine Flasche in der Hand.

„Was ist? Willst du am Steg festwachsen oder an Bord kommen?"

Peter Ullmann machte einen beherzten Schritt und mühte sich, die Balance auf den schwankenden Planken des kleinen, schmucken Kreuzers zu bewahren. Dann ging er vorsichtig vom Bug an der Kajüte vorbei ins Cockpit des Bootes und setzte sich. Es war eine ruhige, wortkarge Herzlichkeit, mit der die Männer sich begrüßten. Unter den im Wind flatternden Segeln schenkte Sebastian die Gläser halbvoll, reichte eines seinem Freund Peter.

„Nimm erstmal, ich brauche auch einen Schluck. Dann sprechen wir."

Auf der Wiese, die vom Steg sanft einen Hügel hinauf zu der Villa unter den Kastanien führte, spielten Lisa und Susan Federball. Ein Junge saß auf der Veranda vor dem Haus und schaute zum Boot herab.

„Jakob ist groß geworden", sagte Ullmann und zeigte zu dem Jungen hoch. „In drei Monaten zwölf", sagte Sebastian. „Segelt aber schon fast wie ein Großer."

Es war der 18. September 2013. Die drei jungen Leute waren zusammen nicht halb so alt wie Sebastian, der in zweieinhalb Monaten siebenundfünfzig Jahre zählen würde.

„Wie hat sie reagiert? Kennt sie die Hintergründe?", wollte Sebastian wissen.

„Ich muss dich enttäuschen. Es scheint nicht so. Auch Max hat sie die Geschichte von den höheren Wesen erzählt, die ihr den Auftrag gegeben hätten."

„Das heißt, wir kommen wirklich nicht anders als über die Künste von Mireille an die Wahrheit heran. Wir müssen sie von der Kette lassen."

„Damit riskierst du alles. Du weißt es."

Sebastian Fischer nickte. „Ich weiß. Aber ich habe das Gefühl, dass ich es dem Lauf der Dinge schulde. Ich weiß natürlich auch, dass ein Zeitsprung von zwölf Jahren das Verstehen dessen, was damals wirklich passiert ist, nicht leichter macht. Wenn sie es Max nicht erzählt hat, ist sie sich der Tatsachen und der Art und Weise ihrer Manipulation wirklich nie bewusst geworden und glaubt tatsächlich an die Wahrhaftigkeit ihrer Aussagen. Und so wird sie nie die Freiheit wiedersehen. Ich werde Mireille bitten, der Wahrheit ans Licht zu helfen."

„Auf meine Hilfe kannst du dich jedenfalls verlassen, wann immer du sie brauchst. Eh, sag, was macht der Junge?"

„Er lernt. Bei der Regatta wird er ein neues Kapitel aufschlagen: lernen, dass man auf Sieg setzen muss, auch wenn man keine Chancen hat, ihn zu erringen, und dass man seinen Spaß haben kann, während man darum kämpft und bei alledem von Tag zu Tag besser und besser wird; dass man nie aufgibt und, selbst wenn man hinterher nicht auf dem Siegertreppchen steht, weiß: Das nächste Mal bin ich oben!"

„Eh, stopp mal! Das sind mindestens fünf Kapitel, von denen mancher Erwachsene noch nichts gehört hat", lachte der Psychiater.

Sebastian stellte das leere Glas beiseite, barg die Segel, zog seine gelb-schwarze Jacke aus und warf sie in die Kajüte. Dann sagte er zu seinem Freund: „Ich weiß. Aber Jacob ist seinem Alter voraus. Manchmal schaue ich ihn an und denke, seinem Alten auch. He, sag mal, ich glaube Annie hat gerufen. Lass uns hochgehen. Annie hat Abendbrot gemacht. Sie wird sich freuen, wenn sie hört, dass du mit den Kindern und mir einige Tage auf dem Land verbringst, während sie ihre Sachen erledigt."

Sebastian Fischer und Peter Ullmann gingen bedächtig über den Steg, liefen die Wiese zum Haus hoch.

Annie umarmte ihren Mann, gab Peter Ullmann einen herzlichen Kuss auf die Wange und rief die Kinder zum Abendessen. Es gab einen grünen Salat mit Gurken und Tomaten unter feinem italienischen Dressing, anschließend Spaghetti mit frischem Knoblauch, Pesto, Öl und als Beigabe eine Prise Pinienkerne, dazu Rotwein vom Land. Sebastian und Annie hatten ihn vom letzten Urlaub an der Atlantikküste mitgebracht. Ein leichter, milder Wind streichelte über die Terrasse und die Gesellschaft, die dort saß, dinierte, scherzte und das Leben genoss.

Ein milder Spätsommerabend ging bei romantischer Beleuchtung der Öllampen auf der Veranda des Hauses von Sebastian und Annie Fischer in eine sternenklare Spätsommernacht über. Die Freunde sprachen über die Erlebnisse der Kinder und das neue Buch von Sebastian, dessen englische Übersetzung verfilmt werden würde.

Nachts, im Bett, umarmte Annie ihren Mann, dann kraulte sie ihm mit ihren schönen, langen Fingernägeln den Rücken, wobei er genüsslich schnurrte.

„Gibt es was Neues von Viviane?"

Sebastian verneinte.

„Ich freue mich für dich, dass du Peter hast. Und ich freue mich für Viviane und hoffe, dass ihre Zeit kommt. Er wird ihr die Hilfe geben, die sie frei macht. Ich liebe dich, Schatz!"

„Schlaf gut!"

„Du mich auch…" Mit diesen Worten legte sie ihren muskulösen, schlanken linken Oberschenkel zwischen seine Beine, rutschte unter seine Decke und nahm ihn mit der sanften Kraft ihres Geschlechts. Als sie fertig waren, legte sie sich in seine Arme, sog tief den Duft von Lust und Haut, seiner Haut, ein. Dabei kraulte sie seine Brust.

„Jetzt."

„Was jetzt?"

„Jetzt schlaf gut, Geliebter!"

Annie Fischer

Annie, die Frau von Sebastian Fischer und Mutter von drei Kindern, war 1972 als Tochter einer Halbkambodschanerin und eines strohblonden Franzosen aus dem Saarland geboren. Annies Mutter, die ihrem Mann 1954, nach Ende des Indochinakrieges, nach Paris gefolgt war, hatte Annie zwar kein Geld, aber dafür umso mehr Intelligenz und andere, sehr seltene Talente vererbt.

Als sich die Mutter von dem Ex-Söldner getrennt und nach Amerika ausgewandert war, war Annie natürlich mitgereist. In Maine zur Schule gegangen, hatte sie bis zu ihrem vierzehnten Lebensjahr in einem Internat für junge Schauspieler neben dem Abschluss der ersten neun Schuljahre gleichzeitig eine Ausbildung als Schauspiel-Elevin gemacht. Sie hatte zwar kein Interesse an einem Engagement, glaubte aber der Mutter, die ihr riet, niemals ein Angebot, etwas Neues zu lernen, abzulehnen.

Mit fünfzehn wollte sie nicht länger spielen. Sie wollte sein! Die Mutter war bei einem Unfall ums Leben gekommen, also lebte sie, was sie war. Sie reiste erst nach Toronto, dann nach Montreal, Kanada, wo sie im reichen Westmount einen Gönner fand, der ihr half, sie aber nicht daran hinderte, zugleich ihre Instinkte auszuprobieren. Sie war weit besser entwickelt, als Mädchen ihres Alters sonst, und so verdingte sie sich als Gelegenheitsprostituierte. Dabei lernte sie, was Spaß macht, aber auch, was getan werden muss, damit das Leben weitergehen kann.

Sebastian Fischer hatte sie in Montreal kennen gelernt... und wie! Noch heute machte es ihr Freude, daran zu denken. Schon als Kind ein Naturtalent, genoss sie das Wissen und die Macht, jeden Mann um den Finger wickeln zu können. Mit Sebastian war es einfach großartig gewesen. Und wenn da nicht ihre Verpflichtung gegenüber diesem anderen Mann gewesen wäre, dem sie ihr Leben verdankte, wäre sie schon damals, als fünfzehnjährige, bei Sebastian geblieben. Sebastian hatte etwas, was tiefer ging und sie sehr berührte. Heute wusste sie, dass sie ihn bereits da geliebt haben musste.

Jetzt packte Annie einige Kleinigkeiten zusammen. Sie führte ein Telefonat und dachte an Sergeij. Es würden bald fünfzehn Jahre sein, dass er gestorben war.

„Sei nicht ungeduldig, mein kleiner Liebling! Ich bin in wenigen Stunden bei dir. Dann werde ich dir den Höhepunkt deines Lebens bereiten", flötete sie in den Telefonhörer und legte auf.

Sebastian kam herein und gab ihr einen Kuss. „Du musst schon weg?"

„Ja."

„Pass auf dich auf! Du musst nicht weiter gehen als unbedingt nötig und kannst jederzeit abbrechen und zurückkommen, wenn du dich danach fühlst."

„Ich tue, was nötig sein wird. Mach dir keine Sorgen. Du kannst mir vertrauen und guten Gewissens die Tage mit deinem Freund auf dem Land verbringen. Es wird alles kommen, wie es kommen muss!"

„Mir bleibt nichts anderes übrig. Aber auch wenn ich jede Wahl dieser Welt hätte, würde ich dir vertrauen."

Annie und Sebastian umarmten einander. Sie nahm ihre Tasche, das Taxi wartete vor dem Haus. Als sie die Tür hinter sich ins Schloss zog, sah sie noch aus wie Annie, war im Geiste aber bereits in ihrer zweiten Rolle.

Schon als Schauspielschülerin hatte Mireille gelernt, was Spaß macht, aber auch, was getan werden muss, damit das Leben weitergehen kann.

Der Taxifahrer setzte sie an der U-Bahn-Station Mexikoplatz ab. Annie zahlte, ging kurz auf die Toilette.

Die Frau, die als Mireille wieder herauskam, hätte kein Mensch, der sie kannte, selbst beste Freunde nicht, jemals als Annie Fischer, die Mutter von Jacob, Lisa und Susan erkannt... sie war ein Vamp. Sie sah aus wie Mireille.

Es war der Morgen des 19. September 2013, der vierzehnte Jahrestag der Heirat von Viviane Schneider und Christoph Pater.

Regattatraining

„Regattatraining ist Lebenstraining", sagten die Lehrer im Trainingszentrum an Wannsee, in dem Max segeln gelernt hatte. Heute war Max nicht recht bei der Sache und verstand, dass Jacob verärgert reagierte, als er das zweite Mal einen schweren Fehler machte. Darum ließ er den Jüngeren, obwohl er selbst der bessere Segler war, ans Ruder. Er würde die Schoten fahren.

Max verstand seinen Papa nicht und das brachte sein ganzes Weltbild ins Wanken. Papa hatte gebrüllt und war völlig aus der Rolle gefallen. Das hätte Max ihm noch nachgesehen. Aber dann hatte Papa Max geschlagen und auch danach noch nicht einmal seine Fragen beantwortet. Und das verstand Max nicht. Er hatte Papa alle Fragen vorgehalten, die Christoph Pater bisher nicht beantwortet hatte - vielleicht, weil noch niemand sie ihm gestellt hatte. Max wollte das nachholen.

„Warum sprechen wir nie über Mama?" Das war die erste Frage gewesen, als Max am Abend zu Hause angekommen war und sein Papa ihn in den Arm nehmen wollte.

Papa hatte versucht auszuweichen.

„Ich weiß, dass sie lebt", hatte Max sofort nachgesetzt. Er wollte die Wahrheit von seinem Vater hören; er wollte nicht, dass er sie erst aus ihm herausholen musste.

Max dachte an die Fotografie der Frau, über die Papa ganz offensichtlich nicht sprechen wollte; seine Mama, wie sie ihr graubraunes, strähniges Haar nach hinten gebunden hatte, er sah ihre schmalen Lippen und diesen Blick, der Güte und Liebe ausstrahlte.

„Warum haben wir Mama nie besucht?"

Als Christoph Pater immer noch versuchte abzulenken, schlug ihm sein Sohn die Fragen wie eine Baseballkeule ins Gesicht:

„Was weißt du über den Mann, mit dem Mama vor dir verheiratet war? Was über Dr. Ullmann? Warum hast du mir nicht gesagt, was Mama mit Opa und Oma getan hat?"

Der Junge brach in Tränen aus, schlug wütend den Arm seines Vaters beiseite, als der ihn trösten wollte. Max wollte keinen Trost. Er dachte an das Sanatorium und die letzten zwölf Jahre. Max wollte Antworten. Er wollte Wahrheiten.

„Warum durfte ich nicht wissen, dass Mama lebt? Hattest du Angst, ich würde sie nicht verstehen? Oder dich? Ich würde euch verurteilen? Warum helfen wir ihr nicht, wieder ein normales Leben zu führen? Sie kann es schaffen, sagen die Ärzte. Bist du je bei ihr gewesen? Hast du bemerkt, wie sehr sie leidet?"

An dieser Stelle schlug Christoph Pater das erste Mal mit der Faust auf den Tisch. „So. Und was sagen sie noch, deine Ärzte? Du hast mich belogen, als du sagtest, du gehst mit Nils zelten - und jetzt willst du von mir Wahrheiten hören? Du bist wohl verrückt geworden in der Eif..."

„Ist das für dich so leicht, dich herauszureden - einfach, indem du andere für verrückt erklärst? Ist es das, wovor du Angst hast, dass ich merke, dass Mama gar nicht verrückt ist, dass du sie nur dazu gemacht..."

Der Faustschlag traf Max mitten ins Gesicht. Christoph Pater war angesichts der Gewalt der Wahrheiten, die ihm aus den Worten seines Sohnes entgegenschlugen, nicht mehr Herr der Lage. Blut lief Max aus der Nase, als der Junge hintenüberstürzte. Dann war einen Moment Ruhe gewesen und Christoph hatte ein letztes Mal versucht, das Heft in die Hand zu bekommen.

„Junge, hör doch, ich hätte dir schon alles erzählt, wenn die Zeit gekommen wäre. Aber du bist noch ein Kind. Und was damals passierte, war schrecklich. Es war so schrecklich, dass jeder, der damit zu tun hatte, versuchte, alles so schnell wie möglich zu vergessen."

Max rappelte sich hoch, schaute seinen Vater an, rieb mit der Handfläche über die schmerzende Stelle unterhalb der Nase. Er hatte das Gefühl, alle Zähne seien locker. Er sah das Blut auf seinem Handrücken und dachte an den Brief seiner Mama, der mit den Worten endete: „Ich küsse dich und umarme dich innigst! Deine Mutter, Viviane Schneider."

Wie ein Geologe sein allererstes Fundstück von einem anderen Stern hatte er diesen Brief in der Hand gehalten - und kein Wort glauben wollen, zunächst...

Wie viele Tage war das her? Gerade eine Woche.

Er dachte an die Fotografie von Mama, an die Akte und an alles andere, auch an das, was Mama in den drei Tagen, die er auf der Burg mit ihr verbrachte, erzählt hatte. Es erschien ihm nun in einem anderen Licht. Mama war gar nicht verrückt. Vielleicht war Papa aber verrückt. Max dachte an die Briefe, deren Handschrift er sofort erkannt hatte, und an die von diesem anderen Mann, an die Schreiben von den Rechtsanwälten und daran, was seine Mutter über die Scheidung und über ihre erste Ehe erzählt hatte. Er dachte an den Zettel, den sein Vater einer gewissen Catherine nach Montreal diktiert hatte, als Mama dort ihren ersten Mann nach einem Unfall zurück nach Deutschland holte:

„Max braucht dich. Ich liebe dich. Vergiss das nicht. Christoph"

„Warum hast du Mama nie selbst denken lassen?", herrschte er seinen Vater an. „Warum hast du mir nichts von der Hochzeit meiner Mama mit einem Mann vor dir erzählt und die alte Frau nebenan als verrückt bezeichnet und mir nicht geglaubt, dass es in meiner Kindheit einen kleinen, schwarzweißen Hund gegeben hat? Ich habe die Fotos gesehen. Es ist der schönste und niedlichste Hund, den ich mir vorstellen kann, und mir hast du gesagt, ich würde Trugschlüssen unterliegen, wenn ich davon geträumt habe. Was macht dieser Mann heute, der mal mit Mama verheiratet war?"

Christoph war der Flut hilflos ausgeliefert. Jetzt stützte er den Kopf in seine Hände und weinte.

Aber Max schien es, als wollte sein Vater damit nur Zeit gewinnen. Fast schämte er sich, dass er immer gedacht hatte, er müsse bei Problemen zu

Christoph Pater laufen, seinem Vater, der jetzt dort saß und weinte, um Zeit zu gewinnen und um seine Fragen nicht beantworten zu müssen.

Max hatte keine Lust mehr, Zeit zu verlieren. Er wollte wissen!

„Antworte, Papa", flehte er, „warum sagt Mama, dass du sie nicht mehr geliebt hast? Warum hast du ihre Bilder weggenommen? Warum musste sie ihre Tagebücher vor dir verstecken? Warum hast du ihr verboten, auf Briefe zu antworten? Warum hast du mir nie ihre Briefe gezeigt? Hattest du Angst, du würdest die Kontrolle verlieren, wenn ich, wenn Mama zu viel wüsste?"

Christoph Pater musste einen Weg finden, dieses Gespräch zu beenden. Ihm war, als wäre alles besser als dieses Gespräch mit Max - und wenn er sich in den Kopf schösse. Aber Christoph Pater war ein feiger Mensch, und darum dachte er über eine weniger endgültige Lösung nach, eine, die ihm noch Türchen, ja, möglichst viele Türchen offen halten könnte.

Das Klingeln an der Tür kam ihm gerade recht.

Als Mireille Max sah und Christoph, wusste sie, dass sie nicht zu früh gekommen war. Alles passte in den Plan. Sie rettete Christoph vor seinem Sohn - um ihn später endgültig aus dem Weltbild von Max herauszuradieren. Für eine Frau ihres Talents war es ein Leichtes, Vater und Sohn zu einer kurzen Zusammenfassung zu bringen. Dann schlug sie vor: „Max schreibt seine Fragen auf und Christoph denkt darüber nach. Dann wird er sich die Zeit nehmen, alles mit der Geduld zu besprechen, die ein solcher Vertrauensbruch erforderlich macht."

Christoph schaute sie von unten herauf dankbar an. Max, dem sie bei diesen Worten das Blut mit einem feuchten Tuch aus dem Gesicht gewischt hatte, fühlte, dass diese Frau ihm nichts Böses wollte. Sie war nicht gegen ihn. Und warum sollte er die Fragen nicht aufschreiben? Hatte Mama ihm nicht gesagt, die Überlegenheit von Sebastian, auch in schwierigsten Situationen immer mit allem und so auch mit der Vergangenheit fertig zu werden, sei das Schreiben gewesen?

„Einverstanden", meinte der Junge.

„Einverstanden", echote Christoph.

„Dann auseinander mit euch, ihr Streithähne", sagte Mireille. Dann, zu Christoph gewandt: „Du lässt uns jetzt mal allein!" und zu Max, nach ein paar Worten des Trostes: „Und jetzt ab an den Schreibblock!" Max hätte ihr am liebsten einen Kuss gegeben, aber er ließ es und ging hinauf in sein Reich.

„Kannst du nicht aufpassen? Los, die Schoten", herrschte Jakob seinen Vorschoter an. Es war zu spät. Ganz in seinen Gedanken versunken, hatte Max kein Auge mehr für den Wind gehabt, und eine kräftige Bö hatte die kleine, dunkelgrüne Jolle mit den Segeln ins Wasser gedrückt.

Die beiden Jungen stellten den Mast in die Richtung, aus der der Wind kam, traten kräftig außenbords auf das herabgelassene Schwert. Der Mast ragte zunächst nur ein kleines Stück aus dem Wasser, nicht viel, aber weit genug, dass der Wind unter die Segel fassen und den Havaristen bei ihrer Arbeit helfen konnte. Langsam, ganz langsam richtete die Jolle sich wieder auf.

Dann verbrachten beide Segler noch einmal eine viertel Stunde, ehe sie das Wasser aus dem Boot geschöpft hatten. Während der Zeit erzählte Max, weshalb er so geistesabwesend war. Es tat ihm wirklich Leid. Jakob hörte aufmerksam zu. Dann fuhren die beiden an einen der Strände am Großen Fenster. Die Jolle hatten sie mit einer Leine an einen Baumstumpf nahe dem Wasser festgezurrt und Max erzählte alles: von seiner Mama und dem Arzt und wie er seine Mama wiedergefunden hatte.

Und er erzählte von Mamas Tagebuch, in dem er gelesen hatte: „Es gefällt mir nicht zu sehen, wie Christoph Max von dem, was bisher passiert ist, abschirmt. Wie früher mir, interpretiert er Max alles, was der Junge und wie er es verstehen soll. Im Licht besehen läuft das - auch wenn es auf den ersten Blick sehr gut und sehr pädagogisch scheint - darauf hinaus, dass er Max überhaupt keinen Freiraum für eine eigene Sicht lässt."

Das Einzige, was Max Jakob nicht erzählte, war die Geschichte mit seinem Opa, Mamas Papa. Und während Jakob und er in der Sonne vor sich her dösten, dachte er darüber nach und an den Brief mit den Fragen, den er Papa hinterlassen hatte. Es war eine lange Liste von Dingen geworden, die er von Christoph Pater wissen wollte:

Warum hatte Papa Mama nicht davon abgehalten, so schreckliche Dinge zu tun? Wo war Papa gewesen? Wo war Onkel Otto geblieben? Wieso hatte er Mama erst der Polizei überlassen, dann in eine Klinik gesteckt und sich nie darum bemüht, ihr zu helfen? Was wusste er von den angeblich höheren Wesen, die Mama den Befehl zu dem Mord gegeben hatten? Und von wem hatte sie nach Jahren des Schweigens aller Beteiligter überhaupt erfahren, dass sie als Kind von ihrem Vater offensichtlich über lange Zeit hinweg sexuell missbraucht worden war? (Diese Frage hatte Dr. Ullmann Max als besonders wichtig eingeschärft.) Wieso war er selbst,

Max, genau in diesen Tagen nicht da - und noch einmal: Wieso hatte Papa ihm gesagt, Mama sei tot, statt ihm zu erzählen, was passiert war?

Dr. Ullmann hatte noch gesagt, es könnte von großer Bedeutung sein zu erfahren, woher seine Mama die Psychopharmaka erhalten hatte, die man bei den Untersuchungen in ihrem Blut, in der Leber und im Gewebe festgestellt hatte.

Also hatte Max auch das aufgeschrieben: „Was ist, wenn Mama für ihr Verhalten gar nichts konnte, weil ihr die Medikamente den ´Willen und die Kritikfähigkeit` genommen hatten, wie Dr. Ullmann mir andeutete? Und sag, Papa, hast du nicht vielen Menschen aus ihren Neurosen und Depressionen geholfen? Warum nicht Mama? Warum hast du sie allein gelassen, als die Medizin ihre Kraft und ihre Meinung raubte? Wolltest du sie wirklich abschieben, um frei zu sein? Hattest du andere Interessen? Mama hat das gesagt, als ich ihr erzählte, dass du mir nie die Briefe gezeigt hast, die sie uns geschrieben hat."

Max nahm sich vor, auf die Beantwortung eines jeden Details zu bestehen. Vor allem über den Schluss wollte er mit seinem Vater ausführlich sprechen. Erneut fragte er sich, ob er zu hart sei und rief sich noch einmal die letzten Sätze ins Gedächtnis zurück:

„Warum hat dir niemand früher diese Fragen gestellt? Hast du die Menschen davon abgelenkt? Du könntest das, Papa, du weißt es, ich weiß es, und du weißt, dass ich das weiß. Wir haben oft darüber gesprochen. Darum will ich ehrliche Antworten von dir. Max."

Es war eine gewaltige, eine geradezu orgiastische Entwicklung des Geistes, die der Junge in einer Woche durchlebt hatte: Das Wiedersehen mit der Mutter, die stundenlangen Gespräche - und dann dieses Treffen mit Ralph Blasb.

In Max reifte eine Idee: Vielleicht könnte er Detektiv werden? Das Kombinieren ständig neuer Möglichkeiten gefiel ihm.

Er würde später noch zu Hause anrufen.

Ein Modell vor dem Scheitern

Christoph Pater musste nachdenken. Die einfachen Fragen seines Jungen waren in das Modell seines Denkens und Handelns eingebrochen ähnlich dem durch einen Damm zu einem See gestauten Fluss, dessen Fluten sich unweigerlich ihr altes Bett zurückerobern.

Pater brauchte Zeit. Einen Damm zu reparieren erfordert Zeit. Für den Manipulator stand nicht weniger als die komplette Auflösung seines gesamten Lebensplans auf dem Spiel: Ehrliche Antworten - sofern möglich - würden seinen Untergang bedeuten. Er würde in den Fluten ertrinken, die über ihn hereinbrechen müssten. Pater befand sich in einem tiefen Tal. Der brechende Damm wurde ihm zur Bedrohung.

Die Gefahr, dass Max selbst die Antworten auf seine Fragen finden könnte, ohne dass er, Christoph Pater, das steuerte, deutete die Katastrophe an. Christoph Pater musste seinen Sohn dazu bringen, ihn erneut - und zwar in der vorherigen Unschuld - als denjenigen anzuerkennen, der die Welt erklärt. Mireille hatte ihm einen Aufschub besorgt. Er war ihr unendlich dankbar. Sie beugte sich von hinten über die in sich zusammengesunkene Figur von Christoph Pater, küsste Hals und Schultern des fahl gewordenen Mannes, schnurrte, umarmte und streichelte ihn: „Lass uns die Sache vergessen. Du wirst im richtigen Augenblick das Richtige tun!"

Mireille wusste, was in Christoph Pater vorging. Ein ganzer Glaubens- und Seinsglobus fiel in sich zusammen. Aber sie wusste auch, dass der Mann erst seine Macht über die Menschen verloren hätte, wenn sein aus einer Krise heraus gestarteter Versuch scheitern würde, seine Umwelt zu pathologisieren, wenn er sich nicht mehr als denjenigen darstellen könnte, der den Menschen klar macht, dass sie mit sich selbst nicht identisch erscheinen, wenn diese Menschen ihn bei der Behebung dieses suggerierten Mangels nicht mehr um Hilfe bitten würden - erst dann wäre seine Macht verloren.

„Bitte, Mireille, lass mich nachdenken. Ich muss mich um meinen Sohn kümmern, der mich braucht", antwortete er. Die Nervosität ließ ihn ungehalten hochfahren.

Sie zog sich zurück. Sie konnte die Zeit gut für wichtige Vorbereitungen gebrauchen. Der entscheidende Moment würde bald anklopfen. Nein, Mireille wusste, es ging ihm nicht um die Fragen von Max. Es ging um dieses sorgsam aufgebaute, aufgeblasene Etwas. Es ging um das gesamte Fadenwerk, mit dem Christoph Pater die Menschen umsponnen und sich seinen Platz in der Gesellschaft abgesichert hatte. Seit zwanzig Jahren hatte der Mann ungezählte Versuche an seinen Patienten, Erwachsenen wie Kindern, unternommen: Neuroleptika, Psychopharmaka, bewusstseinsverändernde Drogen, Pilze - alles hatte er dazu genutzt, einen fruchtbaren seelischen Humus zu bereiten. Sie hatte ein paar ganz entscheidende Papiere darüber gefunden.

Sicher wäre es auch ohne die Chemie, allein mit Hilfe seiner Fähigkeiten und Kenntnisse der Suggestion und der Autosuggestion, des autogenen Trainings, der Psychologie und der Psychotherapie gegangen, aber die Medizin hatte Pater als durchaus hilfreich zu nutzen verstanden. Auf ihrem Humus - der Destabilisierung seiner Patienten, die tatsächlich seine Opfer wurden - war sein ausgefeiltes System von bewusstseinsverändernden Argumenten besonders schnell wirksam geworden. Er hatte Viviane wie in einer Psychoanalyse - allerdings ohne dieses Wort jemals zu benutzen - verunsichert. Er hatte eine Entfremdung ihrer selbst mit dem Zusammenhang, in dem sie lebte, festgestellt. Er hatte aus dieser Positionierung der Frau, deren gesellschaftliche Plattform er für die Verwirklichung seines Lebensplans brauchte, ihren Mangel abgeleitet. Er hatte systematisch auch den Druck des Alltags erhöht. Er hatte gewusst, dass die Drogen, der Stress ihrer Gefühle zwischen zwei Männern, ihr Glaube an seinen Befund sie gefügig machen mussten. Und er hatte es für seine Zwecke vorbereitet, so dass ihr nichts blieb, als ihm zu glauben, er und nur er, Christoph Pater, könne diesen, ihren Mangel beheben, ihr Ich mit dem Über-Ich, ihr bewusstes Erleben mit dem unbewussten Erleiden in einen Einklang zurückzuführen.

Seine Etikettierung ihres Mangels, dieser „Krankheit", dieser schizophrenen Sicht der Welt auf Grund ihres frühkindlichen Traumas, bildete seine Operationsbasis für alles: zunächst, um die Villa am Schlachtensee für sich zu erobern, dort das Geld zu erwerben, das ihn in die Lage versetzte, die eigene Klinik aufzubauen, mit der er dann das richtige Geld „verdiente". Aber der Ausgangspunkt, das Startkapital, war sein geradezu genialer Befund ihrer Neurose gewesen und das tiefe Wurzeln seiner Suggestion in ihrer anfechtbaren Seele, die sich ihm versklavt hatte. Sie war ihm wie eine Reife Frucht in den Schoß gefallen...

Viviane war sein Opfer.

Es war ein gewaltiges, sorgsam inszeniertes, ein berauschendes Seelen-Schach gewesen. Die Regeln allein für sich behaltend, hatte er sie zu einer hündischen Unterwerfung unter seinen Befund ihres Problems gezwungen. Ihr zu suggerieren, er und nur er, Christoph Pater, könne sie als Menschen im Sein aus ihrer Inkohärenz mit dem Umfeld, in dem sie litt, erlösen. Ihr Jawort und die spätere Ehe waren reine Formsache.

Viviane Schneider hatte verloren, als sie die ihr unbekannten Spielregeln übernommen und für sich erkannt zu haben dachte, dass ihr unbewusstes Ich tatsächlich *ihn* brauchte, um die Ungleichheit der Kräfte zwischen Unbewusstem und Bewusstem auszuloten. Damit hatte er ihr Gedächtnis an entscheidenden Stellen gelöscht, ihre Erinnerung abgelenkt. In ihrer Rückschau auf das Erleben war ein blinder Fleck entstanden. Bald konnte sie den weder an Zeiten noch an Personen festmachen. Viviane Schneider wurde von den Erklärungen und Deutungen des Christoph Pater so abhängig wie der Süchtige vom Schuss in die Vene: Nur noch er konnte sagen, was ihr was bedeutet. Nur noch ihn erkannte sie als Helfer an. Seine Macht war die Macht zu definieren und zu interpretieren - die Welt zu erklären. Seine Suggestion ihres Mangels und ihrer Unfähigkeit, diesen Mangel mit eigener Kraft zu beheben, war die entscheidende Zäsur, die ihm das Ruder ihres Geschicks in die Hand gespielt hatte. Er konnte ihre Sicht, ihre Kontakte, den Grad ihrer Unterwerfung unter sein Wollen und bald selbst ihr physisches Sein bestimmen: Er ließ sie einsperren in eine Klinik, ihr behandelnder Psychiater war ein Mitglied seiner Bruderschaft, direkt aus dem Orden, dessen geheime Treffen Pater in die tiefen Gewölbe unter seiner Klinik legen konnte, seitdem ihm das dunkle Anwesen gehörte.

Mireille telefonierte. Bald darauf klingelte es an der Tür. Sie gab jemandem einen Briefumschlag. Der Bote verschwand und Mireille widmete sich weiter ihren Vorbereitungen.
Christoph Pater hatte es nicht einmal bemerkt. Ganz im Sich, quälte sich seine arthritisch gewordene Gedankenwelt mit Fragen: „Wie bringe ich den Jungen dazu, noch ein letztes Mal die Repressionen meiner Erklärungen zu akzeptieren und so in mein Spiel nach meinen Regeln einzutreten?"
Und je mehr er sich quälte, umso mehr drängte sich ihm die einzige noch machbare Lösung in die umnebelte Apodiktik seiner Rhetorik und seiner im Entgleisen begriffenen Seele...

Dr. Ullmanns Welt

Max Schneider, der Sohn von Viviane, hatte in einer unvermutet kurzen Zeit geschafft, wozu die Mutter in mehr als zwei Jahrzehnten nicht in der Lage gewesen war: Er hatte einen Prozess neuer Zwangsläufigkeiten ausgelöst. Seine Fragen, der Wissensdurst eines enttäuschten, jungen Mannes, förderten dabei zutage, was sich selbst Sebastian Fischer bisher nur schemenhaft dargestellt hatte, der viel zu sehr an der Oberfläche der vermuteten kriminellen Machenschaften orientiert war.

„Destabilisierung heißt das Schlüsselwort", sagte Peter Ullmann. „Trotzdem werden wir bald erfahren, ob auch deine Vermutungen für unsere Sache von Vorteil sein können."

Sebastian Fischer schaute den Freund an, der bedächtig sprach, als wollte er nicht riskieren, die Wahrheiten mit übereilter Rede wieder den Schatten der Pater'schen Suggestionen zu überantworten.

Ullmann legte die Papiere beiseite, die der Bote soeben gebracht hatte.

„Max hat den Hexenmeister selbst in eine Zwangslage gebracht - seinen eigenen Vater. Ich werde es dir erklären. Mit seinen Fragen an Pater, die dieser nicht beantworten konnte und auch nicht können wird - es sei denn um den Preis der Aufgabe seines Lebenswerkes - hat Max enttarnt, dass auch im Bewusstsein seines Vaters jener 'blinde Fleck' existiert. Ist das aber so, existiert dieser unfehlbare Standpunkt, aus dem nicht der Mensch die Welt, sondern die Welt den Menschen sieht, auch im Bewusstsein von Christoph Pater, der sich seit Jahrzehnten die alleinige Macht der Definition und Interpretation des Bewussten und des Unbewussten der Menschen in seiner Umgebung anerkennen ließ - dann heißt das nicht weniger, als dass der Analysierende das Bewusste und das Unbewusste in sich selbst noch nicht zur Deckung gebracht hat.

Christoph Pater muss nun zugeben, nach seinen eigenen Definitionen 'krank' zu sein. Ihm entgleitet damit das wichtigste Instrument für die Ausübung seiner Macht über andere: nämlich zu suggerieren, er allein sei in der Lage, die 'kranken' anderen zu beurteilen, weil er in sich selbst Bewusstes und Unbewusstes in Einklang weiß, und die anderen, die genau der Mangel dieses Einklanges von sich selbst entfremdet, könnten folglich nur durch ihn 'geheilt' werden."

Sebastian schauderte bei der Dimension der Macht der Worte. Er selbst war mit dem Wort umgegangen, seit er als PR-Experte, später als Unternehmensberater und als Headhunter die Wirkung genoss, die sein Urteil auf die Entscheidungen seiner Auftraggeber hatte. Die Art und Weise zum Beispiel, wie er dem Vorstand des Landschaftsverbandes Nordrhein-Westfalen den neuen Ärztlichen Direktor in diese Klinik nahe der belgischen Grenze empfohlen und diese Empfehlung gegen eine große Zahl weiterer Bewerber durchgesetzt hatte - es war ein Bubenstück gewesen, Manipulation in Potenz. Ja, so war sein Schulfreund, so war Dr. Peter

Ullmann, Chef dieses renommiertesten europäischen Psychiatrie-Projekts geworden.

Aber keinem der Patienten ging es dadurch schlechter. Sattelt nicht jeder jedem einmal ein Pferd? Und muss derjenige, der die Hilfe annimmt, danach nicht trotzdem allein reiten? Protektion? Nein, Netzwerk! Im größer werdenden Zusammenhang größerer politischer Einheiten wurden soziale Netzwerke immer wichtiger, die den Zusammenhalt von Strukturen im überschaubaren Kleinen begünstigten.

Der Misserfolg der Kirchen ebenso wie der Erfolg der Sekten oder die Inthronisierung eines Ärztlichen Direktors einer psychiatrischen Musterklinik in der Eifel hatten hierin ihren gemeinsamen Nenner. Aber es war nicht - oder nur indirekt - um Seelen gegangen. In dem Spiel von Christoph Pater ging es um Seelen... Nein, auf Kosten anderer Seelen hatte Sebastian Fischer nie gespielt!

Dr. Ullmann sprach leise und konzentriert. „Max hat also - so muss es Christoph Pater vor sich selbst erkennen - nicht weniger erreicht als die eigene Freiheit und, möglicherweise, die Freiheit seiner Mutter."

Hier musste Sebastian einhaken: „Viviane wird freikommen?"

„Nicht sofort, aber sie hat die Chance. Du musst das so verstehen: Wenn der Analysierende, wir können ihn auch den Psychoanalytiker der Probleme und der Sichtweisen von Max und seiner Mutter nennen, wenn also Christoph Pater selbst sein Ich und sein Über-Ich, sein Bewusstes und sein Unbewusstes nicht in Deckung gebracht hat, aber trotzdem die Freiheit und die Macht der Definition - hier der Etikettierung mit den Mitteln der Psychoanalyse - hatte, dann ist es folglich doch gerade die Tatsache, dass es akzeptiert werden kann und muss, dass es ein unbekanntes Unbewusstes und ein erlebtes Bewusstes gibt, was die Freiheit und Menschenwürde, auch die Fähigkeit zum Urteil, erst zulässt. Also erst der ′weiße Fleck` im Bewusstsein macht den Menschen zum freien Menschen. Dann aber verlieren alle Versuche, die Entfremdung des Bewussten vom Unbewussten aufzuheben, ihren Reiz. Das wiederum nimmt den Dunklen, den Magiern, den Mächten des Suggestiven und der Beschwörung ihren Einfluss.

Es bedeutet in diesem Fall nicht weniger, als dass der Psychoanalytiker Christoph Pater seine Macht über seine Patienten verliert. Viviane und Max wollen sich die Welt unter den geänderten Bedingungen selbst erklären..."

„Viviane... und vor allem Max, sobald ihm das deutlich wird, akzeptiert seine eigene Identität als gut. Nicht trotz, sondern gerade weil er weiß, dass er das Unbewusste, mit welchen sprachlichen Mitteln auch immer, niemals ins Bewusste ziehen wird; weil das nämlich gar nicht möglich ist und auch vom Herrn der Definitionen und Erklärungen, seinem Vater, nicht geleistet werden kann."

Sebastian verstand. Auch er hatte einen Schritt getan.

Peter Ullmann nickte. „Das Ich, das Individuum, Max, Viviane, alle unter der Peitsche der Dogmatik des Dompteurs, finden sich von ihrer immerwährenden und zwangsläufig nur ergebnislosen Suche nach einer vom Herrn und Hexenmeister akzeptierten Festlegung der eigenen Identität befreit. Sie hätten sich, wie man populär sagt, selbst gefunden."

„Sie hätten ihre natürlichen Rechte erlangt, sich zu ändern und zu öffnen, ihre eigenen Fragen nach eigenen Regeln der eigenen Kreativität zu beantworten und sich nicht länger dem Manipulator zu unterwerfen, dessen psychoanalytische Deutung bis zu diesem Augenblick deshalb so unangreifbar war, weil sie jeden Widerspruch des Analysierten aus den Regeln des Systems heraus als Beweis seiner Uneinsichtigkeit und ´krankhaften` Selbstentfremdung gelesen hat", fasste Sebastian zusammen.

„Ja. Der Analysierte war ständig gelähmt. In seiner Erkenntnis, also auf der geistigen Ebene, weil sich jedes seiner Befreiungsargumente gegen ihn selbst richtete, und folglich auch physisch, denn der Psychoanalytiker hatte natürlich auch die Macht, die geographische Umgebung des Hilfesuchenden zu bestimmen. Nun, da die Gültigkeit dieses Modells an sich widerlegt ist, ist der bisher psychologisch-rhetorisch geknechtete Mensch frei!"

„Die Unterdrückung vorbei."

„Noch nicht ganz. Ich sagte: Destabilisierung ist das Schlüsselwort. Der Manipulator ist zur Zeit im Stadium der Destabilisierung. Wir müssen das unsere tun, um in Max und in Viviane und in der Umwelt die Erkenntnis der Machtlosigkeit des nicht anerkannten Machtmenschen durchzusetzen. Dann werden die Welt und der gesamte Lebensplan über dem Tyrannen, über der Seele von Pater zusammenbrechen."

Schweigend schauten sich Sebastian und Peter an.

Dann fragte Sebastian: „Hast du schon eine Idee von dem ´Wie`? Oder ist das noch in unserem Unbewussten, auf das wir neuerdings stolz sein dürfen, weil es uns zum freien Menschen macht?"

Der Freund lachte. „Du hast alles verstanden. Ich kann beide Fragen mit ´Ja` beantworten."

Der Ruf des Priesters Guiborg

Peter Ullmann wusste, dass es so riskant wie notwendig war, als er die Anweisungen gegeben hatte, Viviane Schneider nach Berlin zu bringen, ohne ihr zu sagen, wohin die Reise geht. Und es musste in dieser Phase sein. Der Psychiater erzählte seinem Freund nur das Nötigste von seinen Recherchen und den Beobachtungen der Detektei, die er bereits vor Monaten engagiert hatte. Danach entwickelte er seinen Plan.

Sebastian Fischer war so aufgeregt wie seit Jahren nicht mehr. Er konnte sich gar nicht erinnern, überhaupt jemals so aufgeregt gewesen zu sein: „Du arbeitest mit Rockford zusammen? Ich dachte, du bist Seelenarzt."

„Nun, als ich deine Theorien näher untersuchte und mit Vivianes Analyse, den Metaphern, den Erzählungen unter Hypnose, du weißt schon, ihren 'höheren Wesen` und den Eröffnungen ihres Unbewussten in Einklang bringen wollte, kam ich zu der Erkenntnis, dass entweder auch du in die Klinik gehörtest oder sie in die Freiheit. In der Klinik führte ich die Untersuchungen. Aber wer könnte die Arbeit draußen machen? Dir traute ich das - verzeih! - nicht zu. Also beschäftigte ich Ralph, du weißt, unseren Ralph aus der Schule. Der hat zwar die Schule nicht abgeschlossen, als Schnüffler aber eine unglaubliche Karriere gemacht. Weißt du noch, wie treffsicher er schon damals mit seinen Beobachtungen unsere Lehrer verunsichert hat? Ralph hat die beste Detektei des Rheinlandes aufgebaut - mit den besten Rockfords der alten Welt. Du kannst mir glauben: In diesen Fall hat er sich mit seinem ganzen Apparat, der gesamten Logistik seines Berufes, hineingefressen. Ralph war wie besessen von der Idee, das Rätsel zu lösen, nachdem er einmal Witterung aufgenommen hatte!"

„Und was... was hat er... herausgefunden? Was ist das Rätsel?"
Sebastian wusste kaum, was er sagen sollte.

„Das bleibt erst einmal mein Geheimnis. Ich sage es dir, wenn ich meine Theorie in Vivianes Reaktionen einfügen kann. Ich habe da noch mehr vorbereitet. Du kannst dich dabei nicht zuletzt auf Max verlassen.
Und natürlich auf Ralph, der selbst zwei Kinder im Alter von Max hat. Die Idee ist von ihm."

Es war Abend geworden und im Haus am Schlachtensee klingelte das Telefon: „Nein, Max, Christoph hat mich gebeten, dir zu sagen, dass er dir deine Fragen nicht heute und nicht am Telefon beantworten will. Er will morgen mit dir aufs Land fahren. Er hat gesagt in dieses Bauernhaus im Oderbruch, wo ihr früher oft Urlaub gemacht habt."

Mireille nickte zu Christoph hinüber, der noch dankbarer als am Vortag zur Kenntnis nahm, dass sie mit einer Kraft und mit einer Sicherheit seine Absichten übermittelte, die er selbst in dieser Situation nicht aufgebracht hätte.

Max maulte ein bisschen herum, wie das für Jungs seines Alters so üblich ist, wenn sie sich versetzt fühlen. Weil er Mireille aber vertraute und weil ihre Stimme auch jetzt so klang, als wollte sie ihm auf keinen Fall etwas Schlechtes, willigte er ein. „Dann hole ich Papa morgens ab?"

„Nein", sagte Mireille, „Christoph kommt raus zum Trainingszentrum und holt dich ab. Gleich früh. Ihr habt dann den ganzen Sonntag. Das wird auch deinem Vater gut tun."

„Du kommst nicht mit?" Es klang enttäuscht, zugleich aber eine Bejahung erwartend, wie Max fragte.

Mireille schmunzelte, als sie antwortete: „Nein, mein Junge. Ich werde hier bleiben. Mir scheint, das ist doch etwas nur für euch Männer!"

Noch nie hatte sie Max „mein Junge" genannt. Jetzt war es genau die Ansprache, die Vivianes Sohn brauchte. Es war ein Angebot. Wenn morgen alles anders käme als geplant, wäre er trotzdem nicht allein, sagten die nicht gesprochenen Worte.

Es wäre von Max zu viel verlangt, diesen Sinn zu verstehen. Aber er fühlte sich gut, als sie aufgelegt hatte und er seinem Freund Jacob sagte, dass der sich morgen einen anderen Trainingspartner suchen müsse: „Ich habe mit Papa ein paar ganz wichtige Dinge zu besprechen." Und als hätte eine Ahnung Einzug gehalten, die aus dem Unbewussten direkt in sein Bewusstes übergewechselt war: „Das könnte unsere Zukunft verändern."

Auch Viviane war aufgeregt wie seit Jahren nicht. Es war das erste Mal, dass sie die Klinik verlassen würde.

Sorgsam packte sie eine kleine Reisetasche. Sie wollte nichts vergessen. Dann stieg sie in das Auto, dessen verdunkelte Scheiben ihr keine Sicht nach draußen gestatteten. Auch der Blick nach vorn war versperrt. Zwei Schwestern waren bei ihr. Die drei Frauen scherzten und erzählten von neuen Wegen in der Heilbehandlung der Seelen und von Dr. Ullmann, dem Revolutionär einer Sozialpsychiatrie der Zukunft, die tatsächlich auch Viviane seit Wochen von Tag zu Tag mehr Hoffnung machte.

Hatte sie nicht sogar ihren Sohn wiedersehen dürfen? Fühlte sie sich nicht schon unendlich viel sicherer, fast erleichtert, seit der Arzt vor einem Jahr die Klinik in der Eifel und kurz später auch ihre Behandlung persönlich übernommen hatte?

Viviane hatte ein Gefühl, als könnte sie heute mit den unbeantworteten Fragen der Zeit vor ihren dunklen Tagen im Haus am Schlachtensee viel besser als je zuvor umgehen.

Am nächsten Morgen konnte Sebastian Fischer dem Gang der Dinge noch weniger Verständnis abringen.

Peter Ullmann erhielt einen Anruf. „Mireille", sagte er bedeutungsschwer. Dann telefonierte er seinerseits mit jemandem und sagte: „Wir können fahren." Er dirigierte Sebastian Fischer direkt zum Haus am Schlachtensee.

Annie, nein, hier war es Mireille, öffnete und bat Sebastian herein. Peter Ullmann blieb draußen. „Du zeigst deinem Mann, wo er sich aufhalten kann, ich warte..."

Sebastian hätte sich als Opfer eines Komplotts gefühlt, würde er seiner Frau nicht vertrauen. „Wo ist Christoph Pater?"

„Mit Max unterwegs. Komm bitte!"

Sekunden, bevor die Tür hinter ihm ins Schloss fiel, sah er einen roten Sportwagen auf der gegenüberliegenden Seite halten, aus dem Ralph Blasb stieg, sein alter Schulkamerad, der die Schule kurz vor dem Abschluss abgebrochen hatte und nun - wie Ullmann erzählte - die beste Detektei westlich von Hermeskeil zu leiten schien.

„Komm, Schatz, du hast nur Minuten!", drängelte Annie-Mireille und hielt ihn ab umzukehren und den Schulkameraden zu begrüßen. Gerade noch, dass ein weiteres Auto, eine große, schwarze Limousine mit verdunkelten Scheiben die Straße entlangglitt, konnte Sebastian sehen.

„Pass auf, mein Mann, was jetzt auf dich zukommt, zerschlägt den Knoten, beantwortet alle Fragen seit der Scheidung von Viviane - die gleich kommt. Aber du darfst keine Fragen mehr stellen."

Bei diesen Worten nahm sie ihn fest in ihre kräftigen, schlanken Arme, drückte ihren Unterleib an seinen, sah ihm fest in die Augen. Wie lange waren sie verheiratet?

Sebastians Gedanken tauchten ein in diese Augen, in diese wasserklaren Augen, diese wunderschönen Spiegel von Annies phantasiebegabter Seele.

Sie riss ihn in die Gegenwart zurück. „Peter und Ralph haben alles organisiert und ich bin eingeweiht. Du musst mir folgen, sonst gefährdest du die

Reise von Viviane in ihre Seele als Kind, und alles, was danach passiert ist, würde verschüttet bleiben. Folge mir! Es wird wie damals in Montreal - als du mir deinen Willen überlassen hast für eine Nacht. Du erinnerst dich. Diesmal dauert es nicht so lange, aber wenn Peter recht hat, wird es genauso schmerzhaft."

Sie nahm ihn bei der Hand und führte ihn hinab in den Keller.

Christoph Pater hatte in den Jahren seines Wirkens und offensichtlich auch mit sehr genau definiertem Ziel einiges verändert. Architektonisch war der Keller umgestaltet in einen Verhörraum und in einen Nebenraum, von dem aus die Verhöre beobachtet werden konnten. Und Mireille hatte den letzten Tag und die letzte Nacht benutzt, um das vorzubereiten, was nun für das Ereignis nötig sein würde.

Ihm wies sie einen Platz im Nebenraum zu, der sich, für die Menschen, die sich im ehemaligen Töpferkeller der Elise Schneider - dem Verhörraum - aufhielten, unsichtbar hinter einer verspiegelten Wand befand. Sie selbst ging auf die andere Seite.

„Verstehst du mich?" Über Lautsprecher hörte er sie, als stünde sie neben ihm. „Dann drück auf den schwarzen Knopf vor dir. Ansonsten werde ich dich selbst dann nicht hören, wenn du schreiend zusammenbrichst und um dich schlägst. Du bist schalldicht verpackt."

Sebastian tat es. Im Töpferkeller wurde eine schwache Lampe an der Wand, nur für Eingeweihte ersichtlich, kurz herabgedimmt.

„O.k., von dort erlebst du gleich die Zeitreise deiner ersten Frau: zunächst in ihre Kindheit, dann durch die Jugend bis zu einem der vermutlich erschreckendsten Ereignisse der Berliner Kriminalgeschichte. Setz dich, lass es auf dich wirken. Wenn du Notizen machen willst, findest du ein Tagebuch auf dem Tisch neben dir. In der Schublade ist ein Diktaphon, wenn du Sprache aufnehmen willst. Alles, was hier gesagt wird, musst du nicht aufnehmen. Das geschieht von dem Augenblick an automatisch, in dem deine Frau mit Peter und dem Hypnotiseur hereinkommen."

Viviane. Peter. Ein Hypnotiseur. Wo würde Mireille sein? Eine Ahnung, nur eine Ahnung stieg in ihm auf. Sebastian wurde schwarz vor Augen, er setzte sich.

Als er Viviane sah, sehr schön zurechtgemacht, sehr gepflegt, die strähnigen, grau gewordenen Haare glatt nach hinten gekämmt, das Gesicht gealtert, aber gepflegt, was auch das Tuch nicht verbergen konnte, mit dem ihr die Augen verbunden waren, hätte er in der Tat schreiend zusammenbrechen können.

Der Hypnotiseur führte Viviane. Peter setzte sich mit weit gespreizten Beinen in einen Korbstuhl. Der Hypnotiseur setzte Viviane schräg vor sich auf einen weiteren Korbstuhl, von dem aus sie zugleich ihn, ihren Psychiater, der jetzt Wilhelm Schneider war, und die Tür sehen konnte. Viviane war entweder bereits in Trance oder sie hatte Medikamente erhalten. Als der Hypnotiseur ihr das Tuch von den Augen nahm, schaute sie sehr gefasst und ernst auf den Mann, von dem Sebastian nicht wusste, ob sie ihn kannte oder nicht, ob er ihn kennen müsste oder nicht...

Dann hörte Sebastian ein leises Quietschen. Die schwere Metalltür öffnete sich und herein lugte ein braunblonder Mädchenschopf.

„Guten Tag, Prinz Wilhelm auf der Burg. Du bist jetzt der Schlossherr, und ich bin die Prinzessin, die dich glücklich macht!", sagte das Mädchen.

„Ach, Prinzessin. Welche Ehre. Werden Sie mir die Freude machen, mit mir auszureiten?", fragte Peter-Wilhelm Schneider.

„Über Stock und über Stein? Ja, aber sicher, Prinz Wilhelm."

Das kleine Mädchen trug ein Kleidchen aus leichter Wolle mit Schottenkaro.

Die weißen Sandalen an den kleinen, nackten Füßchen hatte sie ausgezogen, als sie auf Prinz Wilhelm zuschlich, den kleinen Zeigefinger ihrer rechten Hand vor die gespitzten Lippen legend: „Pssst. Schön leise sein, dabei, damit uns niemand hört. Dann reiten wir ganz weit fort und werden heiraten und bis ans Ende unserer Tage glücklich und zufrieden leben."

„Steht das in einem deiner Märchen?"

„Nein, das steht in unseren Sternen. Mama hat mir erzählt, dass alles in unseren Sternen steht. Und in meinen steht, dass ich ein langes, glückliches Leben habe und mir ein Prinz jeden Wunsch von den Augen ablesen wird."

„So. Mama hat dir das erzählt?"

„Ja, und jetzt bist du mein Prinz und musst mir meine Wünsche von den Augen ablesen. Und dann reiten wir über Stock und Stein."

Und weil Mama es erzählt hatte, nahm Prinz Wilhelm die Prinzessin auf den Schoß und drückte sie ganz, ganz fest an sich. Auch das Kind umarmte und herzte ihren Prinzen. Das glockenhelle Kinderlachen, wenn Prinz Wilhelm die kleine Prinzessin hin und her schaukelte und es auf und ab ging, über Stock und über Stein, ließ sein Herz groß und weit werden und seine Sehnsucht übermächtig - und dann fühlte er es und hörte Elises Stimme und erinnerte sich an die Liebe, als es sie noch gab, damals, nach der Geburt:

„Ja, Prinzessin", sagte er, „du bist das hübscheste Mädchen von der ganzen Welt!"

Sie war es. Ja, jetzt war sie es wieder... Viviane war vier Jahre alt und eine kleine Prinzessin. Sie sah durch die Sicht, die der Hypnotiseur freisetzte, wie sie selbst auf dem Schoß von Prinz Wilhelm saß in ihrem Schottenkaro-Wollkleidchen und wie sich der harte Muskel ihres kleines Gesäßes in seinen Schoß schmiegte. Vivianes Pupillen wurden abwechselnd groß und klein und sie sprach mit dem kleinen Mädchen mit, wenn das Kind mit Prinz Wilhelm scherzte,... Ja, Viviane war ihm wie eine Frau, eine richtige Frau, ein Kind und doch eine Frau.

„Mein Gott, wie hast du mir gefehlt, Elise", stöhnte Peter-Wilhelm Schneider wie in Trance. Und auf einmal war noch etwas anderes da: Der Geruch, den das Baby ausdünstete, wie damals: dieser Geruch von Baby und Windeln.

Der Geruch erregte den Mann. Er herzte und küsste und streichelte das Kind. Viviane war vier Jahre alt, sie saß auf seinem Schoß und saß zugleich daneben und beobachtete sich als die kleine Prinzessin, wie sie auf seinem Schoß saß in ihrem Schottenkaro-Wollkleidchen und wie er den harten Muskel ihres kleines Gesäßes in seinen Schoß drückte, immer heftiger, immer heftiger.

Längst schrie die Prinzessin auf Prinz Wilhelms Schoß und Viviane, in Trance, schrie auch. Wie ein kleines Mädchen schrie Viviane, die längst aufgehört hatte, ausreiten zu wollen. Doch der Prinz wollte ein Leben in Glück und Wonne und er herzte das Kind immer weiter und fester und er sog heftig den intensiven Duft ein, der schon da war, als die Prinzessin noch keine Prinzessin sondern ein kleines, verschrumpeltes und hässliches Baby gewesen war und so verführerisch geduftet hatte.

So glücklich war Prinz Wilhelm, so laut schrie die kleine Prinzessin um Hilfe, so laut schrie Viviane wie ein kleines Mädchen, als er dem Kind die kleine, weiße Unterhose auszog und sie auf den Boden legte, dass es niemand bemerkte, als plötzlich der Schatten in der Tür stand.

Sebastian selbst, hinter der Spiegelwand im Nebenraum für Viviane unsichtbar, erschrak fast zu Tode, als eine Frau hereinkam, die aussah wie die Fotos, die er von Elise Schneider kannte.

Die Frau schrie Wilhelm Schneider an, riss ihn mit der ganzen Gewalt und Kraft einer verzweifelten Mutter an den Schultern, weg, weg von dem Kind. Mit der Kraft einer Löwin, die um ihr Junges kämpft, schleuderte sie ihn gegen die Wand auf der anderen Seite des Zimmers. Dann nahm sie ein Messer von einem niedrigen Tisch in der Mitte der Raumes und stieß es mit aller Gewalt in seinen Schoß.

Prinz Wilhelm verstand Elise nicht. Mit ungläubigem Staunen hatte er sich von dem Kind wegreißen, die Gewalt der Schreie und ihrer Fäuste über sich ergehen lassen. Mit ungläubigem Staunen und gläubiger Untätigkeit, dass das nicht stimmen konnte, was er doch mit eigenen Augen sah, stand er da, als Elise das kurze, scharfe Messer in ihn rammte. Peter Ullmann alias Wilhelm Schneider knickte in sich zusammen, sein ohrenbetäubender Schrei übertönte das Wimmern von Viviane, die sich wie das Kind in der Ecke wand...

Der Hypnotiseur setzte sich vor Viviane auf den Boden, so dass sie nur noch ihn sehen konnte und sprach mit monotoner, sonorer Stimme formelhafte Beschwörungen.

Peter Ullmann, der Psychiater, Ralf Blasb, der Detektiv und zugleich Mutter Elise, und Annie-Mireille, die kleine Prinzessin, die bei Peter Ullmann/Wilhelm Schneider auf dem Schoß gesessen und Viviane Viviane vorgespielt hatte, nutzten die Sekunden, um durch die Metalltür aus dem Töpferkeller hinauszuschlüpfen und in den Raum zu kommen, in dem Sebastian saß. Der schluchzte, beide Hände stützten den Kopf, Hemd und Pullover waren wie aus der Wanne gezogen, die Haare zerzaust.

Peter Ullmann klopfte dem Freund auf die Schulter, während Annie ihren Mann in den Arm nahm und Ralph Blasb seine Hand streichelte wie die des kleinen, eben vom eigenen Vater vergewaltigten Kindes.

„Halt durch, Junge! Jetzt kommt die Auflösung eines Lebens, das mehr und furchtbarere Dinge mitmachen musste, als die meisten sich vorstellten können. Viviane wird die ganze furchtbare Reise ihrer vergewaltigten Seele erzählen - seit der Misshandlung durch den Vater. Alles, was du hörst, kommt direkt aus dem Unbewussten...“

Sebastian erlebte das Heranwachsen eines Mädchens, das, im Alter von vier Jahren vom Vater missbraucht, in eine von Anfang an ausweglose Therapie gezwungen wurde. Weil den Eltern der Familienzusammenhalt über alles ging, erfuhr der Psychiater nichts von der Notwendigkeit seines Tuns. Er behandelte ein Kind, von dem die Eltern sagten, es sei „schwer ansprechbar“.

Als er die Therapie nach wenigen Monaten als erfolgreich bezeichnete und abschloss, dankten die Eltern und zahlten die Rechnung, glücklich, die Familienehre gewahrt zu wissen.

Das Kind nahm sein Trauma mit in die Schule, es wurde erwachsen, der erste Freund, der zweite Freund, der dritte Freund; mit Gefühlskälte suchte und verwarf sie die Menschen. Aus der Stimme von Viviane sprach sie selbst jeweils in dem Alter, in dem sie sich unter der Hypnose noch einmal erlitt.

„Sie erlebt jede Phase. Sie wächst heran und wird eine Frau. Wir werden sehen, was passiert, wenn..."

Dr. Ullmann unterbrach sich, Sebastian wollte nachfragen, aber Peter wischte mit einer Handbewegung seine Worte weg, wies durch den Spiegel, wo Viviane soeben Christoph Pater kennen lernte.

Die ersten Gespräche weckten die ersten Gefühle, Pater ertastete ihre Ambivalenz, dasselbe Gefühl, das auch ihn seit jeher zerriss. So fand er den Schlüssel und eroberte ihr Vertrauen. Dann kundschaftete er ihre Umgebung aus. Er sammelte alles über Familie Schneider - und nach der ersten Trennung durfte er sicher sein, dass es ein Wiedersehen gäbe: Viviane war ihm verfallen wie die Süchtige der Droge.

Der Tod der Mutter und die Rückkehr Vivianes zu Christoph, die zweite Heirat des Vaters und die Verlogenheit der friedlichen Hinwendung einer Familie zu einer Zukunft, die mit einem furchtbaren Trauma belastet war, das die Tochter längst in eine Schizophrenie geführt hatte. Die zweite Trennung und Sebastian.

Sebastian Fischer erkannte sich in jedem Wort. Er erkannte Petra und erschrak, als er erfuhr, dass die beiden Frauen für Viviane damals, als sie die Anzeige geschaltet hatten, ganz bewusst ein Opfer ansprechen wollten, von dem sie glaubten, es werde sich widerspruchslos in sein Schicksal ergeben, sollte Viviane es doch wieder verlassen, um zu Christoph Pater zurückzukehren.

Es waren Stunden vergangen. Mittlerweile war früher Nachmittag und Sebastian war erschöpft wie nach einem Marathonlauf. Alle waren erschöpft, aber der Psychiater sagte, am meisten zwinge sich Viviane bis zur Selbstaufgabe und bis an den Rand eines Zusammenbruchs.

„Sie ist sehr intelligent. Ihr Über-Ich weiß längst, dass sie heute über alles entscheidet, was das Leben noch bringt!"

„Hat sie nicht schon…?" wollte Sebastian nachhaken.

Wieder wischte der Psychiater die Worte mit einer Handbewegung beiseite.

„Jetzt kommt´s. Wenn sie durchhält, wird sie es schaffen. So weit waren wir noch nie. Wir stoßen ins letzte, schreckliche Schattenreich eines Erlebnisses, dass sie mit einem bewussten und einem unbewussten Teil ihres Ichs erlebt und danach in sich vergraben hat. Wahrscheinlich dürften sich nicht einmal mehr die Menschen, die dabei waren, noch an das erinnern – was immer es war!"

Viviane erzählte mit ernsten, ruhigen, getragenen, dann wieder mit kurzen, abgehackten Worten und voll Erregung. Wie sie Sebastian des Mordes an Christophs Mutter verdächtigt und einen Tag später von seinem Unfall in Montreal erfahren hatte, wie sie ihn abholte. Viviane erzählte von Catherine und von ihren Gefühlen und Träumen auf dem Rückflug mit Sebastian, dessen Qualen sie verstand und kaum ertragen konnte. Sie schilderte den Monat Juni 1998, als wäre er so frisch wie die Herbstblumen draußen im Garten. Sie schilderte den 2. Juli 1998 und diesen letzten Spaziergang mit Sebastian und Max am Schlachtensee.

Mehrmals sank sie erschöpft in sich zusammen und es schien, als müsse sie abbrechen. Der Hypnotiseur sprach in beschwörenden Sätzen mit ruhiger Stimme. Viviane atmete minutenlang durch, ohne ein Wort zu sagen, ein, aus, ein, aus.

Dann kam sie zu der Zeit, in der ihr Christoph jeden Kontakt zu Sebastian verboten hat.

„Christoph wurde ganz ruhig, ganz, ganz, ganz ruhig, als er von der verbotenen Frucht erfuhr. Er sagte, ich mache alles kaputt und es würde nie wieder zwischen uns so sein, wie es ist, wenn ich dem Ruf des Priesters Guiborg und allen seinen Befehlen nicht unbedingte Treue schwören und diesem Schwur mein Leben lang Folge leisten würde."

Ralph Blasb sah Peter Ullmann an. Beide nickten sich zu, als sei das ein Teil der Bestätigung, auf die sie gewartet hatten.

„Was heißt das? Priester Guiborg folgen?", wollte Sebastian wissen.

„Hörst du gleich."

Wie gebannt, lauschten der Psychiater und sein Detektiv den Worten und Gesten, während sich Annie neben Sebastian gesetzt hatte und ihn fest in ihre Arme schloss.

Viviane stand auf und legte sich auf einen Stuhl, wie Frauenärzte ihn haben. Sebastian hatte sich schon gefragt, welche Spiele Christoph Pater damit getrieben hatte. Der Hypnotiseur legte die Riemen um ihre Arme und Beine und einen über die Stirn, so dass Viviane am ganzen Körper fixiert war - wie damals, als Priester Guiborg gerufen hatte und sie gefolgt war.

Mit wirrem Blick schaute sie um sich, als stünden da so viele Menschen wie damals. Jeden einzelnen schaute sie an, und über ihr war das Gesicht von Priester Guiborg, der beschwörende Worte sprach und ihr sagte, er werde ihr jetzt das weiße Hemd vom Körper schneiden, und sie werde die verbotene Frucht der Bruderschaft opfern, auf dass Frieden einkehre und die Geister des Bösen und der Finsternis nicht länger ihn und die gesamte Bruderschaft verfolgten und Unruhe brächten über die heiligen Liturgien.

Sie erzählte, wie er seine linke Hand über ihre Augen gelegt und gesagt hat: „Gib sie als Opfer, und dein Opfer rettet dein Leben, und die Frucht deines Leibes wird als Hostie der Bruderschaft ihren Frieden zurückgeben, der ihr gebührt..."

„Dabei versenkte sich seine bloße Rechte zwischen meine Schenkel. Ich schrie, ich schrie, schrie. Mit der Hand drang der Priester in mich hinein bis zu dem Fötus in meinem Leib, den er mit der Hand herausriss. Ich hörte es schreien, mein Kind. Sebastian. Wo warst du? Es ist dein Kind gewesen, Sebastian, und mein Kind.

Der Priester tat das winzige Etwas in eine weiße Schale aus Porzellan, worin der Körper zerstampft und zerkleinert und mit Wein vermischt wurde. Dann tat einer das Blut und den Wein in einen goldenen Kelch. Ich verlor mein Bewusstsein und konnte doch alles sehen. Vier Männer hielten meine Arme und Beine, die ich mir sonst aus dem Körper herausgerissen hätte. Ich war so verzweifelt. So hilflos. Wo war mein Geliebter?

Dann nahm der Priester den ersten Schluck und gab mir den Kelch. Er hat gesagt, dass dieses Blut mich nie wieder aus dem Leben entlässt, sondern mich an es bindet, bis der Tod kommt, der mich erlöst. Aber so lange müsste ich dem Priester Guiborg die Treue halten, darauf einen Schwur leisten und auf Christoph, meinen Mann. Durch seine Stimme würden höhere Wesen mein Tun bestimmen. Was er mir sagte, würde direkt aus der Notwendigkeit des Seins kommen. Es sind die Befehle der höheren Wesen, die alles sehen und alles wissen und unsere Unzulänglichkeit erdulden und uns trotzdem lieben, so dass wir nur durch sie sein können…"

Peter Ullmann schnippte mit den Fingern, Ralph Blasb schlug ihm auf die Schultern. „Glückwunsch, das war`s!", sagte er, während Sebastian in sich zusammengesunken leise vor sich hinweinte. Sein Kind, mit bloßen Händen aus dem Leib der Geliebten gerissen.

„Ich musste schwören, keine Frucht mehr in meinen Körper hineinzulassen und mein Leben und alles, was ich besitze, der Bruderschaft zu geben, die mir mein Leben schenkte…"

Viviane schilderte noch die Monate bis zur Scheidung. Die Heirat - die gegen ihren Willen und schon auf Anordnung der höheren Wesen vollzogen wurde. Viviane erzählte vom Heranwachsen von Max und von dem dunklen Treiben von Christoph, das sie nicht verstand. Oft sperrte er sie tagelang ein. Er gab ihr nur Tee zu trinken, bitteren, fast schwarzbraunen Tee, und sagte, das würde ihren Körper reinigen und ihn vorbereiten, auf dass sie sich den Worten der Wesen, die mehr wüssten als sie, nicht widersetzte.

Viviane erzählte auch von dem Tag, an dem sie ihren Vater zu Tode schlug. Sie benutzte dabei die identischen Worte, die in den Polizeiprotokollen vor zwölf Jahren vermerkt waren. Damals aber hatte niemand nach dem Zusammenhang gesucht - und so hatte Christoph es geschafft, sie in die Klinik sperren zu lassen.

Peter Ullmann drückte auf den schwarzen Knopf. Das Licht wurde sekundenkurz herabgedimmt. Der Hypnotiseur verstand. Er sprach die Befreiungsformel, die Viviane zurückholte. Sie war angekommen. Nach einer Reise durch mehr als vier Jahrzehnte war sie zurück.

Es war der 20. September des Jahres 2013.

Sie sank sie in sich zusammen und verlor das Bewusstsein.

Peter Ullmann bat Sebastian Fischer, noch nicht zu ihr hinzugehen.

„Sie braucht jetzt nur mich. Sie kann dich auch aus dem Zustand der Bewusstlosigkeit wahrnehmen, wenn sie deine Stimme hört oder einen Geruch erkennt oder einen Ton, ein Streicheln, ein Gefühl... Dich wird sie erst sehen, wenn ich sie aus der Klinik entlassen kann."

Annie hielt immer noch ihren Mann fest umarmt, herzte und küsste ihn.

„Ich bin bei dir. Wir beide bleiben. Was auch passiert, du wirst es schaffen."

Ja. Er würde es schaffen!

Ralph Blasb bot an, „den Rest" zu übernehmen.

„Den Rest?" Sebastian dachte erst jetzt wieder an Max, Vivianes Sohn, der mit Christoph Pater...

„Nein, nein", sagte Blasb und schaute Annie und Sebastian abwechselnd an. „Ihr glaubt doch nicht, dass wir einen Neo-Satanisten, einmal erkannt, noch mit seinem neuesten Opfer zum Opfergang lassen. Wir haben dafür gesorgt, dass Christoph Pater dingfest gemacht wurde. Der Rest entscheidet sich, wenn wir wissen, was Paters Klinik noch für Schrecken bereithält."

Und zu Annie: „Dr. Ullmann sagte, dass dieser Schritt des Plans auch Ihnen erst später mitgeteilt werden soll. Er sagte, Annie liebt Sebastian, aber Mireille könnte fähig sein, dem Meister der Dämonen zu verfallen und mit einer Art von Huldigung Ehrerbietung zu bezeugen."

„Meister der Dämonen. Neo-Satanisten. Ein Priester, der einen Fötus mit bloßer Hand aus dem Leib der Mutter herausreißt. Was ist das für eine Geschichte?"

Sebastian zeigte - so schwach er war - Zorn.

Blasb lachte und meinte: „Komm, wir gehen irgendwohin, wo wir alle uns weniger von Schatten verfolgt fühlen. Dort erzähle ich von Anfang an. Außerdem brauche ich dringend ein Bier!"

Die Villa in Klein-Machnow

Das Haus am Stadtrand von Klein-Machnow wirkte wie eine gewöhnliche, vielleicht etwas pompösere Villa aus dem vorletzten Jahrhundert. Etwas abseits der Straße, auf einem sanft ansteigenden Hügel gelegen, war es von hohen Bäumen umgeben und von einem widerstandsfähigen Metallzaun, zweieinhalb Meter hoch, die Unterkante mehr als einen Meter tief im märkischen Sand vergraben. Der Metallzaun hatte kaum etwas Bedrohliches, denn er war umwuchert von Buschwerk, so dass die Nachbarn der Klinik und dem „Zentrum für Experimentelle Hypnose - T.O." wenig mehr Beachtung schenkten als irgendeinem anderen Krankenhaus.

Was man dem privaten Klinikbau, tatsächlich war es ein gewaltiger architektonischer Solitär, nicht ansah, war seine Geschichte. Die lag eineinhalb Geschosse tief unter der Kellersohle aus Beton - dort befanden sich die mehreren hundert Jahre alten Gewölbekeller der ehemaligen Residenz des Königlichen Gesandten von Frankreich am Hof der Preußischen Könige, des Priesters Guiborg.

Im ausgehenden 17. Jahrhundert war dieser „Priester" zunächst ein treuer Vasall seines Königs und noch kein Anbeter der Dämonen und des Satans. Der Mann war im Umfeld von Ludwig XIV. als Spion am Hofe zu Ruhm gekommen. Die aggressive Politik des Sonnenkönigs hatte zwar mit dem Westfälischen Frieden 1648 und dem Pyrenäenfrieden 1659 erhebliche außenpolitische Erfolge auf ihr Konto geschrieben und die durch den Roi Soleil begründete Hegemonie Frankreichs in Europa bereitete zugleich den Boden für eine zuvor nie da gewesene Pracht. Zugleich führte der Absolutismus des königlichen Anspruchs aber auch zu einer nie da gewesenen Selbständigkeit der französischen Kirche und zu unablässigen Konflikten mit Rom und dem Heiligen Stuhl.

In diesem Umfeld vorreformatorischer Dekadenz erlebte das sittliche Frankreich den Niedergang, der unmittelbar in die Französische Revolution führte. Ludwig der XIV. sah die Entwicklung nicht, als er den Priester Guiborg auf Empfehlung seiner Maitresse, Madame de Montespan, mit einem Geheimauftrag versah. Erfüllte er diesen, so wurde ihm versprochen, erhielte er die Gemeinde und Kirche St. Marcel auf Lebenszeit und eine lebenslange Leibrente.

Das Angebot hatte Hintersinn: Es hieß, gewisse Gemeindemitglieder von St. Marcel missbilligten das Vorgehen ihres Königs gegen religiöse Gruppen innerhalb des Katholizismus, insbesondere gegen die Hugenotten. Sie verhülfen ihnen zur Flucht, wodurch Frankreichs Wirtschaftskraft unmittelbar und erheblich geschwächt würde. Es gäbe aus St. Marcel sogar geheime Kontakte nach Berlin, dem Sitz der aufstrebenden Preußenkönige, die die französischen Hugenotten in großer Zahl aufnähmen.

Und so wurde Priester Guiborg zunächst mit einer „Königlichen Ordre" und 100.000 Louis d'Or - einem Vermögen - nach Berlin geschickt. Drei Meilen vor der Stadt ließ der Königliche Gesandte mit Geheimauftrag seine Residenz bauen, einen Ort des finsteren Treibens dunkler Mächte, wie es bald hieß: Er mische dort Gifte, opfere entführte Kinder von Hugenotten auf dem Altar des Satans, indem er ihnen die Kehlen durchschneide und ihr Blut mit seinem eigenen Sperma, Menstruationsblut der weiblichen Glieder eines Geheimordens und mit Pulver von Fledermäusen mische und zusammen mit der Heiligen Hostie in den Kelch gebe.

Die „Liturgie", so wurde kolportiert, gipfele in der direkten Anbetung des Satans, Astaroth, und des Fürsten der Dunkelheit, Asmodi.

Der Königliche Gesandte von Louis XIV. wurde verhaftet, seine „Residenz der Finsternis", wie die Menschen in der Umgebung die massive Burg nannten, wurde „bis auf ihre Fundamente dem Erdboden gleichgemacht". Der Priester konnte mit Hilfe geheimer Verbindungen seiner Bruderschaft am Hofe fliehen und erhielt zur Belohnung für seine Berichte aus Berlin die Gemeinde St. Marcel in Paris.

Dort trieb er sein dunkles Wirken, bis die Maitresse des Königs, Madame de Montespan, mit ihrer Schönheit mehr und mehr auch ihren Einfluss am Hofe einbüßte. Priester Guiborg wurde gerufen und zelebrierte auf dem nackten Leib der in Ungnade gefallenen Geliebten des Sonnenkönigs eine Messe, in deren Verlauf Guiborg einem Kind die Kehle durchschnitt, dem Opfer während der „Liturgie" die Eingeweide herausgenommen und mit der Hostie und rotem Wein in einem Mörser zerstoßen haben soll. Nur er selbst und die Maitresse des Königs nahmen aus dem Kelch.

Bei späteren Vernehmungen gestand die Tochter der Madame de Montespan, dass mit dieser, für Guiborg schwärzesten Messe seiner Laufbahn, die dunklen Mächte in die Lage versetzt werden sollten, den König zu töten, damit die Maitresse und ihr Priester auf ewig ihre Macht behielten. Guiborg wurde der Giftmischerei, ungezählter Verbrechen und der Verschwörung gegen seinen König mit Satan und den Fürsten der Finsternis beschuldigt. Er verlor St. Marcel, die Leibrente und sein Haupt...

Zurück nach Berlin: Dort geriet das Anwesen, auf dessen Fundamenten von einem Spekulanten und Landentwickler eine feudale Villa gebaut und am 10. Juni 1866 bezogen worden war, in den zwanziger Jahren des zwanzigsten Jahrhunderts erneut zu einem Ort des Wirkens geheimer, dunkler Mächte. Es hieß, in seinen Kellergewölben würden Teufelsmessen gefeiert. Menschen sollen dort hineingegangen und niemals wieder aufgetaucht sein. Mehrere Durchsuchungen durch die Polizei der Weimarer Republik förderten seltsame Pulver, Kreuze aus Katzengebeinen, Peitschen, Zangen, Nägel und andere Requisiten des Okkulten und der Schwarzen Magie zutage - aber keine Hinweise auf Morde.

Auch umfangreiche Sammlungen von Schriften antiker und mittelalterlicher Gnostiker, die unveröffentlichten Manuskripte eines gewissen Southey über „The satanic school" und die komplette Sammlung aller Bücher von Lord Byron, J. Keats, und Marquis de Sade sowie Heinrich von Kleists, Charles Baudelaires, E.T.A. Hoffmanns, J.-K. Huysmans und anderer früher Psychographen, die sich der unbewussten, verdrängten Anteile der menschlichen Psyche zuwandten, wurden gefunden. Sie blieben unangetastet.

Die Gerüchte rissen nicht ab. Manche wollten erfahren haben, ein Geheimbund um den wiedergeborenen Propheten Elias, der sich nach seinem Gründer Eugene Vintras, der selbst ernannten Reinkarnation des Propheten, die Vintrasianer nannte, feierte dort seine obskuren Liturgien. Andere wollten wissen, dass es die Abtrünnigen der Vintrasianer seien: Eine satanische, kultische Sekte verehre Satan.

Magie, Erotik und Exorzismus - die Phantasien blühten. Ob nun Dämo-
nenaustreibung, Eliaskirche oder tatsächlich eine tantrische, okkulte Ge-
heimgesellschaft, eine Sekte des Antichristen, der schwarzen Magie, in
deren Liturgien der Mystizismus von der Alchimie bis zur Wahrsagerei
mit den sexuellen Riten verbunden wurde, die der Gründer und Industriel-
le Karl Kellner 1902 angeblich von seinen Reisen aus dem fernen Osten
mitbrachte, vermochte schon damals kein Mensch mehr zu sagen.
Alle Polizeiermittlungen blieben Fragmente.
Die ehemalige Residenz des Priesters Guiborg blieb ein Ort, über den die
Menschen nur hinter vorgehaltener Hand sprachen.

Das Vermächtnis der Lieselotte Pater

Viviane Schneider hatte Zeit ihres Lebens nie wirklich gut über Lieselotte
Pater gedacht. Auch Christoph und die Mitglieder der Familie Schneider,
Wilhelm, später Birgit, hatten die Hilfe der vertrottelten Alten schon mal
in Anspruch genommen, wenn etwa Viviane und Christoph jemanden
brauchten, der auf Max aufpasste, oder wenn es darum ging, einfachere
Kellnerarbeiten für eine Feier in der Villa Schneider am Schlachtensee zu
leisten.
Aber als sie beerdigt wurde, hatte ein Friedhofarbeiter Christoph und
Viviane, Wilhelm und Birgit Schneider hinter vorgehaltener Hand von
„seltsamen Vorkommnissen" zu berichten gewusst.
So hatten Zeugen aus dem verschlossenen Sarg der Toten Klopfzeichen
gehört. Als man den Deckel des Sarges kurz vor der Beerdigung noch
einmal geöffnet habe, nicht, weil man dem irgendeinen Glauben schenkte,
man wollte lediglich auch die geringsten Zweifel ausschließen, wie der
Friedhofarbeiter flüsternd versicherte, sei selbst der Pastor fast ohnmäch-
tig geworden: „Die Tote hatte eine kräftige, rote Gesichtsfarbe, nicht dieses Wachsweiß, und keine eingefallene Haut", flüsterte der Mann. „Ihre
Hände hatten sich aus der über der Brust gefalteten Stellung herausgelöst.
Sie waren zu Fäusten geballt. Nur die beiden gestreckten, knochigen, mit
Altersflecken besprenkelten Zeigefinger lagen wie zu einem Kreuz über-
einander."
Viviane war es kalt über den Rücken gelaufen. Wilhelm und Birgit
Schneider fragten, ob man die Tote erneut einem Arzt zugeführt hätte.

„Ja. Die Körpertemperatur der Toten lag bei vier Grad Celsius. Sie zeigte keinerlei Lebenszeichen."

Alle waren beruhigt. Christoph Pater hatte kein Wort zu dem Diskurs am Friedhofszaun gesagt.

Er erinnerte sich daran, als wäre es gestern gewesen. Er erinnerte sich auch an die Testamentseröffnung kurz danach. Als der Testamentsvollstrecker den letzten Willen von Lieselotte Pater verlesen wollte, war ihm ein versiegelter Brief aus seiner Akte geglitten und auf den Boden vor Vivianes Füße gefallen. Viviane wollte ihn aufheben, um das Schriftstück dem Juristen zurückzugeben. Aber als wollte der Brief sich dem entziehen, war er zweimal, immer kurz bevor Viviane nach dem Umschlag griff, ohne erkennbare Einwirkung von außen, einen Windzug etwa oder einen ungewollten Anschub durch einen der Anwesenden, von ihr weg und auf den Testamentsvollstrecker zugeglitten. Der hatte den Brief schließlich aufgenommen und am Ende der Testamentseröffnung, die keinerlei spektakuläre Eigentumsübertragungen mit sich brachte, Christoph Pater gegeben.

„Diesen Brief soll ich Ihnen von Ihrer Mutter geben. Er ist nur für Sie und Sie dürfen seinen Inhalt niemals irgendjemandem sonst eröffnen und auch den Brief niemals jemandem zeigen oder weiterreichen", hatte der Mann gesagt. Viviane war bleich geworden. Er hatte den Brief eingesteckt, als sei das die normalste Sache der Welt.

Christoph Pater war seit Jahren beseelt von einer Ahnung, dass seine Fähigkeiten - er nannte es eine Gnade - in fremde Seelen zu fahren und sich ihrer zu bemächtigen, tiefere Gründe haben musste als sein Interesse für die Verbindungen von der Magie und Psychiatrie.

Nun saß er im Opfergewölbe des Priesters Guiborg. Seit der Aufschüttung des Hügels über den zerstörten Fundamenten nach der Vertreibung des Königlichen Gesandten Ludwig XIV. lag die „Kathedrale", als welche Guiborg das Versteck bauen ließ, mehr als zwölf Meter unter der Erde. Zwei Etagen über ihm war das Erdgeschoss seiner Klinik, des „Zentrums für Experimentelle Hypnose - T.O.". Dort waren die Behandlungs- und Tagungsräume für seine Ärzte und Schwestern, Übernachtungsmöglichkeiten für Gäste und Patienten.

Christoph Pater war mit Max durch den geheimen Gang in das Opfergewölbe gekommen. Es waren jener Gang und jene Gewölbe, die Priester Guiborg im Geheimen und zum Schutz der dunkelsten Tage seines Tuns höchstselbst hatte bauen lassen und den er beschworen hatte mit den Worten:

„Werden Mauern zerstört, bleiben Gewölbe stehen, wirst du, Fürst Astaroth, Asmodi, Fürst der Freundschaft und der Dunkelheit, mich weiter hier
seh´n. Jahrhunderte vergeh´n. Verbindungen besteh´n."
Die Worte waren vor mehr als dreihundertsechzig Jahren in die meterdick
gemauerten Ziegel der Gewölbedecke vor dem Eingang hineingeschnitten
worden. Ihre Wirkung war stärker denn je. Mitunter glaubte er selbst sich
Astaroth, Asmodi näher, als der realen Welt, in der er ein geachtetes Mitglied der Gesellschaft war.
Nun saß ihm der Junge gegenüber, auf einem hölzernen Schemel, kerzen-
gerade, die Knie aneinander-, die Hände mit den Handflächen nach unten
darauf gelegt. Er schaute auf die Darstellung des verkehrt herum aufge-
hängten, gepeitschten Kruzifixes. Ohne eine Miene zu verziehen oder eine
Bewegung zu tun, saß er dort schon seit Stunden. Er würde sitzen bleiben, bis sein Leib stürbe, oder Christoph Pater, Sohn der Lieselotte Pater,
illegitime Tochter des Schwarzmagiers und Satan-Anbeters Alain Crouden, die Befreiungsformel sprechen würde...
In seiner Hand hielt Christoph Pater den Inhalt des Briefes - die geheime
Hinterlassenschaft seiner Mutter. Erneut las er:

Der Brief der Lieselotte Pater

„Im Jahr 1875, am 12. Oktober, wurde in der Stadt Blois in Frankreich
mein Vater geboren. Sein Name war Alain Crouden. Er war ein großer
Mann, der über Amerika und Italien nach Deutschland reiste und 1922
nach Berlin kam. Er übernahm die Führung einer glanzvollen Organisati-
on, die die Kulturschaffenden und die Intellektuellen der Welt ihrer Zeit in
ihren Bann zog. Er nannte sie den Temple Orientale.
Mein Vater musste die Stadt bald verlassen, weil er den Satan angebetet
hatte. Über einen Bruder seines Ordens wurde mir als dessen Vermächtnis
und als der Tochter, gezeugt aus seinem Schoß in einer Heiligen Liturgie
in der Kathedrale des Priesters Guiborg, das beiliegende Dokument
übereignet, als die Pest des Nationalsozialismus die Hilfe der Brüder des
Temple Orientale ablehnte und durch einen Verrat die Bruderschaft den
Kerkerknechten der Faschisten ausgeliefert wurde.
Dieses Dokument, das wertvollste meiner Besitztümer, hinterlasse ich dir,
nur dir, mein Sohn, Christoph Pater, mit dem folgenden, mir von dem
Bruder hinterlassenen Auftrag meines Vaters:

'Sollten jemals die Zeiten kommen, die es erlauben, so soll dieser Plan demjenigen, der ihn auf rechtmäßige Weise durch die von mir vorgesehene Erbfolge erhalten hat, als Beweis meines Wirkens und des Wirkens meines Ordens in Berlin gelten. Er verpflichtet seinen Inhaber zugleich, alles zu unternehmen, das Anwesen des Priesters Guiborg in sein Eigentum zu bringen, um es dem bestimmungsgemäßen Auftrag zuzuführen. Welcher Auftrag das ist, wird der rechtmäßge Eigentümer erfahren, sobald er die Kathedrale gefunden hat, die sich - dem Plan folgend - unter einem nachfolgend bildlich und geografisch dargestellten Anwesen verbirgt. Beim Tode Gottes - es ist nur der rechtmäßige Inhaber dieses Plans befugt, in diesem Sinn vorzugehen. Sollte er dazu nicht in der Lage sein, so bestimmt er nach den Regeln des Vermächtnisses den nächsten Verwandten und übergibt ihn dem Geiste, den ich in der Heiligen Liturgie zu Fleisch und Blut geformt habe und der sich überträgt auf alle Nachfahren meines Fleisches. Derjenige aber, der diesem Ansinnen nicht aus freiem Willen und in tiefer Anbetung des Dämons der Dunkelheit Folge leisten will, ist unweigerlich des Todes. Dies ist der Wille von Alain Crouden.'"

Dem eng beschriebenen Bogen war eine präzise Handzeichnung des Anwesens des Priesters Guiborg, wie es sich in den zwanziger Jahren dargestellt hatte, sowie der geheime Zugang zur Kathedrale auf einem Querriss beigefügt. Außerdem das Vermächtnis der Bruderschaft mit der Ode über die untreue Hure. Es hieß:
„Die untreue Hure soll sich hüten! Wenn sie die Regeln der Brüder verrät, wird unsere Rache offenbar. Die Bruderschaft soll ihr Kind als Opfer holen, sie aus der Familie der Menschen verstoßen. Als untreue Hure soll sie sich verkriechen und eines qualvollen Todes sterben. Alain Crouden"
Christoph Pater wusste, dass er selbst den Tod dieser sich verkriechenden Hure sterben musste, wenn er Max nicht zurückholte in das Reich, dessen Kraft im Dunklen wirkte, Max, der sein Werk durch freien Geist zu zerstören drohte, und Viviane, über die er bereits die Beschwörung gesprochen hatte - Viviane, die untreue Hure!
Er wartete auf die Mitglieder der Bruderschaft. Sie würden die Entscheidung treffen, bevor die schwarze Katze das letzte Mal geschrien hätte...

Auf Leben und Tod

Es war ein Alarm auf Leben und Tod. Das war Ralph Blasb in Sekunden klar, als er bei Kommissar Langner, dem Leiter der Sonderermittlungs-Kommission Sekten, nachfragte, ob alles nach Plan gegangen sei und wo man Christoph Pater aufbewahre. Der Kommissar druckste herum und sagte, was er zu sagen hatte.

Blasb hätte sich selbst verfluchen können. Erst vor wenigen Tagen hatte er Kontakt mit der Sekten-SoKo aufgenommen. Offensichtlich hatte er nicht deutlich genug gesagt, worum es in diesem Fall ging. Jetzt erfuhr er von Kommissar Langner, dass die Polizei leider zu spät zum Trainingszentrum gekommen sei.

„Pater hat seinen Sohn früher geholt", sagte der Kommissar lapidar. „Keiner wusste, wohin die beiden wollten. Vielleicht können Sie in Erfahrung bringen, wo im Oderbruch das Bauernhaus ist, in dem sie früher manchmal waren?"

„Sie Hornochse, Sie voll verkalkter, zugeknallter Hornochse", brüllte Blasb in den Telefonhörer.

Der erschreckt dreinschauende Mann am anderen Ende der Leitung saß in seinem Büro an der Lietzenburger Straße und war sich keiner weiteren Schuld bewusst, als dass ein Hilfeersuchen seiner Abteilung an die Kripo von den Jungs in Grün wieder mal vermasselt worden war.

„Starten Sie sofort eine Fahndung nach Max Schneider und Christoph Pater! Einen größeren Fall haben Sie in Berlin noch nicht gehabt. Die Fotos liegen Ihnen vor. Und dann sagen Sie mir, wie viele Mann sie mobilisieren. Ich informiere Dr. Ullmann. Vielleicht kann der sagen, wo sich Christoph Pater möglicherweise aufhält. Und bleiben Sie erreichbar, ich rufe in fünfzehn Minuten wieder an."

Auch Peter Ullmann, den Blasb danach anrief, war außer sich, blieb aber - wie es seine Art war - äußerlich ruhig.

„Komm sofort her! Sebastian soll bleiben, wo der Pfeffer wächst. Der Junge ist in solchen Situationen viel zu aufgeregt. Bring aber seine Frau mit! Ich habe das Gefühl, als wenn man sich auf Annie verlassen kann... sie hat so etwas ... man möchte an ein Medium glauben."

Nun war es Sebastian, der Blasb anschaute, als sei dessen Hirnschüssel vor dem Platzen. „Du denkst, ihr geht den Fall lösen und der ständig hyperventilierende Trottel soll zu Hause Pantoffeln wienern? Du vergisst, wer die Sache ins Rollen gebracht hat. Wer hat denn Peter Ullmann in seinen Job als Oberklempner aller Versuchsseelen in der Eifel installiert und dir erst die Möglichkeit gegeben, den Bizeps spielen zu lassen?" Dagegen konnte Blasb nichts sagen.

Annie war startklar. Also rasten sie zu dritt in Blasbs Auto zu der Klinik, in der Peter Ullmann Viviane untergebracht hatte.

Ralph Blasb erzählte während der Fahrt, was seine Ermittlungen im Umfeld der Neo-Satanisten und ihrer deutschen Ableger ergeben haben. Natürlich war er auf den Namen Alain Crouden gestoßen. Vor allem aber erzählte er von den Praktiken des Begründers des Satanskultes des ausgehenden 19. Jahrhunderts in Frankreich, wie Crouden als Magier in Paris die dunklen Sphären der menschlichen Seele erforschte, nach Reisen durch Mittelamerika, Japan und Indien, Schottland und Ägypten heimsuchte, wo er die Bibel der Satanisten geschrieben hatte: Das Buch der Wahrheit.

„Wie neunzig Jahre später Christoph Pater, so hatte sich auch Crouden damals, es war wohl um 1910, auf die Suche nach einer reichen Frau gemacht, die ihm das Leben im Labyrinth des Okkulten bezahlte."

Blasb erzählte das mit einem Seitenblick auf Sebastian, dessen Version des ganzen Unernehmens er anfangs für reichlich irre gehalten und Peter Ullmann deshalb geraten hatte, lieber den Schulfreund einzusperren, als ihn, den teuersten aller Detektive, mit einem solchen Fall zu langweilen.

Weiter erzählte Blasb vom Temple Orientale, abgekürzt T.O., dessen französische Keimzelle Crouden gegründet hatte, bevor er über obskure Praktiken der Sexualmagie zunächst nach Amerika, dann nach Sizilien gelangt war und wie er das Kürzel als Anhängsel hinter dem Namen „Zentrum für Experimentelle Hypnose" wiederentdeckt habe: „T.O.".

„Keine Abart ging Crouden zu weit", sagte Blasb. „Sodomie, Kinder, Fäkalfetischismus, Sexualmagie, Peter hat die pathologische Gefahr des Mannes analysiert und ist der Auffassung, die vulkanisch überhitzte Libido und ihre Struktur könnten erblich sein. Alle Frauen mussten an irgendeinem Punkt die 'Untreue Hure' spielen. Die meisten wurden kurze Zeit später unter mysteriösen Umständen mausetot und völlig verstümmelt, einige geradezu ausgeweidet bis aufs Skelett, aufgefunden. Aussagen gab es nicht - aber irgendwann waren die Exzesse selbst den korrupten und von Crouden bestochenen Faschisten von Mussolini zu viel und sie ließen Crouden ausweisen. Anfang der zwanziger Jahre kam er nach Deutschland. Leipzig, Gera in Thüringen und eben Berlin waren seine Stationen. Er galt als subversiv und darum warfen auch die Hitler-Faschisten ihn aus dem Land, als er die deutsche T.O., deren Leitung er von einem Industriellen übernommen hatte, den Nazis andiente. Er starb in den späten Siebzigern des zwanzigsten Jahrhunderts. Kurz vor seinem Ableben verläuft sich die Spur; er hatte nicht mehr die Kraft für die spektakulären Auftritte der früheren Zeit."

Sebastian hörte schweigend zu. Annie schien die Geschichte zu kennen. An dieser Stelle bedeutete sie Blasb, dass der noch etwas vergessen hatte.

„Richtig, richtig, danke, Annie! Da ist noch etwas. Alain Crouden hat in Berlin nicht nur sein satanisches Vermächtnis hinterlassen, sondern auch eine Tochter, eine Frau, die in der Kathedrale des Priesters Guiborg bei einer liturgischen Feier, wie die schwarzen Messen genannt wurden, von ihm gezeugt wurde. Diese Frau ist vermutlich die Mutter von Christoph Pater gewesen. Und weißt du, wo sich die Kathedrale jenes Priesters Guiborg vermutlich befindet?"

„Du wirst es nicht länger für dich behalten wollen", sagte Sebastian. „Richtig. Vermutlich in Klein-Machnow bei Berlin. Wenn du mich fragst, so ist das Anwesen von Christoph Pater mit der Klinik und dem Zentrum für Experimentelle Hypnose - oder wie man den Schnokus nennt - direkt darüber gebaut. Jener Priester Guiborg lebte nämlich zu Zeiten des Sonnenkönigs und ist seit mehr als dreihundert Jahren mausetot."

Sie waren an einer Klinik in Zehlendorf angekommen, in der Dr. Ullmann seine Patientin untergebracht hatte. Viviane hatte sich etwas erholt. Ihre Zeitreise hatte sie tatsächlich von vielem befreit. Als sie jetzt das erste Mal seit fünfzehn Jahren Sebastian sah, schaute sie ihn klar und offen an, ohne ein Wort zu sagen. Eine Träne rollte über ihr Gesicht, in dem er die Frau erkannte, die er einst geliebt; die Frau, die ihn nach vier Monaten und fünf Tagen verlassen hatte, weil Christoph Pater ihren Willen besetzt hatte. Dann schwand ihr Bewusstsein. Im Bett liegend, sank sie in sich zusammen.

Ullmann zog die Augenbrauen hoch und wollte - erstmals in seinem Leben - einen bösen Fluch über Sebastian legen, beherrschte sich aber und schwieg, als er dessen Gesichtsausdruck sah.

Stattdessen nahm Ralph Blasb die Initiative in die Hand. Er rief Kommissar Langner an, der ihm versicherte, die Fahndung laufe. „An allen Flughäfen, Busstationen, Bahnhöfen im ganzen Land wird nach den beiden gesucht. Außerdem natürlich an den Grenzen. Zufrieden?"

Blasb war zufrieden.

Dann kam die schlechte Nachricht: Langner würde für einen sofortigen Einsatz höchstens zweiundzwanzig Mann eines benachbarten Kommissariats erhalten, aber die seien nicht geschult für das Einsatzgebiet Sekten. „Besser als nichts", brummte Blasb und schickte den Kommissar mit seiner Truppe zu dem Anwesen im Südwesten Berlins. Er nannte Adresse, gab Tipps, sagte auch, wie es in der Klinik des Christoph Pater vermutlich aussehe und gab noch den Rat, auf alle Fälle Amtshilfe der Verkehrspolizei anzufordern, damit die die Zufahrtsstraßen absperrten, während er in der Klinik das Zentrum und die zweiundvierzig Räume der drei Etagen und des Kellers durchsuchte.

„Es gibt vermutlich Geheimgänge und apropos Geheimnisse: Wenn Sie in dem Bau selbst nichts finden, schauen Sie doch mal nach einem Gang, der in die Räume unter dem Kellersockel führt. Wir vermuten, dass sich die geheimen Zusammenkünfte der Nachfolger des französischen Neo-Satanisten Crouden - ich habe Ihnen dieser Tagen von ihm erzählt - dort befinden. Mit Glück werden Sie dann sogar auf die Kathedrale des Priesters Guiborg stoßen, des ehemaligen königlichen Gesandten von Louis Quatorze am Preußischen Hof. Die ist vermutlich identisch mit den Gewölben, in denen Crouden seine schwarzen Messen hielt. Wir sehen uns..."

Mehr war mit den Uniformträgern nicht anzustellen und ob der Kommissar ihm, dem Detektiv aus dem Rheinland, überhaupt glaubte, konnte Blasb nicht prüfen. Aber es blieb keine Zeit. Alle spürten es.

Viviane begann im Halbschlaf zu sprechen, als Blasb den anderen ihre Anweisungen gab.

„Annie bleibt bei Viviane, schlage ich vor. Sie wird vor allem Zärtlichkeit brauchen, wenn sie zu sich kommt", sagte Ullmann, bevor Blasb das Kommando gab: „Auf! Jeder weiß, was er zu tun hat. Keine Alleingänge! Wir suchen einen Gang, der irgendwo von außerhalb aus einer Parkanlage oder einem Garten in die Kathedrale hinabführt. Wer etwas entdeckt, immer dran denken: Erst die anderen rufen, dann nachschauen, sonst könnte es passieren, dass die schnipp schnapp durchtrennten Stimmbändchen keine Kraft mehr zum Rufen und Singen haben."

Bei diesen Worten schaute er seine beiden Freunde Ullmann und Fischer mit dem ihm eigenen, schalkhaften Lachen in seinem lustigen, immer noch jungenhaft schmalen Gesicht an und zog den gestreckten Zeigefinger der linken Hand dicht unterm Kinn über die Kehle.

Die Kathedrale des Temple Orientale

Sebastian Fischer hatte die Suche nach der der Straße zugewandten Seite übernommen. Blasb, der ihn auf diesem Stück einteilte, dachte natürlich, dass dort die geringste Wahrscheinlichkeit bestünde, einen geheimen Gang zu einer Kathedrale unter dem mehr als vierhundert Meter entfernten Anwesen mit der Klinik des Christoph Pater im Zentrum zu finden. Er selbst wollte sich mit einem Seil, das er mitgebracht hatte, über den Metallzaun klimmen und den Wald hinter der Villa absuchen. Peter Ullmann würde die Gegend auf der anderen Seite abgrasen.

Nun lief Fischer die Straße entlang und dachte über den ganz offensichtlichen, galoppierenden Schwachsinn nach, an einer Straße einen Tunnel zu suchen. Dieser Blasb wollte ihn natürlich kaltstellen. Irgendwie kam Fischer das bekannt vor und ihm fiel ein, dass er den Burschen schon als Klassenkameraden nie sonderlich gemocht hatte, als er das Geräusch eines langsam heranrollenden Autos auf dem Pflaster hörte. Fischer duckte sich hinter einen Strauch und sah eine große, schwarze Limousine ohne Licht die Straße herabrollen. Kurz vor der Auffahrt zu dem Anwesen bog die Limousine ab, aber nicht in die Auffahrt, die mit einem schweren Metalltor versperrt war, sondern genau zur anderen Seite, einen Waldweg hinab in ein sich sanft zu einem Bach neigenden Tal.

Fischer stutzte, und weil er ohnehin nichts anderes vorhatte, beschloss er, sich das anzuschauen. Er lief die Böschung hinab und sah ihn - den Parkplatz. Ein Dutzend Limousinen verschiedener Typen stand dort: alle schwarz.

Aus dem Auto stieg eine Person, die, soweit Fischer erkennen konnte, eine schwarze Kapuze trug. Die Dämmerung war hereingebrochen und in wenigen Minuten würde es dunkel sein. Fischer wusste, dass er nicht mehr die Zeit haben würde, die beiden anderen zu rufen. Aber ein Zeichen konnte er hinterlassen: In Sekundenbruchteilen hatte er die Jacke abgestreift, den Pullover mit dem Segler-Emblem seiner Jolle ausgezogen, seine Jacke wieder übergestreift und eine Rolle mit fünfhundert Metern festem, feinem Nähgarn für Segel in der Hand. Das Garn hatte er im Aufbruch zu Hause rasch eingesteckt, ebenso wie sein Seglermesser, einen schweren, langen Kappdolch.

Mit zwei, drei Schritten sprang Fischer noch einmal die Böschung zur Straße hoch, band dort den Pullover mit dem Garn an einen Baumstumpf am Straßenrand, so dass jemand, der nach ihm suchte, auf alle Fälle darauf aufmerksam werden müsste. Dann spulte er von dem Baumstumpf ausgehend das Garn von der Rolle ab, während er dem Kapuzenmann folgte, dessen Schatten hinter einem dichten Strauchwerk verschwand. Er war noch nicht an der Stelle, als er ein Geräusch hörte, als würde man Metall über Metall schieben, und dann ein metallisches Klicken. Eine Tür, vermutete er. Sie müsste im Boden eingelassen sein, sonst machte eine verborgene Tür zu einem geheimen Gang an einem solchen Ort kaum Sinn. Der Kapuzenmann war nicht mehr zu sehen. „Untergetaucht", murmelte Fischer zu sich selbst und suchte den Boden im Gebüsch ab. Es dauerte nicht lange und er fand einen runden Metallknauf im Laub. Fischer drehte den Knauf im Uhrzeigersinn. Nichts. Er überlegte und erinnerte sich. Hängten die Satanisten das Kreuz nicht verkehrt herum auf? Peitschten sie nicht den Gekreuzigten und lasen die Messtexte rückwärts und verdrehten die gesamte christliche Liturgie um Gott zu verhöhnen und dem Satan zu huldigen?

Fischer drehte im Gegenuhrzeigersinn - Metall klickte, ein Schloss sprang auf. Er versuchte, das Metall nach unten zu drücken, nichts, nach oben zu ziehen, nichts, wieder nach links - eine Stahlplatte mit dem darauf befestigten Knauf im Waldboden glitt wie auf Schienen nach links und gab den Weg frei zu einer steil hinabführenden Treppe. Fischer stieg hinab. Hoffentlich sieht irgendjemand den Pullover, findet den Faden und folgt dem dann auch noch!

Die Treppe führte zweiundzwanzig Stufen abwärts. Er zählte mit. Vom Sockel aus führte ein enger, aus Ziegeln gemauerte Gang in die Dunkelheit. Fischer schätzte, die Richtung müsste mit der Richtung identisch sein, in der das Anwesen des Christoph Pater lag. Es roch nach Fäulnis und Feuchtigkeit. Fischer nahm seinen Kappdolch in die Rechte, spulte von der Linken den Faden von der Rolle mit dem Segler-Nähgarn. Er dachte an einen Film aus seiner Jugend, in dem ganz normale Männer ständig sehr ungewöhnliche Abenteuer bestanden hatten. Irgendwann fiel dann immer der Satz: „Wenn ich das in meinem Club erzähle!"

„Wenn ich das in meinem Club erzähle", murmelte Fischer. Er war dreihundertdreißig halbe Schritt gelaufen. Er machte absichtlich kleine Schritte, um nicht zu stolpern und sich tastend, aber sicher vorwärts zu bewegen. Plötzlich stand er vor einer Wand. Er fühlte die Fläche ab und fand wieder einen Knauf. Im Uhrzeigersinn nichts, im Gegenuhrzeigersinn das Klicken eines Schlosses.

Ihm fiel ein, dass er sich in der Wohnung von Viviane einmal über ein Schloss gewundert hatte, das Christoph Pater dort angebracht hatte, bevor die beiden sich das zweite Mal getrennt hatten oder vielleicht auch kurz danach, jedenfalls bevor Viviane und er ein Paar wurden. Dieses Schloss öffnete sich auch im seitenverkehrten Sinn. Viviane, darauf angesprochen, hatte die Achseln gezuckt und gesagt: „Christoph macht alles etwas anders."

Auch diese Tür, wie schon die im Waldboden unter dem Gebüsch am Parkplatz, ließ Fischer offen, als er sich weiter vortastete, Halbschritt um Halbschritt.

Nach weiteren vierhundert Schritten - Fischer hätte gern gewusst, wie spät es war, aber er konnte seine Uhr nicht lesen - schien der Gang breiter zu werden. Während er zuvor rechts und links die geziegelte Wand gefühlt hatte, musste er jetzt beide Arme ausstrecken, um die feuchten Mauern zu ertasten. Er entschied sich, der Wand zu seiner Linken zu folgen.

Er zählte weitere einhundert Schritte, als er im Boden einen Lichtschimmer wahrnahm. Als er sich dem Schein näherte, sah er, dass das Licht aus einem Raum unter ihm nach oben drang. In den Boden war eine dicke, halbtransparente Glasplatte eingelassen. Der Raum schien eine Höhe von mindestens zehn Metern zu haben und Sebastian erkannte Schatten von einem Dutzend dunkler Gestalten in schwarzen Gewändern.

Sekundenlang überlegte er. Es musste in der Wand noch eine Tür geben, die er nicht gefühlt hatte. Die wiederum musste in einen Gang zur Seite wegführen, von wo aus dann der Weg hinabführte. Langsam die Wand abtastend, ging er den Weg zurück, den er gekommen war. Nichts. Als er die Stelle wieder erreicht hatte, an der der Gang so schmal war, dass er rechts und links das Mauerwerk fühlte, drehte er sich um. Dort hatte er sich eben entschieden, sich an der linken Wand entlangzutasten. Jetzt suchte er rechts.

Nach fünfzig Schritten, er konnte das Licht im Boden noch nicht sehen, fühlte Fischer die Tür. Er stand davor und überlegte: ʹWürden die Kapuzenmänner das Klicken des Schlosses hören, wenn er sie Tür öffnete? Würden sie einen Lufthauch spüren, der sie aufschreckte?ʹ

Fischer musste es riskieren. Zurück konnte er nicht.

Der letzte Kampf der Satanisten

Als Viviane wach wurde, saß Mireille neben ihr und streichelte ihr über das Gesicht. Viviane wusste, sie kannte die Frau, aber sie wusste nicht woher. Sie wusste auch nicht warum, als sie sich entschloss, ihr zu vertrauen. „Wo ist Dr. Ullmann? Wo ist Sebastian? Wo ist Ralph?“, fragte sie langsam, sehr deutlich, sich im Raum umschauend und danach den Blick auf Mireille richtend.

Es war eine Art Kommunikation des Unterbewussten ihrer Seelen, die Mireille sagte, dass Viviane wieder unter den Lebenden weilte. Sie würde die Wahrheit nicht nur vertragen, sie hätte ein Recht darauf.

„Auf der Suche nach Christoph Pater, deinem Mann, und nach Max.“

„Max. Mein Sohn. Wieso Suche? Wo sind die beiden?“

„Ich bin nicht sicher. Aber Ralph vermutet sie in der Kathedrale. Sagt dir das was? Die Kathedrale des Priesters Guiborg?“...

Es arbeitete in Viviane. Mireille sah, dass ihr Geist hellwach war. Sie beschloss, aktiv zu werden und Viviane sollte auch ihren Teil beitragen.

„Hier. Zieh dich an, während du überlegst! Ralph sagte, er glaubt, die Kathedrale ist unter der Klinik deines Mannes. Warst du dort schon?“

Viviane wusste es nicht. Man merkte ihr die Anstrengung ihrer blitzklaren Gedanken an. Sie kam nicht darauf...

„Wir fahren hin.“ Sie riefen ein Taxi und ließen sich zum Auto von Sebastian fahren, das vor jenem Gartenrestaurant geparkt war, in dem Annie mit den drei Männern nach der Hypnose eingekehrt waren, bevor Ralph - nach dem Telefonat mit dem SoKo-Sekten-Kommissar - zum übereilten Aufbruch geblasen hatte.

„Waldhaus“ stand über dem Eingang zum Garten, in dem die Menschen saßen und einen für diese Jahreszeit viel zu warmen Frühherbstabend genossen. Ein Licht des Erkennens spiegelte sich aus dem beleuchteten Schild und blitzte in Vivianes Augen.

Während der Fahrt nach Klein-Machnow erzählte Mireille der Frau, die auf dem Beifahrersitz saß, was sie glaubte, erzählen zu dürfen. Sie erzählte wahrscheinlich zu viel, aber sie war überzeugt, dass ihre weibliche Intuition - Dr. Ullmann würde es ihr Unbewusstes nennen - sich nicht irrte: Viviane war bei klarem Verstand.

Viviane verstand.

Ralph Blasb und Peter Ullmann, die sich nach halbstündiger, vergeblicher Suche und nach Einbruch der Dunkelheit am Auto von Blasb getroffen hatten, fragten sich, wo dieser Idiot Sebastian blieb. Keiner sprach es aus, aber beide waren sicher, dass Fischer Dummheiten machte. Sie glaubten ihren Augen nicht zu trauen, als sie tatsächlich das Auto von Sebastian über die Straße heranrollen sahen... Wo war der Kerl gewesen?

In der Klinik durchsuchten die Beamten unter Leitung von Kommissar Langner Etage um Etage, Trakt um Trakt, Raum um Raum. Alle Zufahrtsstraßen waren abgesperrt, und da kam dieser Trottel mit seinem voll aufgeblendeten Auto die dunkle Straße herab.

„Ich hatte schon Angst, er hätte den Gang gefunden und wäre allein hin..."

Blasb blieb der Satz im Hals stecken, als der Wagen hielt und die Männer Viviane und Annie-Mireille erkannten.

„Gott bewahre mich vor diesem Spiel des Satans!", entfuhr es dem Detektiv. Annie fragte nach Sebastian.

„Sebastian? Wir dachten, er kommt da im Auto gemütlich an, nachdem er uns vom McDrive-In einen Extra-Burger geholt hat. Was macht ihr denn hier?", fuhr Blasb die beiden Frauen an.

„Mach halblang, Bürschlein", herrschte Annie nun ungewohnt scharf zurück. „Seid ihr zu dritt losgefahren oder war das ein Trugbild? Jetzt sag mir, wo mein Mann ist!"

Viviane schaute Mireille an. „Dein Mann?" In dem Moment wusste Annie, dass sie einen Fehler gemacht hatte, den sie jetzt aber nicht mehr zurücknehmen konnte. „Ja, mein Mann", sagte sie deshalb. „Sebastian und ich sind seit zwölf Jahren verheiratet, haben drei Kinder und wir sind glücklich. Noch Fragen?"

Viviane schwieg. Peter nahm sie in den Arm. Blasb schaute gar nicht lustig, als Annie-Mireille ihn anfuhr.

„Also, was ist? Suchen wir nun oder setzen wir uns zum Selbstfindungsseminar im Halbkreis auf?"

Die Worte brachen die Starre. Jetzt zeigte Blasb, dass er, der Profi, verstand, einen Faden aufzunehmen und in der Hand zu behalten...

Er blendete das Fernlicht des Autos der Frauen über die Straße, die Auffahrt und den gegenüberliegenden Waldweg hinab - was war das? Da hing ein heller Stoff an einem Busch. Blasb wusste instinktiv, dass ein Stoff-Fetzen in dieser Höhe nicht von selbst wächst.

Annie rannte über die Straße, Blasb dicht neben ihr. „Sebastian", rief sie. „Eine Schnur hängt dran. Der Teufelskerl zeigt uns den Weg. Wahrscheinlich müssen wir nur noch hinterher und können seinen ausgeschlachteten Körper unter den alles weihenden Flammen einer Pechfackel hervorziehen."

Mireille durchzuckte es wie ein Stromschlag. Sie hätte den Mann umbringen können. Blasb war jedoch mit seinen Gedanken schon weiter.

„Lauf zum Kommissar! Sag, wir haben es", rief er zu Ullmann. „Dann kommt ihr runter und folgt dem Faden. Ich bin sicher, der führt direkt in die Kathedrale." Und zu Annie und Viviane: „Ihr bleibt hier!"

Schon spurtete Blasb los, ohne sich umzusehen und zu vergewissern, ob die Frauen oder Ullmann seinen Anweisungen folgten. Den Faden locker durch seine linke Hand gleiten lassend, freute er sich über seinen eigenen Witz: „Dieser Kerl - selbst im Kampf gegen Satan hilft ihm sein Seemannsgarn..."

Sebastian Fischer drehte den metallenen Knauf der Tür im Gegenuhrzeigersinn. Ein leises Klicken, das Schloss sprang auf. Wenn er jetzt die Tür öffnete, riskierte er seine Entdeckung. Er nahm das Messer fest in seine Rechte und schob die Metallplatte nach links über Schienen in die Wand.

Wieder spürte er die feuchten Mauern und ein gedämpfter, tiefer Laut wie ein Chor von Männerstimmen drang herauf. Vor ihm führten Stufen hinab. Zweiundzwanzig, schätzte Fischer. Es waren zweiundzwanzig. Unten angekommen sah er, dass es noch eine Tür gab. Außerdem drang der monotone Klang der Stimmen mit unveränderter Melodie zu ihm. Sie hatten ihn noch nicht bemerkt.

Fischer sah wieder einen Lichtschein - und diesmal war es keine halbtransparente, sondern eine klare Glasscheibe, die durch die obere Hälfte der Tür den Bick auf das freigab, was sich im Opferraum abspielte. Es ließ Fischer das Blut in den Adern gerinnen!

Da saß Max, bis auf eine Unterhose entkleidet, starr und steif auf einem hölzernen Schemel in der Mitte des Raumes. Die Hände mit den Handflächen nach unten auf seine Knie gelegt, blickte er wie hypnotisiert auf das verkehrt aufgehängte Kreuz Jesu an der ihm gegenüberliegenden Wand des sechseckigen Mauerwerks. Im Halbkreis vor ihm die Gestalten mit den Überhängen und schwarzen Kapuzen.

Von den Wänden herab leuchtete das Licht von Fackeln, die in eisernen Halterungen an den Ziegeln befestigt waren.

Fischer konnte nicht sehen, ob einer der Männer oder ob sie alle bewaffnet waren. Er konnte nicht einmal erkennen, ob es sich nur um Männer handelte oder ob auch Frauen unter den Kapuzen steckten. In jedem Fall würden seine Chancen schlecht stehen - einer gegen ein Dutzend, da würde es reichen, wenn die Dunkelmänner mit feuchten Lappen werfen, um ihn zu erledigen. Er überlegte, was zu tun sei.

„Umkehren, Hilfe holen", hörte er seine Vernunft beschwörend appellieren.

„Reinstürmen, Max an die Hand nehmen, rausreißen, Türe zu", sprach seine Unvernunft.

„Einen hypnotisierten Mann - selbst einen Jungen - reißt man nicht vom Stuhl. Nicht mit Gewalt. Du musst die Formel wissen", sprach die Vernunft.

„Weiß ich aber nicht", erwiderte die Unvernunft.

„Dann kehr um und hole Hilfe. Du schaffst es! Und Max auch", beschwor die Vernunft, als einer der Schattenmänner aufstand und die Kapuze zurücklegte.

Christoph Pater. Es war Christoph Pater.

Der Magier ging zweimal um den Jungen herum, der sich nicht rührte, sprach dabei beschwörende Worte, die die Männer im Kreis während seiner Sprechpausen wiederholten.

Als er das dritte Mal hinter Max` Rücken war, blieb er stehen, und Sebastian konnte deutlich einen langen, sehr schmalen, geraden Dolch sehen. In Marokko hatte Fischer gesehen, wie mit solchen Dolchen Ziegen abgestochen wurden.

Pater hielt den Dolch in der ausgestreckten Rechten, die Spitze nach links weisend und mit der ausgestreckten Linken die Spitze des Stahls fassend, den Daumen nach oben, auf den vier Fingern die flache Seite des Messers abgelegt.

Fischer hörte die Worte „Astaroth" und „Hure", dann den Satz aus dem „Gesetz der Überlegenheit" der Charta der Crouden-Satanisten, einer der übelsten Hinterlassenschaften des Mystikers Crouden:

„Ich gebe euch das Recht zu lieben, wie ihr wollt:
wann, wo und mit wem ihr wollt!
Ich gebe euch das Recht zu töten,
wen immer ihr erkennt,
der diese Rechte zu nehmen versucht.
Denn mein Gesetz heißt Überlegenheit:
Liebe ist nur unter meinem Willen."

Der Chor der Stimmen wiederholte, während sich Pater bereit machte...

„Jetzt bleibt vielleicht doch keine Zeit mehr, Hilfe zu rufen", hörte er die Vernunft sprechen.

„Arschloch!", erwiderte die Unvernunft, während Fischer mit einem lauten Aufschrei die Tür über die Schienen nach links in die Wand schob, so heftig, dass sie sich beim Anschlag krachend verkantete:

„Pater unser, der du fährst zur Hölle, verdammt sei dein Name und gebenedeit sei die Frucht deines Leibes und befreit von den Flüchen der Finsternis, in der deine Verderbtheiten genug ihres Unwesens getrieben haben", brüllte er nach Leibeskräften und sprang den ersten der Schatten an.

Ein Dutzend großer, schreckgeweiteter Augenpaare starrte auf Fischer, als sei er Gott persönlich, der Rächer aller Entweihungen seines Reiches durch Satan, während der alte Mann da wie ein Derwisch durch die Tür geflogen kam, nach dem ersten Sprung schon dem ersten, am Rand stehenden Kapuzenmann den Stahl in den Hals gejagt und sogleich wieder herausgezogen, beim zweiten Sprung Pater unterm Kinn in den Hals gesteckt und im selben Atemzug den Langdolch aus dessen rechter Hand gerissen hatte.

Ehe auch nur einer zu reagieren begann, sanken die zwei Satansjünger röchelnd in sich zusammen.

Fischer, nun in jeder Hand einen Stahl, fegte mitten hinein in den Halbkreis und streckte seine beiden bewehrten Arme gleichzeitig nach rechts und nach links in zwei Leiber. Unter den Kapuzen begann ein Schreien und Kommandieren, und während vier Reißaus nahmen, vier schon ihr Blut auf das Pflaster des Steinbodens ergossen und die verbliebenen vier sich zur Gegenwehr entschlossen... , hörte er, einer Erlösung gleich, die Schreie von der Treppe und nun schon von der Tür.

„Fischer, du Arsch, ich bin schon da, halt durch!"

Es war Blasb. Mit einem armdicken Prügel hatte er einen und gleich noch einen der fliehenden Kapuzenmänner niedergestreckt. Schon sprang er seinem Freund zu Hilfe, da kam hinter ihm Mireille, riss eine Fackel von der Wand und schlug sie einer der Gestalten über den Rücken. Der Mann krümmte sich nach hinten, gerade hatte er seinen Dolch gezogen. Mit einem zweiten Schlag über den Scheitel schlug sie ihn nieder.

„Wenn ich das in meinem Club erzähle", hörte sich Fischer. Zugleich schalt die Vernunft: „Quatsch keine Scheiße, kämpfe!"

Es war nicht mehr nötig zu kämpfen. Ein Einziger war noch übrig. Der kauerte sich in eine Ecke des Opfersaals, den Kopf unter beide Unterarme gesteckt winselte er: „Nicht hauen, nicht stechen, nicht mehr hauen, ich ergebe mich, nicht stechen!"... als Viviane in den Raum trat.

Wie eine Göttin stand sie da. Sie schaute ebenso wie Max, der immer noch unverwandt auf die gegenüberliegende Wand starrte, als hätte er von dem Geschrei und Gewühle nichts mitbekommen, auf das Kruzifix des gepeitschten und verkehrt hängenden Gottes und sagte: „Hier war es. Hier musste ich meine Leibesfrucht der Bruderschaft und Priester Guiborg opfern."

Dann nahm sie Mireille die Fackel aus der Hand. Mit aller Wucht schleuderte sie sie auf Christoph Pater, ihren Mann, der röchelte und in einer Blutlache am Boden zuckte, als ihn das Feuer traf. „Nimm!", schrie es aus ihr - dann verdrehte Viviane ihre Augen und sank zu Boden.

Sebastian Fischer dachte an sein letztes Gespräch mit Vivianes Großmutter. Es mochten fünfzehn Jahre vergangen sein. Er dachte an die Worte, die ihn seitdem begleitet haben:

„Ihr werdet es schaffen!"

Epilog

Der Polizei bietet sich ein Bild des Grauens: Drei schmale, gemauerte Gänge führen von einem Nebenraum des Opferraums sternenförmig in die Dunkelheit. In einem Verlies, in das man am Ende des ersten Ganges gelangt, entdeckt die Polizei die Skelette.
Kinder und Greise, Männer und Frauen. Ungezählte! Wer weiß, wie viele während der „heiligen" Liturgien der Satanisten ausgeweidet und verbrannt worden sind, die Gebeine zu obskuren Zeichen zusammengelegt.
Einige der Knochen, das zeigt sich bei genauen Untersuchungen, sind über dreihundert Jahre alt, andere, ausnahmslos die von Kleinkindern, kaum zehn.
Der zweite Gang führt zu einer Kammer, in der die Werkzeuge der Satanisten aufbewahrt liegen.
Der dritte Gang mündet in die Bibliothek. Die Schriften der Gnostiker des Altertums und des Mittelalters sind dort zu finden; die Darstellungen der Hexenmeister und der Inquisitoren des Papstes, der Heilsprediger des Europas der Neuzeit, der Aufklärer und der Romantiker der okkulten Geheimbünde der letzten zwei Jahrhunderte...
Die Polizei macht auch Hausdurchsuchungen bei den gefassten Mitgliedern der Bruderschaft der Satanisten. Bei einem der Kapuzenmänner findet die Polizei die Papiere von einem Lkw. Das Auto selbst wird schon Stunden später auf einem Bauernhof im Oderbruch entdeckt - einem weiteren geheimen Treffpunkt der Brüder des Temple Orientale. Die Untersuchungen der Kriminalisten ergeben, dass Lieselotte Pater, die Mutter von Christoph, unter dem Lkw starb...

Viviane sitzt auf der Terrasse vor der Villa am Schlachtensee in diesem milden, schattenlosen Licht, das nur warme Sommerabende den Menschen schenken, wenn die Sonne gerade hinter dem Horizont wegtaucht.
Sie liest ein Buch, als sie das Auto hört, das in der Hausauffahrt hält.
Max stürmt um die Ecke und fällt seiner Mutter um den Hals. Der Junge gibt ihr zwei, drei Küsse und es sprudelt aus ihm heraus: Wellen von drei Metern und Windgeschwindigkeiten von fünfundvierzig Knoten und all diese Yachten...
„... und wir haben gewonnen!"
Sie hat den Mann nicht bemerkt, der hinter Max gekommen und an der Hausecke stehen geblieben ist, der jetzt grüßt und lächelnd auf Max und

seine Mutter zutritt. Der Mann mag Mitte sechzig sein, sieht jünger aus, braungebrannt, kaum noch ein Haar auf dem Schädel, sportlich gekleidet in Jeans und Marine-Sweater. Sie kennt ihn.

„Sebastian. Ich danke dir, dass du mir meinen Jungen gesund wiederbringst. Setz dich!"

Max schaut Sebastian an: „Gewonnen? Wir haben doch nicht gewonnen..."

„Nicht die Regatta, richtig, aber unsere Freundschaft. Ist das nicht viel wichtiger?"

„Setzt euch, Jungs, setzt euch erst einmal hin. Ich koche einen Kaffee – und dann haben wir den ganzen Abend Zeit."

Sie sieht sehr schön aus in diesem schattenlosen Abendlicht auf der Terrasse, findet Sebastian. Gern würde er bleiben. Er könnte Annie anrufen und sie bitten zu kommen.

Peter tritt aus dem Salon auf die Veranda und begrüßt Max und Sebastian, seinen Schulfreund. Er gibt seiner Frau einen Kuss und sagt: „Als ich euch kommen sah, habe ich gleich Annie angerufen. Sie wird in fünfzehn Minuten hier sein. Lasst uns den Abend zusammen genießen!"

Es ist ein Abend Mitte September.

Es ist das Jahr 2023.

Der Autor

Norbert Gisder, Jahrgang 1956, Politologe und Journalist, ist Autor und Herausgeber mehrerer Bildbände, Sach- und Berlinbücher, Co-Autor verschiedener wissenschaftlicher Veröffentlichungen, eines Wahl- und eines Wirtschaftshandbuches der Bundeszentrale für Politische Bildung, Bonn.

Mit „Amok" legt Norbert Gisder, der in Brasilien und im Rheinland aufgewachsen ist, in Berlin und Montreal studiert hat, seit 1980 als Journalist in Berlin lebt und arbeitet, seinen ersten Roman vor.